크릿터

비평
무크지

2 재현/리얼리즘

민음사

편집자의 말

한국 작가가 쓴 한국 소설을 읽는 일에는 상당한 용기가 필요하다. 문학이 재현하는 진실을 내가 알고 있던 사실과 견주어야 하기 때문이다. 많은 경우 차라리 모르고 사는 쪽이 정신과 육체에 두루 나을 수 있다. 예컨대 만주에서 일본군 성노예로 착취당하던 어떤 여성은 같은 민족에 의해서 혐오와 질시를 받고 결국 배척되어 고국이라는 공동체로 귀향하지 못했다. 또는 귀향하지 않았다. 우리가 그토록 꿈꾸던 민족 공동체에서 어떤 여성은 바로 그 국가에 의해 앞서의 여성과 다를 바 없는 방식으로 미군의 성노예가 되기도 했다. 문학은 엄연한 사실을 재현하여 언어의 틀 안에 진실을 부려놓는다. 이야기를 읽는 우리는 진실의 망을 벗어날 길이 없다. 참혹을 목격하고 참담을 기꺼워해야 한다. 쓰는 자의 몫과 읽는 자의 몫이 외따로 있는 것은 아니어서, 대부분의 독자는 문학이 참혹과 참담을 통과하는 데 크나큰 힘을 준다. 현실의 비통을 외면하지 않도록, 견딜 수 있도록, 견딤으로 하여 다른 현실을 꿈꿀 수 있도록 그 둘은 손을 맞잡는다. 한번 잡고 나면 잡기 전의 상태로 돌아갈 수 없다.

《크릿터》 2호 리뷰에서는 손 맞잡을 만한 도서 스물아홉 종을 소개한다. 시와 소설 모두 다루는 작품 수를 열두 종으로 늘렸다. 더 많은 책을 이곳에 담아내고 싶었으나 지면의 한계가 욕심을 접게 했다. 비문학 분야의 도서를 '인문사회'라는 이름으로 다섯 종 싣는다. 도서는 편집부의 선정 과정을 거쳤다. 문학 분야의 책은 신진 문학평론가에게, 인문사회 분야의 도서는 각계의 필자에게 글을 청했다. 그리하여 이곳에 모인 스물아홉 권의 책으로 지금 여기의 우리를 돌아볼 수 있을 것이다. 쓸쓸하거나 추악할지라도, 빛나거나 아름다울지라도 혹은 아무것도 아닐지라도 거기에 재현된 세계가 우리의 세계다.

특집 주제는 '재현/리얼리즘'이다. 오은교는 「'혐한'과 '노재팬' 시대에 일본 여성을 읽는 일」을 통해 최근 한국 문학—페미니즘 소설로 불리는—이 일본 여성을 다루는 시선과 방식을 예리하게 포착하여 사태의 복잡성을 진단한다. 김건형은 박상영의 소설을 분석하며 '퀴어 신파' 또는 '퀴어 리얼리즘'이라는 미학적 개념을 제안한다. 박혜진은 「1945」 「벽 속의 요정」 「먼 데서 오는 여자」 등 배삼식의 희곡을 주요하게 다루며 공동체의 의미 전환을 촉구한다. 조대한은 장류진과 강화길의 최근작과 대중문화를 가로지르며 남성 캐릭터의 재현 양상을 살핀다. 이지은은 최은영, 조해진, 김숨 작품의 여성 재현을 고찰하며 글쓰기의 '몫'은 무엇인가 하는 묵직한 질문을 던진다. 작가론의 자리에는 소설가 은희경, 조해진을 초대했다. 양윤의, 김요섭의 심도 깊은 글이 두 작가의 제자리를 쓸고 닦는다.

《크릿터》의 독자가 이 미친 세상을 살아갈 한 줌의 용기라도 더 얻길 바란다. 여기에 소개된 작가와 작품이 세상의 미침을 미치지 않는 곳 없이 비출 것이다. 그 비춤의 조도와 방향과 흔들림까지도 세심하게 살피는 글이 바로 비평일 것이다. 그것들을 모아 이 책을 낸다. 참여해 준 문학평론가와 여러 필자들에게 고마움을 표한다. 위기도, 극복도 모두 당신들의 자랑스러운 몫이다.

—서효인

차례

특집: 재현/리얼리즘

리뷰: 소설

리뷰: 시

리뷰: 인문사회

작가론

‘혐한’과 ‘노재팬’ 운동 속 일본 여성을 읽는 일

‘퀴어 신파’는 왜 안 돼?

자기중심주의 시대의 공동체 재현

남성 캐릭터 재현 양상과 서사적 재배치에 관한 소고

여성 재현의 ‘몫’을 묻다

특집
재현/리얼리즘

'혐한'과 '노재팬' 운동 속 일본 여성을 읽는 일

오은교 문학평론가. 2018년 «문학동네» 신인상 평론 부문으로 등단했다.

1 들어가며: 문화 개방과 한일 여성들의 조우

한일 양국의 외교적 갈등이 심화되고 있는 상황이다. 이른바 '불가역적 최종 합의'로 불리는 한일 '위안부' 협상과 식민지기 산업 노역에 동원된 강제징용 피해자 보상 문제를 통해 촉발된 갈등은 일본의 신극우주의와 정치계의 조직적 우경화 등에 따른 혐한의 정동을 한국인이 인식하게 된 계기가 되었다. 이에 대응하여 한국에서는 소비자 불매운동이 대대적으로 확산되었으며, 국내에 입점해 있던 일본계 다국적 기업의 분점들이 연이어 폐점하고 일본적인 무언가를 팔던 작은 가게들에도 운영자의 국적과 제품의 생산지에 관한 해명의 방이 일제히 나붙게 되었다. 피식민국 혐오를 상업화한 '혐한 비즈니스'[1]의 활황과 '노재팬'이라하는 유례없이 강경한 대중 소비자 불매 운동의 확산이 2010년대 끝자락 동아시아의 풍경이다.

외교적 대립의 양상과는 상이하게 그러나 한국에서는 지속적으로 한일 여성이 조우하는 대중서사들이 생산되고 있기도 하다. 최은영의 「쇼코의 미소」, 박민정의 「행복의 과학」, 「A코에게 보내는 편지」 연작(이하 'A코 연작'으로 지칭)과 「세실, 주희」 그리고 「나의 사촌 리사」와 「나는 지금 빛나고 있어요」로 이어지는 연작(이하 '리사 연작'으로 지칭), 배삼식의 「1945」, 한정현의 『줄리아나 도쿄』, 「소녀 연예인 이보나」, 「과학하는 마음—관광하는 모던 걸(モダンガール)에 대하여」, 영화 「윤희에게」 등은 모두 한일 여성들 간의 사랑과 우정, 갈등과 연대의 장면을 기록하고 있다. 이뿐만이 아니라 한국의 페미니즘 문학이 일본으로 수출되어 베스트셀러에 오르고, 이를 계기로 일본 문학계에서 여성서사에 관한 담론이 전개되고 있다는 소식 또한 들려오는데, 이는 여성서사가 플롯과 같은 작품 내부적 차원에 대한 고민뿐만 아니라 작품의 생산과 소비 제도 및 담론 전반에 대한 문제 제기까지 시도한다는 것을 다시금 방증한다. 상기한 작품들에서 볼 수 있는 한일 여성들 간의 서사적 연대는 식민주의와 자유주의를 시기를 거치며 한 민족국가 내에서 각기 다르게 혹은 유사한 방식으로 억압된 여성들이 식민주의 남성성의 발현과 소수자 차별로 구현되고 있는 신극우화 정세 속에서 동아시아 여성혐오의 역

1 노윤선은 혐한 기사가 실린 일본의 시사주간지들이 이례적으로 판매 부수가 늘어나거나 혐한을 코미디화하는 만화, 방송이 인기를 끄는 등의 혐한이 최근에 들어 장사가 되는 아이템이 되었음을 주장한다. 노윤선, 『혐한의 계보』(글항아리, 2019) 참조.

사를 함께 탐험하고자 하는 의지의 표명이다.

최은영, 박민정, 한정현 그리고 일본 대학 사회 내 혐한의 분위기를 스케치 한 「마지막 이기성」의 김금희까지, 1980년 전후에 태어난 여성 작가들이 제출하고 있는 이 한일 여성서사들의 공통점은 이들이 민족 비극에 대한 역사적 사명감에서 소설을 출발시키지 않는다는 점이다. 일본 사회를 서사화하는 경우 흔히 드러나는 반일 정서가 그들에게는 거의 없다. 오히려 이 작가들은 일본의 문화적 감각에 친숙한 편이고, 더러 그것에 깊게 매혹되어 있는 모습을 보이기도 한다. 이 소설들에서 일본 여성과 조우하는 계기로서 공통적으로 지시되는 시기는 '일본 대중문화 개방'이 허용된 1990년대 말 이후이다. "일본 문화가 한국에 전격 개방되던 해"[2]에 "가장 영어를 잘하는" 학생으로 뽑혀 '자매결연'을 맺은 한국 학교를 방문한 쇼코와 쇼코의 홈스테이를 맡은 후 그 우정을 계기로 영화감독의 꿈을 키우는 소유의 이야기를 그린 최은영의 소설, 울트라맨을 보고 대중문화 비평가가 되어 오키나와로 연구 여행을 떠나거나, 하라 카즈오의 다큐멘터리를 보고 트위터를 통해 재일 조선인 친구를 사귀어 도쿄에 가는 한정현의 소설 모두 한일 간의 문화 개방이 월경의 주요한 계기이다. 특히나 노재팬 운동 속에서 윤리적 소비에 대한 작가적 고민을 토로[3]하기도 했던 박민정의 소설에서는 일본 문화나 제품에 대한 선호나 매혹이 반복적으로 드러난다. "왜 예쁜 거, 한국에는 없을까. 이렇게 작고 튼튼한 물건. (…) 버블기 때 만화 봤어? (…) 코카콜라 광고 봤지? (…) 왜 우리에겐 OL이라는 말이 어울리지 않을까"[4]라고 말하는 여성, "용산"이나 "코믹"에서 사 온 물건들로 채운 "보물섬" 속에서 취향을 쌓는 여성 등은 박민정 소설에서 자주 볼 수 있는 한국인 여성 청년의 형상이다. "코덕"[5]이자 K뷰티 산업노동자로 전범기업의 화장품을 소비하는 한국 여성과 한류 스타의 팬으로 좋아하는 가수를 가까이 보기 위해 이주 노동자로 살고 있는 일본인 여성이 결국 히노유리 학도대와 '위안부' 문제에 대해 토론하게 되는 상황에서 볼 수 있듯이 한일 문화 교류와 소비는 두 국가의 여성 청년들이 마주치는 접경지대로 작용한다.

영화, 음악, 만화 등 대중문화 교류를 경유하여 일어나는 이 한일 여성들의 조우를 담는 이야기들은 경화된 민족주의 담론으로 점철되어 온 한일 역사 소설의 새로운 지평을 열고 있다.

2 '여성 예능인'이라는 동아시아 여성 혐오의 문화적 표상

문화 개방을 통해 서로를 가까이 인식하게 되었기에 소설에서는 자연히 해당 산업에 종사하는 여성 노동자들의 이야기가 등장하게 된다. 그중 '여성 예능인'이라는 캐릭터는 동아시아 여성 혐오의 표상으로 빈번히 극화된다. 자기표현의 주체로서 무대에 서는 여성이라는 기표는 여성서사적 쾌감과 해방감을 선사하는 동시에 여성혐오적인 사회에서 그들의 꿈과 욕망이 유통되는 차별적인 사회적 맥락을 보여 주기에도 용이하기 때문이다.

한정현의 거의 모든 작품에서는 일본이라는 항이 언제나 중요하게 다루어진다. 그는 작품 속에

2 최은영, 「쇼코의 미소」, 『쇼코의 미소』(문학동네, 2016).

3 박민정, 「2019년 여름, 소비의 기억으로부터」, 《자음과 모음》 2019년 겨울호.

4 박민정, 「행복의 과학」, 『아내들의 학교』(문학동네, 2017).

5 박민정, 「세실, 주희」, 『2018 제9회 젊은작가상 수상작품집』(문학동네, 2018).

서 동아시아 문화 연구자라는 서술자 정체성을 일관되게 유지하는데, 이 서술자의 텍스트 분석을 위한 가장 주요한 인물군은 "서양 문물에 넋이 나간 모던 걸"[6]로 폄하되었던 근대기 문화 생산·소비 계층으로서의 여성상이다. 「괴수 아키코」, 『줄리아나 도쿄』를 통해 춤추고 노래하며 투쟁하는 여성 노동자의 반짝이는 형상을 그려 냈던 작가는 「소녀 연예인 이보나」를 통해 4세대에 걸친 여성 예능인들과 그들의 주변 인물들을 스케치하며 동아시아 여성 청년들의 욕망의 계보를 쫓는다. 일제강점기 조선의 권번을 졸업하고 동경 유학 후 귀국하여 민속춤을 추는 만신이 된 유순옥, 2대 만신으로 해방 후 반공주의 공포정치로 인해 학살당한 트랜스젠더 희, 4·3 이후 후쿠오카로 밀항했다 한국전쟁 후 서울로 입국해 여성 국극 배우가 된 제주 해녀 출신 이보나, 동경에서 공부하다 한국전쟁 후 강제 귀국당해 여성 국극 배우로 살았던 게이 주희, 냉전 시대 소련 유학을 꿈꾸었던 생물학도이자 미군 부대에서 노래하는 가수인 트랜스젠더 제인까지, 이 소설 속 중심인물들은 모두 국가 이주를 통해 유연해진 섹슈얼리티 스펙트럼 속에서 예능인으로서의 자기 꿈을 펼치며 살아간다. 이들은 공산주의적 평등사상을 믿으며 빨치산이나 조총련계 활동을 했던 아버지, 형제, 남편들로 인해 연좌제에 얽혀 갖은 수모를 당하면서도 남성 가장을 대신하여 생계를 도맡고 버려진 형제의 아이를 거두어 키우며 대안 가족을 이루기도 한다. 식민주의, 레드콤플렉스, 여성혐오 등이 복합적인 차별 구조를 지속적으로 생산하지만, 그럼에도 이 여성주의적 세계에는 젠더프리한 예술이 있었기 때문에 고통 못지않은 기쁨과 억압 못지않은 해방의 정동이 넘실댄다.

조선 무용을 정립한 배구자나 노래와 댄스로 조선 예원에 데뷔하려는 꿈으로 현해탄을 건넜다던 나선교, 박옥초 같은 레뷰 공연의 선구자들은 어릴 때부터 체계적인 교육을 받은 예인들이었지만, 제국은 이들을 전선에 이용하기에 급급했다. 1940년대 경성역에 도착한 다카라즈카 가극단이 가장 먼저 한 것도 신사참배였다 (……) 여러모로 나는 예술 노동자로서의 여성이란 1900년대, 그리고 현재까지, 너무나 쉽게 어떤 혐오의 대상이 된다는 지점에서 반복되는 것이 있다고 생각했다. 어쨌거나 제국이든 그 반대편이든, 문화와 문학은 전선을 가장 빠르고 쉽게 넘는 강력한 무기인 동시에 선전 수단이었다. 다만 1900년대와는 달리 케이팝과 한국문학은 이제 한국에서 일본으로 그 경계를 넘어서고 있었다.

기술를 가진 전문 예인이자 국가에 의해 동원되거나 강제 해체되기도 하는, 더러는 숭고하고 더러는 혐오스러운 여성 예능인들의 형상, 그리고 그들의 예술적 성취에 열광하고 위로 받는 대중 여성들이라는 항, 이것이 한정현 소설의 주요한 구도인데, 그 같은 동경을 문화 연구자인 서술자를 통해 "과학하는 마음"[7]으로까지 연결시키는 작가의 작업은 어느 시대고 여성들의 소비를 삿된 허영으로 취급하는 일에 대한 저항이자 국가를 넘나들며 난민적 생활을 반복했던 여성들이 그 안에서 성취할 수 있었던 젠더 벤딩의 가능성을 살피는 전복적 해석의 실천이기도 하다.

한정현의 소설들이 폭력의 세기 속에서도 소

6 한정현, 「소녀 연예인 이보나」, 『웹진 비유』, 2019년 9월호.
7 한정현, 「과학하는 마음- 관광하는 모던 걸(モダンガール)에 대하여」, 《쓺》 2019년 하권.

수자들의 역사적 이어쓰기를 통해 무리하다싶기까지 한 희망을 기어이 약속한다면, 박민정의 소설은 끝내 불길한 여운을 남기며 종결되는 편이다. 버블 오지상-인셀-넷우익으로 이어지는 3대손 일본 남성들의 부권 인정 투쟁기와 여공-학출-재일 조선인 여성들 간의 사랑과 연대 서사를 버블 오지상의 숨겨진 한국 현지처의 딸이자 서브 컬처를 전공한 여성 출판인의 시선으로 겹쳐 냈던 '에이코 연작' 이후 박민정은 엔터 업계 여성 노동자들과 그 소비자들에 대한 이야기를 통해 일본의 서브 컬처 문화가 동아시아 청년들에게 끼치는 영향력을 집중 검토한다. 전직 아이돌인 일본인 사촌 리사와 소설가로서 사촌의 이야기를 쓰고 싶은 한국인 지연 간의 교류를 다룬 '리사 연작'이 그것이다.

물론 두 여성이 서로에 대한 깊은 관심을 가지고 있다 해도 약자들의 연대가 단박에 이루어지진 않는다. 이들이 '한국 여자'이고, '일본 여자'라는 문화적 차이 속에서 각기 내면화하고 교육 받아 온 여성 혐오의 양상이나 욕망이 다르기 때문이다. '리사 연작'에서도 마찬가지다. 리사는 한국 여성들을 보며 "여학생들이 이렇게까지 살이 쪄도 되나"[8]라며 여성들의 꾸밈 노동을 자연화하고, 지연은 여성 혐오가 심한 산업에 종사하며 나이 많은 남성 오타쿠들의 관심을 갈구하며 돈을 벌었던 일본 혼혈인 사촌 리사를 보며 "소녀들의 워너비였으나 짜릿한 실패를 맛보고 소시민으로 겨우 살아가는 리사를 내 소설의 강렬한 인물"[9]로 대상화하고 싶어 한다.

그럼에도 이들이 서로에 대해 이끌리는 이유는 이 여성들이 각자의 일상에서 마주하는 여성혐오가 민족국가의 경계선 내에서 일어난 문제가 아니라 식민주의 근대라는 역사적 층위를 가진 동아시아 문화권의 강력한 남성 우월주의 사상을 그 공통적 뿌리로 하고 있다는 것을 경험하기 때문이다. 특히나 '리사 연작'에서 지연이 리사에게 이끌리는 마음은 복잡하다. 소설가로서의 욕망 이외에도 지연은 리사가 외할아버지로부터 "행방을 모르는 일본놈의 자식일 뿐"이라며 홀대받고, 소식 끊긴 남편 때문에 홀로 외국에서 딸을 키우는 고모의 가족을 향해 "아동 학대에 가까운 잔인한 장면"을 연출했다는 것을 기억하고, 동의 없이 유포된 성관계 동영상으로 연일 말썽인 시국에서 선배로부터 자신은 "당당하게 일본산 AV만 본다."라는 말을 들으며, 또한 불공정 계약으로 강제로 AV배우가 된 리사의 전 동료가 한국을 방문했을 때 한국 남자로부터 "아는 사이처럼 친근하게 인사를 하더니 대뜸 어깨동무를 하고 사진 촬영을" 무례하게 요구받았다는 것을 알게 되었기 때문이다.

딸이 일본인과의 관계에서 아이를 낳았다는 이유로 손녀를 학대한 리사의 할아버지 세대, 여자를 임신시키고 도망 간 리사의 아버지 세대, 무대에 선 리사와 동료들을 향해 "너희 나라로 돌아가라! 빨갱이 년!"이라는 혐오 발언을 퍼붓거나 난데없이 난입하여 성추행을 하는 리사의 삼촌 세대, 그리고 불법 계약으로 강제로 AV를 찍은 동료의 영상을 웹하드를 통해 무료로 다운 받아 소비하는 리사의 동년배와 동생 세대까지, 이 연작 속 두 여성이 자신의 삶에서 만나는 모든 세대 남성들이 내재한 여성혐오의 양상이 전부 자국민 여성의 성을 매개로 한 식민화 사업, 민족 간의 복수, 혹은 상업적 교환으로 변모해 온 '여성 거래'의 한 양상이라는 것을 한국인, 일본인 사촌 모두 잘 알고 있다.

'리사 연작'에서 두 여성의 관계는 한국인 사

8 박민정, 「세실, 주희」, 『2018 제9회 젊은작가상 수상작품집』(문학동네, 2018).
9 박민정, 「나의 사촌 리사」, 『소설 보다: 겨울 2018』(문학과지성사, 2018).

촌이 AV 산업 피해자인 동료를 돕기 위해 남성 오타쿠나 동노조 삼촌들과 연대하는 리사의 행위자 주체성을 의심하고 리사의 삶을 예술의 소재로 대상화하며 그를 구조적 앎에 무지한 피해자로 위치시키려는 지연의 욕망으로 인해 끊긴 것으로 나오지만, 연대의 조건을 모색하는 하나의 방법이 실패한 것일 뿐, 동아시아 여성 폭력 문제를 함께 고민하기 위한 한일 여성들 간의 만남의 필요성은 여전히 절실하다.[10]

일본 애니메이션으로 대표되는 서브 컬처와 한국의 아이돌로 대표되는 음악 엔터테인먼트 산업은 규모적 측면에서 동아시아 청년 문화권의 가장 주요한 텍스트들 중 하나이다. 서브 컬처 비평가 우노 츠네히로는 현실 변혁을 꿈꾸었던 전공투 세대의 실패 이후 소비사회의 대대적 확대 속에서 부상한 일본의 서브 컬처 붐을 "일종의 정신사"[11]로 파악한다. 그는 오타쿠 문화의 인식론을 "혁명을 통해 세상을 바꾸는 것이 아니라 자의식을 바꿔서 세상을 보는 법을 바꾸는 법"으로 해석하며, 버블 경제의 황금기 시절 양산된 애니메이션들에서 나타나는 다양한 남성들의 성장 서사가 사실은 성장을 가장한 노악적인 반성장 서사였음을 면밀하게 증빙한다. 그는 이들의 상징적 종말로, 서브 컬처의 기표와 밈을 적극적으로 활용한 옴진리교 테러 사태를 지목하고, 버블 경제 붕괴와 자연 재해 이후 일본 문화 대중들의 욕망이 애니메이션이라는 2D 적 세계가 아니라 아이돌 산업(특히 총선거를 통해 정예 멤버를 선출하는 AKB48의 시스템)이라는 3D의 세계로 대거 옮겨 왔다고 주장한다.[12]

서브 컬처 세대로서 자신이 심취한 문화의 종결을 고한 그는 만화 속 이미지로만 가능했던 트랜스포머가 로봇 공학을 통해 실제로 구현될 수 있다는 것을 알게 되고, 서브 컬처의 2차원적 상상력의 마지막 가치는, "아직은 존재하지 않지만 나중에는 존재할지도 모를 것을 제대로 만들고, 생각하고, 창조"하는 것이라는 주장을 내놓지만, 매일 공연을 열고 악수회를 개최해 아이돌 노동자들을 가까이 '체험'하게 하고, 투표를 통해 '참여'의 감각까지 만들어 주는 현재의 아이돌 산업에서 해당 업종에 종사하는 여성들의 노동 조건이 훨씬 더 열악해지고, 여성의 성이 도착적 형태로 물화될 수밖에 없다는 사실에 대해서는 함구한다. 서브 컬처나 아이돌 산업에 내재한 다른 전복적 가능성 읽어 내려는 시도가 부족했다는 문제는 차지하더라도, 애니메이션 속 전후 남성들의 성장의 문제가 "신체적으로는 아이지만 성적인 능력만은 발달한 유형 성숙"이라는 형태로 나타난다고 진단했다면, 현실적 구현을 배태할 허구적 상상력의 가능성을 낙관할 수만은 없는 일이다.

10 권은선·김청강·오혜진·허윤, 「대중매체를 통해 바라본 일본군 '위안부'의 재현」, «웹진 결», 권은선의 발언 참조.

11 우노 츠네히로, 김현아·주재명 옮김, 『젊은 독자를 위한 서브 컬처 강의록』(워크라이프 2018), 30쪽.

12 츠네히로는 연애를 했다는 이유로 지방 아이돌 그룹으로 좌천당했지만, 프로듀서로서의 역량을 발휘하여 재능을 입증한 후 중앙 총선거에서 다시 1위를 차지하여 복귀한 AKB48의 사시하라 리노의 언더도그 스토리를 "'라이브 아이돌'이 아니라 옛 '미디어 아이돌'로 완전하게 후퇴"한 것으로 비평한다. 이는 음악 산업이 음악 외적인 것에 의해 좌우되는 사태에 대한 비판의 형식을 취하지만, 여성 혐오적인 산업 속에서 실력과 주체성을 발휘한 여성 노동자가 전국구 스타로 도약하여 닿을 수 없는 존재가 되어 버린 것에 대한 아쉬움의 표현으로도 읽힌다.

박민정의 「바비의 분위기」가 다루고 있는 지점이 바로 그 부분이다. 부모로부터 방치당하고, 친구들로부터 따돌림을 당하며 홀로 골방에서 일본 서브 컬처에 문화에 탐닉하던 외톨이 사촌 오빠가 로봇공학자가 되어 자신이 스토킹했던 여성의 얼굴을 닮은 로봇을 만든 것을 보고 충격에 휩싸인 여성의 이야기를 담은 이 소설은 서브 컬처의 상상력을 경유한 젠더와 과학 기술 간의 관계를 묻는다. 리얼돌 수입을 허가하는 대법원 판결(2019. 6. 13)로 인해 실존 인물을 본 뜬 섹스 토이를 제작하는 것이 가능해진 현실 속에서, 인간의 역량을 증대시킬 것이라 기대되는 '과학 기술'이라는 인류의 꿈이 여성의 존엄을 훼손하고 그 가능성을 억압하는 방식으로 실현될 공산이 크기 때문이다.

한정현의 소설이 자기 지시를 통해 일종의 '한정현 유니버스'를 이루어 확장해 나가거나 박민정의 작품들이 안정적 봉합 없이 마무리[13]되며 연작에 대한 기대감을 품게 만드는 것은 작가들이 시각의 다초점화를 통해 인물들이 처한 진실의 층위를 복잡하게 만들기 위해서이기도 하지만, 이 문제들이 근본적 해결 없이 양태만 바뀌어 온존하는 불길한 현실의 층위와 너무나 가까이에서 진동하고 있기 때문이기도 하다. 20대 가수에서 40대 배우까지, 세대와 활동 분야를 막론하고 엔터테인먼트 업계 남성 노동자들이 성매매와 위계를 이용한 성폭력을 행사하고 있음이 지속적으로 폭로되고 있는 와중에 단역배우에서 한류 스타까지, 동일 산업에 종사하는 20대 여성 노동자들이 성폭력, 가해자 중심의 법적 판결, 악플 속에서 끝내 죽음을 택하는 상황 속에서 유독 현실과 바짝 붙어 가는 이 연작들은 단편소설 분량 내에서 추인될 수 있을 법한 서사 미학이나 독해법 자체를 바꿀 것까지 요청하고 있다.

3 한일 '위안부' 우정의 서사와 탈식민주의 페미니즘

동아시아 패권 경쟁 속에서 재무장화를 추진 중인 현 아베 내각이 시민 단체 '새로운 역사교과서를 만드는 모임'을 후원하고 이 단체의 핵심 목표가 일본군 '위안부' 부정이라는 사실은 잘 알려져 있다. 조경희는 "1990년대 후반 이후 젠더 백래시와 역사 수정주의는 상승하면서 세력을 키웠고, 그들의 동력의 핵심에는 일본군 '위안부' 문제가 있었다."[14]라고 주장한다. 그는 일본 정부의 정치적 우경화가 포스트 페미니즘 논리와 함께 진행되었음 밝히며 그것이 현재 일본 정부와 사회의 중심 논법이라 일본의 미투 운동이 어려움을 겪고 있으며 또한 그렇기 때문에 일본의 시민사회에서는 미투 운동과 '위안부' 이슈를 연결하며 사유하는 경향이 강하고, '위안부' 문제에 대응하는 한일 여성들의 공조와 연대의 경로가 미투 운동에서도 지속적으로 연장되어 이용되고 있다고 분석한다.

이혜령과 허윤의 지적대로 2015년 한일 '위안부' 합의 이후 대거 등장한 대중 '위안부' 서사들은

13 에이코 연작'의 경우, 정치적 내셔널리즘 사상을 기치로 한 신흥 종교에 가입했다가 재특회(재일 특권을 용납하지 않는 시민 모임)의 헤이트 스피치에 맞서는 카운터스 행동대 오토코쿠미(혐오 세력에 무력으로 응대하는 남성들의 조직)로 소속을 옮겨 험한 정서를 품고 살아온 자신을 반성하는 일본인 남성에게서 느껴지는 미심쩍음이, '리사 연작'의 경우 강제 계약으로 AV 배우가 된 친구를 위해 오타쿠나 노조 아저씨들과의 연대하는 것을 마다하지 않겠다는 아이돌 가수 출신 여성에게서 느껴지는 불안의 감정이 이 서사들의 종결을 지연시키는 요인이다.

14 조경희, 「일본의 #METOO 운동과 포스트 페미니즘」, 《여성문학연구》 제47호, 96쪽.

대부분 가족 없는 '독신의 노년 여성'[15]이나 '위안소 생활을 함께 한 두 여성들의 우정 관계'[16]를 통해 조망되고 있으며 권명아의 지적대로 모두 '민원창구 공무원'을 등장시킴으로써 피해자 등록을 관장하는 국가 행정 시스템의 역할과 한계를 보여 준다.[17] 위안소 생활을 함께했던 친구를 '대의'하기 위해 긴 침묵을 깨고 발언한다는 상상력[18](영화 「눈길」, 「아이캔스피크」 등)이나 그 과정 속에서 여성 시민사회의 '조력'을 부각하는 방식[19](김숨의 '위안부' 증언 소설들, 영화 「허스토리」 등)들은 모두 '위안부' 문제가 무엇보다 여성들 간의 사적, 공적 연대를 통해 사회 내 성원권을 가지게 되었다는 사실에 방점을 찍고 있는데, 이러한 전략은 단연 그간의 '위안부' 서사가 '가족주의적 육친성에 호소'하거나 민족주의 담론 속에서만 맴돌았던 사태에 대한 경계의 발로이기도 하다. 또한 '법정 서사'로서의 '위안부 서사'는 '위안부'의 존재를 부정하는 일본 당국에 대한 법률적 저항의 의미를 나타내기도 하지만, 고통받은 여성의 목소리를 비체적인 구성적 외부로 취급하기를 그친다는 점에서 의의가 있다.

배삼식의 희곡 「1945」는 두 명의 여성을 통해 '위안부' 문제를 끌어오는 또 하나의 '위안부' 우정 서사지만, 두 인물의 국적이 다르다는 점에서 기존의 서사들과는 차이를 보이며 2015년 이후 나온 많은 '위안부' 서사들 중 이례적으로 2015년 이후의 현재를 서사화하지 않고 있다. 만주에서 함께 위안소 생활을 하고, 종전 직후에는 전쟁고아가 된 아동을 함께 매매하기도 했던 전쟁 동지 명숙과 미즈코는 종전이 선언되자 돌연 "적"[20]이자 "원수"가 되어 헤어져야 하는 상황에 처한다.

미즈코: 면스끄…… 와따시따치 고레데 오와카레나노?(명숙, 이제 우리 헤어지는 거야?) (……) 도오시테?(어째서?)

명숙: 도오시테모 고오시테모 나이데쇼! 니혼진와 니혼진 도오시, 조센진와 조센진 도오시, 소레조레노 미치오 이꾼다요! 소레가 도쿠리츠데 모노난다. 와카루?(어째서는 뭐가 어째서야! 일본인은 일본인대로, 조선인은 조선인대로, 제 갈 길로 가는 거다. 그게 독립. 알겠어?) (……)

미즈코: 면스끄와 도꼬니 이꾸노?(명숙은 어디로 가?) (……) 구니니 가에라나이노?(고향으로 가는 거 아니야?)

명숙: …… 다른 데는 다 가도 거긴 안 가. 거기만 아니면 어디든지.

그러나 해방 후 피난민들 사이의 강한 반일 정서 속에서 목숨을 위협 받는 미즈코가 임신 소식을 전하며 명숙에게 동행을 요청하고, 이를 외면하기 어려운 명숙은 미즈코를 언어 장애가 있는 친동생으로 위장하여 '조선인 전재민 거주소'에 머물도록 돕는다. 「1945」에서 각별히 부각되는 것은 해방

15 이혜령, 「그녀와 소녀들-일본군 '위안부' 문학/영화를 커밍아웃 서사로 읽기」, 『문학을 부수는 문학들』, 116~152쪽 참조.
16 배삼식·박민정·허윤, 「두 여자 이야기」, 《문학동네》 2019년 겨울호, 77쪽. 허윤의 발언 참조.
17 권명아, 『여자떼 공포, 젠더 어펙트』(갈무리, 2019) 참조.
18 권은선·김청강·오혜진·허윤, 「대중매체를 통해 바라본 일본군 '위안부'의 재현」, 《웹진 결》, 권은선의 발언 참조.
19 권은선·김청강·오혜진·허윤의 대담 속 오혜진의 발언 참조.
20 배삼식, 「1945」, 『1945』(민음사 2019), 2017년 7월 5일 명동예술극장(서울)에서 초연.

후 한일 여성들이 처하게 된 특수한 성폭력의 양태와 민족 국가 수립 과정에서 작동하는 다양한 배제의 논리들이다. 일본인 남성과 결혼한 조선 여성은 해방 후 돌연 "내선일체를 몸으로 실천한 황민화의 모범"이라며 길거리에서 구타를 당하는데, 이는 "조선 것들은 아직두 멀었어. 남의 불에 게 잡는 셈으로 독립을 해노니, 정신들 못 채리고"라고 말하며 식민지 근대화론을 체화한 친일파 조선 남성인 최 주임이 명숙에게 편안한 잠자리를 빌미로 성적 접근을 할 수 있는 권력을 가진 관리자가 된 것과는 상반된다.

작가는 직접 재현이 아닌 소식의 형태로 여성들을 대상으로 한 강간, 살해를 서사 내부에 들여오고, 이에 대한 상반된 반응을 보여 줌으로써 해방 후 단일 민족 국가 수립 과정 속 성정치 작동법을 묻는다. 여성에게 유무형의 폭력을 직접 휘두르거나 생활에 전혀 무능한 남성들도 외에 명숙과 미즈코의 로맨스 상대로 나오는 이른바 '선량한 남성'들의 논리는 작품 속 갈등의 정점에 해당한다. 해방 후 "미즈코가 로스케들 노리개가 되는 건 도저히 참을 수 없다."라며 그의 명예와 자존심을 지켜 주기 위해 자살을 권하며 독을 "마지막 선물"로 선사하는 미즈코의 애인이나, 두 여성의 '위안부' 이력이 밝혀진 후 이웃들이 그들을 배척하자 "운이 나빴을 거예요. 우리가 씻어 줘야죠. 그 고통을. 지옥에서 건져 내야죠."라며 그들을 장엄하게 비호하는 영호는 해방 이후 민족 국가 정상화 과정 속에서 '위안부' 여성들의 경험이 민족 수난 서사 내부로 종속변수화되고 있음을 보여 준다. 어렵사리 돌아온 '위안부' 여성들의 이야기는 오랫동안 전해지지 않았는데, 이는 "전쟁에서 돌아온 학병들이 일본군의 만행을 증언하며 '민족의 아들'로 귀환하였으며, 이들이 '학병 서사'라 불리는 문학적 전환점을 이루"[21]며 남성 젠더화된 민족 국가 신화를 다져 갔던 정황과도 대비된다.

영호의 시혜적인 발언에 명숙은 자신이 더 이상 그들과 함께 하지 않겠다고 선언하며 일본인임이 들통 나 이미 귀국 행렬에서 배제된 미즈코의 손을 잡는다. "우린 당신하고 같이 가지 않아. (……) 당신이 뭔데, 우릴 데려가구 버리구 한다는 거야? 씻어 줘? 우리가 더럽다구? 아니. 우린 더럽지 않아. (……) 더러운 건 우릴 보는 당신, 그 눈이지. 씻으려면 그걸 씻어야지. 하지만 아무리 씻어두 아마 안 될 거야. (……) (미즈코에게) 그 거짓말 속에두, 꿈속에두 미즈코 네가 있었어. 내 지옥을 아는 건 너뿐이야." 귀국을 하더라도 고향으로는 절대로 돌아가지 않겠다는 결심한 바 있던 명숙은 영호의 말을 통해 '위안부'라는 성폭력 피해 이력이 드러나는 순간 자신이 다시는 안정적인 지역 사회 내에 귀속될 수 없다는 것을 깨닫게 되는데, 이는 91년 김학순의 첫 공식적 증언이 나오기까지의 40여년의 긴 침묵의 세월[22]이나 일본의 배봉기와 송신도, 태국의 노수복, 중국의 하상숙과 홍강림 등 종전 후에도 귀국하지 못했던/않았던 여성들이나 그 외 이름조차 알 수 없는 수많은 미등록 '위안부' 여성들을 떠올리게 한다.

결국 미즈코와 명숙은 무리로부터 떨어져 나

21 허윤, 「양공주, 자유부인, 위안부… 한국의 '여성혐오'史」, 여성주의 저널 일다, 2019. 09. 22.

22 정신대문제대책협의회의를 발족시킨 초대 공동대표 윤정옥은 '위안부' 당사자로서 처음 증언에 나섰던 故김학순이 북한 출신이기 때문에 남한에 가족이 있는 다른 생존 여성들에 비해 먼저 용기를 낼 수 있었을 것이라 회고한 바 있다. 윤정옥·김수진 「"얘들, 어떻게 됐나? 내 나이 스물, 딱 고 나이라고."」, 《여성과 사회》 2001년 가을호, 윤정옥의 발언 참조.

와 과거 두 여성을 착취한 위안소 중간 관리인이자, 그들보다 먼저 '위안부' 생활을 했던 약물중독자 선녀와 함께 전염병에 걸린 이를 돌보고, 이들을 제외한 모두는 한 팀으로 열차에 탑승해 고국 땅으로 향한다. 이야기는 "독립이 되구, 조선 사람끼리만 사는 다음에야 그러게 악독한 짓을 할 머리가 있겠"냐고 말하며 해방 후 단일 민족국의 수립이 되면 폭력이 해소될 것이라 주장하는 이 노인의 낙관을 비웃듯 명숙을 "머리에 스카프를 두르고, 하늘하늘한 원피스를 입고, 검은 썬글라스를 끼고, 빠알간 구찌베니를 바른" '양공주'로 재등장 시키며 해방 이후 미군정의 보호를 받은 민족 국가 대한민국이 상납처만 다를 뿐 자국민 여성의 성을 다시금 납품의 대상으로 여겨왔음을 보여 준다. '위안부' 여성의 존재가 단일 민족 국가 수립 서사의 핵심 맹점이라는 것, 그렇기 때문에 그 여성들은 돌아오지 못하도록 버려졌거나 돌아오지 않기로 선택했다는 것, 바로 이것이 '피해자 등록제'와 '배상'을 중심으로 한 최근의 '위안부', '법정 서사'가 묻지 못했던 것이다.

「1945」에는 명숙을 중심으로 하여 주요한 관계 세 쌍이 있다. 명숙과 미즈코와의 관계에서는 '국적'이, 명숙과 선녀와의 관계에서는 '계급'이, 명숙과 영호를 관계 속에서는 '성 차'가 이들 간의 연대를 결렬시키는 중심축으로 설정되는데, 이는 '위안부' 문제가 다양한 교차성 위에 놓인 사안이라는 이라는 것은 나타내 준다. 박유하 사태 이후 '위안부' 문제가 민족주의 혹은 페미니즘이라는 단순한 진영 논리로 양분되어 버리고, 이를 옹호한 우에노 치즈코 등의 보편주의적 페미니즘이 역사 수정주의 논리에 힘을 싣게 된 정황 속에서 「1945」와 같은 '위안부' 서사나 나아가 '위안부' 이슈를 위해 생성된 채널들을 통해 다시금 접속하는 최근의 한일 여성들의 서사들은 양국의 여성들이 서로간의 국적, 문화적, 계급적 차이를 분명히 인식함과 동시에 동아시아 여성혐오의 역사적 계보를 연대 추적하는 탈식민주의 페미니즘의 회로 속에 있음을 예증한다.

4 나가며: '여자력' 강한 일본 여성이라는 시선

최은영, 박민정, 배삼식, 김금희의 작품들에서 등장하는 일본인 여성들은 일괄적으로 폭력 경험에 오래 노출되어 폐쇄적이거나 흔히 '여자력' 강한 여성이라고 스테레오타입되는, 소심하면서도 강단 있는 인물들로 등장한다. 세계 편력을 꿈꿨지만 결국 고향인 시골 마을 떠나지 못하는 최은영 소설의 쇼코, 상식적인 역사 인식이 결여되어 있으며 여성에 대한 외모 칭찬을 정말로 칭찬이라 믿는 박민정 소설의 세실, 순결을 지키지 못할 바에는 자살을 하라고 권유했던 애인의 사랑을 여전히 간직한 배삼식 희곡의 미즈코[23], 혐한의 분위기가 팽배한 대학 사회에서 자신의 재일 코리안 정체성을 연루시키지 말 것을 거듭 당부하며 텃밭을 가꾸는 일로 시위를 대신하는 김금희 소설의 유키코 등은 그들의 짝으로 등장하는 한국 여성들과의 비교하여 훨씬 더 억압되어 있으며, 그들을 답답하게 지켜보는 한국

23 미즈코의 성격을 '여자력'으로 독해한 것은 박민정과 허윤의 것이다. 미즈코의 수동성을 '여자력'으로 읽거나 미즈코와 명숙 간의 관계에 퀴어적 상상력을 발휘하는 두 사람의 독해를 두고 배삼식은 그것이 결코 자신이 의도한 바는 아니었다고 밝히기도 했다. 배삼식·박민정·허윤의 대담 참조. 이 두 여성 작가들의 독해는 다분히 현 일본의 백래시 경향과 퀴어 정치에 대한 앎을 전제로 하며 이는 저자와 독자 간의 세대적, 젠더적 감수성 차이로부터 기인한 독자성의 발로다.

인 중심 화자의 시선이 소설을 이끌어가는 동력이 되기도 한다.

1990년대 이후 정치, 종교, 문화계에서 각종 백래시가 일어난 일본의 포스트 페미니즘 물결 속에서 여성들의 미덕으로 '여자력'이 내세워졌다는 조경희의 분석을 따라 읽다 보면, "등장인물도, 내용도, 독자의 반응도, 정치적으로나 페미니즘적으로 올바르다."[24]라는 현지 반응 속에서 『82년생 김지영』이 일본에서 큰 지지를 얻고 있다는 사실은 도리어 아찔하기까지 하다. 무고하고 선량한 여성서사나 이민경 작가의 Q&A형 페미니즘 서적이 특별한 각광을 받는다는 소식은 모든 이들에게 화급하게 페미니즘적 각성과 세례(?)를 강조하는 일을 숙고하게 만든다. 꾸밈이나 가사 노동 등 '여자력'을 강조하는 동년배 일본 여성을 보며 당혹감을 느끼는 한국 여성의 감정을 지속적으로 서사화해 온 박민정의 소설이 멈춰서는 지점 또한 한일 여성들 간에 페미니즘 의식화 수준이나 위계를 어떤 방식으로든 설정하려는 순간, 이 문제가 다시 민족주의나 식민주의 논법으로 회수될 가능성이 크기 때문일 것이다.

김금희의 「마지막 이기성」의 메시지가 맞닿는 고민의 지점 또한 바로 그 점이다. 혐한의 열기로 인해 "상당히 압착되어 있는 듯한 인상"[25]을 풍기며 "무심코 넘길 수 없는 불쾌한 소동들이" 벌어지는 2006년의 도쿄에서, 일본에서 나고 자란 재일 코리안(4세 정도로 추정) 여성 유키코는 혐한 세력에 맞서 캠퍼스에 텃밭을 가꾸는 시위를 한다. 한국인 유학생인 '나'에게 그의 저항 방식은 "신선놀음"이나 한가로운 "가드닝"으로 보이기 때문에 '나'는 유키코를 향해 자기 정체성을 똑바로 마주 보라고 명령하며, "슬픔과 우울로 반응하는 건 일종의 지체이고 감상일 뿐"이라고 호통친다. 그런 '나'에게 유키코가 하는 대꾸는 페미니즘의 이름으로 다양한 배제의 논리가 작동하는 현실을 돌아보게 만든다. "지금 네가 이렇게 문제를 키우는 건 우리를 위험으로 모는 거야. 너는 유학 생활이 끝나면 한국으로 가겠지만 우리는 아니야. 우리는 여기서 살아야 해." '민족적 동류'나 '생물학적 여성'이라는 동질성만으로 기계적으로 적용하거나 이식할 수 있는 싸움법은 없다는 것. 여성주의적 사유의 확산과 가속을 바라는 마음을 숨기기 어려운 매일의 일상 속에서, 한일 여성서사 속 복잡하게 흔들리는 '일본 여성'이라는 존재가 말해 주는 것이 바로 그것이다. 어떤 방식으로 우리는 감히 말할 수 있을까. "서로 상처 주는 순간이 있어도 친구가 되어야 하는 까닭을 나는 이제 알 것 같아요."[26]

24 조경희의 앞의 논문에서 재인용한 소설가 가와카미 미에코의 발언.
25 김금희, 「마지막 이기성」, 《문장 웹진》 2019년 2월호.
26 박민정, 「A코에게 보낸 유서」, 『아내들의 학교』(문학동네, 2017).

'퀴어 신파'는 왜 안 돼?
—퀴어서사 미학을 위하여

김건형 문학평론가. 2018년 《문학동네》 신인상 평론 부문으로 등단했다.

1 '신파'라는 증상 혹은 이성애 서사성의 문학사

> 숨을 참는 동안 내가 너무나도 좋아했던 그가 더 이상 이 세상에 없다는 사실을 깨달았다. 그를 좋아했던 시절의 나, 그의 뒷모습을 바라보고 있던 나조차도 이미 이 세상에는 없는 존재라는 것도 알 수 있었다. 그때의 우리가 느꼈던 감정은 모래바람처럼 한순간에 우리를 휩쓸고 지나가 버린 것이었다. 생각이 거기에 미치자 정말 눈물이 날 것 같았지만 울지는 않았다. 신파는 영화로 족했다.(205쪽)

퀴어서사 리부트의 한 축을 이룬 박상영의 『알려지지 않은 예술가의 눈물과 자이툰 파스타』[1]는 메타적 퀴어 재현으로 일찍부터 주목받았다. 이 소설에서 두드러지는 감각은 1인칭 화자가 '신파적 서사성'과 부단히 견주는 거리감이다. 신파적 인지를 고민하는 '나'의 자기 응시가 이 소설 전체를 직조한다. 특히 자신의 삶과 퀴어 재현(퀴어 영화)을 견주는 장면들에서 두드러진다. 『자이툰 파스타』의 미학이 "차라리 비극의 통속성 안으로 끝까지 밀어붙이고 그로부터 시간적인 거리를 두고 바라보는 시선에 있다"[2]라는 지적 역시 이 소설이 '퀴어(의) 신파'에 대한 중층적인 응시로 구성되어 있음을 보여 준다.

퀴어서사에 대한 비평 담론 역시 신파와 밀접하다. 특히 소설집의 해설은 신파의 기원인 근대 문학(성)을 서두에 전제하며 박상영의 소설을 현대적 신파로 읽는다.[3] 이는 신파가 다시 문제적이게 된 맥락을 적확히 도출한다. 해설은 한국인의 심상 속에서 대표적인 신파로 자리한 「이수일과 심순애(『장한몽』)」의 원작 『금색야차(金色夜叉)』로부터 시작한다. 박상영의 소설 속 여성/퀴어 인물들의 예술 및 상품 물신화가 물질주의

1 박상영, 『알려지지 않은 예술가의 눈물과 자이툰 파스타』(문학동네, 2018)(이하 『자이툰 파스타』로 약칭, 인용 쪽수만 표기)

2 강지희, 「광장에서 폭발하는 지성과 명랑」, 소영현 외, 『문학은 위험하다』(민음사, 2019), 309쪽.

3 윤재민, 「해설」, 박상영, 앞의 책(이하 인용 쪽수만 표기)

에 대한 사랑/윤리의 패배를 증명한다고 호평한다. 이수일과 심순애에 대한 일반적인 심상에서 연상되듯, 신파(적 감정 과잉)는 근대 초기부터 자본주의적 가짜 욕망에 휩싸여 '사랑'을 배신한 자들의 천형이자 총체적 세계 인식을 저버린 비윤리적 인간형을 향한 비평적 개념임을 상기할 필요가 있다. "'근대문학'적 윤리와 멀어지고 있는 자본주의적 생활 세계의 의식이 절대다수가 된 한국사회의 특정한 국면을 독창적인 인물의 시선으로 포착한다."(330쪽)라는 독해는 퀴어 인물을 근대적 리얼리즘의 한 독창적인 설정으로 읽는다. 퀴어와 여성 인물들의 사회 문화적 조건과 문화적 수행의 정치 미학적 전유를 꾸준히 누락하는데, 그로써 "사랑을 빙자한 즉흥적인 육욕과 소비자의 나르시시즘에 의지한", "자기 파멸"에 도달한다.(334쪽) 진정한 사랑/윤리보다는 피상적 외양 과시만을 택해 버린 "오늘날 한국 사회의 황폐화된 내면과 윤리적인 파탄을 반영하는 인간형"(331쪽)을 읽는 것이다. 이처럼 퀴어의 사회적 조건은 자본주의적 물신을 입증하는 리얼리즘의 소도구로 독해되고, 퀴어의 정동은 신파적 파탄으로 독해된다. 사회의 병리적인 증례로서의 퀴어성과 그 고통을 관찰하는 리얼리즘의 새로운 설정으로서의 퀴어서사인 것이다. 퀴어 인물의 감정들을 신파로 읽으면서 근대 문학 일반의 리얼리즘을 재확인하는 이 안도감은 어떤 비평적 징후가 아닐까. 같은 맥락에서 게이 연인의 장례식장에 참석하여 애도의 자리를 고민하는 소설 「라스트 러브 송」(김봉곤, 『여름, 스피드』(문학동네, 2018))을 "성 정체성을 지우고 읽는다면, 이 소설은 '참사' 이후의 고통을 직접적으로 '토로'하는 흔한 소설에 머무르는 것"[4]이라는 독해도 상기할 수 있다. 성 정치적 문제를 누락하자마자 진부한/익숙한 반복으로 읽히는 셈이다. 여타의 퀴어 정동들은 가능한 과소 독해하면서도 고통만은 과잉 추출해 '보편'의 리얼리즘에 복무하는 서사로 읽는 패턴은, 퀴어를 사회적 부정성과 죽음 충동의 체현물로 읽기 위함이다. 문학평론가 오혜진은 이를 "자신에게 이해 가능한 것으로 번역되지 않는 존재들의 세계"에 대한 구조적 부인이며 "비규범적 세계가 기존의 규범화된 앎의 세계로 편입되거나 번역될 때에만 그것에 문학적 시민권을 발급"하는 비평적 커버링으로 분석했다.[5] 이것은 퀴어서사가 놓인 정치적 위계를 짚는다. 퀴어적 정동을 근대문학의 반복으로 규정하는 비평은 퀴어의 수행과 정동을 기성의 이성애 규범적 재현/정동으로 흡수하는 규범적 문학사를 재구축한다.[6] 세계를 재현하는 미학(적 인식론) 자체를 재

4 김녕·안지영·이지은·한설, 「소복한 밤과 우정의 동상이몽」, «문학동네» 2018년 여름호, 524쪽. 김녕의 발언.

5 오혜진, 「지금 한국문학장에서 '퀴어한 것'은 무엇인가」, 『지극히 문학적인 취향』(오월의 봄, 2019), 409쪽.

6 퀴어서사를 호평하며 '보편 문학사'에 등재하는 독해들이 퀴어성 및 퀴어 인물의 수행을 서사(성)와 분리/누락하는 패턴은 주목할 만하다. 가령 노태훈은 '소수자'로 국한하지 않겠다는 의도를 밝히며 "어떤 것이 예술인지 끊임없이 그 보편성을 탐색"하는 소설로 『자이툰 파스타』를 의미화한다. 소설 결말의 "아무것도 아니라는 말은 결국 '보편적'이라는 의미와 같"은데, 실패한 예술가가 "화해에 실패하고야 마는 이 이야기는 그 자체로 보편적인 예술이 된다"는 것이다. 자본주의라는 사회적 부정성을 강조하지 않(아 퀴어를 대상화하지 않)겠다는 선의 역시 예술가 소설이라는 보편 문학사로의 '편입'으로 귀결된다. (노태훈, 「깨어 있는 꿈-예술가의 정체성, 퀴어라는 장르」, 『2018년 제9회 젊은작가상 수상 작품집』(문학동네, 2018), 330~331쪽.)

배치하기보다는 소수자를 기존 재현 체계에 포섭하고 등재함으로써 '인권'의 소재만을 확장하는 패턴은 페미니즘 서사를 향한 비평적 독해를 다시 연상시킨다. 여전히 이 체계가 안전하게 남는다면, 우리에게 필요한 것은 새로운 미학적 틀이 아닌가. 다르게 재현한 것을 익숙하게 읽는 것이 문제인 상황이라면 아예 노골적으로 '퀴어 신파' 혹은 '퀴어 리얼리즘'이라는 미학적 개념을 제안해 보면 어떨까.

이를 위해 우선 원래의 신파가 대중적 비평 개념으로 오래 살아남은 맥락을 잠시 상상해 볼 필요가 있다. (서구의 멜로드라마에서 유래해 일본을 거쳐 번안된 근대 초기 장르 '신파극'에서 확장된) '신파'는 흔히 어떤 서사가 부자연스럽게 눈물을 짜낸다는 비판적 의미로 사용된다. 그 안에는 특정한 서사구조가 특정한 정동을 생산/유발하는 구조에 대한 인식과 이로부터 촉발된 독자·관객 자신의 감정에 대한 메타적 인식이 전제되어 있다. 어떤 재현의 규율을 인지하며 재현된 감정에 대한 감정을 평가하는 독자(성)로부터 출발하는 비평적 도구인 셈이다. 소설, 드라마, 영화 등 장르를 막론하고 '신파적'이라는 평가는 주로 사랑(하는 자신의 정동을 인식하는 고통)의 재현 방법에 집중된다. 관객·독자의 눈물을 자아내는 (가난에 의한 실연과 모자 상봉 같은) 특정한 서사 구조를 '신파조'라고 할 때, 이는 이성애 연애·가족의 (위기와 회복에 관한) 문법을 향유하는 정동과 쾌락을 읽는 비평 언어다. 근대문학이 청년기 이성애자 남녀의 일부일처 성애와 경제적 교환으로서의 계약혼을 중심으로 사랑을 발명해 온 역사 속에서 신파는 근대적 개인이 연애하는 자신의 감정 구조를 '자각'하는 언어/코드로서 발명되고 유포되었다. 신파적 서사(성)는 사랑이라는 정동을 감지하고 재현하는 방법을 훈육해 온 것이다. 물론 차츰 그 이성애 연애의 문법과 구도가 정착되고 정형화됨에 따라 '신파적'이라는 말은 서사의 진부함과 정동의 통속성(최루성)을 의미하는 대중적 개념이 되었다. 하지만 단순히 지겹다는 관용적 표현으로만 넘길 수 없다. 이 '신파'라는 말을 둘러싸고 이성애 연애/가족 서사의 문법이 문화적 규범이자 미학적 스키마(schema)로 정립되고 공증되어 왔기 때문이다. '신파'가 이성애 규범적 주체를 공고하게 자리 잡게 한 서사성과 그 정동으로부터 유래했다면, 이것은 그저 서사의 진부함이나 감정의 통속성을 의미하는 수사에 그치는 것이 아니다. 진부해질 정도로 반복된 재현 규범이 (재)생산하는 서사(성)과 미학을 전제해야만, 신파는 비평적 의미값을 가지기 때문이다. 여전히 이성애 신파는 장르를 막론하고 변주되면서 대중들의 미감과 쾌락을 생산하고 사랑에 대한 정치를 수행하고 있다. 그간의 이성애 신파 역시 사랑과 관계에 대한 '감정 교육'이었다는 것을 환기한다면, 마찬가지로 퀴어 신파는 이에 대응하면서 퀴어(와)의 관계 맺음을 발명하고 감정 구조를 분화하는 개념이 아닐 수 없다.

2 진정한 리얼리즘이 퀴어를 소환하는 자리

이성애 신파가 이미 장악한 재현 규범은 화자 박 감독이 퀴어 영화를 직접 만들어야겠다고 결심한 계기였다. "나는 퀴어 된 도리를 다하기 위해, 한국에서 개봉하는 거의 모든 퀴어 영화를 챙겨 봤으나 번번이 큰 실망에 사로잡혔다. 퀴어 영화들은 하나같이 과잉된 감정에 사로잡힌 신파거나 투명할 정도로 정치적인 목적을 드러내고"(147쪽) 있었다. 이는 앞서 살펴본 퀴어의 정동을 신파로 읽거나 퀴어의 사회적 조건을 자본주의로 읽는 리얼리즘이라는 문법을 연상시킨다. 이성애 규범에 특화된 재현 문법에서는 "동성애를 훈장처럼 전시"하는 리얼리즘이거나 퀴어의 정동을 "대상화해 신파로 소모"하는데, 이는 "남성 동성애자의(즉, 나의) 현실과 거리가 멀"기에 "영화를 보다 없던 혐오감"마저 느끼게 한다.(147쪽) "이성애자 감독들이 그리는 동성애 섹스는 하나같이 (……) 과장된 모습"이다.(178쪽) 기성 퀴어 재현에서 '신파'의 작동을 읽어 내는 박 감독은 이성애 문법과 정동으로 재현한 서사가, 퀴어 관객으로서 자신의 쾌락과 향유를 위해서는 제대로 작동하지 않음을 짚어 낸다. 분개한 박 감독은 "세상에 없는 퀴어 영화를 만들기 위해서" 스스로 퀴어 미학을 발명해 "태초의 무언가가 되기로 마음먹"는다.(147쪽)

그런 박 감독의 도전은 끊임없는 이성애 신파의 견제를 받는다. 박 감독은 영화 배급사에서 일하는 친구 '미자'를 돕기 위해 영화감독 K의 20주기 회고전 상영회에 참석한다. 오랫동안 평론가들의 오랜 찬사를 받아 온 영화 「연인」은 박 감독에게는 "과장된 어조의 대사"로 점철되어 "상투적이고 피상적인 질문"만을 유발하는 전통적인 이성애 신파일 따름이다.(168~169쪽) 심지어 이 회고전은 동성애 루머를 은연중에 이용하는 "세상에서 동성애를 가장 잘 이용하는 이성애자"(173쪽)인 오 감독에게 문화적 권력을 배분하는 자리이기도 하다. 일찍부터 오 감독은 "사회적 약자를 대상화하는 최루성 상업 장편영화"(143쪽)를 찍어 왔다. 화자는 그런 오 감독의 재현에서 신파의 문법을 읽어 낸다.

> 그의 영화는 성소수자를 심하게 대상화하고 있었고, 1980년대 퀴어서사에나 적합한 신파 코드로 점철되어 있었다. 익숙한 게 좋다 이거겠지. 평론가 김은 심사평에서 오 감독의 영화를 두고, 성적 소수자의 고통을 잘 형상화해 동성애를 보편적 경지로 끌어올린 수작이라고 평했다. 그들은 모두 보통 사람들이 누구이며 그들이 하는 보편적인 사랑이 뭔지 너무 잘 알고 있는 눈치였다. 동성애자들이 뭐 얼마나 특별한 사랑을 하고 산다는 건지, 동성애자인 나조차도 알 수 없는 일이었다. 아무튼 이성애자가 연루되면 뭐 하나 제대로 되는 일이 없었다.
>
> 박 감독의 작품이 별로였다는 건 아냐. 근데 뭐랄까. 좀 현실적이지 못해.

네? 갑자기 무슨 말씀이신지.(일기나 다름없는데.)

아니 생각해 봐. 주인공들이 너무 발랄해. 깊이가 없어.

깊이요?

응. 캐릭터들이 자기가 동성애자라고 우기기는 하는데 가슴속에 우물이 없어 그게 말이 안 돼.

무슨 (좆 같은) 말씀이신지.

박 감독 세대는 어떨지 모르겠는데, 우리는 동성애자가 그렇게 별 고통 없이 정체성을 받아들이는 게 너무 이상하고 어색하게 느껴진다고. 너무 나이브하지 않나. 사회적으로 고립된 소수자들이 왜 그런 말투를 쓰는 건지.(178~179쪽)

박 감독 자신의 일기처럼 만든 영화를 향해, 기성의 비평 담론은 퀴어의 고통을 잘 형상화하지 않았기 때문에 보편적 경지에 이르지 못했다고 단언한다. 이 '리얼리즘'은 지금 살아가고 있는 동성애자의 현실이 아니라 "동성애자들에 대한 감독의 성찰"에서 현실성을 찾는다. 사회적 타자의 고통을 진지하게 성찰해 '가슴속 우물'을 갖춰야 한다. "보통 사람들을 설득할 수 있는 치명적인 '지점'"(180쪽)이 '깊이' 재현될 때, 비로소 진정성에 도달하기 때문이다. 타자는 진지한 감정인 '고통'을 제공할 때 소모되지 않고 인식의 진정성에 도달한다. '보통 사람'의 인식론은 타자를 인식 대상으로 번역하는 리얼리즘을 통해, 그런 타자성을 인식해 '주는' 윤리적/미학적 쾌락을 생산한다. 타자를 인식하는 자기의 진정성을 확인하는 쾌락. 박 감독은 이 재현 규범이 "동성애자인 나"와는 사실 무관하며 "이성애자가 연루되면"서 일어나는 사태라고 정확하게 지적한다. 퀴어를 소환하는 리얼리즘이 실은 자기 응시임을 본다. 이성애 규범적 신파 서사(성)는 퀴어를 포획하여 인식의 주체를 생산하는 정치 미학인 것이다.

오 감독의 최근작이 "전형적인 한국형 신파 문법에 양념처럼 아동 성폭행 소재를 얹어 놓은 영화였다."(172쪽)라는 '나'의 분노한 평은 신파 문법과 그 감정 구조가 이성애자 남성 지식인에게 이미 미학적 규준으로 정립되어 있으며, 그로써 타자의 고통을 인식하는 쾌락과 향유가 이 세계의 근본 미감임을 보여 준다. 세계를 관찰하는 진정성이 이성애 규범적 리얼리즘 미학의 목표인 셈이다. 이미 세계의 주인인 주체에게는 타자의 고통을 투명하게 재현하고 인식할 수 있다는 믿음이 있다. 그 투명한 리얼리즘은 타자를 재현함으로써 세계의 고통을 파악하는 단단한 총체성의 주체가 되는 방법이기도 하다. 이 재현의 주체는 자신의 재현 자체가 다시 세계를 구성하고 자신의 언어가 다시 타자의 환경을 조성한다는 점을 간과한다. 총체성의 누빔점이기에 자신이 어디에 서서 무엇을 하는지 보지 않아도 되는 이성애자 남성 지식인에게 당연한 세계 원리인 리얼리즘은 이 '객관성'에 기반한다. 이러한 진정성의 윤리로서의 리얼리즘은 그간 한국문학장에서 자주 운위되어 온 특정한 '문학성'이 감춰 온 젠더적 인식틀과 상통한다.[7] (비-남성인) 퀴어/여성을 사회의 죽음 충동과 자기 파멸로 읽는 리얼리즘은 여전히 강고하다.[8] "박상영은 도덕과 윤리를 결여한 채 타인 지향의 평평한 자의식에 갇힌 군상들의 시선을 빌려 오늘날 절대다수의 한국인에 의해 물질적으로 구성된 '한국적인 것'의 한 측면을 어떤 사회과학적 통찰보다 정확하게 형상화한다."(331쪽)라는 해설 역시 퀴어/여성 인물의 조건과 수행에서 자본주의의 타락을 추출해 이를 통찰하는 진정성의 윤리, 리얼리즘의 문학성에 도달하고 있다.[9]

그러니 이 리얼리즘은 윤리적으로 타락한 시대의 독자를 통찰하는 애통함을 자신의 미학으로 삼는다. "'근대문학'의 해체는 절대다수의 대중들이 더 이상" "'근대문학'적 윤리"에 관심을 두지 않기 때문이다. "이 시대의 독자들은 간이치와 오야마의 후예들"(『금색야차』의 연인)로서 "자신의 육체와 정신적 소양을 자본주의적 테크놀로지로 완전히 치환한 호모 에코노미쿠스의 중우정치"에 사로잡혔다.(330쪽) 그런 대중들의 신파적 감성 구조와 자의식 과잉은 '문학의 종언'으로 독해되지만, 정작 소설은 그런 독자(성)로부터 다른 퀴어 미학을 도출해 낸다.

3 자기중심적인 퀴어 독자들의 미학

오 감독은 뻔뻔하게 관객을 향해 예술과 창작이란 "자위 행위"(171쪽)라고 대답하며 그런 자신을 전시할 수 있지만 박 감독에게는 그런 자족적 재현 언어가 제공되지 않는다. 그러므로 박 감독은 어렵게 겨우 상영한 자전적 영화 「알려지지 않은 보편의 사랑」이 결국 실패했다고 자인하게 된다. "주인공이 게이라는 것 말고는 아무런 특색도 가치도 없는 그런 영화"(207쪽)라고 신랄하게 자평하는 박 감독은 퀴어성을 보편적인 재현 언어로 다시 쓰려는 시도가 결국 새로운 언어의 창출에 이르지 못했다고 좌절한다. 이성애 신파는 20년이 지나도 재평가되고 끊임없이 반복 변주되지만, 퀴어서사는 언제나 새롭지 않으면 존재 가치를 증명하기가 어렵다.

7 김건형, 「소설의 젠더와 그 비평 도구들이 지금」, 《문학과사회 하이픈》 2019년 가을호.

8 소영현은 박상영 소설의 인물들이 "소비 자본주의의 낭비와 탕진의 이미지로 감싸여 있"는 것을 "합법적이고 합리적이며 생산적이고 미래지향적인 성실한 삶에 대한 열망"에 대한 저항으로 읽는다. 사회의 부정성을 예증하는 현상으로 퀴어를 읽던 독법을 뒤집어, 재생산을 전담하는 이성애 규범이 자부하는 '재생산 미래주의'에의 거부로 읽는다. 퀴어에게 주어진 규범이라는 조건에 대한 반응이자 생산적인 파괴로 독법을 바꾼 것이다. 이러한 정치성을 바탕으로 퀴어 재현을 재구성하기 위해서는 "퀴어 재현물이 그간 누구를 독자로 상정했는가라는 날카로운 질문"이 제기된다. 소영현, 「퀴어의-비선형적인, 복수의-시간」, 《크릿터》 1호, 87, 95쪽.

9 그런 점에서 가라타니 고진의 『근대문학의 종언』을 소환함으로써, 여성의 성적 실천에 내재한 젠더적 조건 혹은 규범에 대한 대응을 부정하고 대신 자본주의의 세기말적 승리라는 현실을 읽어 내는 리얼리즘을 퀴어서사의 독법으로 제시한다는 점은 증상적이다. 『금색야차』의 "오미야처럼 자신의 상품 가치를 생각해 좀 더 비싸게 팔려고 하는 여성은 오늘날에도 널려 있으며, 남녀 모두 처녀성 따위에는 신경을 쓰지도 않습니다. 수년 전에 '원조 교제'라고 불리는 10대 소녀의 매춘 형태에 혁명적인 의미부여를 하려고 했던 사회학자가 있었습니다. 그러나 그것은 자본주의가 보다 깊숙이 침투했다는 것을 의미할 뿐입니다. (……) 오늘날에는 그런 자본의 본성이 전면에 등장해 있습니다." (「해설」, 329쪽, 재인용)

그런데 자신의 영화가 "쓰레기"라고 자조하는 그를 향해 관객 왕샤가 다가와 말한다. "뭔 소리야. 난 재밌게 봤어." 왕샤는 "캐릭터들이 맨날 술이나 처먹고, 섹스나 하고 그런" "영화가 꼭 너 같다고" 말한다. "영화 보는 내내 꼭 네가 나한테 말을 걸고 있는 것처럼 느껴졌다면 너무 자기중심적인 생각인가."(209쪽) 너의 일상, 그리고 나의 일상 같아서 재밌다고, 그 일상들이 연결되는 대화적 향유가 자신에게 미적 쾌락을 제공했다고, 퀴어 관객 왕샤는 퀴어 감독에게 말한다. 이로써 퀴어 미학에 관객성·독자성이 연루되어 있음이 제시된다. 규범적 언어와 단절하고 온전히 새로운 재현의 언어를 선보이겠다고 장담하던 박 감독의 목표가 간과한 것은, 이 '너무 자기중심적인' 수용자의 향유 층위로부터 생성되는 미학(성)이다.[10]

실은 퀴어 관객 왕샤는 이미 퀴어적 문해력을 갖고 있다. 박 감독이 철저하게 부정했던 이성애 신파 「연인」을 보고도 왕샤는 "한 여성의 이뤄지지 못한 사랑에 관한 대서사시"라고 평하며 "젖은 눈빛"으로 "자기감정에 취해" 버린다. 이성애 신파의 정동을 자신의 것으로 전유하는 왕샤의 '자기중심적인' 독법은 그간 이성애 규범적 서사와 남성적 문화 속에서도 다른 자원을 적극적으로 찾아온 여성/퀴어 독자들의 '기묘한 해석 노동'[11]을 연상시킨다. 퀴어서사를 읽고 쓰는 과정은 이러한 퀴어적 자원의 인용과 상호텍스트성 속에서 재현되고 독해되기 마련이다. 『자이툰 파스타』는 그 퀴어 독자성 자체가 퀴어 재현에 작용하는 양상을 재현한다.

이성애 신파인 「연인」을 보던 화자는 스르륵 잠이 들고, 그 영화가 들어갈 자리는 왕샤와 '나'의 만남과 사랑과 우정의 시간으로 대체된다. 일종의 액자 구조를 통해 이성애 신파 대신 왕샤와 사랑에 빠진 '나'의 과거사라는 퀴어 신파로 대체함으로써, 독자에게 자신들의 퀴어 연애를 대신 내민다. 이는 두 사람이 자신의 주변 공간과 맥락을 어떻게 바꾸어 왔는지 보게 한다. 왕샤가 자신의 정체성을 본격적으로 고민하면서 자신의 역사와 욕망을 고백하려는 순간, '나'는 즉각 "사실은 지금껏 너를 좋아해 왔다, 태어나서 이런 감정은 처음이다, 뭐 이런 식의 BL물 같은 전개"(163쪽)와 눈앞의 상황을 견주기도 한다. 이미 읽은 동성애 규범적 서사 코드들에 신속하게 접속함으로써, 군대와 전쟁터라는 동성사회적 공간에서도 틈새를 끝

10 오혜진은 '퀴어 판타지'라는 독자성을 퀴어서사의 미학(성)으로 제안한다. 작가의 정체성에 기대는 관행, 플롯이나 응시 같은 본질주의적 개념에 대한 기대가 불가능하다고 지적한 뒤, 일견 무관해 보이는 서사를 자신의 욕망으로 번역하여 즐기는 레즈비언 관객성에 주목한다. 본질적으로 다른 '응시'가 작동한다기보다는 퀴어의 문화적 자원과 재현의 전통을 '참조'하는 능력에서 기인하는 미학이다. 서사에 퀴어 독자의 욕망과 쾌락, '판타지'를 위한 장소가 존재할 때 퀴어적 향유가 발생한다. 오혜진, 「'퀴어 판타지'를 발명하는 영광」, 핀치, 2019. 11. 20.(https://thepin.ch/think/x7nu3/daydream-7) 김세희의 『항구의 사랑』(민음사, 2019)처럼 BL과 팬픽이라는 남성 동성애 서사성에서 쾌락을 찾아 읽는 여성 독자의 수행이 다시 재현의 대상이 된 맥락도 상기해 볼 수 있다. 본고 역시 선행하는 퀴어서사성을 참조함으로써 이성애 규범적 일상 속 어디에서나 퀴어적 쾌락을 찾아내는 독자의 향유와 긴밀한 퀴어 미학(성)을 읽으려 한다.

11 "'그녀'들은, 카프카와 만과 조이스와 카잔차키스 소설의 주인공들과, 그것을 읽는 자아를 애써 일치시키고자 할 때에도 필시 이물감을 느꼈을 것이고, 그럼에도 결국에는 기이한 희열을 맛보는 '해석 노동'을 해 보았을 것이다." 김미정, 「여성교양소설의 불/가능성: 한국-루이제 린저의 경우(1)」, 《문학과사회 하이픈》, 2016년 겨울호, 84쪽.

내 찾아내 다른 쾌락과 관계성을 찾아낸다. 이처럼 퀴어 신파의 서사성은 이성애 규범적 일상의 맥락을 부적절하게 파열시키며 퀴어 정동으로 대체한다.

두 사람은 자신의 존재를 입증하기 위해 세계적 예술가가 되고자 했지만, 연이어 실패한 끝에 자이툰 부대로 오고 말았다. 자신의 존재를 입증하는 데 실패한 왕샤는 자신의 몸에서 냄새가 나는 것 같은 강박에 시달려, '왕샤넬'이라는 이름을 얻을 정도로 향수에 집착한다. 언제나 샤넬을 뿌리는 이유가 뭐냐는 질문에, "그냥 이름만 들어도 알 수 있는 거. 다른 걸로 대체될 수 없는 것들"(156쪽)이 좋기 때문이라는 전유의 갈망은 곧바로 "우리 쪽 사람 같다는 생각이 퍼뜩 들"게 한다.(156쪽) 자신을 설명한 언어와 이름을 갖고자 하는 욕망은 퀴어 예술가들의 자기 재현을 추동한 맥락이기 때문이다. 「대도시의 사랑법」에서 "내게 닥친 현실을 받아들이기 위해 가장 먼저 내가 가장 잘하는 일"은 퀴어적 독해와 전유다. "독창적 별명 짓기"(「대도시의 사랑법」, 193쪽)는 일찍부터 왕샤와 박감독이 일상을 일구어 온 방법이었다. 왕샤는 전쟁터와 인접한 군부대에서 "이정현의 테크노 넘버"를 들으며 아이들과 노래하고(199쪽), "성매매 안 했다고 이리 푸대접을" 하는 노래방에서 여성 아이돌이 되어 군무를 춘다.(191쪽) 이성애 규범적 남성 동성사회성으로 구축된 공간은, 여성 아이돌의 율동과 가사를 전유해 젠더 규범의 강제력에서 벗어난 왕샤의 향유에 의해 순식간에 허물어진다. 황량한 전쟁터에서도, 차가운 도시 복판에서도 느닷없이 '샤넬 노래방'이 도래한다. 거창한 단절과 새로운 언어의 창안보다는, 세속적인 전유와 맥락 없는 도둑질로부터, 세계를 가장 통속적이고 비루하게 읽는 욕망으로부터 왕샤의 쾌락이 온다. 여기에 박상영 서사의 가장 통쾌하고 전복적인 미감이 있다. 재현 언어를 가지지 못한 퀴어 예술가들이 "이성애자들 진짜 안 되겠네. 다 죽여 버려."(191쪽) 욕하며 마이크를 훔칠 때, 여성의 자유로운 섹슈얼리티를 병리화하는 의료 담론 앞에서 자궁 모형을 훔쳐 달아날 때(「재희」), 그 절도는 문명의 기원마다 자리한 "상징 게임의 도둑질"[12]을 반복한다. 자신의 비루한 강아지를 '패리스 힐튼'이라고 부르고(「패리스 힐튼을 찾습니다」), 자신의 몸에 '샤넬'이라는 이름을 뿌리고(「자이툰 파스타」), 한국 사회에서 혐오의 가장 큰 명분인 HIV를 "카일리 미노그로 다르게 만들면서 '나'는 자기 연민과 자기혐오를 넘기 위한 최소이자 최대의 용기를" 내어 "퀴어 헤테로토피아"를 창출한다.[13](「대도시의 사랑법」) 이러한 욕망들은 물론 통속적이지만 그 덕분에 자신의 신체와 욕망을 장악한 규범의 미시적인 지배력을 읽어 내고 정지시킬 수 있다. 속물적인 향유와 전유는 욕망을 규율하는 이성애/젠더 규범의 지배력으로부터 자신의 몸을 '세속화'하여 자신의 삶을 다르게 만드는 정동을 주장한다. 거대 담론들에 패배해 자

12 오은교, 「취향과 목소리」, 《모티프》 4호, 118쪽.

13 김건형·김녕·이지은·한설, 「예민한 소설들, 그 미세한 기울기」, 《문학동네》 2019년 여름호, 531쪽, 김건형의 발언.

신의 신체로, 섹스로, 노래로, 춤으로 돌아가는 서사의 패턴은 가장 세속적인 정동과 쾌락으로부터 자신이 딛고 선 공간을 바꿀 자원을 찾아낸다.

「대도시의 사랑법」 연작은 서울을 중심으로 퀴어의 공간 읽기와 다시 쓰기를 보여 준다. 사회인으로 성장한 친구들 속에서 이 화자들은 장소의 부재를 느낀다. 만나자마자 "이성애 연애담을 서로 공유하고 지랄이"(205쪽)거나, 남성의 여성 '편력'을 자랑하거나, "아무도 묻지 않은 군대 얘기를 꺼내"(206쪽)는 남성 동성사회성의 규범에 맞게 자신을 패싱하는 일은 힘들고 무의미한 일이다. "무덤과도 같은 이곳" 서울은 퀴어에게 자신이 "어울리지 않아서" "매 순간 내 일상을 휘감는 이질감"을 느끼게 한다. 그런 퀴어의 신체를 둘러싼 공간의 규범을 읽고 이를 전유하는 전략이 '대도시의 사랑법'이다.

> 시간은 새벽 4시 20분. 근데 있잖아. 어디론가 가고 싶은데 집은 싫어. 떠오르는 곳은 오직 하나. 이태원. 거짓말처럼 주황색 택시가 내 앞에 멈춰 섰고 나는 무작정 문을 열고 올라타 아저씨 이태원 소방서요, 외쳤다. 가로등 불빛과 네온사인 간판이 원래 이렇게도 찬란했었나. 갑자기 왜 이렇게 서울이 아름답지. 아무것도 아닌 모든 것들이 특별하고 아름답게만 느껴지지.(207쪽)

퀴어(친화)적 공간인 이태원으로 가는 길은 서울의 일상과 다른 미학적 경험을 환기시킨다. 여기에서 게이 남성들은 그간의 이성애적 젠더 규범과 다른 '티아라'가 되어 낄낄댄다. 부박한 춤과 노래와 술과 웃음이라는 가장 세속적인 도구로 퀴어는 사랑과 우정을 나눌 공간을 스스로 만들어 낸다. 그 순간 퀴어 헤테로토피아가 아름답게 명멸한다. "Don't be a drag, Just be a queen."(188쪽)의 네온사인이 빛나는 동안 서울이 퀴어의 정동으로 전유된다. "나를 보며 웃는 그의 맨질맨질한 이마에 조명이 반사되고 나는 이상하게 그가 나의 서울인 것만 같다. 아름다운 서울시티."(209쪽) 퀴어 신파는 지금 여기에 퀴어 헤테로토피아를 창출한다.

그러나 물론 전유만으로 모든 규범을 산뜻하게 초월할 순 없다. 헤테로토피아는 이내 회수당하며 절도는 들통나고 만다. "우리 완벽히 졌어. 마이크 하나 제대로 훔치지 못했어."(213쪽) 박 감독과 왕샤가 이성애자들로부터 훔쳐 낸 마이크는 다시 빼앗겨 버리고 역으로 속아 돈만 날리고 말았다. 실은 퀴어만 전유하는 것이 아니라 이성애 규범과 주류 언어 역시 재전유해 가고 있음을 단적으로 보여 주는 장면이다. 여성이 전유한 페미니즘의 언어를 다시 회수해 가는 문학 언어가 그래 왔듯이. 두 사람은 혐오의 흔적을 완전히 제거하고 새로운 자긍심으로만 가득한 공간/언어를 갑자기 창안하는 일이 곤란한 일이라는 것을 절감한다. 그럴 때 소수자의 언어와 운동이 혐오의 역사와 폭력의 맥락 바로 그 위를 딛고 서 있음을 인정하는 것이 필요하지 않을까. 소수자 정치의 필요가 실은 혐오의 정치로부터 촉발되었다는 점을 새삼스럽게 상기한다면, 『자이툰 파스타』의 결말은 지속적인 재전유의 작동을 명확히 읽어 내고 그것을 단단히 딛고 설 때의 정동을 읽는 것처럼 보인다.[14]

절망한 "왕샤를 위로하는 방법은 언제나 하나였다. 예술."(214쪽) 퀴어 감독과 관객은 나란히 "유채영의 테크노 넘버"로 실패의 순간을 재현한다. 몸을 한껏 웅크렸다가 하늘로 뛰어오르는 이 "작품의 제목은, '나는 세상의 아주 작은 점이다.'"(214쪽)

> 칸 영화제를 가기는커녕 제대로 된 퀴어 영화를 찍지도 못했고, 현대무용가가 되지도 못했다. 보란 듯이 사랑을 하지도 못했고, 내가 누구인지 어떤 감정을 느끼는지조차 제대로 알지 못한 채 어영부영 나이만 처먹었다. 동성애자이면서 제대로 동성애를 하지도 못했고 그것도 모자라 이성애자들로부터 마이크 하나조차 제대로 훔치지 못했다. 이토록 철저한 실패는 영화에서도 찾아보기 힘들 정도다. 우리는 망했다. 망해 먹은 채 아무것도 되지 못했다. 우리는 웃고 떠들고 술 먹고 섹스하다 죽을 줄이나 아는 동성애자들일 뿐, 그 이상의 아무것도 되지 못했고, 되지 못할 것이다. 우리는 애초에 아무것도 아니었고, 아무것도 아니며, 그러므로 영원히 아무것도 아니다.(215쪽)

재현을 전유하려던 퀴어의 노력이 어떻게 실패했는지, 동성애자의 성적 향유가 어떻게 이성애 규범으로 위태로워지는지 보고 수치를 자조로 바꾼다. 실패를 스스로 선언하고 실패의 정동을 함께 재현한다. 이로써 패배에 불복하고 다시 퀴어 공동체를 정초한다. 끝내 남은 것은 "우리는 웃고 떠들고 술 먹고 섹스하다 죽을 줄이나 아는 동성애자"라는 통속적인 향유와 세속적인 쾌락이다. 그 이상의 아무것도 되지 않겠다고 선언하며, 최소이자 최대의 언어인 맨몸으로 춤추는 퀴어의 정동이 다시 이들의 전략이다. 왕샤가 박 감독의 자전적 영화에서 읽었던, "캐릭터들이 맨날 술이나 처먹고, 섹스나 하고 그런" 자신의 욕망과 정동에 대한 인식을, 서사는 다시 독자의 몫으로 내민다. 그렇게 박상영의 퀴어서사는 퀴어 자신의 현실을 직접 읽고 이를 갱신하는 과정 전체를 재현함으로써 퀴어 리얼리즘이 된다. 박 감독의 자전적 영화는 기성 리얼리즘의 재현 언어를 대체하지는 못했지만, 그 신파를 읽어 내는 퀴

14 퀴어적 접근은 '수치심'을 단순히 반대항인 '긍지'로 대체하기보다는 변용적인 수용력을 강조한다. 수치심은 (그 자체로 퀴어 혐오를 의미하던 시대를 넘어) 도리어 퀴어 주체로 하여금 현재 이성애 규범의 지배와 퀴어의 몸이 공명하는 양상을 알아차리도록 장려한다. 긍정적인 정동뿐만 아니라 수치심을 통해서도 퀴어들은 공유된 경험과 공감을 통한 공동체를 창조할 수 있다. Clare Hemmings, 'INVOKING AFFECT:Cultural theory and the ontological turn', *Cultural Studies*, 19:5, 2005, pp.549~550.

어 독자(성)와의 공동 창작으로써, 퀴어적 미학성을 재현하는 이 서사(성) 자체는 성공한 셈이다. 그런 퀴어 신파를 읽고 쓰는 과정의 재현 자체가 '퀴어(의) 리얼리즘'이 된다. 그것은 재현되는 대상이 아니라 재현하는 자신의 행위에 대하여, 그로 인해 자신과 주변의 세계가 어떻게 달라지는지를 바라보는 리얼리즘이다. 재현 자체가 이미 주어진 기성의 담론/재현과의 착종 속에서 일어날 수밖에 없음을 지극히 의식하게 되는 퀴어 리얼리즘은 세계의 총체적인 형상을 파악하는 일이 아니라 '나'의 일상을 향한다. 박상영의 퀴어 소설들은 기성의 퀴어 담론/재현과 화자의 자기 응시를 교차시키고 이를 반복해 왔다. 문예 비평, 이성애 결혼 제도, 종교와 이념 등의 기성 담론이 퀴어를 어떻게 재현하고 제한하는지를 적극적으로 서사 안으로 끌어들이면, 소설가(감독) 화자는 이를 읽고 타협/저항하는 자신(의 퀴어 테크놀로지[15])에 대해 쓴다.

기성의 '리얼리즘'이 보편적 언어로 번역된 타자의 고통을 '진정'하게 인식하는 주체의 자족감에서 미학적인 가치를 찾는 반면, 퀴어 신파는 규범에 의해 제한된 언어로 주관적 감정을 발화하면서 자기 세계를 변혁하는 데서 미학적인 가치를 찾는다. 이성애 신파는 이성애/젠더 규범이라는 '진정한' 세계 원칙에 의거하기에 자신이 느끼는 감정에 대해서는 의심할 필요조차 없고 그 대상만을 문제 삼으면 된다. 하지만 퀴어 되기는 자신의 신체와 욕망을 응시하고, 규범과 다른 자신을 되물으면서 촉발되는 사태이며, 주변의 물질적 관계와 자신을 조율해 가는 지속적인 수행 과정에 가깝다. 규범의 언어와 자기(의 감정과 인식) 사이의 거리를 부단히 읽어 내는 문해력이 퀴어 되기의 방법이다. 그런 점에서 퀴어 신파는 자신을 끊임없이 되묻는 (과잉) 독해를 통해서 자기의 (과잉) 인식에 이르는 연속적 수행이다.

4 자기감정을 관찰하는 퀴어 신파, 관계 맺기를 실험하는 퀴어 신파

『대도시의 사랑법』(창비, 2019)에서 퀴어 신파는 자신을 둘러싼 다른 관계성을 모색하는 방향으로 확장되어 간다. "과잉되어 있는 이 감상적 언어들은 사회에서 좀처럼 의미화되지 못하는 관계의 폭발적인 친밀성을 전달하며, 그 관계를 상실했을 때 애도할 방법을 묻는다."[16] 이는 감정 과잉이 미학성을 위협한다는 상투적인 독해를 넘어 퀴어 신파의 정치적 효과를 드러낸다. 퀴어 '나'의 감정을 응시하(려)는 서사 구조는 자아의 크기(진정성)로 세계를 통합하는 서정이 아니라 자신과 세계가 괴리되는 균열을, 그 균열이 '나'에게 어떤 것인지를 끊

15 규범적 담론이 재현하는 대문자 퀴어를 의식하고 그것과 길항/타협하는 개인으로서의 소문자 퀴어 사이의 관계에서 발생하는 수행과 정동으로부터 '퀴어 테크놀로지'가 발생한다. 김건형, 「퀴어 테크놀로지(들)로서의 소설-김봉곤식 쓰기/되기」, «문장웹진», 2018년 12월호.

16 강지희, 「멜랑콜리 퀴어 지리학」, 『대도시의 사랑법』, 작품해설, 318쪽.

임없이 돌아본다. "나는 나와 관련된 모든 생각을 멈추기로 했다. 자의식 과잉은 병이니까."(「재희」, 58쪽). 자신의 감정을 응시하고 자각하면서도 감정 몰입만은 주저하는 시선이다. 감정 과잉을 자각하고 거리를 두면서 자신의 감정을 자연화하지도 보편화하지도 않는다. 지극히 상황적이고 맥락적인 조건에 결부된 것임을 서사에 반복 각인한다. "그 시절 나는 나 자신을 냉면집의 발깔개 정도로 여기고 있었다. 대충 발이나 털고 지나가 버리면 그만인, 그런 존재."(「재희」, 18쪽)

이를 "객관적인 자기 판단 능력"(14쪽)이라고 하면서 짙게 배어나는 자조와 냉소의 문체는, 자기 불신과 자기혐오를 드러낸다. 이 청년 화자는 불안정한 예술 노동자이거나 "최저 시급 인생"인 "모래 한 줌만도 못한 수드라"(「대도시의 사랑법」, 194쪽)다. 친구 재희가 "인문 계열의 여성이라는 (취업 시장에서의 공공연한) 핸디캡을"(47쪽) 갖고 주거 안전과 의료 문제에서 여성으로서의 억압을 받고 있다는 것도 잘 알고 있다. 이들이 사회 경제적 조건에 예민할 수밖에 없는 것은 퀴어와 여성의 생존 수단을 결정하는 문제기 때문이다. 우리 시대의 퀴어/여성 청년 독자들에게 사랑할 능력을 믿지 못하(게 하)는 자기혐오는 익숙한 감각이기도 하다. 섹슈얼리티와 젠더 자체가 일종의 사회적 계급으로 작동하기도 하는 탓이다. 퀴어의 존재를 적극적으로 가시화하지 못하고, 퀴어의 관계를 향유하는 사회적 언어가 부족하다는 한국적 맥락마저 겹쳐지면 사랑할 용기와 자긍심을 갖는 일은 더 어려워진다. 이 퀴어 화자들은 "언제부터인가 어느 것에도 열광하지 않는 심드렁한 사람이 되어 버렸으므로" (「중국산 모조 비아그라와 제제, 어디에도 고이지 못하는 소변에 대한 짧은 농담」, 27쪽, 이하 「제제」) 자신의 미래에 대한 긴 전망을 갖지 않는다. 그래도 "별로 불안하지는 않았다. 불안해지지 않는 비결은 별다른 기대를 하지 않는 것"(「제제」, 20쪽)이기 때문이다. 사랑하던 연인의 자살을 악몽으로 기억하거나(「제제」) 대낮의 거리에서 존재를 드러내는 일이 상시적인 공포인 연인을 지켜봐야 했다.(「우럭 한 점 우주의 맛」) "자존감이 낮고, 주기적으로 자살 충동을 느끼며, 학창 시절에 따돌림을 당해 본 적이 있고 꼴에 예술영화나 책 같은 것을 즐겨 보"(「재희」, 48쪽)는 화자들은 반자동적으로 관계와 사랑을 불신함으로써 자신을 보호해 왔다. 상대를 믿지 않기로 굳게 결심해 놓고서는 자신의 속내를 털어놓는 남자들에겐 유달리 취약한 것도 이 때문이다. 광어처럼 투명한 형이나 계곡물처럼 투명한 규호가 자신의 취약한 역사를 먼저 드러내면 "조금 특별한 기분"에 빠지고 만다. "짧지 않은 시간 동안 이쪽 생활을 하면서 자기 자신에 대해서 포장하지 않고 한없이 진실에 가깝게, 정말로 투명하게 치부까지 다 드러내는 사람"(「대도시의 사랑법」, 216쪽)을 보는 일이 어렵다는 것을 알기 때문이다. "나는 그런 외로운 마음의 온도를, 냄새를 너무 잘 알고 있었다."(「우럭 한 점 우주의 맛」, 90쪽)

자기 불신과 혐오를 넘어 돌진해 오는 사랑과 관계들을 예상치 못한 이 로맨스 소설 화자들은 이내 압도당하고 만다. 사랑에 대한 불신을 비약적으로 넘어오는 관계(성) 앞에서 화자들은 버려질 것이라는 공포를 미리 앓는다. 소라가 태혁의 일방적인 마음 앞에 어찌할 바를 모르고(「부산국제영화제」), 자신을 기다려 달라는 규호의 요청에 부러 어깃장을 놓듯이(「대도시의 사랑법」). 사랑할 역능을 확신하지 못해 번번이 상실하고 마는 서사적 패턴으로부터 박상영 식 신파가 작동한다. 결말의 짙은 박탈감과 상실감은 지나온 사랑과 관계를 끝까지 바라보고 있는 자신을 자각할 때 생기는 반응이다. 기대를 하지 않음으로써 자신을 지키려던 자기혐오의 마음이 생성된 맥락을 뒤늦게 응시하는 것이다. 비로소 '나'는 자신의 주변을, 누구와 어디서 어떻게 만나 왔는지를, 퀴어로써 자신과의 관계 맺음을 본격적으로 알려 한다.

이성애 규범적 젠더의 규율과 병리화에 함께 맞서던 재희와 '나'가 서로의 담배와 냉동 블루베리를 살뜰히 챙겨 주는 마음은 여성과 게이가 함께 딛고 선 혐오의 구조를 알게 했다. 재희가 이성애 가족제도를 향해 떠나는 모습을 쓸쓸히 바라보며 그 아름다운 시절을 애도하는 신파는, (기혼) 여성과 퀴어가 관계 맺는 법을 더 멀리 묻는다. 이는 가족/재생산의 시간과 퀴어의 시간이 맺는 관계를 새로 제기한다.(「재희」) 민족이라는 이념에 갇힌 선배 세대의 퀴어와 정상 가족이라는 종교에 갇힌 엄마를 보는 복잡한 마음은 퀴어를 구획하는 세대적 담론이 어떻게 퀴어의 관계에 영향을 미치는지 보여 준다. 그럼에도 모든 것을 단번에 끊어내지 못하고 끝까지 남는 애증은 퀴어의 르상티망을 드러낸다. 지극히 한국적인 맥락이 만든 당대 한국 퀴어의 상흔이다.(「우럭 한 점 우주의 맛」) 가족–국민 주체의 '안전한 영토'를 만들려는 국가의 생명 통치는 일상에서 퀴어를 상시적으로 검열하고 배제한다. 유독 HIV를 걸러내는 국경이 더 나은 일자리와 삶의 가능성을 차단하자 '나'는 남자친구 규호를 국경 너머의 가능성으로 보내 주려고 부러 모질게 헤어지고 만다. 홀로 쓸쓸히 서울로 되돌아오는 '나'는 상대에게 사랑을 요구할 만큼 사랑을 확언하지 못하는 자기혐오를 다시 절감한다.(「대도시의 사랑법」)

그 감정들의 끝에 화자들은 사랑하고 관계 맺던 자기를 다시 쓴다. 그때의 "일기에는 그를 만날 때마다 끓어 넘치던 나의 과잉된 감정이 담겨 있었"(「우럭 한 점 우주의 맛」, 166쪽)다는 자기 읽기는, "내가 쓴 소설들이 재희와 내가 보냈던 밤들과 썩 닮아 있다."(「재희」, 54쪽)라는 자기 쓰기와 겹쳐진다. 읽고 쓰는 자신을 다시 쓰는 퀴어 소설가 '나' 연작들은 자기감정의 가동 범위를 넓히고 갱신하고 축적해 간다.

> 글이라는 수단을 통해 몇 번이고 나에게 있어서 규호가, 우리의 관계가, 누구도 침범할 수 없는 둘만의 특별한 어떤 것이었다고, 그러니까 순도 100퍼센트의 진짜라

> 고 증명하고 싶었던 것 같다. 온갖 종류의 다른 방식으로 규호를 창조하고 덧씌우며 그와 나의 관계를, 우리의 시간들을 온전히 보여 주고자 했지만, 애쓰면 애쓸수록 규호라는 존재와 그때의 내 감정과는 점점 더 멀어져 버리고야 만다. 내 소설 속 가상의 규호는 몇 번이고 죽고 다치며 온전한 사랑의 방식으로 남아 있지만 현실의 규호는 숨을 쉬며 자꾸만 자신의 삶을 걸어 나간다. (……) 오직 글을 쓰고 있는 나 자신만이 남는다. (「늦은 우기의 바캉스」, 307~308쪽)

규호의 영문 이름 'Q Ho'가 "퀴어 호모(Queer Homo)의 줄임말"(268쪽)이라는 의미심장한 농담과 전작의 인물로 규호(와의 관계)를 설정해 왔다는 고백을 겹쳐 읽으면, 이는 특정한 개인에 대한 회상에 그치지 않는다. 퀴어의 관계망 속의 '나'를 재현함으로써, 사랑의 방식과 감정 구조를 모색해 온 연작소설의 서사적 욕망에 대한 진술에 가깝다. 퀴어 소설가 '영'의 쓰기는 퀴어의 관계성과 감정 구조들을 발명하여 조금 다른 자신이 되어 가는 자기 형성이다.

감정 과잉이 무시무시한 세계에 던져져 생존을 모색해야 하는 연약한 자신에게 겁먹은 상황을 자각하면서 생겨나는 감정이라면, 이성애 신파는 그것을 운 좋게 미리 겪은 셈이다. 근대 초입 이수일과 심순애가 자본주의적 교환 경제에 적합한 삶의 문법을 찾기 위해 필사적으로 애쓰는 자신에게 고작해야 성애와 관계가 주어졌다는 것을 알아차리는 순간, 신파적 감정이 등장했다. "객관적인 자기 판단 능력"이 생존 수단인 시대의 퀴어 '나'는 자기혐오를 딛고 서서 자기감정의 가동 범위를 알려 한다. (그러므로 당연히) 지금 퀴어서사에서 신파적인 것이 읽힌다면 다행이다. 퀴어 '나'들은 세계 속 자신의 위치를 보고, 그 위에 서서 자신의 공간과 주변의 관계를 다르게 만들어 감각 능력을 개발해 가고 있다. 이제 우리의 문학사에는 퀴어 신파라는 서사 구조와 그 감정 구조를 더 읽어 내는 구체적인 퀴어 미학이 필요하다.[17]

17 퀴어성이 '차이'와 '되기'와 밀접하다는 근래의 논의들은 퀴어 미학을 창안하지는 않는 듯하다. 확정되거나 특정되지 않는 퀴어성과 낯설게 보는/되는 시적 언어는 필연적으로 유비되지만, 그래서 개별 텍스트에 대한 구체적인 독해 도구를 창안하지 못하는 것 같다. 퀴어라는 단어를 가리고 읽어도 시적 언어란 본디 확정되거나 특정되지 않는다. 구성적 외부라는 이젠 익숙한 구도를 반복하면서, 퀴어성의 정치적 급진성보다는 문학적 편재성을 주장하는 방향이다. 문학은 퀴어하다는 선언에 덧붙여 퀴어 문학으로서 다르게 읽는 구체적인 도구들이 더 고안되어야 하지 않을까.

자기중심주의 시대의 공동체 재현

박혜진 문학평론가. 저서로 『읽을 것들은 이토록 쌓여 가고』(공저)가 있다.

1 영웅 없는 시대

소설가 톰 울프는 미국의 1970년대를 "ME decade(자기 중심의 10년)"라고 정의했다. ME decade는 사람들의 목적이 개인적인 행복과 욕망을 충족하는 데에만 집중된 1970년대를 뜻하는 말로 쓰인다. 이후 그는 1987년에 발표한 소설 『허영의 불꽃』에서 물질만능주의가 보다 심화된 시대를 배경으로 ME decade가 낳은 나약한 인간상을 신랄하게 묘사한다. 『허영의 불꽃』은 "언뜻 봐도 뉴욕 시민, 아니 온 세상 사람들의 탐욕과 욕망에 불을 지필 것처럼 보이는" 아파트에 살며 "월가에서도 온 세상이 발아래 내려다보이는 피어스 앤드 피어스 사 50층"에서 "대서양을 오가며 수십 조 달러를 주무르는" "우주의 지배자", 요컨대 피어스 앤드 피어스 사 최고의 채권 판매인 셔먼 코매인의 이야기다. "젊고 교양 있는 백인 남자들이 채권 시장에서 돈을 긁어모으느라 지르는 소리"는 "셔먼의 가슴을 희망과 확신과 단결심, 정의감으로 가득" 채운다. 물질시대의 정의감이 하버드, 스탠포드, 예일…… 학문의 전당에 새로운 깃발을 꽂았음은 물론이다. 캠퍼스에는 새로운 시대에 걸맞은 새로운 인간관이 담긴 명제가 떠돌기 시작한다.

> 5년 안에 연봉 25만 달러를 벌지 못하면 멍청하거나 엄청 게으르다는 증거다. 그 말이 맞다. 서른다섯 살 안에 50만 달러라는 액수는 '평범하다'는 수치스러운 증거였다. 마흔이 되어 연봉이 100만 달러가 되지 못하면 무능하고 소심하다는 증거였다. (톰 울프, 이은정 옮김, 『허영의 불꽃』(민음사, 2010), 95쪽.)

"누가 봐도 예일대 출신처럼" 생긴 서른여덟 살의 셔먼 매코이는 부유한 집안에서 태어나 모두가 선망하는 월가에서 일하며 높은 신분을 더 높이 쌓고 있다. 그러던 어느 날 내연녀인 마리아와 함께 차를 타고 가던 중 마리아가 흑인 청년을 차로 치어 치명적인 부상을 입히는 사고가 발생한다. 소설은 인종 간 적대감과 계급 간 시기심으로 끓어 넘치는 도시 뉴욕을 배경으로 한때 무소불위의 지위를 누렸던 셔먼이 서서히 몰락하는 과정을 그리며 허영과 속물근성으로 가득한 인간 본성을 까발린다. "오늘날은 돈의 열병에 빠진 시대다. 돈에 대한 타오르는 열망에서 벗어난다는 것은 거의 불가능하다. 80년대는 영웅적인 인물을 낼 수 있는 시대는 아닌 것이다." 톰 울프는 『허영의 불꽃』 출간 이후 가진 인터뷰에서 ME deacade엔 필연적으로 영웅이 존재할 수 없다고 말한 적 있다. 나의 행복과 욕망을 추구하는 대신 공동체의 행복과 안녕을 위해 '나'를 희생하는 면모를 가리켜 우리는 '영웅적'이라고 하고, 그런 사람을 일컬어 영웅이라 부른다. 영웅의 본질은 '나'를 넘어서는 데에 있다. '나'의 상승만이 인생의 가치를 결정짓는 사회에서 '영웅적'이라는 형용사는 미덕이 아니다. 느슨한 공동체엔 영웅이 필요하지 않다.

오늘 우리가 직면한 사회 역시 공동체를 중심으로 한 가치관이 볼품없게 여겨진다는 점에서 ME decade라 부를 만하다. 그러나 앞서의 ME decade가 '나'의 욕망이나 행복을 가장 중요한 가치로 두며 모두가 부러워하는 지위를 갖는 것 이외의 공적 가치, 이를테면 도덕과 정의를 하찮게 여기는 존재론적 의미에서 '나의 시대'였다면 오늘날 ME decade는 인식론적 의미에서의 '나'의 시대에 해당한다. 『진실 따위는 중요하지 않다』에서 미치코 가쿠타니는 진실이 저마다의 관점으로 대체되고 생각보다 느낌이 우선시되는 현재를 진실 멸종의 시대로 명명하며 ME decade를 재소환했다. 존재론적 '나의 시대'가 영웅을 갖기 못하는 시대라면 인식론적 '나의 시대'는 영웅이 합의되지 않는 시대다. '나'의 영웅만 있을 뿐 우리의 영웅이 존재할 수 없는 다중 시선의 극단적인 대치는 비대해진 '나'와 왜소해진 '우리'가 만들어 내는 불협화음의 정점을 갱신한다. 이러한 불협화음을 일컬어 새로운 갈등이라고는 할 수 없을 것이다. 그러나 한번쯤 물어볼 일이다. 공동체는 왜 느슨해졌는가. 사실상 폐기되어 가는 가치로서의 공동체는 왜 소멸 상태에 이르렀는가. 문학 작품에서 재현되는 공동체의 면면을 통해 존재론적으로, 또 인식론적으로 '나'의 자리가 커지는 동안 공동체의 자리는 어떻게 축소해 왔는지 가늠해 보려 한다. 이는 느슨한 공동체 이후에 올 새로운 공동체의 모습을 상상하는 가장 효율적인 방법은 아닐지도 모르나 공동체를 가장 가까이에서 살펴보는 효과적인 방법쯤은 될 것이다.

공동체의 문제는 개인의 이해관계에서 비롯된 즉흥적인 충돌이 아니다. 오랜 시간 축적되어 온 갈등이 집단 대 집단이라는 대결 양상으로 표면화되는 것이 공동체 문제에 나타나는 주된 양상이라 할 때, 극작가 배삼식의 작품들은 공동체 내의 갈등, 사회와 공동체와의 갈등, 개인과 공동체의 갈등을 살피기에 적당한 텍스트가 되어 준다. 극적인 갈등 구조가 부재하다는 평가를 받는 배삼식의 작품은 오히려 바로 그러한 이유에서 다양한 갈등이 공존하는 상황을 재현하는 '다성적 목소리'의 현장이 된다. 해방 이후 '한국인'이라는 정체성 앞에서 이루어진 선택과 배제의 순간을 통해 오늘날 형성된 민족 공동체에 깃든 허위와 폭력을 되돌아보게 하는 「1945」, 가부장의 자리가 지워진 세계에서 완성된 가족 공동체의 모습을 통해 역설적으로 전통적인 가족상에 깃든 불가능성을 보여 주는 「벽 속의 요정」, 재난을 경험한 지역 공동체가 고통을 기억하기 위한 유가족의 주장을 외면하고 은폐하는 모습을 통해 이해관계를 중심으로만 움직이는 지역 공동체의 위선적이고 기만적인 모습을 폭로하는 「먼 데서 오는 여자」에 이르는 세 편의 작품을 공동체라는 키워드를 중심으로 살펴보며 한국 사회에서 공동체가 어떤 의미로 존재해 왔는지, 그 결정적이고 상징적인 장면을 되새겨 보자.

2 민족, 허위의 공동체

「1945」는 2017년 명동예술극장에서 초연된 희곡이다. 일본의 패전과 함께 일본의 식민지였던 한국이 해방의 상태에 놓인 1945년. 그 '0년'의 시점에 주목한 작가는 식민지 시절 한반도에서 살아갈 수 없어 간도 만주 등으로 흩어져 있던 사람들이 고국의 해방 소식과 함께 한국으로 돌아오는 길목에서 벌어진 이야기를 귀환의 여정으로 다룬다. 작가가 한 좌담에서 밝힌 바에 따르면 「1945」는 '한국인의 정체성'이라는 테마로 집필을 요청받으며 시작된 작품이다. 한국인의 정체성이라는 질문에 대한 대답은 오히려 그런 것이 있는가, 있다면 그 정체성은 과연 정당하고 또 지속할 만한 가치가 있는 것일까라는 반문으로 이어졌다. 종속되어 있던 과거에서 벗어나 새로운 역사를 시작할 수 있는 그때 한국인이라는 공동체는 어떻게 한국인이라는 동질성의 개념을 형성했을까. 어떤 사람이 안으로 들어오고 어떤 사람이 바깥으로 나갔을까. 「1945」는 만주 장춘의 '조선인 전재민 구제소'에 모여든 사람들이 조선행 기차가 뜨기만을 기다리는 시간 동안 벌어지는 이야기다.

조선인 전재민 구제소라는 강력한 공간은 물리적인 공간 이상의 의미를 지닌 곳이다. 기차가 뜨고 나면 사라지고 말 일시적이고 잠정적인 공간은 독립을 위해 운동한 사람과 일제에 부역한 사람, 일본군 위안부와 위안소를 운영한 포주가 한데 어울려 밥을 먹고 내일을 이야기하는 '비정상적'인 공간이다. 민족과 국가 바깥으로 밀려났던 사람들이 안으로 들어오기 위해 잠깐 머무르는 일시적인 순간, 드러내고 싶은 사정과 말 못할 사정이 혼재되어 있는 이곳은 역사에서 두 번 다시 오지 않을 암흑의 순간이며, 이때의 암흑은 서로에 대해 모르기 때문에 함께할 수 있었던 기억할 만한 암흑인 것이다. 이렇듯 장춘의 전재민 구제소는 서로에 대해 다 알지 못한 채 '조선으로 간다'는 공통된 목표만을 공유하고 있는 것처럼 보이나 속으로는 서로가 서로를 평가하고 함께할 수 있는 사람인지를 판단하기에 바쁜, 아직 확정되지 않은 민족성이 확정된 민족성으로 좁혀지는 과정에서 발생하는 구분과 배제의 사전적 공간이기도 하다. 식민지 조선이라는 이름표가 사라지자 새로운 이름을 재건할 필요가 생긴 것이다.

그때 가장 먼저 눈에 띈 배제 대상이 명숙과 미즈코다. 명숙과 미즈코는 일본군 위안소에서 능욕의 세월을 견디며 각별해진 사이다. 해방 후 명숙은 조선으로 돌아가고자 하지만 임산부인 미즈코는 오갈 데 없는 처지에서 명숙과 함께하기를 원한다. 미즈코는 해방 후 조선에서 가장 쉽게 혐오할 수 있는 존재인바, 고민 끝에 명숙은 미즈코를 말 못하는 동생으로 위장해 구제소에서 들어온다. 가난과 전염병, 중국인들의 핍박으로 전전긍긍하는 와중에도 간신히 조선행 기자표를 손에 넣었지만 끝내 정체가 발각된 두 사람은 기차를 타지 못한다. 그때 이들과 함께 오르지 못한 사람이 한 사람 더 있다. 염병에 걸린 남편을 내버려두고 기차에 오르지 못한 (명숙과 미즈코가 있었떤 위안소의 포주이기도 했던) 선녀다. 이들의 면면을 다시 한 번 살펴보자. 일본군의 위안부였던 명숙과 미즈코, 위안소에서 이들을 관리했던 포주 선녀. 전쟁이라는 드러난 폭력의 그림자였던 드러나지 않는 폭력은 그 피해 당사자들의 존재를 묵인함으로써 끝내 드러나지 않는 폭력, 즉 존재하지 않았던 폭력으로 위장된다. 명숙과 미즈코와 선녀는 각기 위안부라는 이유로, 일본인 여성이라는 이유로, 전염병에 감염되었을지 모른다는 이유로 조선으로 가는 기차에 오르지 못한다. 이로써 오늘날 '한국인'이라는 민족 공동체를 구성하는 것들이 드러난다. 이때 우리는 명숙을 태우지 않음으로써 일제치하의 폭력을 외면했다. 미즈코를 태우지 않음으로써 한국 또한 전쟁 성노예의 가해자였다는 사실을 외면했으며 선녀를 태우지 않음으로써 그들의 삶을 증언할 수 있는 가능성을 차단했다. 한국인의 정체성은 그들의 존재를 부정함으로써 형성된 허위의 공동체다.

그러나 태우지 않았다고 해서 그들을 태우지 않은 역사가 끊어지는 것은 아니다. 「1945」는 명숙으로 짐작되는 여성이 소위 양공주가 되어 한국에서 살아가고 있음을 암시하는 장면으로 끝맺는다. 일본군위안부를 조선행 기차에 태우지 않는다고 해서 위안부를 만들었던 폭력의 시스템이 멈추지 않는다는 것을 보여 주는 이 장면은 애초에 그들이 기차에 오르지 못한 그 이유가 개인의 선택이 아니었다고 말한다. 민족공동체는 전쟁이라는 힘겨루기에서 패배한 증거이자 가부장이라는 문화가 수용하지 않음으로써 계속되어 온 피해의 역사를 배제했다. 아무것도 확정되지 않고 무한한 가능성으로 가득하던 그 잠정적이고 일시적인 0년의 장춘. 백지의 공동체가 '우리'라는 개념을 형성하기 위해 가장 먼저 버리기로 한 것은 피해자로서 여성이다. 결정의 무게는 가볍지 않아서 작품에 드러난 것처럼 이후에도 피해자로서의 여성은 좀처럼 공적 화두가 되지 못했다. 피해자의 증언이 나오기까지 반세기의 시간이 흘렀다.

3 가족, 사랑의 공동체

민족이 이념에 기반한 추상적 개념의 공동체라면 가족은 혈연과 애정으로 지속되는 구체적 감각의 공동체다. 그러나 대개 그렇듯 가부장, 모성, 효도와 같은 제도화된 관습들이 가족 공동체를 구성하는 또 다른, 어쩌면 더 강력한 힘일지도 모른다. 「벽 속의 요정」은 스페인 내전 당시 벽 속에 숨어 지낸 한 남자의 실제 이야기를 바탕으로 쓰인 후쿠다 요시유키의 원작을 배삼식 작가가 한국 근현대사에 맞게 각색한 작품이다. 반공 이념이 어느 때보다 강했던 1950년대. 좌익 운동 이력 탓에 외부에 자신의 정체를 낼 수 없는 남성과 함께 살아가는 이 가족은 제도와 관습이라는 거대한 중력이 미치지 않는 영역의 가족이다. 남편이지만 남편으로 불리지 않고 아버지이지만 아버지로 불리지 않는 남성은 남편이기도 하고 아버지이기도 하지만 좀체 가부장으로 존재하지 않는다. 가부장의 자리에 있어야 하는 사람은 있지만 가부장이라는 이념이 없는 가족은 애정의 공동체로서만 존재한다. 이러한 가족은 아마 우리 주변 어디에도 없을 것이나 이들 가족의 모습은 하찮은 인간의 위태로운 삶을 지지해 주는 언덕이 될 수 있는 가족 공동체의 조건을 보여 준다는 점에서 중요하다. 요정의 사연은 엄마의 이야기와 딸의 이야기가 교차되며 이들의 가족사와 함께 드러난다.

엄마에게 요정은 남편일 뿐만 아니라 자매 같고 엄마 같은 존재다. 엄마인 '나'는 열여섯 살에 경성 사범학교에 다니는 남편과 결혼한다. 결혼 안 하면 "왜놈들이 잡아다가 기름을 짠"다는 소문이 무서워 어린 나이에 급하게 한 결혼이다. 시댁은 천석 만석은 못돼도 땅마지기 있고 살 만한 집안이었으나 해방되기 전 해에 염병이 돌아 시부모님이 돌아가셨고 둘이 상을 치르는 동안 해방이 됐다. 3년 상을 치른 후 남편이 집안의 하인들이며 소작인들에게 식구 수대로 땅문서를 똑같이 나눠 주자 동네 지주들은 빨갱이 물이 들어서 그런 거라며 단단히 미워하기 시작한다. 그러다 전쟁이 터졌다. 좌익운동을 하는 남편은 깜깜 무소식, 죽은 줄만 알고 있던 차에 집으로 돌아온다. 임진강 근처까지 끌려가다가 폭격을 맞아 인민군이 흩어진 틈에 도망 왔단다. 경찰한테 들키지 않기 위해 벽에 사람 드나들 만큼의 구멍을 내고 남편이 들어가고 나면 반닫이로 구멍을 막았다. 그 와중에 딸이 태어난다. 행상을 하다 베를 짜기 시작한다. '나'는 새벽 한두 시까지 짜고 이어 남편이 네다섯 시까지, 내가 또 새벽에 일어나 짜는 식이다. 극중 남편은 사상운동을 멈추고 벽 속으로 들어간 이후 남성성을 보이지 않는다. 한밤중에는 혹시라도 누가 볼까 봐 머릿수건을 둘러쓰고 앉자 베를 짜는 모습이라든가 악착같이 돈을 모아 읍내에 가게 하나 얻고 예전부터 찍어 둔 적산가옥으로 이사하게 된 날, 장모의 옷을 입히고 아내와 늦은 밤 함께 산속을 걸어 이동하는 모습에서 남성성이나 가부장으로서의 역할은 찾아볼 수 없다. 그 대신 아내와 함께 노동하고 아내와 함께 어둠을 견디는 동반자로서의 남편으로만 존재한다.

> 이 양반한테 우리 어머니 옷을 입혔죠. 그 양반이 체구가 자그마하고 어깨가 동그스름해서 저고리 적삼 입혀 놓으니까 이뻐요. 신작로가 나서 읍내까지 길이 짧아지긴 했지만, 어디 그리 갈 수 있어요? 나 예전에 다니던 산길로만 가는 거예요. 딸애는 우리 어머니한테 맡겨놓구, 둘이 길을 나섰어요. 비는 부슬부슬 오고, 달빛도 별빛도 없는 길을 가자니 세상에 우리 둘뿐인 거 같애. 요새 뭐 연애, 연애 허지만두, 그런 데이트는 못해 봤을 거요. 그 양반이 내 손을 꽉 잡아 주는데, 세상에 무서울 게 하나도 없어……. 그날 가슴이 찌르르하던 것은 이 가슴에 흙이나 덮어야 잊을 거예요……. 그렇게 밤새도록 산길을 걸어갔지요.
>
> (……)
>
> −아니, 왜 그렇게 웃어?
> −아이고, 저두 모르겠어요. 그냥 웃음이 나요.
> −내 모양이 그렇게 우스워?
> −아네요, 아네요. 아주 이뻐요. (배삼식, 「벽 속의 요정」, 『배삼식 희곡집』, 303쪽.)

딸 순덕에게 아빠는 순덕의 눈에만 보이는 요정 '스테카치'다. 엄마는 닷새에 한 번씩 장날이 되면 한밤중이 다 돼서야 돌아온다. 꼭두새벽이면 읍내 장까지 50리 길을 걸어가서 온종일 행상을 하시다가 또 50리 밤길을 걸어오는 것인데, 그렇게 순덕이 혼자 집을 지키고 있는 날에는 스테카치와 함께 노래를 부르기도 하고 스테카치가 들려누는 옛날이야기로 시간을 보내기도 한다. 밖에 나가면 아빠 없는 아이라고 놀림 받았지만 순덕은 아무렇지도 않았다. "맨날 술만 먹구, 집에 있으면 잠만 자구, 걸핏하면 때리기나" 하는 그런 아빠는 하나도 부럽지 않으니까. 남들에게는 있다고 말할 수도 없는 아버지이지만 순덕이 자라는 과정을 누구보다 가까이에서 함께한 그는 순덕이 결혼할 때 튼튼이 베로 짠 웨딩드레스를 선물하고, 순덕은 평생 동안 집 밖으로 나가지 못하는 아빠에게 햇빛을 선물하기 위해 햇빛이 고여 있는 나뭇잎을 따다 선물한다. 정치와 사상은 그를 방에서 한 발짝도 나오지 못하게 만들었지만 그를 향한 가족의 사랑은 그 좁은 벽 속을 바깥보다 더 광활한 자유의 공간으로 만들어 주었다. 죽기 전, 자신이 믿는 건 인간의 사랑뿐이라 말하며 가족의 사랑 앞에서 자신의 지난 삶에 대한 용서를 구하고 딸아이가 선물한 빛바랜 나뭇잎을 품에 안은 아버지의 모습은 위대한 사상의 보잘것없음과 소박한 사랑의 위대함을 대비시킨다.

사랑이 사상보다 강하다고 말할 수 있는 것은 이들 가족에 가부장이라는 흔한 전통이 '결핍'되어 있었기 때문이다. 아버지와 어머니 사이에는 남편과 아내로서의 구분과 위계 대신 위기의 순간마다 함께하며 고통을 극복해 나가는 연대하는 관계로서의 가족이 있을 뿐이다. 남편과 아내의 관계를 새로 만든 것처럼 부녀의 관계도 여느 부녀와 달리 조력자로서의 아버지가 아니라 혼자인 시간을 함께하며 우정을 나누는 관계에 가깝다. 타인의 시선에서 이들 가족은 '빨갱이' 남편과 '반동분자' 아빠로 인해 고난을 겪은 불완전한 공동체이지만 그건 실제와 달랐다. 아버지라는 역할이 가로막힘으로써 이들은 비로소 사랑과 애정의 공동체로 함께할 수 있었다. 어떤 선례도 없는 관계 안에서 오직 각자의 실존으로 사랑을 실현했다. 아버지는 사랑을 주는 존재가 아니라 사랑을 받는 존재였고 아내와 딸로부터 받은 사랑을 평생 다 갚아 주지도 못하는 존재다. 공적 의미로서의 아버지가 없어도 아무런 문제도 생기지 않는다. 오히려 그런 건 없으면 없을수록 이들 가족의 관계는 더 안정된다.

4 지역, 이해(利害)의 공동체

「먼 데서 오는 여자」는 2003년 대구 지하철 참사 당시 딸을 잃은 부부의 대화로 이루어진 극이다. 여자의 기억은 어딘가 온전치 못한 것 같다. 자신의 이름을 낯설어 하는가 하면 옆에 있는 남자가 남편임을 알아보지 못하는 데서 그녀가 현재 기억상실의 문제와 함께하고 있음을 충분히 짐작할 수 있다. 이야기가 2003년 그날의 기억에 닿을 때까지 부부의 대화는 1970년대와 아내의 어린 시절을 헤맨다. 상이군인이 자기 집 마루에서 죽은 걸 본 기억에 소스라칠 듯 놀라는가 하면 피난 때 자신보다 재봉틀을 더 중요하게 여기는 것 같은 엄마에게 남아 있는 원망을 내뱉는다. 여자의 기억이 남자와 함께했던 시절까지 올라오자 남자도 사우디에 일하러 갔을 때 겪었던 이야기를 들려준다. 모래바람이 휩쓸고 간 이후, 귀여워하던 개 백구가 사라졌다는 걸 알아챘지만 누구도 백구를 찾으러 나가지는 않았던 어느 날이 있었고 꿈속에서 죽은 백구를 만났다든가 하는 머나먼 기억들. 관련 없어 보이는 이들의 이야기에 공통점이 있다면 긴 시간이 흐른 지금까지도 죄책감을 불러일으킨다는 것이다. 죄책감은 과거의 기억을 밀려나고 현재의 기억을 불러낸다. 부부가 앉아 있는 공원은 테마파크. 아내는 기어이 멀찌감치 밀어두었던 고통스러운 그날을 떠올린다.

> 냄새가 나, 희미한 냄새가……
> 누군가 소리치고 있어.
> 날 부르고 있어.
> 민영이…… 우리 민영이!
> 중앙로역!
> 큰길로, 큰길로 가야 해!
> 뛰어, 어서 뛰어!
> 연기가 자욱해……. 숨을 못 쉬겠어…….
> 우리 민영이…… 민영아! 민영아!
> (배삼식, 「먼 데서 오는 여자」, 『배삼식 희곡집』, 178쪽.)

상이군인이나 백구에 대한 부부의 죄책감은 그들의 죽음에 대한 것이 아니었다. 그들의 죽음을 애도하지 못한 데에 따른 죄책감이었다. 딸을 향한 마음도 마찬가지다. 사고로부터 딸을 지키지 못한 데서 비롯된 죄책감이 아니라 이 죽음을 기억하기 위한 이름을 지키지 못한 데에 따른 죄책감이다. 그들은 이름을 포기한 것이다. 「먼 데서 오는 여자」는 대구 지하철역 참사로 드러나는 참사 이후 기억을 터부시하고 애도를 거부하는 지역 공동체를 경험하며 망각으로 도피한 여성이 먼 기억을 경유해 가까운 기억으로 돌아오는 과정을 그린다. 실화를 바탕으로 한 이 극은 추모 공원을 만들기로 한 시점부터 표면화된 지역 공동체와 유가족의 갈등을 그 처음부터 끝까지 담아낸다. 사고 이후 다들 잊지 말고 기억하자고 말했지만 막상 추모 공원을 만들기로 하고 부지 선정에 들어가자 해당 지역에서는 반대의 목소리를 낸다. 추모 시설은 혐오시설이라는 논리였다. 부지 선정에만 몇 년이 걸려 힘들게 합의했으나, 그때 합의에는 추모 공원의 이름을 '시민안전테마파크'로 하고 탑은 안전상징조형물로 불러야 한다는 것이 포함되었다. 추모나 위령탑 같은 말은 절대 들어갈 수 없다는 것이었다. 이름을 포기한 대가는 생각했던 것보다 더 혹독한 결과로 이어진다.

이름이 없었기 때문에 약속도 언제든지 부정될 수 있었다. 처음엔 유골을 매장하는 것을 반대하던 지역이 나중에는 비공개로, 즉 표식이나 안내문 없이 몰래 묻고 가는 건 따지지 않겠다는 조건으로 합의를 하고 시에서도 보장했다. 그렇게 유가족들은 2009년 10월 27일 새벽, 남들 다 자는 야밤에 죄 지은 사람들처럼 몰래 서른두 사람의 유골을 묻었다. 부부의 딸 민영이도 그때 함께 묻었다. 그러나 1년 뒤 시청으로 투서가 들어간다. 유가족이 유골을 암매장했으니 수사해 달라는 내용이었다. 수목장에 합의하고 보장할 테니 믿어 달라던 시에서는 말을 바꿔 공식적인 합의는 없었다고 태도를 바꾼다. 급기야 시에서는 유가족을 '유골 암매장' 혐의로 고발한다. 대법원까지 가서 무죄판결 받는 데 2년이 걸렸다. 추모하고 애도하고 기억하는 게 아니라, 추모하고 애도하고 기억하게 해 달라고 싸우다가 10년이 흐른 셈이다. 더욱이 완벽한 무죄도 아니었다. "나쁜 짓을 한 건 맞는데 처벌할 법규가 없어서 못한다"는 것이었으므로 암매장한 것은 맞다는 얘기였다. 유가족들은 졸지에 암매장꾼이 되었다. 그때부터 아프기 시작한 아내는 아예 먼 데로 달아나 버렸다. 여기 있지 않게 되었다. 여기 있을 수 없기 때문이다.

하루아침에 암매장꾼이 되어 버린 유가족들은 이 모든 사건과 사고의 원흉이었던 가해자, 그러니까 딸아이를 죽게 만든 사람을 이해할 것 같은 심정이다. "이건 어떻게 해야 좋을지 모르겠습니다. 요즘은 그 사람이…… 전동차에 불 질렀던 그 사람…… 그 사람 마음이 조금은 이해가 됩니다." 이기적인 지역 공동체를 이해하는 일보다 이성의 영역 너머에 있다고 생각되는 악인에 대해 이해하는 것이 더 빨라 보이는 부조리한 상황 앞에서 지역 공동체는 우리에게 절망을 안겨 준다. 함께 재난을 경험한 사람들은 경제적 성과로 연결된 물질적 관계를 초월해 기억, 애도, 추모의 단위가 될 수는 없을 것일까. 그건 정말 요원하고 불가능한 희망인 걸까. 혐오시설이라는 자의적이고 폭력적인 이름으로 이해관계에 부합하지 않는 조건을 모두 배타적으로 몰아내는 지역 공동체는 연대의 단위이기보다는 구분하고 구별하는 배제의 단위로 더 강력하게 작동한다. 강력한 중심, 즉 이념이 휘발된 '나의 시대'에 배제의 도구는 그 쓸모를 입증하지 못한다. 공동체의 와해는 필연적일 뿐만 아니라 타당해 보이기까지 한다. 배제의 도구로서의 공동체는 '나의 시대'와 대립되는 것이 아니라 오히려 '나의 시대'를 견인하는 충실한 도구로 기능한다. 나의 물질적 욕구를 충족시켜 주는 공동체, 나의 진실을 세계의 진실로 편향되게 하는 공동체. 요컨대 독립적인 의미로서는 폐기된 개념의 공동체는 수단과 도구로서의 의미로만 간신히 연명한다.

공동체는 역사라 쓰고 배반의 역사라 읽어야 할까. 피해자로서의 여성을 배제하는 민족 공동체, 가부장이라는 제도가 없어야만 애정의 공동체가 활성화되는 가족 공동체, 재난은 망각하고 재산만 부추기는 지역 공동체…… 과거를 돌아보며 상기해 보는 공동체의 모습은 끊임없이 소외를 발생시키고 그 소외에서 살아남은 사람들의 마음속에 자리 잡은 알량한 권력을 동력 삼아 새로운 공동체를 만들어

나가는 소모적이고 파괴적인 구조를 띠고 있다. 그러나 배삼식의 작품에서 재현되는 공동체는 붕괴되는 모습뿐만 아니라 재건되는 모습, 아무 일도 없다는 듯 유지되고 있는 모습의 공동체가 모두 재현된다. 유가족을 암매장꾼으로 만든 지역 공동체는 붕괴된 공동체이지만 요정을 지켰고 요정이 지켰던 비밀스러운 가족사는 아버지의 부재 이후에 재건되는 모습을 보여 주었다. 1945년 만주 장춘에서의 한때는 한국인을 구성하는 속성이 다양해질수록 '한국인'이라는 정체성에 내면화되어 있는 폐쇄적인 역사를 분리하게 하는 시선을 제공한다. 공동체의 다양한 모습을 함께 보여 준다는 점에서 그것의 쓸모에 대한 논의로만 초점을 이동시키지 않는다. 공동체는 필요하다거나 필요하지 않다고 논의할 대상은 아닌 것이다.

공동체는 쓸모에 의해 유무가 선택되어야 하는 고정적인 개념이 아니라 그 구성원인 개인과의 상호작용을 통해 쓸모가 발명되어야 하는 유동적인 개념이다. 「1945」와 「먼 데서 오는 여자」에 등장한 공동체와 「벽 속의 요정」에 등장한 공동체 사이에는 고정된 공동체와 고정되지 않은 공동체 사이에 존재하는 커다란 차이가 있다. 고정된 공동체는 앞서서 합의한 모종의 기준으로 개인을 탈각시킨다. 확고한 기준과 그 기준에 부합하지 않는 개인을 솎아 내는 공동체는 항상성을 가장 중요한 가치에 두고 변하지 않기 위해 변수를 통제한다. 그러나 변수들이 각자의 세계를 만들어 가고 있는 시대, 톰 울푸의 표현대로라면 '나의 시대'이고 가쿠타니의 표현을 빌리자면 진실이 멸종된 시대에 자랑스러운 변수로서의 '나'를 통제할 권리가 공동체에는 없다. 공동체는 움직여야 하고 움직이는 공동체만이 지속 가능한 공동체일 수 있다. 공동체(共同體)의 개념을 형성하는 '단일성'에 변화를 가하는 것이 공동체의 본질을 변형시키는 것은 아니다. 「1945」에서 확인한 것처럼 애초에 단일성이라는 개념이 허위에 의해 만들어진 가상의 이미지이기 때문이다. 공동체(共同體)에서 공동체(公動體)로, 의미의 전환이 필요한 때다.

남성 캐릭터 재현 양상과 서사적 재배치에 관한 소고

조대한 문학평론가. 2018년 《현대문학》 평론 부문 신인추천으로 등단했다.

남성, 로맨스와 길티 플레저

제복 입은 남자들의 이야기로부터 시작해 보자. 보통 제복이라 함은 일정한 규정과 기준에 따라 만들어진 복장을 의미할 것이다. 그것은 단순한 외피에 불과하지만, 때로는 그 유니폼을 입고 있는 집단 전체를 대표하기도 한다. 경찰, 군대 등 해당 집단의 제복이 특별한 권위의 상징이 되는 경우라면 더욱 그렇다. 그 제복과 권위의 상징체계는 꽤나 강력해서, 심지어 그것이 벗겨진 이후에도 유형의 힘을 발휘하기도 한다. 가령 2010년을 전후로 개봉되었던 장르 영화 「아저씨」와 「추격자」의 주인공들을 떠올려 보자. 원빈과 김윤식이 연기했던 그 남성 캐릭터들은 비록 매끈함과 투박함이라는 페르소나의 차이는 있을지언정, 양쪽 모두 특수 요원과 경찰의 옷을 입었던 인물들이다. 그들이 제복을 벗은 인물로 그려진 것 자체는 권위에 대한 거부감이 반영된 것일 수도 있으나, 치안이 정상적으로 작동하지 않는 상황에서 행해지는 전직 요원들의 폭력적 복수와 자력 구제 속엔, 공권력에 몸담고 있었던 이들의 남성적 힘과 능력에 대한 장르적 매혹이 여전히 담겨 있는 것 같다.

한편 비교적 최근의 대중문화 표상에서는 공권력의 옷을 입고 있는 주인공들이 종종 나타나기도 한다. 예컨대 「범죄 도시」에서 마동석이 연기한 남성 캐릭터는 조선족 범죄 조직에 대항하는 강력계 형사이다. 이 현실판 히어로는 마냥 선량한 인물이라기보다는, 자신의 목적을 위해 고문에 가까운 구타도 서슴지 않는 인물로 그려진다. 주인공의 폭력이 관객들에게 허용될 수 있었던 건 그것이 장르 영화의 익숙한 문법이기 때문이기도 하겠지만, 악랄하게 극화된 이방인들의 폭력을 잠재우는 수단이었기 때문이기도 하다. 주인공이 확실한 우리 편이라는 어떤 안도감은 공권력의 옷을 입은 그 폭력을 안전하고 호쾌한 액션의 일종으로 뒤바꾼다. 물론 이처럼 길들여진 혹은 순화된 남성성의 구축에는, 거대한 육체성과 '마블리'의 귀여움을 동시에 지닌 마동석이라는 배우의 이미지도 한몫을 했을 것이다.

2019년 말 성황리에 종영된 드라마 「동백꽃 필 무렵」에도 경찰 제복을 입은 남자 주인공이 등장한다. 강하늘이 역을 맡았던 '황용식'이라는 캐릭터는 많은 이들의 호응을 얻었다. 이유는 여러 가지겠지만 주로 꼽히는 그의 매력 요소는 순박함, 과감함, 다정함 등이었던 것 같다. 그는 적극적으로 애정을 표출하고 그 자체로 남성적인 매력을 지니고 있으나, 사랑하는 여성에게는 공격적이지 않으며 다정하고 순종적인 남성 캐릭터로 그려진다. 흥미로운 점은 앞서 언급되었던 공권력의 남성들과 달리, 그가 서사의 중심에서 미스터리를 단독으로 파헤치고 해결하는 인물은 아니라는 점이다. 용식은 일과 시간의 상당 부분을 야채를 다듬거나, 동네 강아지의 혈통 관계를 조사하거나, '동백'의 뒤를 따라다니는 데 쏟는다. 동백을 위협하는 범인을 잡으려 애를 쓰고 실제로 진실에 가까이 접근하긴 하지만, 정작 친구의 복수와 범인의 검거는 동백과 옹산 여성들의 자력구제로 이루어진다. 제복 입은 남성들은 도리어 그녀들을 뜯어말리고, 용식은 동백이가 자신이 지켜 줘야 하는 나약한 존재가 아님을 깨닫는 내레이션을 수행할 뿐이다. 철저히 여성서사적인 관점에서 보자면 그는 역할이 미미한 부수적인 캐릭터이고, 그의 시골 레트리버 같은 안전한 동물성과 귀여움은 마치 이성애 로맨스를 위해 어쩔 수 없이 배분된 판타지처럼 느껴지기도 한다.

최근 한국소설에서 재현되었던 인상 깊은 남성 캐릭터로는 장류진의 「펀펀 페스티벌」의 '이찬휘'가 있었다.[1] 작품 속에서 이찬휘는 "대형 기획사 연습생 출신, 《대학내일》 표지 모델 경력에, 외대 3대 미남 x, y, z 중 y를 맡고 있는"(327쪽) 유명 인사이다. 주인공인 '나'는 그와 한 기업의 연수원 건물에서 처음 만났다. 취업 준비생이던 나는 당시 금융권에서 유행처럼 실시하는 합숙 면접에 참여한 상황이었다. 합숙은 교육과 면접, 그리고 '펀펀 페스티벌'이라고 불리는 공연으로 구성된 일정이었는데, 그 마지막 관문에서 떨어지면 "지리멸렬하고 굴욕적인 글쓰기를 반복"(329쪽)해야만 하는 참가자들은 서로의 눈치를 보며 필사적으로 경쟁해야 하는 처지에 놓여 있었다. 다행히 제법 노래를 할 줄 알았던 나는 밴드 그룹의 보컬로 자원을 했고, 그곳에 함께 지원한 이찬휘와 짝을 이루게 된다.

많은 방송 프로그램과 오디션 경험이 있는 이찬휘는 조장이 되어서 적극적으로 팀을 이끌어 간다. 한데 그럴듯해 보였던 겉모습과는 달리 그는 어딘지 조금 짜증나고 불편한 사람이었다. 그는 가뜩이나 부족한 연습 시간에 굳이 곡을 새롭게 편곡하자고 제안하고는, 악기를 다루는 조원들에게 "'빈티지'하면서 '땡땡한' 느낌" 혹은 "'레몬 맛 탄산수 같은' 느낌"(334쪽)으로 연주해 달라며 알 수 없는 요구들을 한다. 정작 그는 해당 악기를 다룰 줄도 모른다. 또 리허설 무렵 그는 나에게 이상한 '쪼'가 있다고 말하곤 내 노래를 과장되게 흉내 낸다. 공연이 임박해서 그 버릇이 신경 쓰이기 시작한 나는 안타깝게도 실수를 하고, 모두가 지켜보는 자리에서 무대를 망치게 된다. 그 탓이었는지 끝내 나는 최종 면접에서 탈락한다.

우스운 점은 그런데도 내가 이찬휘의 외모에는 여전히 마음이 끌린다는 것이다. "그 애를 보고 있는 동안은 무언가 좋은 것이 내 주머니로 와르르 쏟아져 들어온다는 듯이"(332쪽) 이유 없이 생겨나는 즐거움의 감정을 막을 수가 없다. 결국 나는 이찬휘가 초대한 연말 파티에 참석한다. 그것은 20대의 마지막 날이라는 특별함 때문이었는지 또는 그에 대한 어떤 기대감 때문이었는지 명확히 알 수는 없다. 이찬휘는 회비를 모두 똑같이 걷은 술집에서 안주가 끊이지 않게 해 달라며 생색을 잔뜩 내고는, 단상 위로 올라가 즉흥 무대를 연다. 그리고 가사의 대부분을 잘 모르는 듯한 퀸의 노래를 흥얼거리기

1 이 글에서 인용된 장류진의 「펀펀 페스티벌」은 《문학동네》 2019년 겨울호에서, 강화길의 「음복(飮福)」은 《문학동네》 2019년 가을호에서 가져왔다. 이후 각 작품을 인용할 때는 쪽수만 표기하도록 한다.

시작한다. 나는 새해를 맞이하는 타이밍에 어울리지 않는 끔찍한 선곡도 싫고, 자신이 레몬 탄산수처럼 청량하리라는 그의 착각도 싫고, "잔뜩 심취한 미간도", "자기가 무대를 장악했다고 굳게 믿고 있는 저 손짓도", "로큰롤 스타처럼 다리를 떠는 제스처도"(344쪽) 모두 다 싫었다.

> "벌써 가게?"
> 그 순간 죽고 싶을 정도로 수치스러운 건 이찬휘가 내 어깨에 함부로 손을 댔다는 사실이 아니었다. 아직 그 손이 그렇게까지는 싫게 느껴지지 않는 나 자신이었다. 젠장, 어떡하지? 아직도 너무…… 잘생겼어. 분명히 말하지만 이찬휘에게는 일말의 감정도 남아 있지 않았다. 이상형의 반대말이 존재하는지는 모르겠지만, 만약 있다면 이찬휘는 이제 그것에 가까웠다. 이찬휘 같은 태도, 이찬휘 같은 표정, 이찬휘 같은 말투, 이찬휘 같은 취향, 한마디로 아친휘 같은 바이브. 모두 내가 꺼리는 것들이었고 사람을 판단할 때 절대적으로 피하는 기준 같은 게 되었다. 나는 이제 이찬휘의 모든 것이 소름 끼치도록 싫었다. 다만 저 애의 얼굴과 몸, 그 껍데기만 빼고. 그건 아직까진, 아무리 봐도 싫어지지가 않았다. 그걸 싫어하지 못하는 나 자신만 자꾸 싫어질 뿐. 나는 누구에겐지 모르게 다급히 변명했다. 껍데기일 뿐이지만 이런 껍데기는 귀하다고. 좀처럼 쉽게 볼 수 없다고…… 그리고 다시 어딘지 모를 반대편을 향해 외쳤다. 아, 무슨 소리를 하는 거야. 난 정말 쓰레기야. 난 육신의 노예야. 제발 누가 날 좀 말려.(345~346쪽)

그가 지닌 유치함과 얕은 취향, 말투와 행동까지 모두 다 싫어하는 나이지만, 그럼에도 도저히 싫어지지 않는 것은 그가 가진 "얼굴과 몸"이다. 그러한 "껍데기"에 넘어가지 않아야 한다는 것을 알면서도 생겨나는 기쁨이라는 점에서, 이는 일종의 '길티 플레저'에 가까울지도 모르겠다. "난 정말 쓰레기"라고 여기는 자책과, 그래도 "이런 껍데기는 귀하다고" 말하는 변명 사이에서 우왕좌왕 흔들리는 것은 작품 속 주인공의 솔직한 감정이지만, 대중문화를 향유하는 우리들 대부분의 고민스러운 감각이기도 하다. 「동백꽃 필 무렵」에서 그려진 이성애 로맨스와 가족 판타지가 어떤 전형성을 재생산하리라는 것을 알면서도 그 안에서 행복을 얻고, 여성이 피해자로 대상화되고 있는 장르적 서스펜스에서 어찌할 수 없는 긴장감을 느끼는 것과 비슷한 감각 말이다.

하지만 속물성이 표현되거나 작동하고 있다는 것만으로, 그러니까 무엇을 재현했다는 사실만으로 해당 텍스트를 비판하는 것은 조금 성급해 보인다. 보다 중요한 것은 무엇을 재현했는지가 아니라, 그것이 어떻게 재현되고 있는지 혹은 어떠한 서사적 배치 속에 놓여 있는지 살펴보는 일일 것이다. 「동백꽃 필 무렵」에서 그려진 황용식이라는 남성 캐릭터는 여성들이 결정권과 승계권을 지니고 있는 옹산을 배경으로 두고 읽혀야 하는 것처럼, 이찬휘의 외모에 대한 길티 플레저 또한 그것이 진실로 껍데기에 불과하다는 것을 여실히 깨닫게 된 서사, 그의 가르침과 상관없이 자신의 '쪼'대로 노래를 부르기 시작한 소설의 결말 등과 겹쳐서 이해되어야 하지 않을까.

한 발 더 나아가면 「펀펀 페스티벌」의 구조 자체가 다른 의미의 서사적 중첩을 내포하고 있는 것 같기도 하다. 가령 연수원이라는 제한된 공간과 그 안에서 읽히는 미묘한 경쟁 감각은 특정 오디션 프로그램 등에서 곧잘 발견되는 것이다. 참가자들은 이찬휘와 내가 그랬던 것처럼 강제로 주어진 미션

아래 경쟁하며, 한정된 기회 속에서 서로 돋보이기 위해 타인을 내리눌러야만 한다. 무대의 센터와 노래의 하이라이트를 차지하려 다투면서도 자신의 일거수일투족을 누군가 지켜보며 평가하고 있다는 감각, 다시 말해 그 돋보임의 강박과 겸손의 미덕 사이에서 그들은 아슬아슬한 줄타기를 해야 한다. 이를 지켜보는 시청자들 또한 그 화려한 무대가 자본의 의도와 성 상품화를 통해 만들어진 것임을 은연중에 알고 있으면서도, 그들의 자극적인 경쟁에 흥미를 느끼고 개인의 사연에 어찌할 수 없는 공감과 연민을 느끼며, 죄책감과 기쁨을 동시에 만끽한다. 이 소설은 그 중층의 감정을 단순하게 재현하거나 비판하는 것이 아니라, 그것을 현실의 취업 경쟁 서사 속으로 끌고 들어오면서 이전과는 다르게 배치된 새로운 장을 만든다. 일상과 괴리된 곳에서 안전하게 즐길 수 있었던 그 익숙한 쾌감은 무감각한 현실 속에서 낯선 질문이 되어 돌아온다. 이 같은 서사적 배치를 통해 장류진의 소설은 현실의 거친 리얼리티를 재현해 냈을 때와는 또 다른 감정의 울퉁불퉁함을 우리에게 남기는 것 같다.[2]

앎의 재배치와 뒤바뀌는 삶

중국 드라마 「후궁견환전」은 「옹정황제의 여인」이라는 제목으로도 잘 알려져 있다. 총 76부작으로 이루어진 이 드라마는 중국 현지뿐만 아니라 우리나라에서도 꽤나 큰 팬덤을 거느린 작품이 되었다. 드라마는 순수했던 소녀 '견환'이 궁에 들어간 후 겪게 되는 그녀의 파란만장한 삶을 다루고 있다. 사실상 거의 모든 서사가 여성 인물들에 의해 진행되지만, 주인공 견환을 중심으로 주목해 볼 만한 남성 캐릭터가 크게 두 명 정도는 있는 것 같다.

하나는 황제인 '옹정제'이다. 그는 당대의 제왕답게 모든 권력과 권위의 중심에 서 있는 인물이다. 그의 사랑을 획득하는지 혹은 그러지 못하는지에 따라 인물들의 품계와 지위, 삶과 운명이 결정된다. 다른 하나는 황제의 동생인 '과군왕'이다. 일찍이 왕권에서 물러난 그는 정치적인 욕심은 없지만, 황제의 후궁으로 들어온 견환에게 연심을 품는 인물로 그려진다. 견환의 삶은 그 정해진 사랑과 이루어질 수 없는 사랑 사이에서 이리저리 진동한다. 외모와 성품 모두에서 서브 캐릭터와 비교가 되지 않

2 이 같은 중층적 배치 혹은 감각의 전이는 장류진의 근작 「연수」(«창작과비평» 2019년 겨울호)에서도 일부 발견된다. 이 소설은 「도움의 손길」에서 앞서 나타났던 차등화된 세대 간의 대립과 그것의 일시적 화해를 다루고 있는 작품으로도 읽히지만, 가상의 공통 감각과 현실의 구체적 경험이 겹쳐 있는 작품으로 읽히기도 한다. 「연수」에서 내가 윗세대의 여성들과 불화를 겪는 가장 큰 원인 중의 하나는 결혼이다. 나는 비혼주의자로 묘사되는데, 그러한 결심을 확고하게 다지게 된 것은 인터넷에서 전해지는 생생한 기혼의 삶을 미리 들여다보았기 때문이다. 한 커뮤니티에서 남편의 팬티를 세탁할 때마다 미세하게 대변의 흔적이 묻어 있어 정나미가 뚝 떨어진다는 푸념 섞인 글을 보고 난 후, 나는 성인 남자의 후줄근한 트렁크 팬티를 빨아야 하는 삶이 아니라 자신의 속옷 한 장만 책임지면 되는 생을 살아가리라 굳게 결심한다. 약간은 과장되어 있을지도 모르지만, 미리 경험한 가상의 공통된 세대 감각이 주인공의 현실과 이후의 삶을 잠정적으로 결정하게 된 셈이다. 한편 엄마 혹은 아주머니 강사에게 나의 결정은 얕은 경험으로 내린 판단, 또는 '아기' 같은 섣부른 생각으로 느껴지는 듯하다. '연수'는 비단 운전뿐만 아니라 이처럼 다양하게 갈라지는 현실의 감각들을 중첩시켜 놓은 소재가 된다. 그러한 의미에서 이 서사적 방식들을 하이퍼리얼리즘이라기보다는 일종의 메타리얼리즘이라고 불러야 하지 않을까.

음에도 불구하고, 견환은 처음 맺어진 옹정제와의 사랑을 맹목적으로 믿었고 비참하게 버림받기까지 한다. 작품 속 여인들 또한 황제의 사랑만을 갈구하다 스러져 간다. 수많은 음모와 비밀들을 최종적으로 인지하고 그에 대한 판단을 내리는 자 역시 황제이다. 왕궁의 일상은 황제의 무지에 의해 지탱되고, 그의 앎에 의해 뒤바뀐다고 해도 과언이 아니다.

강화길의 소설 「음복」의 서두에는 이 "후궁들의 암투를 그린 청나라 배경의 사극"이자 "76부작짜리 중국 드라마"(364쪽)의 이야기가 등장한다. '나'와 '남편'은 그 드라마에 무척이나 깊이 빠져 있다. 그것은 악역 못지않게 악독한 인물로 변화하는 주인공이 마음에 들어서이기도 하고, 황제에게 버림받았던 견환이 과군왕과의 관계에서 생겨난 아이를 황제의 아이로 속이고 다시 황궁으로 복귀하는 에피소드가 스릴 넘쳐서이기도 하다. 평소 같으면 남편의 무릎을 베고 그의 말처럼 '시시한' 후궁들의 팔자를 궁금해하고 있었을 우리는 그날 저녁 시댁을 방문해야만 했다. 그날은 결혼 후 처음 맞이하는 남편 할아버지의 제삿날이었기 때문이다.

한데 그날따라 유독 까칠해진 '고모'가 조금씩 나의 신경을 긁는다. 평소에도 "그 집의 악역"(364쪽)에 해당하는 고모는 친척들의 사생활에 무례하게 침범하는 사람이자, "다른 식구들의 신경을 긁어 대는 인간"(366쪽)이다. 그날도 고모는 어김없이 언제 아이를 가질 것이냐고 내게 무례한 질문을 던진다. 난처해진 나는 도움을 요청하는 듯한 시선을 남편에게 보내어 보지만, 속 편한 그는 새집 냄새 따위를 걱정하고 있을 뿐이다. 다정한 시어머니의 중재로 상황은 일단락되긴 하나 저류에는 팽팽한 긴장감이 흐른다. 그리고 남편은 여전히 아무것도 모르는 눈치이다. 이찬휘처럼 뻔뻔한 얼굴을 하거나 옹정제처럼 권위에 찬 무지의 표정을 짓지는 않을지 몰라도, 남편의 얼굴은 "염려하다가 안심하다가, 다시 살짝 불안해하다가 고민하다가", 이내 "모든 그늘이 사라진 얼굴"(367쪽)로 쉽게 돌아와 버린다. 속상한 것은 내가 그러한 남편의 무심함을 좋아한다는 점이다. 그늘지지 않은 밝은 성품과, 무슨 일이 있어도 괜찮다며 나를 위로해 줄 것 같은 그의 선한 둔감함은 내가 남편을 사랑하는 이유이기도 하다.[3]

그의 무심함과는 별개로 시어머니와 고모 사이에는 모종의 긴장감이 계속된다. 그리고 그 미묘한 감각은 '베트남 참전', '할머니', '토마토 고기찜', '제사' 등 할아버지와 관련된 대화 소재를 중심으로 포착되곤 한다. 남편에 대한 뾰족한 말들을 이어 가는 고모를 보면서 나는 어렴풋이 알아차린다. "고모는 내 남편을 미워했다. 그리고 남편은 그걸 몰랐다."(371쪽) 사건은 방에서 나온 할머니가 갑작스레 내게 숟가락을 던지면서 발생한다. 치매에 걸렸다던 할머니는 마치 나를 알아보는 듯한 눈빛을 하고는 상을 뒤엎었고, 제발 꺼지라며 애타게 소리를 지른다. 할머니를 달래는 고모의 대화를 들으며, 나는 할머니의 시선과 숟가락이 겨냥했던 사람이 내가 아니라 내 옆의 누군가였음을 깨닫게 된다.

3 인아영은 황정은의 「파묘」에 등장하는 한만수와 강화길의 「음복」에 등장하는 남편을 '모르는 남자들'이라 칭하며, 그들의 무지가 젠더 권력의 위계와 깊숙하게 연관되어 있음을 정확히 지적한다. 남편의 무지에 대한 나의 사랑은 낭만의 일종이라기보다는, "기울어진 사회 속에서 한 명의 여성으로서 살아가기 위해 구조적인 조건을 직시하는 시선"에 가깝다고 논자는 이야기한다. 자세한 논의는 인아영, 「눈물, 진정성, 윤리-한국문학의 착한 남자들」, 《문학동네》 2019년 겨울호, 96~102쪽 참조.

그 사람은 전쟁 통에 죽을까 봐 마음을 졸이며 할머니가 기다렸던 사람, 집에 돌아와서는 아내가 차려 놓은 밥상엔 손도 대지 않던 사람, 부러 아내가 만들 수 없는 이상한 음식만 며느리에게 해 달라고 말하던 사람, 그 기름진 이국의 음식을 먹다가 성인병에 걸려 죽었음에도 매년 제사상마다 그 음식이 올라오도록 만드는 사람이다. 할머니의 수저는 제사상을 찾아온 그이의 묘한 기척을 향해 있었을 수도 있고, 놀라울 정도로 할아버지를 닮은 얼굴을 하고 먹성 좋게 토마토 고기찜을 먹고 있던 남편을 향해 있었을 수도 있다.

> "엄마, 이제 정우 집에 가야 돼."
>
> 그러나 할머니는 남편의 손을 놓지 않았다. 계속 잡고 있었다. 조금 전에 그랬던 것처럼 남편을 찬찬히 바라보았다. 그 시선은 어딘가 서글퍼 보이기도 했고, 잔인해 보이기도 했다.
>
> 그녀는 그를 알아보았을까
>
> 고모가 할머니의 손을 살짝 잡아당기며 말했다. "엄마, 이제 그만해. 괜찮아요. 괜찮아."
>
> 그 순간 할머니가 고모에게 소리를 질렀다.
>
> "야, 너 정원이 재수 시키지 마라. 주제를 알아야지. 지가 무슨 약대를 간다고."
>
> 나는 숨을 멈췄다. 시간이 멈춘 것만 같았다. 어떻게 해야 할지 알 수 없었다. 민망하고 부끄럽고, 괴로웠다. 그때 시아버지가 못 들은 척 고개를 돌리는 모습이 눈에 들어왔다. 나는 고개를 푹 숙였다. 더는 아무것도 보고 싶지 않았다. 그러나, 어느새 할머니가 고모의 손을 다시 꽉 잡고 있는 걸 보았다. 있는 힘을 다해 아주 힘껏. 나는 도저히 그 광경을 견딜 수 없어서 재빨리 남편에게 속삭였다. 나가자. 어서 우리 집으로 돌아가자. 그런데 그가 움직이지 않았다. 왜 그러는 거야? 나는 남편을 올려다봤다. 그가 참담한 표정으로 자신의 할머니를 쳐다보고 있었다. 방금 들은 말을 믿지 못하는 것 같았다. 심하게 충격을 받은 듯 그 자리에 굳어 있었다. 바로 그 순간에서야, 나는 알아차렸다.
>
> 너, 아무것도 몰랐구나.(384~385쪽)

할머니는 증오하던 할아버지를 닮은 남편의 손을 붙잡은 채 놓아주지 않고, 그 복잡하고 서글픈 심정을 짐작한 고모는 할머니의 손을 자꾸만 떼어 내려 한다. 화가 난 할머니는 고모의 딸 '정원'이를 향해 크게 악담을 퍼붓는다. 그 순간 안정되어 가던 분위기는 삽시간에 사라지고 나는 시간이 멈춰 버린 것 같은 느낌을 받는다. 저류에 흐르던 팽팽한 진실이 팡 터지듯 바깥으로 삐져나온 그 순간, 두 남자의 반응은 사뭇 갈라진다. 시아버지는 으레 그렇다는 듯 "못 들은 척 고개를 돌리"고 할머니의 말을 모른 척한다. 반면 남편은 "방금 들은 말을 믿지 못하는 것"처럼 "참담한 표정으로 자신의 할머니를 쳐다"본다. 이미 무언가를 알고 있던 시아버지는 바깥으로 빠져나온 실재 한 조각을 다시 묻어 두려 하고, 할머니의 괴이한 말과 행동이 드라마를 흉내 내는 것이라 여겨 왔던 남편은 처음 알게 된 진실로 인해 커다란 충격에 빠진다. 그러니까 이곳엔 진실을 알고도 짐짓 모른 척해 온 남자와, 그것을 처음으로 알게 된 남자가 존재하는 셈이다.

지젝은 『시자척 관점』이라는 저서에서, 이 같은 자각의 순간에 관해 흥미로운 사유를 제공한다.[4] 그는 이디스 워튼의 소설 『순수의 시대』를 사례로 든다. 소설의 주인공인 '뉴랜드 아처'는 뉴욕 상류층 가문의 딸 '메이 웰랜드'와 결혼한 사이이다. 동시에 그는 '엘렌 올렌스카' 백작 부인에게 오

4 슬라보예 지젝, 김서영 옮김, 『시차적 관점』(마티, 2009), 273~274쪽.

래도록 연심을 품어 왔다. 아처와 올렌스카의 금지된 사랑은 그의 결혼 생활이 유지되는 동안 끝내 이루어지지 못한다. 세월이 흘러 아내가 세상을 떠나게 되자, 아처는 그동안 숨겨 왔던 사랑을 적극적으로 드러내기 위해 올렌스카를 찾아간다. 하지만 그들의 만남은 결국 실패로 돌아가고 마는데, 그것은 아처가 자신의 아들에게 어떤 사실을 듣게 되었기 때문이다. 아처의 아내는 생전에 이미 그의 비밀스런 사랑을 알고 있었다. 아처에게 진실로 충격적인 것은 자신이 아무것도 몰랐다는 사실뿐만 아니라, 자신의 무지를 다른 사람들이 애써 숨기고 있었다는 사실을 그가 깨닫게 되었다는 점이다. 평온한 생활과 체면의 유지를 위해 아내가 속은 척해 왔다는 진실[5]을 알게 되었을 때, "너는 나를 파악하고 있다고 생각하겠지만, 나는 그런 너의 시선을 다시 파악하고 있"(382쪽)다는 것을 자각하였을 때, 그의 삶과 과거는 이전과는 전혀 다른 모습으로 재배열될 수밖에 없다.

이 논의를 잠시 빌려 본다면, 인용된 「음복」의 장면과 「후궁견환전」 결말부의 서사는 기이하게 겹쳐지는 듯싶다. 황제가 죽어 가는 마지막 순간에, 견환은 자신의 아이가 실은 다른 이와의 결실이었음을 밝힌다. 그것이 최대의 복수인 까닭은 그 사실을 알게 되는 순간 황제의 삶과 사랑 전체가 일순간에 무의미한 것으로 뒤바뀌기 때문일 것이다. 그리고 「음복」의 남편 또한 지금껏 알고 있던 앎의 경제가 전환되는 순간에 직면해 있다. 너는 여태 무지해도 되는 삶을 살았다는 사실, 너는 까마득하게 속고 있었다는 사실, 네가 악역이라는 것을 너 말고는 모두가 알고 있었지만 아닌 척 연기를 해 왔다는 사실, 거짓된 드라마가 실은 무엇보다 진실에 가까웠다는 사실, 막장 드라마의 서스펜스가 실은 너의 무탈한 삶을 지탱하고 있었다는 사실이 밝혀지는 순간, 시시한 중국 드라마와 평범한 일상은 이 소설의 서사적 재배치 속에서 낯선 텍스트로 다시 재현된다. 하지만 자각 이후에도 여전히 남편은 모르는 남자로 살아가려는 듯하다. 그것은 미세한 앎의 균열 이후에 재탄생되었다는 점에서, 순수한 무지라기보다는 어쩌면 '무지에의 욕망'[6]에 가까울지도 모르겠다. 누군가의 말처럼 우리는 무언가를 알기 이전으로, 그 무지했던 과거로 다시 돌아갈 수는 없을 것 같다. 소설은 이미 질문을 던졌다. 이제는 당신이 선택할 차례이다.

5 허윤은 여성 독자들이 생존을 위한 방패로서 여성성의 가면을 수행하는 것이라고 말하며, 그때 진실로 속고 있는 쪽은 과연 누구인지 질문을 던진다. 허윤, 「로맨스 대신 페미니즘을!」, 『문학은 위험하다』(민음사, 2019), 201쪽.

6 강지희, 「아무도 죽지 않는 문학을 위하여」, «문학동네» 2019년 겨울호, 5쪽.

여성 재현의 '몫'을 묻다
—최은영, 조해진, 김숨의 근작을 돌아보며[1]

이지은 문학평론가. 2015년 《경향신문》 신춘문예 평론 부문으로 등단했다.

이미 잃어버렸거나 잃어 가고 있는 여성의 삶에 관하여

리얼리즘은 현실을 그대로 모사하는 것이 아니라 비본질적인 것으로부터 본질적인 것을 간취하고 현실이 나아가는 방향과 법칙을 파악하여 객관적으로 반영하는 것이라 한다. 이때 본질적인 것과 비본질적인 것을 구별하고 현실의 나아가는 방향과 법칙을 파악하는 지성적 작용에는 재현하는 자의 이데올로기는 물론이고 당대 사회의 지배적 담론이 투영된다. 여기에 여성을 비롯한 비가시적 존재 재현의 어려움이 놓여 있다. 비-인간, 비-정상, 비-남성, 비-이성애자 등 '본질적인 것'으로 여겨지지 않는 '비-○○'들은 현실의 방향성을 가늠하는 지표로 인식되지 못하기 때문이다. 최은영의 『몫』은 1990년대 중 후반 대학 교지 편집실의 대화를 보여 주는데, '교수 성희롱 사건', '가정 폭력에 시달리는 아내들'과 같은 '여성 문제'는 "일개 여성 문제가 아니라 대학원 사회의 기형적인 권력 구조에 관한 문제"(20쪽)라서 채택이 되거나, 아니면 "민족 주권과 빈곤의 문제를 여성 문제로 축소해서 보려"(45쪽)해서 폐기된다. 여성 문제는 여성 문제로 제출될 수 없고, 그것이 '본질적'이고 '현실의 방향과 법칙'의 지표인 민족, 주권, 권력, 계급 문제에 종속되는 한해서 발화될 수 있었다.

> 그곳에서 당신과 희영은 미군에게 살해당한 여성의 시신 사진이 실린 유인물을 봤다. 처음에는 무슨 사진인지 이해할 수 없었지만, 자세히 보니 죽은 여자의 시신이라는 것을 알 수 있었다. 참혹하게 살해당한 사람의 몸. 그 사진 아래로 2년 전, 전국여대생대표자협의회에서 쓴 글이 짤막하게 실려 있었다.
>
> 〈그는 우리 조국의 모습입니다! 조국의 자궁에는 미국의 문화 콜라 병이 깊숙이 꽂혔고 조국의 머리는 시퍼렇게 피멍이 들어 있으며 조국의 온 산천은 이러한 모든 것을 감추려는 듯 희뿌연 세제

1 이 글에서 다루는 텍스트는 다음과 같다. 최은영, 『몫』(미메시스, 2018); 조해진, 『단순한 진심』(민음사, 2019); 김숨, 『한 명』(현대문학, 2016); 김숨, 『흐르는 편지』(현대문학, 2018); 김숨, 『군인이 천사가 되기를 바란 적 있는가』(현대문학, 2018); 김숨, 『숭고함은 나를 들여다보는 거야』(현대문학, 2018). 이하 제목과 페이지만 표기.

가 뿌려져 있습니다.〉

당신은 그 유인물의 내용을 확인하자마자 두 번 접어서 가방에 넣었다. 희영도 그렇게 했다. 그렇게 접어서라도 그 사람의 몸을 가려 주고 싶어서.(『몫』, 39쪽)

그리하여 여성의 죽음은 그녀를 위한 추모제에서도 '비본질적인 것'으로 누락된다. 인용한 장면은 피해자의 이름을 따 '윤금이 사건'이라 기억되고 있는, 1992년 미군 소속 케네스 마클(Kenneth Markle)이 동두천 기지촌에서 일하던 여성 윤금이를 잔인하게 살해한 사건을 환기한다. 살해 방법이 너무 참혹했기에 당시 많은 사람들이 분노했고 시위에 나섰다. 소설 속 유인물의 글귀는 당시 학생운동 진영에서 반미 투쟁에서 사용한 실제 문구인데,[2] 최은영은 소설 속으로 이 사건을 가지고 오면서 두 겹의 재현을 보여 준다. 하나는 유인물에 적힌 대로, 기지촌 여성의 몸이 '조국의 영토'로 그녀의 죽음이 '미국에 의한 주권/영토의 침해'로 재현되는 모습이고, 다른 하나는 이와 같은 재현을 거부하는 인물들의 모습이다. 1990년대를 회고하는 지금 여기의 시선에서 당대에 억압되었던 이들의 모습이 가시화될 수 있는 것은 페미니즘이 분투하며 일깨워 온 감각과 언어 위에 우리가 살고 있기 때문이다. 지금 여기 한국 문학의 현장에서 비가시적 영역에 머물렀던 존재에 관한 재현이 가장 첨예한 논점인 것은 그것이 독자의 감각 변화에 대한 가장 예민한 반영이자 동시에 독자의 감각의 민감도를 세련하고 있기 때문이다.

그럼에도 지금 여기 여성 재현은 또 다른 어려움을 지니고 있는데, 하나는 아직도 보이지 않는 혹은 특정한 방식으로만 보려고 하는 영역이 남아 있다는 점이고 다른 하나는 그동안 잃어버린 삶이 너무 많다는 점이다. 그 대표적인 것이 일본군 '위안부', 미군 '위안부'의 삶에 관한 재현이다. 세계는 한쪽에서는 여성 섹슈얼리티를 남성성을 강화하는 수단으로, 착취의 수단으로 삼으면서도, 반대편에서는 '어머니 아내 딸'과 같이 가부장제의 재생산에 적합한 여성성만을 허용한다. '위안부' 여성들은 살아 있는 동안 철저히 배제되었으면서도, 죽은 후에는 '민족의 딸'이 되어 '민족 수난'의 상징이 되어야 했다.[3] 그런데 이제 이들의 삶을 재현하고자 할 때, 안타깝게도 너무 많은 것들이 이미 세계 바깥으로 추방되어 버렸고 망각되었다. 이미 잃어버렸거나 잃어 가고 있는 여성의 삶은 어떻게 그릴 수 있을까.

스크린 바깥을 상상할 수 있을까: 조해진, 『단순한 진심』

애초에 내가 알고 싶었던 건 문주의 의미가 아니라 그런 것인

2 정희진, 「죽어야 사는 여성들의 인권」, 『한국 여성인권운동사』, 한국여성의전화 엮음(한울, 1999), 342쪽 참조.

3 '제국으로부터 우리 민족의 여성을 보호해야 한다.'라는 민족주의 논리는 '식민지 여성을 정복하라/구원하라.'라는 제국주의 논리와 정확히 대칭적이다. 이는 여성을 주체적 존재로 인식하지 않고 '민족, 국가, 영토'와 같은 거대 기표 아래 귀속시킴으로써 억압하며, 자국 남성에 의한 성폭력을 비가시화한다. 이러한 논리는 최근 '자국 여성의 안전'을 이유로 예맨 난민을 반대했던 주장과도 상통한다. 자세한 내용은, 류진희, 「난민 남성과 자국 여성」, 『경계 없는 페미니즘』(와온, 2019), 84~85쪽 참조.

지도 몰랐다. 이제는 아무도 알 수 없는 스크린 바깥의 이야기였다. (『단순한 진심』, 224쪽)

조해진의 『단순한 진심』은 프랑스로 입양된 '나'(=나나, 문주)가 자신을 주인공으로 한 다큐멘터리 영화에 출현하면서 시작된다. 입양 전 이름인 '문주'의 의미를 추적하면서 진행되는 이 소설에는 몇 번의 실패가 나타난다. 이를 테면 '나'는 생모를 찾는 데 실패하고, 이름을 지어 준 기관사를 만나는 데 실패한다. 한편 '나'가 우연히 알게 된 '추연희'는 오래전 '백복순'과 그녀가 낳은 딸 '백복희'와 함께 대안 가족을 꾸린 적이 있다. 백복순은 열다섯 살부터 공장에서 일하다 열일곱 살에 이태원으로 흘러왔고, '기지촌 여성'이라 불리는 미군 상대의 성매매/성 판매 여성이 되어 열여덟 살에 백복희를 낳았다. 백복순은 딸을 낳은 지 4년 만에 죽었고, 추연희는 온갖 차별과 폭력에 시달리는 백복희를 보다 못해 입양 보낸다. 이후 추연희는 평생 그녀를 기다리지만 끝내 만나지 못한 채 뇌졸중으로 쓰러진다.

'나'와 추연희는 그리워하던 사람을 만나지 못하지만, 대신 서로를 통해 각자의 상처를 돌보게 된다. '나'는 추연희의 모습에서 자신을 돌봐 주었던 기관사 정우식과 그의 어머니 박수자, 양부모가 되어 준 앙리와 리사를 발견했고, 반면 추연희는 '나'에게서 백복희의 얼굴을 보았다. 추연희가 '나'에게 베푼 음식들은 백복희를 향한 사랑인 동시에 '나'의 결핍을 메워 주는 것이었다. '나'는 뇌졸중으로 쓰러진 추연희를 돌보는데, 이는 그녀에 대한 '나'의 연민인 동시에 '나'를 지켜 주었던 리사와 박수자의 사랑이기도 하다. 이렇게 소설은 쌍방으로 교환되는 친절이 아니라 타인을 향해 퍼져 나가는 돌봄과 사랑에 대해서 이야기한다.

소설에서 인물들이 형성하는 관계는 독자에게 울림과 감동을 주지만, 그것에 앞서 이들의 '만남의 실패'를 좀 더 곱씹어 읽을 필요가 있다. 이들은 왜 이토록 인생의 많은 시간을 고통 속에서 보내야 했을까? 추연희는 "임신하지 못"한다는 이유로 "남편과 남편의 가족에게서 버려"(175쪽)졌고, 백복순은 "열다섯 살부터 공장에서 일"하다가 "그 망할 공장에서 하도 월급을 떼여서 직업소개소에 갔다가 이태원으로 흘러"(207쪽)갔으며, 백복희는 피부색이 다르다는 이유로 "성적 수치심과 모욕감을 주는 지독한 별명"(231쪽)으로 불려야 했다. 이 세계가 여성을 재생산의 도구로 혹은 성 착취의 대상으로 여기는 곳이 아니었다면, 피부색이 다르다고 폭력을 휘두르는 곳이 아니었다면, 추연희와 백복순, 그리고 백복희의 삶은 달라지지 않았을까?

세계의 폭력성을 감각하게 되면, 온전히 재현되지 못하는 여성들이 소설 곳곳에 존재하고 있다는 것을 깨닫게 된다. 먼저 소설 서두에 스치듯 지나간 스티브의 엄마. 그녀는 아들을 낳았다는 사실도 잊은 채 부모와 남편도 없이 노숙자 시설에 방치되어 있다. 그녀의 삶을 기억하고 있는 사람은 아무도 없다. 두 번째는 '나'의 생모. '나'는 "그녀의 손끝 하나 재현할 수 없"(8쪽)다. 그녀는 "암흑 속의 여자, 까만 봉지에 봉합된 한 생애, 현재뿐 아니라 미래에도 그 무덤조차 알려지지 않을 사람”(199쪽)으로 남을 것이다. 마지막으로 이름조차 밝혀지지 않는 노파. 그녀는 기지촌 클럽에서 일하며 열한 번의 임신중지 수술을 한 뒤 더 이상 일을 할 수 없을 만큼 “상품성이 떨어”졌을 때 자신에게 남은 건 “클럽 사장에게 갚아야 할 빚”(205쪽)밖에 없다는 것을 깨달았다. 잠시 추연희에게 의탁했으나 임신중지의 기억이 그녀를 괴롭혀 또다시 떠났다. 그녀의 삶에는 여전히 많은 공백이 남아 있다.

기지촌 여성들은 ‘달러벌이’라는 명목으로 국가에 의해 체계적인 관리 및 착취의 대상이 되었으면서도, 살아 있는 동안 ‘양공주’, ‘양갈보’라는 사회적 낙인과 폭력에 시달려야 했고, 죽어서는 ‘조국의 산천’이자 ‘민족의 딸’로 민족 주권 유린의 상징이 되었다. ‘달러벌이’, ‘양공주’, ‘민족의 딸’ 어느 것에도 기지촌 여성 개인의 이름은 기록될 수 없었고, 그녀들의 인권은 관심의 대상이 되지 못했다. 또 그녀들의 자식은 ‘국가의 수치’로 치부되면서 온갖 멸시와 차별에 노출되었다. 국가와 사회는 최소한의 염치도 예의도 없이 “묘비도 묘석도 없는” 수많은 백복순이들의 무덤 위에 “집도 짓고 교회도 짓고”(208~209쪽) ‘정상성’에 부합되는 무수한 삶을 재생산해 왔다. 이 소설에서 ‘나-추연희’의 만남만큼이나 ‘나-생모’, ‘스티브-생모’, ‘추연희-백복희’, ‘백복순-백복희’, ‘추연희-노파’ 등 무수한 ‘만남의 실패’에 주목해야 하는 이유는 이미 잃어버렸거나 잃어 가고 있는 여성들의 삶을 적극적으로 상상하기 위해서다.

그런 점에서 소설이 한 사람의 인생을 한 편의 영화/연극에 비유하고, ‘나’가 반복적으로 스크린 바깥을 상상하는 것은 단순히 수사가 아니다. ‘나’는 “이방인은 끼어들지 않아야 비로소 완전해지는 세트장 같”(108쪽)은 세계에서 버려진 사람이라는 감각을 지니고 있었다. ‘나’가 배우가 된 것도 “어떤 상황을 무대처럼 만들어 상상으로 빚어진 배우에게 내게 닥친 외로움을 전가”(15쪽)할 수 있었기 때문이다. “어쩌면 가능한 또 다른 생애”(56쪽)로서 문주의 삶을 상상하던 ‘나’가 자기 삶을 추적하는 영화에 출현하면서 이야기가 시작되었다는 점을 상기할 때, 『단순한 진심』은 이방인의 감각으로 살았던 ‘나’가 자기 영화의 주인공 배역이 되어 가는 과정이라 할 수 있다.

그런데 ‘나’의 영화는 오직 ‘나’의 이야기로 나아가지 않는다. 영화는 기관사 어머니나 백복희와의 만남, 백복순의 무덤을 찾는 장면으로 이어지면서, ‘나’의 삶의 스크린 바깥에 존재하고 있던 이들을 만나는 것으로 전개된다. 그리고 이들을 만나면서 스크린 바깥은 단지 쫓겨난 존재들의 공간이 아닌 그들의 보이지 않는 사랑과 돌봄이 이루어지는 공간으로서 의미를 지니게 된다. 마침내 소설의 후반에 이르러서는 스크린 바깥에서 맺어지는 관계가 ‘나’의 삶(=영화)을 가능케 하는 것으로 인식된다. ‘나’는 자신이 출현한 영화를 보면서 “카메라가 비추지 않는 곳에서 변화하고 움직이는”(250쪽) 사람들을 느끼는데, 이들은 영화를 함께 만든 ‘서영’, ‘소율’, ‘은’뿐만 음식을 만들어 준 추연희, 기관사를 대신한 그 딸 등 스크린 바깥에서 '나'의 삶을 만들어 준 모든 사람들이다.

소설은 '나'의 시점으로 전개되지만, 스크린 바깥에서의 호의로부터 한 사람의 삶(=영화)이 만들어진다는 메시지는 추연희의 삶에도 적용된다. 그녀는 기다리던 백복희를 만나지 못하고 의식을 잃는다. 그러나 '나'와 아동복지회 직원, 간호사 등이 조금씩 내어 준 마음으로 말미암아 백복희는 병상에 있는 추연희를 찾아온다. 추연희의 삶에 이 만남이 영사되지 않더라도, '카메라가 비추지 않는 곳에서' 그녀는 백복희를 만난 것이 된다. 또 이름도 없이 '노파'로 등장하는 여인에게도 짧은 시간이나마 무대가 마련된다. 이때 중요한 것은 무대가 관객으로부터 만들어진다는 점이다. 『단순한 진심』은 각자의 삶이 바깥으로부터 오는 호의와 사랑으로 만들어지고 있으며, 동시에 각자의 삶 역시 누군가의 스크린 바깥에 존재하고 있음을 말한다. 우리는 뗄 수 없이 연결되어 있으며 살아간다는 것은 타인의 삶의 관객이 된다는 뜻이다. 이렇게 서로가 서로에게 관객이 될 때, 함부로 잊히는 사람 없이 모두가 자신의 삶(=영화)을 가질 수 있다.

> 노파도 연희만큼 늙었다. 노파의 좋거나 좋지 않은 무언가를, 아니, 그저 자신이 이 세상에 살았다는 그 사실만이라도 다른 사람이 기억해 주길 욕망할 만큼은 충분히. 이제 복희 식당은 무대가 될 것이고 식당 안으로 흘러 들어오는 가로등 불빛은 배우를 비추는 조명이 될 것이다. 나는 지금 텅 빈 객석을 지키는 관객인 것이다.
>
> 노파가 이야기를 시작했다.(204~205쪽)

우리의 말을 이어 갈 수 있을까: 조선인 '위안부'의 삶을 다룬 김숨의 저작들[4]

한편 일본군 '위안부'의 삶을 다룬 김숨의 일련의 작업은 잃어 가는 것들에 대한 다급함에서 시작되었다. 장편소설 『한 명』은 "세월이 흘러, 생존해 계시는 일본군 위안부 피해자가 단 한 분뿐인 그 어느 날을 시점으로"(7쪽)로, '생존자 이후 증언의 가능성'에 대한 물음을 제기한다. 작가는 310여 개의 주석을 통해 피해 생존자들의 증언을 텍스트에 삽입하고, 이를 통해 생존자들의 이름 하나하나를 텍스트에 새긴다. 소설에 등장하는 풍길, 군자, 애순이, 탄실이, 장실 언니 등은 수많은 '위안부'들의 목소리가 기워져 탄생한 인물들이다. 그럼에도 『한 명』은 애초의 문제의식에는 충분한 답을 하지 못하는데, 소설의 결말이 또 다른 생존자의 등장으로 막음됨으로써 주어진 시간이 얼마간 '유예'될 뿐 '이후'를 상상하지는 못하기 때문이다.

그러나 김숨은 『한 명』에서 멈추지 않고 '위안부'의 삶을 재현하는 일을 계속해서 밀고 나간다. 『숭고함은 나를 들여다보는 거

4 조선인 '위안부'를 다룬 김숨의 저작들에 관해서는 다른 지면을 통해 발표한 바 있다. 이 자리에서는 '생존자 이후의 증언 가능성'에 초점을 맞추어 간략하게만 제시한다. 자세한 내용은 이지은, 「증언은 어떻게 문학이 되는가, 문학은 어떻게 증언이 되는가」, 《학산문학》 2019년 봄호 참조.

야』(이하 『숭고』)와 『군인이 천사가 되기를 바란 적 있는가』(이하 『군인』)에 이르면 '위안부'의 삶은 '과거-현재', '인터뷰이-인터뷰어'가 대화하면서 구성된다. 이들 책은 표면적으로 증언자의 목소리로만 채워져 있지만, 증언자의 목소리를 따라가다 보면 서술자가 증언집 전체를 아우르며 존재하고 있음을 느낄 수 있다. 증언자는 '너'라는 말로 서술자를 지칭하기도 하고, 물음, 한탄, 당부 등을 통해 드러나지 않는 누군가를 암시하기도 한다. 서술자가 증언자의 대화 상대로서 행간에 녹아 있기 때문에 이들 책은 '독백'이 아니라 '대화'의 기록이라 할 수 있다.

'증언'이라는 말은 법정의 언어와 결부되어 '있는 그대로' 제시해야 한다는 강박을 불러일으키기 쉽다. 특히 일본군 '위안부' 문제에 있어 증언은 다른 사료가 불충분했던 운동 초기에 강력한 '증거'로서 제시되었고, 법적 투쟁이 주요한 운동의 방법이 되면서 '증거로서의 증언'의 성격은 더욱 강화되었다. 실제로 '한국정신대문제대책협의회'에서 발간한 증언집의 변모를 살펴보면, 진상 규명이 긴급한 목표였던 1권의 경우[5] 징모 과정, 위안소 시스템 등을 파악할 수 있도록 증언 형식을 통일하고 문장을 가필한 흔적이 엿보인다. 증언은 대개 "나는~했다"라는 문어체로 시간 순으로 전개된다. 그러나 증언에 대한 이러한 관점은 2000년대에 접어들면서 확연히 변하게 된다. 증언집 4권에 이르면 "사건 자체가 아니라 증인이 거기에 관해 어떠한 의미를 부여하고 있는가에 주의를 기울인다."[6] '증언' 역시 자기 재현이며, 경험에 대한 증언자의 해석임을 분명히 하는 것이다. 나아가 증언집은 면접자, 편집자, 편집 팀원들의 선택과 편집을 거칠 수밖에 없음을 명시한다. 따라서 "증언 텍스트는 녹취의 수록이 아니라 생산된 증언이다."[7] 이러한 관점에서 "인터뷰는 독백이 아니라 대화", "증언집은 조사자와 피해자의 상호 대화와 소통의 산물"[8]이다. 곧잘 간과되곤 하지만 증언은 증언자의 자기 해석과 재현의 결과이자 듣는 이와 말하는 이 사이의 공동 작업(collaboration)이다.

김숨의 일련의 작업도 이러한 인식 변화와 궤를 같이한다. 『한 명』이 주석의 방식으로 기존 '위안부'의 증언을 삽입하고 있다면, 『숭고』와 『군인』은 현재의 시점에서 '위안부' 생존자와 서술자의 '관계'를 통해 구성된다. 서술자를 향한 증언자의 질문이라든가 '너'라는 지칭을 지적하지 않더라도, 『숭고』와 『군인』은 '김숨-김복동', '김숨-길원옥'의 만남을 통해서 '생산'된 것이라 할 수 있다. 만약 다른 만남이었다면 여기엔 다른 말들이 존재했을 것이다. 그러나 아직 공식적 사과와 법적 배상이 이루어지지 않은 현실로 인

5 정진성은 1권 해설에서 "군위안부 문제의 주안점은 우선 진상을 밝혀내는 일"이라고 하면서, "우리나라의 입장에서 이 문제에 접근할 수 있는 가능하고 우선적인 과제는 피해자들의 경험을 되살리는 것"이며 "이들의 생생한 체험담은 기존의 문서 자료에서 밝혀진 사실을 재확인하는 데 그치는 것이 아니라, 아직까지 밝혀지지 않은 역사적 사실을 밝힘으로써 새로운 문서 자료의 발굴을 선도할 수 있을 것"이라고 쓰고 있다.(정진성, 「해설: 군위안부의 실상」, 『강제로 끌려간 조선인 군위안부들 1』, 한국정신대문제대책협의회·한국정신대연구소 편(한울, 1993), 15쪽)

6 한국정신대문제대책협의회 2000년 일본군 성노예 전범 여성국제법정 한국위원회 증언 팀, 『강제로 끌려간 조선인 군위안부들 4-기억으로 다시 쓰는 역사』(풀빛, 2001), 23쪽.

7 위의 책, 36쪽.

8 한국정신대문제대책협의회 2000년 일본군 성노예 전범 여성국제법정 한국위원회·한국정신대연구소, 『강제로 끌려간 조선인 군위안부들 5』(풀빛, 2002), 16쪽.

해 증언을 당사자의 육성(肉聲)에 한정하지 않는 것은 모종의 불안을 야기한다. 또 증언에 대한 이러한 관점이 자칫 상대주의적 진실관으로 귀결되는 것이 아닌가 하는 우려도 있을 수 있다.

『흐르는 편지』에는 이러한 고민이 녹아 있는 듯하다. 이 소설은 위안소에서 임신을 한 열다섯 살 금자의 이야기인데, 읽다 보면 곳곳에서 김학순, 문옥주, 박두리, 강덕경, 김복동, 길원옥 등 '위안부' 생존자들의 증언이 환기된다. 이 증언들은 『한 명』처럼 각주의 형식으로 텍스트에 '보존'된 것이 아니고, 작가에게 "체화"[9]되어 텍스트에 틈입한다. 덧붙이자면 『흐르는 편지』에는 다양한 종류의 언어들이 부딪히고 있다. 위안소 업자와 군인의 일본 말, 조바(중국인 심부름꾼)의 중국 말, 조선인 '위안부'의 서툰 일본 말, 조선 말, "전라도 억양과 울먹임이 …… 섞여 들어 일본 말도, 조선 말도, 중국 말도 아닌 이상한 말"(198쪽), 영혼을 빼앗기지 않으려는 금자의 침묵까지. 이들의 말은 대체로 소통되지 못하고, 드물게 문'법'을 넘어 서로 소통되기도 하지만 제국-식민지 '법'의 분할선에 의해 다시 적대 관계에 놓인다.

『흐르는 편지』가 보여 주는 다양한 주체들의 언어 가운데 끝순의 '땅에 쓴 편지'와 금자의 '강물에 쓴 편지'는 '증거로서의 증언'과 '증언 이후의 증언'의 은유처럼 읽힌다.

> 끝순은 땅에 편지를 쓴다. 녹슨 못을 연필 삼아, 손에 묻어나는 녹 가루를 옷에 문질러 닦아 가며.
>
> 강물에 쓰는 편지는 쓰자마자 흘러가 버리지만 땅에 쓰는 편지는 흘러가지 않고 한곳에 머물러 있다. 비석에 새긴 글처럼.(『흐르는 편지』, 72쪽)

글을 아는 끝순은 "집 주소와 아버지 이름을 꼭 써넣"(73쪽)은 편지를 땅에 눌러쓴다. 끝순의 편지는 비석에 새긴 글처럼 선명하지만, 흘러가지 못하고 한곳에 머물러 있다. 반면 글을 모르는 금자는 손가락으로 흐르는 강물 위에 편지를 쓴다. 금자는 "편지에 고향 집 주소를 써넣고 싶지만…… 주소를 모른다." 또 "강물에 편지를 쓸 때마다 어머니 이름을 써넣고 싶지만 어머니에게는 이름이 없다."(13쪽) "강물이 어디서 흘러오는지", "어디로 흘러가는지, 얼마나 멀리까지 흘러가는지도 모르면서"(12쪽) 띄운 편지는 수신지도 수신인도 적히지 않은 채 흘러 다닌다. 끝순의 편지가 '비석처럼 새겨져야 할' 역사의 부분으로서 곧 '사료로서의 증언'이라면, 금자의 편지는 수신인과 수신지가 정해지지 않은 '위안부'의 말, 세대와 국가를 넘어 흘러 다닐 '증언 이후의 증언'이다. 지금 여기의 우리의 말과 섞이어 새롭게 해석되고 생산될 수 있는 증언, 그리하여 더 멀리 오래 흐를 수 있는 증언, '이후'

9 "『한 명』을 쓰면서 찾아 읽은 증언들과 자료들이 그 소설을 펴낸 지 2년여가 지나서야 겨우 내 안에서 체화되었다. 그 과정에서 위안소를 배경으로 한 소설을 쓸 용기가 생겼다."(김숨, 「작가의 말」, 『흐르는 편지』, 308쪽.)

의 시간을 기약할 수 있는 증언인 것이다. 문학적 증언의 '몫'이 있다면 그것은 당연히 후자일 것이다.

여성 재현의 '몫'을 묻다: 최은영, 『몫』

끝으로 최은영이 『몫』을 통해 제기한 문제에 답하며 이 글을 닫도록 하자. 『몫』은 1990년대 중후반 대학가 담론과 여성주의의 변모 등 주목할 지점이 많고, 무엇보다 정윤과 희영의 관계는 세밀하게 읽어 낼 필요가 있다. 그러나 이 자리에서는 소설이 주되게 묻고 있는 글쓰기의 '몫'에 대해서만 논의해 보고자 한다. 대학 교지 기자였던 정윤, 해진, 희영은 졸업 후 각자 다른 삶을 살게 된다. 정윤은 결혼하여 남편 뒷바라지를 위해 학업을 중단했고, 희영은 몇 년간 기지촌 활동가로 살다가 일찍 세상을 떠났다. 늘 정윤과 희영의 글을 동경했던 해진만이 기자가 되어 글쓰기를 이어 가고 있다. 소설은 해진을 '당신'이라 명하며 독자를 '쓰는 이'의 자리로 이끌고 와 다음과 같이 묻는다.

> 글이라는 게 그렇게 대단한 건지 모르겠어. 정말 그런가…… 내가 여기서 언니들이랑 밥하고 청소하고 애들 보는 일보다 글 쓰는 게 더 숭고한 일인가, 그렇게 대단한 일인가 누가 내게 물으면 난 잘 모르겠다고 답할 것 같아.
>
> 나는 그런 사람이 되기 싫었어. 읽고 쓰는 것만으로 나는 어느 정도 내 몫을 했다, 하고 부채감 털어 버리고 사는 사람들 있잖아. 부정의를 비판하는 것만으로 자신이 정의롭다는 느낌을 얻고 영영 자신이 옳다는 생각만으로 사는 사람들. 편집부 할 때, 나는 어느 정도까지는 그런 사람이었던 것 같아. 내가 그랬다는 거야. 다른 사람은 달랐겠지만.
>
> 희영은 거기까지 말하고 당신을 부드럽게 바라봤다.(『몫』, 58쪽)

편집부 시절 희영은 기지촌 여성에 관해 글을 쓰겠다고 했다가 "대학 교육까지 받고 좋은 옷 입고 좋은 신발 신으면서 …… 같은 여자랍시고 그 문제에 대해 이야기할 수 있다고 생각"(48쪽)하느냐는 정윤의 질문에 그 주제를 포기했다. 졸업 후 희영은 기지촌 활동가가 되었고 글쓰기에 대해 회의하게 되었다. 정윤과 희영은 전혀 다른 입장에 있지만 당사자성을 '말할 자격'으로 왜곡하여 이해하고 있다는 점에서는 유사하다. 실천이 결여된 읽고 쓰기, 부채감 해소를 위한 읽고 쓰기는 비판해야 마땅하나 당사자가 아님을 문제 삼아 글쓰기의 자격을 묻는 것은 윤리를 가장한 입막음으로 작동할 수 있다. 글쓰기의 자격을 심문하거나 그 실효성을 완전히 부정해 버리면 각기 다른 조건 속에서 공통의 가치에 대해서 이야기할 수 있는 가능성 자체가 차단당하고 만다. '글쓰기의 몫이란 무엇인가'라는 어려운 질문에 응답해야 하는 이유가 여기에 있다.

조해진의 『단순한 진심』에 기대 말해 보자면, '글쓰기의 몫'은 세계 바깥으로 추방

되고 지워진 삶에 무대를 주는 일이다. 이때 무대는 그것을 지켜봐 주는 관객으로 완성되는데, 이는 '이름'과 그 존재방식이 매우 유사하다. 이름은 '나'를 나타내는 것이지만 타인에게 불릴 때에만 기능할 수 있기 때문이다. 더불어 소설에 의하면, 이름은 존재의 '집'이고, 그 이름을 기억하는 일은 이 세계를 함께 살았던 존재들에 대한 예의다. 소설 속에서 '나'는 배 속의 아기에게 '우주'라는 이름을 주고, 그가 세상에 오는 모든 순간의 증인이 되겠다고 한다. 이는 '나'가 생모로부터 받지 못한 환대, 그러나 기관사와 추연희로부터 받은 환대를 아기에게 주는 것이지만, '집'이라는 말을 두 번 겹쳐 놓은 우주(宇宙)라는 이름은 '모든 존재들의 집'이라는 상징적 의미로도 읽을 필요가 있다. 소설에서 '나'의 영화가 이름의 의미를 추적하는 이야기로 설정된 것은 우연이 아닐 텐데, 『단순한 진심』은 모든 존재의 집인 이름을 찾고 기억하는 데 함께함으로써 글쓰기의 몫을 감당하고 있다.

한편 김숨에게 글쓰기의 '몫'이란, 화석화된 증언을 지금 여기의 말로 바꾸는 일이며 '그들'의 말을 '우리'의 말로 바꾸는 일이다. 성폭력, 인신매매 성 착취, 결혼 이주 여성들에 대한 폭력과 학대, 비동의 성적 촬영물의 유포, 성적 수치심을 유발하는 혐오 발화 등 여성 신체에 대한 폭력이 자행되고 여성 섹슈얼리티가 착취의 대상이 되고 있는 한, 일본군 '위안부'의 증언은 과거의 일로 치부될 수 없다. 길원옥의 증언집이자 김숨의 소설인 『군인이 천사가 되기를 바란 적 있는가』에는 베트남전쟁 학살 생존자 응우옌 티 탄, IS 성노예 피해자 알리코, 콩고 전쟁의 성폭력 희생자 마시카의 목소리가 직간접적으로 드러난다. 이렇게 '길원옥-김숨'의 목소리는 국가와 시대를 넘어 지금 여기 우리의 삶의 지평에서 현재적 의미를 획득하고, 세계의 폭력에 저항하는 우리의 말과 연대하고 있다.

최은영은 소설 속에서 뚜렷한 답을 제시하지는 않지만 계속해서 글쓰기를 감당해 나갈 '당신'을 남겨 두었다. '글쓰기의 몫이란 무엇인가'라는 질문은 하나의 답안으로 막음될 수 없고, 글을 쓰는 내내 안고 가야 할 물음일 것이다. 그런 점에서 '쓰는 이'를 '당신'으로 남겨 둔 『몫』은 '실천으로서의 글쓰기'라는 그 나름의 잠정적인 답을 제출한 것이자, 읽고 쓰는 실천의 장에 독자를 초청한 것이라 할 수 있다. 읽고 쓰는 우리의 과정 중에 이 질문은 반복적으로 돌아올 것이다. 질문과 답을 반복하는 한에서 글쓰기는 실천적 의미를 잃지 않을 수 있다. 또, 읽고 쓰는 공동체로서 함께 상상할 수 있고 더 오래 이야기할 수 있다.

김세희　『가만한 나날』
김희선　『골든 에이지』
박상영　『대도시의 사랑법』
권여선　『레몬』
장강명　『산 자들』
최은미　『어제는 봄』
김금희　『오직 한 사람의 차지』
김초엽　『우리가 빛의 속도로 갈 수 없다면』
박솔뫼　『인터내셔널의 밤』
한정현　『줄리아나 도쿄』
정소현　『품위 있는 삶』
황현진　『호재』

리뷰 소설

좀처럼 가만할 수 없는

—『가만한 나날』 | 김세희, 민음사

최선영 문학평론가. 2019년 《조선일보》 신춘문예 평론 부문으로 등단했다.

"그렇게 사회생활이 시작되었다."(142쪽)

첫 직장, 결혼, 낯선 사건들……. 우리가 잘 알고 있듯 인생의 첫 경험들은 대부분 해피엔딩이 아니다. 전우인 줄 알았던 직장의 팀이, 사랑하는 연인이, 무엇보다도 자신에 대한 믿음이 무너지고 깨지는 과정을 두고 "그야말로 하루하루가 수행"(45쪽)이 아니라고 말할 수 있을까. 수행의 길에 들어선 행자 아닌 이들. 즉 우리와 다를 바 없는 가장 평범하고 가만한 이들이 "맑고 차가운 겨울의 한낮"(15쪽)과 같은 세상에 첫발을 내디딘다. 시작과 동시에 드리워지는 불길한 미래의 그림자가 이들의 뒤를 쫓는다. 옷깃을 꽁꽁 여미고 태양을 향하는, 동시에 그림자로부터 도망치는 걸음들이 서툴고 뒤뚱거린다. 가쁜 숨을 몰아쉬는 그들 몸 안으로 겨울의 한기와 한낮의 온기가 뒤섞인다. 웃을 수도 찡그릴 수도 없는 그 미묘함. 그것이야말로 그들이 그리고 우리가 살아 내야 할 좀처럼 가만할 수 없는 생의 온도일지도 모르겠다.

한편 『가만한 나날』의 시작점은 공교롭게도 마지막에 자리한 「말과 키스」가 아닐까. '고현진'과 '나(준희)'의 만남을 그린 이 소설은 앞선 작품들과 다소 다른 결에 놓여 있다. '나'는 짝사랑하는 H가 고현진의 웹툰에 관심을 가진다는 이유로 우연한 자리에서 만난 그녀에게 질투를 느낀다. 그러나 질투심은 곧 매혹으로 뒤집히고 그녀에게 그 사실을 고백하기에 이른다. 이후 그들은 갓 내린 눈밭처럼 기억과 추억이 묻지 않은 낯선 공간을 찾아다닌다. 불필요한 말도 친교도 없이, 오로지 자신들의 이야기를 풀어내기 위하여. 그러니까 고현진의 이른 결혼과 이른 이혼, 그 사이사이에 끼어든 불완전한 정보들로 출발한 이 소설은 이를테면 이야기 세계를 편력한 '나'의 기행문이다. 김세희의 소설론이 강하게 의식되는 이

메타포는 자신과 세상 사이의 "또 한 겹의 피부"(278쪽)와 같은 거리감을 느끼던 '나'를, 이야기를 '나누는' 행위를 통해 "타액을 섞듯 기억을 교환"(280쪽)하며 "은밀하고 에로틱"(280쪽)하게 고현진의 세계와 섞여 들게 한다. 에로스와 이야기를 한 점으로 스치게 하는 이 구성 앞에서 소설을 쓰고 읽는 일을 떠올리지 않을 수 없다. 내 안의 무언가가 들어오고, 그만큼 세상에 내보내는 것, 나누는 것, 뒤섞는 것, 온전히 나의 것도 아니며 온전히 상대의 것도 아닌 것, 그리하여 결코 전과는 같은 사람이 될 수 없는 것. 혹은 어떤 사람이 되어 버리거나 더는 어떤 사람이 될 수 없는 것, 「말과 키스」에서 뒤섞이며 돋아난 이 감각은 『가만한 나날』의 첫 장, 일곱 편의 첫 경험으로 우리를 다시 안내한다.

미래를 봅니다

「그건 정말 슬픈 일일 거야」의 진아는 연하의 애인 연승과 함께 대학 선배 소중한을 만나기 위해 서울 변두리 언덕 꼭대기 집으로 간다. 연승은 다큐멘터리 감독이 되기 위해 직장을 그만둔 상태로, 먼저 그 세계에 입성한 중한의 도움을 받아 볼 작정이다. 연승은 기대를, 진아는 의구심과 걱정을 안고 들어선 그의 집에서 두 사람을 아연실색한다. 적나라하게 드러난 가난과 생활고는 둘째 치더라도 그의 아내는 어딘가 세속에서 벗어난 사람처럼 자연분만의 과정과 생리혈의 변화 등을 자연스럽게 입에 올린다. 무엇보다도 견디기 힘든 것은 두 사람의 눈치를 끊임없이 살피는, 한때 국사학과의 만능 스포츠맨이자 유명인이었던 중한의 변화다. 진아는 그가 바로 타인과 세상에 대해 "그런 마음"(15쪽), 이를테면 적의를 품고 있으면서도 "끊임없이 분위기를 띄우려 하고, 다른 사람들이 웃는 모습을 보며 안심하는"(15쪽) 연승의 미래임을 목도한다. 연승을 타인으로 생각할 수 없는 만큼(그러기엔 늦은 만큼) 그 불길한 미래는 진아 자신의 것이기도 하다. 무엇보다도 진아는 직시해야 한다. 자신이 중한의 아내처럼 세속에 초연한 사람이 될 수 없다는 것을. 부부와 헤어지고 오는 길, 진아는 연승과의 대학 시절 첫 만남으로 기억을 되돌리지만 "다가오는 것들"(54쪽), 두렵고 슬픈 미래 앞에서 과거는 무기력해진다. 진아는 그들 앞에 드리운 새로운 장막 앞에서 머뭇거린다.

이는 「우리가 물나들이에 갔을 때」의 루미와 '나'에게도 비슷하게 반복된다. '나'는 알코올중독으로 어머니와 누나에게 버림받고 요양원마저 거부한 채 '물나들이'라는 시골에서 폐인처럼 살아가는 아버지를 갑작스레 떠맡게 된다. 물론 얼떨결에 떠맡은 부양의 의무가 내키지 않는다. 그 무거운 짐을 명목상 법적 아내인 루미와 나눠야 하기에 더욱더 그렇다. 그들은 아버지를 위해 전기장판을 사서 물나들이로 향한다. 루미는 기꺼이 '나'를 돕지만, 물나들이에서는 자지 않겠다거나 아버지를 집에 모시자는 '나'의 심술궂은 제안을 "그건 말이 안 된다."(186쪽)라고 일축하며 거리를 유지한다. 부양의 의무로 시작된 '나'의 강요된 성장은 루미가 아직 "보이지 않는 선"(170쪽) 너머 '아이'의 위치에 남아 있음을 다시금 확인한다. 루미는 그 선을 넘을 마음이 없다. 그리고 '나'는 그 선에 드리운 부모의 결별을 본다. 아버지를 버린 어머니는 벌써부터 술에 의존하는 '나'를 떠날 미래의 루미이기도 하다. 루미를 두고 "이기적"(175쪽)이며 "네 엄마와 똑같"(175쪽)다는 아버지의 부당한 폄하를 되풀이할 미래의 자신 역시 그렇다. 두 사람은 나들이를 '마치고' 집으로 돌아오지만 보이지 않는 저 깊은 곳에서 무엇인가 흐르기 시작했음을 느낀다. "스스로 할 수 있다고 믿"(191쪽)는 것만으로는 도무지 감당할 수 없을 그 흐름 위에서 두 사람은 속수무책으로 서 있다.

중한의 집과 물나들이가 젊은이들의 시작에 어두운 미래를 드리우는 공간이라면, 「드림팀」의 은정은 그녀 자체로 후배 선화로 하여금 미래를 경험하게 한다. 은정은 신입사원 선화에게 피아 구별이 확실한 공격적인 업무 스타일과 보수적인 사회생활을 전수한다. 그 이면에는 지방대 출신 여성이라는 타자성에서 비롯된 금기에 대한 체념이 깔렸으며, 비슷한 조건의 선화 역시 금기 '안에서' 생존해야 할 자신의 과거이자 도제로 치부한다. 선화는 마지막까지 자신의 가능성에 금기의 선을 긋는 그녀에게 질려 퇴사를 선택한다. 소설은 몇 년 후, 아이 문제로 회사를 그만둔 은정이 사과를 이유로 선화를 불러내며 시작한다. 그러나 새 출발을 하겠다는 다짐과 달리 은정은 여전히 금기에서 벗어나지 못한 채 선화의 가능성을 끝내 부정한다. 선화는 그 자리를 박차고 나가며 자신에게 남은 은정의 그림자를 바라본다. 지금이 바로 은정과 닮지 않기를 그토록 바랐던 '그 미래'다. 선화는 은정을 거부하는 데 성공했다. 그러나 '은정'이라는 새로운 금기는 또 다른 방식으로 선화를 옭아맸고 앞으로도 그럴 것이다. 첫 사회생활이 선사한 금기에의 간접경험은 선화가 오래도록 싸워야 할, 너무 일찍 만나 버린 미래로 남아 있다.

'그런 사람'이 된다는 것

어른이 되고 싶은 젊은이들은 무엇을 준비할까. 긍정성, 열정, 잘 교육된 합리성이면 충분할까. 어쩌면 그런 마음가짐들을 털어 내는 일이야말로 그들을 압도하는 세계로 들어서는 첫 번째 관문일지도 모르겠다. 빈 마음에 익숙한 '그런 사람'이 되는 일 말이다. 표제작 「가만한 나날」을 이야기하지 않을 수 없다. 블로그

마케팅 기업에 첫 취업을 한 경진은 자신이 좋아하는 소설 『채털리 부인의 연인』의 인물 이름을 딴 블로그 '채털리 부인'을 성공시킨다. 그 과정에서 개인 블로그의 후기들이 사실상 기획된 홍보임을 알게 되고 경제의 일면을 목도한 듯 "경이로움과 체념"(107쪽)을 동시에 느낀다. 그리고 2년 후 자신이 포스팅한 뿌리는 섬유 살균제 '뽀송이'의 독성 물질이 많은 이들의 목숨과 삶을 앗아 갔다는 걸 알게 된다. 경진은 '채털리 부인'의 계정을 삭제하고 얼마 지나지 않아 블로그 마케팅 업계는 허무하게 망해 버린다. 시간이 지나고 경진은 새로이 취업에 성공하지만 더는 『채털리 부인의 연인』을 읽지 못하는 "그런 사람"(131쪽)으로 남게 된다. 2011년 우리 사회를 뒤흔든 가습기 살균제 사건을 떠올리지 않을 수 없다. 노동하는 개인은 거대한 악에 자기도 모르게 기여하게 되는 경제 체제의 부조리에 얽혀 있다. 그리고 개인, 특히 사회 초년생들의 죄책감은 분노보다 체념이라는 내적 변화로 귀결되며 자신을 방어한다. 이유는 간단하다. 경제 활동을 그만둘 수 없기 때문이다. 그들이 온몸으로 경험한 부조리는 일종의 신고식으로 남는다. 다만 '그런 사람'들에겐 예컨대 『채털리 부인의 연인』을 다시 펼치지 못하는 종류의 소극적인 죄책감만이 남을 뿐이다.

「감정 연습」의 상미 역시 경진과 마찬가지로 첫 직장에서 경쟁 시스템의 부조리를 통과한다. 상미는 인턴 동기 태영을 "평형대에서 균형을 잃고 허우적대는 사람을 미는 손가락 하나 같은 것"(235쪽)과 다름없는 사소함으로, 이를테면 "말 한마디, 비웃듯 입을 꽉 다무는 표정"(235쪽)으로 이겨 내고 정직원으로 발탁된다. 문제는 태영의 자리가 비고 난 후 자신이 "어떤 인간"(236쪽)이었는지 알게 된 상미의 내면에서 시작된다. 그릇이 넓진 않아도 적어도 중요한 순간에 올바른 행동을 할 줄 알았던 자신이 이젠 전쟁이 무섭다고 말하기도 어색한 '그런 사람'이 된 것이다. 지난날 대학에 입학할 무렵 낯선 대도시에 간다는 떨림과 흥미진진함을 모두 잃은 상미 자신의 모습은 군사분계선과 가까운 파주에서 일하면서도 뉴스의 소란에 아랑곳하지 않는 사무실 풍경과 어우러져 묘한 절망을 드러낸다. 태영의 자리가 비던 그 순간부터 상미에게 남은 건 안전함만이 담보된 '너무나도 가만한 나날'이 아니었을까. 가만하지 않아야 하는 상황에서조차 가만할 수밖에 없는 그런 나날을 마치고 또 시작하기 위해 상미는 잠이 든다.

「가만한 나날」과 「감정 연습」이 사회생활을 통한 경제인으로의 입성을 드러낸다면, 「현기증」의 원희는 기성세대의 금기에 스스로를 맞추며 세계와 타협한다. 원희는 고통만을 안겨 준 은행 일을 그만두고 반영구 화장 기술을 배우며 연인 상률과 원룸에서 살아간다. 그러나 서로 다른 생활 리듬을 참다못한 상률은 투룸으로 이사를 강행한다. 별생각 없이 상률을 따랐던 원희는 '반듯한 관상'을 보는 할머니 중개인에게 자기도 모르게 자신들을 '신혼부부'라고 소개하며 깨닫는다. 이사 갈 집을 구하고 중고 가구를 사는 일, 그것은 그녀가 어설프게나마 상상했던 이미지보다 훨씬 더 초라하게 시작된 결혼이다. 무엇보다도 원희는 어머니의 병적인 금기 의식으로부터 그토록 도망쳐 왔던 자신이 제 발로 그 세계에 뒤섞여 버렸다는 사실을 알게 된다. 원희는 어린아이처럼 울며 현실을 거부하지만 결국 '새댁'이라는 기성세대의 구색이 남은 이름을 받아들인다. 한때 있는 힘을 다해 서울로 유럽으로 달려왔던 금기에의 도망은 끝났다. 순식간에 결혼을 통과해 버린 그녀는 그에 걸맞은 사람이 되어 상률과 함께 '가정'으로 들어선다.

돌아오지 않기를

이렇듯 '그런 사람'들이 가득한 세상이다. 그것은 시작과 함께 다가오는 서늘한 미래이기도 하다. 김세희의 소설들은 어쨌거나 그 미래를 알면서도 시작을 멈추지 않는 이들의 이야기일지도 모르겠다. 마모되고 덧붙여질지언정 도망치지 않는 이들 말이다. 어쩌면 「얕은 잠」에서 시계(시간관념)조차 없이 연인 정운에게 의지하던 미려가 서프보드에서 잠이 들어 길(공간 관념)을 잃고 헤매는 과정은 김세희의 인물들의 '첫 경험'과 아직 쓰이지 않은 미래를 총망라한다고 볼 수 있을 것이다. "헐벗고 한없이 무방비한 존재"(197쪽)로 혼자 남겨진 그녀는 세상의 무심함에 겁을 먹은 채 오로지 정운의 곁으로 돌아가기 위해 해변을 걷기 시작한다. 긴장, 갈증, 그리고 현기증에 시달리던 미려는 이내 정운과는 함께 느낄 수 없던 평화롭고 고요한 해변을 맞이한다. 홀로 맞이하는 아름다움은 그녀에게 보드와 연결된 발목의 사슬을 끊고 낯선 남자의 차를 얻어 타는 용기를 선사한다. 미려는 고난 끝에 제자리로 온다. 그러나 정운이 자신을 기다리지 않고 숙소로 갔다는 사실을 알게 된 후 미려는 다시 남자의 차를 탄다. 미아는 이제 여행객이 된다. 보드에서 처음으로 벌떡 일어났던 순간처럼 자신 안의 작은 경계를 넘어서며 말이다. 미려의 여행이 어떻게 끝나건, 설사 머지않아 정운에게 돌아간다고 하더라도 그녀는 낯선 해변이 두렵지 않다. 다시 길을 잃는다고 하여도 이번에는 정운이 아닌 자신이 찾는 것을 찾을 것이다. 김세희의 소설에서 여행을 시작한 모든 이들이 그리 무력하지만은 않은 것처럼.

GLaDOS

—『골든 에이지』 | 김희선, 문학동네

한설 문학평론가. 2016년 대산대학문학상 평론 부문으로 등단했다.

1 근대

GLaDOS는 퍼즐 플랫폼 게임 「포탈」 시리즈에 등장하는 캐릭터로 과학 연구소 에퍼처사이언스가 보다 효율적인 기업 운영을 위해 고안한 인공지능이다. GLaDOS는 작동을 시작한 지 16조분의 1초도 안 되어 모든 직원이 실험에 참여해야 한다고 판단했다. 그것만이 과학에 기여하는 길이라며. 문제는 실험 과정이 하나같이 비윤리적이라는 것이었다. 고에너지 탄환이 교란될 수 있다며 경고 장치를 꺼 놓거나 집중력을 높이기 위해서라며 유독한 물질을 방류시키는 일이 빈번하게 발생했다. 결국 실험에 참가한 이들은 모두 희생되었다. 실험을 거부한 이들은 모두 폐기되었고.

미셸 푸코를 위시하여 근대를 비판적으로 상대했던 일군의 지성들이라면 분명 GLaDOS에게서 근대의 표정을 발견했을 것이다. 그들에 따르면 근대란 이성으로 집약되는 주체에 의해 역사의 진보가 기획된 시기로 절대적 일자를 기준 삼아 세계를 재편하는 과정에서 수시로 폭력이 자행된 시기였다. 올더스 헉슬리의 소설처럼 근대에 포섭된 이들은 소모되었고, 조지 오웰의 소설처럼 근대에서 배제된 이들은 억압되었다.

「그리고 계속되는 밤」은 GLaDOS가 장악한 연구실의 풍경을 적나라하게 묘사한 소설이다. 조직공학과 재생의학이 발전한 어느 미래, 생명과 자본은 긴밀하게 연결된다. 부유한 소수는 "팽팽하고 매끈한 피부와 맞춤형 재생 장기를 장착"하고, 가난한 다수는 "늙고 쭈글쭈글한 얼굴에 구형 관절을 달고 다"닌다. 이러한 생명-자본은 사실상 세계를 지배하는 유일한 원리로 기능한다. 생명-자본에 기초한 차별금지법 48조가 기만적인 방식으로 정치적 혐오를 부추기며,

그럼으로써 모든 방면에 걸쳐 일종의 권력처럼 작동한다는 사실이 이를 명징하게 보여 준다.

박 씨는 가능한 생명–자본의 원리를 뒤따르려 한다. "미세하게 마모된 곳에 윤활유를" 바르고, "암시장에서 구한 중고이긴 하지만 부품을 갈아 끼우기도" 한다. 이는 스스로를 끊임없이 착취하는 것으로, 결말에 이르러 그는 완전히 소진된 채 세계에서 희생된다. "당신의 자원입대를 환영합니다. (……) 영원히 돌아오지 못할 수도 있습니다." 박 씨의 아내는 가능한 생명–자본의 원리에서 멀어지려 한다. "낡은 관절과 (……) 장기 몇 개를 교체"하더라도 "검버섯이 잔뜩 피고 쭈글쭈글한 자신의 피부"는 바꾸지 않으려 한다. 이는 체계에서 끊임없이 이탈하려는 것으로, 결말에 이르러 그녀는 어떤 보호도 받지 못한 채 세계에서 폐기된다. "더는 가망이 없습니다. (……) 안타깝지만, 이 정도로는 보험금 전액 보조가 불가능합니다."

2 도주, 혹은 탈주

GLaDOS는 공간 도약 장치인 '포탈 건'을 시험하기 위해 연구소에 등록되어 있던 피실험자 첼을 투입했다. 모든 실험을 통과하면 보상으로 케이크를 주겠다 약속하며. 물론 그것은 거짓말이었다. 모든 실험을 완수한 첼이 정작 마주해야 했던 것은 고열의 소각로였다. 막다른 길목. 하는 수 없이 첼은 실험실 바깥을 향해 포탈 건을 조준한다. 도주, 혹은 탈주. 한 방향으로 설계된 경로에서 벗어나 여러 방향으로 뻗어 있는 새로운 경로를 상상하기. 그렇게 그녀는 소각로를 빠져나온다. 아니, GLaDOS의 통제로부터 벗어나 버린다.

「스테판, 진실 혹은 거짓」은 스테판 켄달 고리의 실종에 대해 여러 종류의 서사를 제시한다. 어떤 서사는 회고의 방식으로 그가 루크 스카이워커의 계시를 받아 명상 음악에 몰두했다 전하고, 또 어떤 서사는 음모의 방식으로 그가 자메이카의 휴양지에서 편히 쉬고 있다 전한다. 흥미롭게도 소설은 무엇이 진실이고 무엇이 거짓인지 명시하지 않는다. 예컨대 소설 첫 부분에서 헨리 필딩은 회고의 서사가 기록된 종이 묶음을 버리고, 소설 끝부분에서 그의 동료는 음모의 서사가 방송된 라디오 채널을 돌린다. 이로써 스테판의 행적을 단일하게 설명하는 서사는 모두 거부된다.

「해변의 묘지」 역시 해양에서 구조된 난민을 두고 여러 종류의 서사를 나열한다. 어떤 서사는 취록의 문법을 빌려 난민을 기적의 생환자로 묘사하고, 또 어떤 서사는 TV 토론의 어법을 빌려 난민을 달갑잖은 이방인으로 묘사한다. 이러한 서사의 난립을 통해 소설은 난민을 일관되게 취급할 수 없다고 선언한다.

무엇이 진실이고 무엇이 거짓인지 아무것도 확신할 수 없는데 어떻게 단 하나의 서사만을 채택하느냐면서.

3 고고학과 계보학

실험실 바깥을 돌아다니던 첼은 우연히 에퍼처사이언스를 창립한 케이브 존슨의 음성 기록을 듣게 된다. 오래전 그는 '할 수 있기에 해야 한다.'라는 일념으로 온갖 비윤리적인 실험을 진행하다 월석에 중독되고 말았다. 과학의 발전을 포기할 수 없었던 그는 죽음을 앞두고 자신의 비서 캐롤린을 컴퓨터에 강제로 이식했고, 그것이 GLaDOS의 전신이 되었다. 그야말로 아이러니다. 과학의 발전 운운하며 살상을 일삼는 GLaDOS가 원래 과학의 발전을 근거로 살해된 캐롤린이라니.

「공의 기원」은 제목에서 드러나듯 축구공의 역사를 추적한다. 제국주의와 국가주의, 아동노동과 해외 이주, 이양선의 출몰……. 근대라는 단어에서 금방 떠오르는 장면들. 실제로 소설은 공의 기원을 표방하여 근대의 기원을 탐구한다. 수병이 소년에게 공을 건네는 장면에서 제국주의에 기반한 해외 지도를 주시하고, 토마스 굿맨이 공의 재료로 고무를 선택하는 장면에서 국가주의에 입각한 광고를 주시한다. 마침내 소설은 기계에 도달한다. "기계가 이 모든 일을 해냅니다. (……) 이들 덕분에 우린 최고의 공을 만들어 낼 수 있습니다." 입력과 출력의 단순한 인과관계로 세계를 이해했기에 근대가 시작되었고 동시에 축구공에 제작되었다는 함의. 세계적인 축구공 장인 박홍수가 기계에 무한한 경의를 보내는 것은 그러므로 당연한 일이다. 그는 최첨단 공장에서 육중한 기계의 임박을 환영한다. "영사기가 오른쪽의 넓고 하얀 벽면에 수평선과 배를 비췄다. (……) 배는 점점 더 가까이 다가오더니 마침내 벽 전체를 뒤덮는 그림자가 되는 것이었다." 여기서 역설적인 부분은 그가 모국의 근대화 과정에서 매일 막노동에 시달렸으며 하와이로 떠난 뒤 평생 고향에 돌아오지 못했다는 점이다. 하지만 박홍수는 그런 것에 전혀 개의치 않는다. "어차피 중요한 것은 제 증조부의 꿈이 이루어졌다는 사실이니까요." 오히려 그는 증조부의 일생을 자부한다. "겨우 스물대여섯 정도밖에 안 되었을 그 청년이 거의 예순을 훌쩍 넘긴 노인 같은 얼굴로 근심스럽게 정면을 응시하고 있었다. (……) 박홍수는 그 사람이 자신의 증조부임이 틀림없다고 단언했다."

근대가 어떻게 형성되었는지 또 근대가 어떻게 당착되었는지 묘파하며 소설은 크게 두 가지 시간의 흐름을 선보인다. 하나는 현재에서 과거로 돌아가는 시간의 흐름으로, 근대가 성립되는 조건을 밝히는 데 활용된다. 이것을 고고학이라 불러도 좋을 것이다. 다른 하나는 과거에서 현재로 나아가는 시간의 흐름으로, 근대가 야기하는 모순을 밝히는 데 활용된다. 이것은 계보학이라 불러도 좋을 것이다.

「조각공원」은 고고학의 소설이다. 시간의 더께를 파헤쳐 근대의 배후를 규명하려 한다. "관광명소"인 조각공원은 곧 "세상에서 가장 큰 시체보관소"인 방주가 되고 이내 ""불멸"로 대변되는 데이비드 발렌타인의 욕망이 된다. 정확히는, 영원을 제일의 가치로 삼는 절대성이 된다. 이제 멸종 직전의 새를 박제하는 것조차 영원을 구현하기 위해서라면 쉽게 용인된다. "저놈에겐 가장 영광스런 종말이었을걸? (……) 대체 세상에 어떤 새가 저런 식으로 영원히 살 수 있겠냐고?"

「18인의 노인들」은 계보학의 소설이다. 시간의 더께를 뚫고 근대의 모순을 폭로하려 한다. 매년 노벨문학상 후보로 거론되는 시인은 달에서 온 토끼들이 지구의 정신을 장악하기 위해 문학장을 조작하는 광경을 보게 된다. 하지만 그는 어떤 테러도 수행하지 않는다. 도리어 그들에게 동조한다. " 에게 강간당하는 님프들이 부조로 새겨져 있" "항아리에 손을 집어넣"어 제비를 뽑는다. 그간 외면받은 소문자 문학이 폭력으로 점철된 대문자 문학과 결탁하는 순간. 한림원의 수상 기조는 앞으로도 크게 달라지지 않을 것이다.

4 바깥

GLaDOS는 첼을 통해 예전의 기억을 되찾으면서 캐롤린이라는 자의식을 가지게 된다. 이제 그녀에게 중요한 것은 과학의 발전이 아니다. 한때의 자신 같은 인간이다. GLaDOS는 연구소 밖으로 첼을 안내한다. 그녀가 영원히 바깥을 떠돌기 바라며.

「스테판, 진실 혹은 거짓」과 「해변의 묘지」가 웅변하듯 어떤 사태를 해명함에 있어 오직 하나의 서사만이 요구되지 않는다면, 그것은 근원을 탐색하고 변천을 확인하는 과정에서도 마찬가지가 아닐까. 그렇다면 누구도 알지 못하는 비밀스런 서사를 고고학과 계보학 사이에 슬쩍 기입하는 방식으로 새로운 세계를 꿈꾸는 것도 가능하지 않을까.

「골든 에이지」는 전반부에 시간을 되돌리면서 김상옥 씨가 그렸다고 알려진 장엄한 추상화를 파헤친다. 우편배달부의 발견을 지나, 화가의 작업을 지나, 물리학자의 설계로. 이때 홀로그램 우주론이 끼어든다. "어떤 닫힌 공간을 만들고 그 표면에 정보를 새겨넣는다면, 작은 규모의 홀로그램 우주 비슷한 걸 만들어 (……) 자신의 가장 소중한 순간으로 되돌아가 영원히 그 시절을 반복하며 살아갈 수 있다"는 이론. 덕분에 김상옥 씨는 평행한 다른 세계를 꿈꿀 수 있다.

2014년 4월 15일. 침몰이라는 비극을 앞둔 세계, 혹은 수학여행에 들뜬 손주를 행복하게 바라볼 수 있는 세계. 소설은 후반부에 시간을 흘려보내며 김상옥 씨가 선택한 홀로그램 우주를 구축한다. 물리학자의 설계를 지나, 화가의 작업을 지나, 우편배달부의 발견을 지나, 김상옥 씨의 황금기로. "어두컴컴한 열쇠 수리점. 한 노인. 오른손 엄지에 감긴 일회용 밴드. 배낭을 메고 달려나가는 소년의 뒷모습. 탁상용 달력에 소중하게 표시된 날짜들. 2014년 4월 15일, 16일, 17일, 18일."

앞서 언급한 일군의 지성들은 각자의 방식으로 근대를 분석하고 해체하여 재구성하는 와중 어떤 바깥이 존재한다는 사실을 감각했다. 「지상에서 영원으로」는 그것을 구멍이라 명명한다. 낯설고 두렵다는 이유로 은폐되어 망각된 통로. "사람들은 (……) 지표에 작은 구멍이라도 하나 생기면 불안에 떨며 그걸 메우기에만 급급했습니다. 마치 세상이 온통 그곳으로 무너져내리기라도 할 듯 말이에요." 「골든 에이지」는 그런 구멍을 궁구한다. 다종한 서사를 채택해 고고학과 계보학을 다시-쓰면서. "아까 말한 그 날짜, 적어 주시겠어요? (……) 내가 모르고 있는 게 뭔지, 그리고 우리가 망각해 가는 것이 뭔지, 알고 싶어서요."

『골든 에이지』는 근대의 바깥을 향해 돌진하는 소설집이다. 작품 배치도 근대를 그린 「공의 기원」에서 시작하여 바깥을 그린 「골든 에이지」로 끝이 나게 되어 있다. 그러니 이렇게 말해 보면 어떨까. 『골든 에이지』는 첼의 소설집이라고. GLaDOS의 세계를 빠져나온 하나의 기록이라고.

사랑_최종_이게진짜_진짜최종.txt
—『대도시의 사랑법』 | 박상영, 창비

소유정 문학평론가. 2018 《조선일보》 신춘문예 평론 부문으로 등단했다.

박상영의 소설에 대해 말하자면, 아니 그런데 말하기도 전에 대뜸 노래를 흥얼거리게 되는 까닭은 왜일까. 그러니까 박상영의 소설은 말이야, 하고 시작을 하다가 나도 모르게 그들이 목청 높여 부르던 노래를 따라하게 되는 이유를 도통 모르겠다. 그러거나 말거나[1]그 노래를 따라 잠시 첫 번째 소설집 『알려지지 않은 예술가의 눈물과 자이툰 파스타』(이하 『자이툰 파스타』)의 한 장면을 떠올려보자. 샤넬 노래방의 7번방, 이름표가 붙어 있는 무선 마이크를 놓지 않던 왕샤와 '나', 노래방 기계에서 끊임없이 흘러나오던 것은 카라, 듀스, 서지원…… 그리고 유채영이었다. "그때는 몰랐었어 누굴 사랑하는 법."(192쪽) 그 한 소절에 왜 목이 아파 왔는지, 어째서 눈물이 났던 것인지 전부 알 수는 없지만 다만 그 노래의 제목이 모든 걸 설명해 준다고 생각했다. emotion. 목이 메고 조금은 울게 만드는 무수히 많은 감정이 있었기 때문에. 그래서였을까. 박상영의 두 번째 책은 이 설명할 수 없는 감정들, 말보다 먼저 튀어나오는 흥얼거림에 대해 좀 더 분명하게 말하고 싶어 하고, 또 말하지 않을까 하는 짐작을 했었다. 하지만 「emotion」의 가사처럼 '그래, 그때는 몰랐었지' 하는 태도로, 너무나 능란해진 사랑꾼의 모습을 한 채로 나타나리라고는 전혀 짐작하지 못했다.

보랏빛 대도시의 밤을 걸쳐 입은 박상영의 두 번째 소설집 『대도시의 사랑법』은 첫 번째 소설집과는 확실히 다르다. 그냥 사랑법도 아닌 '대도시'의 '사랑법'이라는 큼직한 제목을 붙인 것도 그렇고, 사랑에 관해서건 또 인간관계에 관해서건, 혹은 어떤 상황에 놓여 있음에 있어 자기방어적인 태도로 웃음을 먼저 터뜨리곤 했던 것이 『자이툰 파스타』의 화자라면, 『대도시의 사랑법』에서의 '나'는 이전과는 달리 웃음으로

1 「대도시의 사랑법」, 228쪽.

무마하려 하지 않는다. 정확해져야만 하는 사랑 앞에서 그는 분명하게 말한다. "나랑 만나고 싶으면 말이야, 그걸 알아 둬야 해. 내가 나이며 동시에 카일리라는 사실을 말이야. 이 사실을 털어놓는 건 네가 처음이야. 그렇다고 부담 갖지는 마. 철석같이 남자만 믿다가 이 꼴 난 내가 할 소리는 아니지만 이상하게 네가 믿음이 가서 하는 말이니까. 만약에 이런 내가 부담스러우면, 실은 그게 더 자연스러운 일이고 자연의 섭리고, 따라서 그냥 가도 돼."(「대도시의 사랑법」, 225쪽) 그러고는 돌아서서는 입술을 깨물고 비척대며 걸음을 옮기는 이. 그는 확실히 어딘가 달라 보이고, 우리는 그런 그가 조금 더 궁금해진다. 네 편으로 이루어진 연작소설, 그러나 한 편의 장편소설로 읽어도 무방한 사랑 이야기는 단 하나의 사랑을 말하지 않는다. 여러 갈래의 사랑을 통과해 온 이는 그만큼의 시간을 담고 있고, 사랑이라는 자석에 딸려오는 부수적인 감정이 뒤섞인 것이 바로 이 책이 입은 오묘한 보랏빛이자 화자 '영'의 색이다.

그러니까, 다시 박상영의 소설에 대해, 그 안의 사랑에 대해 말하자면, 조금 오랜 시간을 건너가야 할 것 같다. 「우럭 한 점 우주의 맛」에서 '그'의 말처럼 당신이라는 우주와 나라는 우주가 만나 우리라는 또 하나의 우주를 이룰 수 있다면, 그것을 다른 말로 '사랑'이라고 부를 수 있다면 나 역시 (잘은 모르겠지만) 우주론적 관점에서 해석해야 하지 않을까. 그러자면 아리스토파네스의 말이 필요했다. 아리스토파네스에 의하면 인간은 원래 둥근 구체로 이루어져 있었다. 머리는 하나, 얼굴은 둘, 팔다리와 귀, 성기 또한 둘이었다. 하지만 인간이 신에게 반하자 신은 그들을 약하게 만들기 위해 둘로 나누었고, 그 모습이 지금의 인간이라는 것이다. 중요한 건 그 다음이다. 반쪽이 된 인간들은 자신의 나머지 반쪽을 찾아 하나가 되려 한다는 것, 자신의 결여를 채우고자 하는 욕망이 곧 에로스라는 것 말이다. 완전하게 일치할 수는 없겠지만 박상영의 화자가 추구하는 에로스는 아리스토파네스의 그것과 매우 닮아 있다. 사랑하는 사람에게 나의 곁을 나누어 줄 때, 우리의 빈틈없음을 감각하는 '나'의 모습은 비로소 반쪽을 찾아 에로스의 충족을 경험한 자의 얼굴과 다름 아니다.

> 불 꺼진 방에서 그를 안고 누웠다.
>
> 하루 종일 모자를 쓰고 있어 잔뜩 눌린 머리카락과 빳빳하게 굳은 목과 다른 곳보다 온도가 낮은 등의 문신 자국을 만졌다. 그도 나의 어깨를 감싸안았다. 우리는 작은 빈틈도 없이 서로를 꽉 안은 채로 잠시 가만히 있었다. 그러자 비로소 나의 몸이며 가슴의 형태, 팔의 길이 같은 것이 그와 맞아떨어지기 위해 존재하는 것 같았고, 내 가슴에 닿아 있는 그의 따뜻한 머리통이, 이마가 마치 우주를 안고 있는

것처럼 거대하고 소중하게 느껴졌다. 피부로 느껴지는 그의 체온과 귓가에 울리는 호흡에 집중하다 보니 어느새 나는 나 자신을 잊어버렸다.

나는 내가 아닌 존재로, 아무것도 아닌 채로 순식간에 그라는 세상의 일부가 되어 버렸다. (「우럭 한 점 우주의 맛」, 109쪽)

하지만 '그'가 '나'의 일부가 아니라, 내가 '그'의 일부가 되어 버려서일까. 아니면 처음부터 우린 하나가 아니었던 짝인 걸까. "마치 우주를 안고 있는 것처럼" "그를 안고 있는 동안은 세상 모든 것을 다 가진 것 같았는데"(「우럭 한 점 우주의 맛」, 180쪽), 그렇게 중얼거려 보지만 사랑했던 그는 이제 여기에 없다. 흥미로운 점은 여기에 없는 그(들)의 빈자리를 더듬는 화자의 손길이 네 편의 소설에서, 정확히는 소설의 말미에서 되풀이되고 있다는 사실이다. 블루베리 봉지에서 툭 떨어진 "보라색 얼음 조각 하나"에서(「재희」), 핸드폰 배터리가 다 떨어졌지만 보조 배터리를 내밀 손이 없다는 것에서(「대도시의 사랑법」), 높이 날지 못하고 추락해 버린 풍등을 떠올리는 장면들에서(「늦은 우기의 바캉스」) '나'는 이제야 상실을 깨달은 사람처럼 깊이 그리고 오래 타인을 그리워한다. 소설의 시작은 대상과의 이별 이후이며 우리의 이야기를 반추하는 것으로 서술되어 있지만, 화자는 그들이 있었던 자리에서부터, 아니 그보다 훨씬 전으로 돌아가 말문을 연다. 마치 정확하게 기억하겠다는 듯, 상실이 있었다면 그 지점이 어디인지 다시금 짚어 보겠다는 듯이. 이 지난한 복기가 목적으로 삼는 것은 사랑하는 대상의 상실을 확인하는 것만이 아니다. 조금 다르게는 나를, 나의 사랑을 확인하기 위해 행해지는 것이기도 하다. 그가 나를 얼마나 사랑했는지가 아니라, 내가 그를 얼마나, 어떻게 사랑했는지를 알기 위해서.

어쩌면 그것이야말로 내가 지난 시간 동안 앓았던 열망과도 닮아 있을지 모른다는 생각이 들었다. 대상에 대한 열망? 대상에 사로잡혀 있는 자기 자신의 모습에 대한 열망?

그래, 한없이 나 자신에 대한 열망.

예수를 사랑하고 누구보다 열렬히 삶에 투신하는 자신에 대한 열망. 어쩌면 한때 내가 그를 향해 가졌던 마음, 그 사로잡힘, 단 한 순간도 벗어날 수 없었던 그 에너지도 종교에 가까운 것일지 모르겠다. 새까만 영역에 온몸을 던져 버리는 종류의 사랑. 그것을 수십 년간 반복할 수도 있는 것인가. 그것은 어떤 형태의 삶인가.

사랑은 정말 아름다운 것인가. (「우럭 한 점 우주의 맛」, 159쪽)

그런데 나의 사랑을 확인하는 과정에서 화자가 닿은 하나의 물음은 사랑의 아름다움에 대한 것이었다. 종교에 헌신하는 엄마의 열망이 나의 사랑과 다르지 않은 것처럼 보일 때, 화자는 문득 사랑의 아름다움에 대해 의문을 갖는다. 결국에는 '나' 자신으로 환원되는 열망, 그것 또한 사랑이라고 할 수 있을까. 그 사랑조차도 아름답다고 할 수 있을까. 그러나 끝내 '영'이 확인한 사랑은 이런 것이다. "한껏 달아올라 제어할 수 없이 사로잡혔다가 비로소 대상을 벗어났을 때 가장 추악하게 변질되어 버리고야 마는 찰나의 상태"(「우럭 한 점 우주의 맛」, 169쪽). 아름답고 숭고해서 그 자체로 완벽하고 온전한 하나의 결정체가 아니라, 이전의 모습을 상상할 수 없을 만큼 변질되는 '찰나의 상태'로 존재하는 것. 처음부터 한 몸이었던 것처럼, 비로소 반쪽을 찾은 것처럼 우리는 하나라고 생각했는데. 또 다시 반쪽만 남은 '나'의 모습은 최초의 결여를 경험했던 인간의 모습과 닮아 있을 것 같다.

그러나 모든 사랑이 그렇지 않듯 어떤 사랑은 대상 그 자체와 동일시 될 수도 있다.

> 때때로 그는 내게 있어서 사랑과 동의어이기도 하다. 그러니까 내게 규호의 존재를 증명하는 것은, 규호의 실체에 대해 말하는 것은 사랑의 존재와 실체에 대해 증명하는 과정이기도 하다.
>
> 나는 지금껏 글이라는 수단을 통해 몇 번이고 나에게 있어서 규호가, 우리의 관계가, 누구도 침범할 수 없는 둘만의 특별한 어떤 것이었다고, 그러니까 순도 백 퍼센트의 진짜라고 증명하고 싶었던 것 같다. 온갖 종류의 다른 우리들의 시간을 온전히 보여 주고자 했지만, 애쓰면 애쓸수록 규호라는 존재와 그때의 내 감정과는 점점 더 멀어져 버리고야 만다. 진실과는 동떨어진 희미한 것이 되어 버리고 만다. 내 소설 속 가상의 규호는 몇 번이고 죽고 다치며 온전한 사랑의 방식으로 남아 있지만 현실의 규호는 숨을 쉬며 자꾸만 자신의 삶을 걸어 나간다. 그 간극이 커지면 커질수록 나는 모든 것들을 견디기가 힘들어진다. 지난 시간 끊임없이 노력하고 애써 왔지만 결국 나의 몸과 나의 마음과 나의 일상에 남은 게 아무것도 없다는 사실을, 더 여실히 깨달을 따름이었다. (「늦은 우기의 바캉스」, 205쪽)

'규호'는 내게 '찰나의 상태'와 같은 것이 아니라 모든 것이 휘발된 뒤에도 남는 두 글자다. 규호와의 사랑에 대해, 규호를 향한 '나'의 감정에 대해 박상영의 화자는 소설집 절반에 걸쳐 오래도록 천천히 이야기하지만, 그럴수록 '규호'와는 점점 더 멀어지고 만다. 기억 속의 규호에게 한 걸음 다가갈수록 현실의 규호는 한 걸음 멀어진다. 마침내 온전했던 우리의 기억에서 빠져나와 주위를 둘러보았을 때 분명해진 건 "나의 몸과 나의 마음과 나의 일상에 남은 게 아무것도 없다는 사실"이다. 그럼에도 왜 '영'은 계속해서 들여다보려고 하는 걸까. 네 편의 연작소설이 진행되는 동안 박상영의 화자는 제자리에 머물러있지 않는다. 학생이었던 영은 졸업 후 취직을 했고, 직장을 다니다가 퇴사도 했고, 그리고 다음 회사에서는 사무실 한편 털 난 정물처럼 고요히 자리를 지키다가 마침내 작가가 되었다. 좀 더 나은 삶을 향유할 가치가 있는 사회적 인간으로서 착실히 스텝 바이 스텝을 밟아나갈 때, 그 걸음에는 필연적으로 사랑이 있었다. 재희가 있었고, '그'가 있었고, 규호가 있었고, 그 모든 이들과 더불어 애증의 대상인 엄마가 있었다. 한 개인으로서의 '영'이 다음의 내가 되고자 걸음을 옮겼듯, 누군가의 사랑인 '영', 동시에 누군가를 사랑하는 '영' 또한 다음의 사랑으로 가기 위해 한 걸음을 내딛어야 했을 것이다. 그러니까 박상영의 화자에게 있어 사랑이 있던 자리를 들여다본다는 건, '나'에게 고정되지 않고 떠나 버린 무정한 당신이라는 아토포스(atopos)를 확인하기 위함이며, 또 다른 사랑이라는 장소(topos)로 건너가기 위한 일종의 힐끔거림이다. 다시 말해 둘이 만들던 사랑의 무대에 상대역도, 관객도 없다는 걸, 정말 나 말고는 아무도 없다는 걸 여러 번 확인한 후에야 불을 끄고 문을 닫고 나가는 정확한 이별의 행위다.

무엇보다 작가가 된 화자가 글쓰기로는 우리의 사랑을 증명할 수 없으며, 글쓰기마저도 결국 '나'에게로 향하는 나르시시즘적 열망과 다르지 않다는 걸 깨달았다는 사실은 박상영의 다음 스텝을 기대하게끔 하는 중요한 단서다. 그는 또 발걸음을 옮길 것이다. "단지 나로서 살아가기 위해. 오롯이 나로서 이 삶을 살아내기 위해"(「작가의 말」). 대도시의 현란한 네온사인 틈에서 다시 밤을 고쳐 입으며, 지난 노래를 흥얼거릴 것이다. 그때는 몰랐었어 누굴 사랑하는 법······ 그리고 또 다른 사랑과 또 다른 '나'를 이야기할 것이다.

애도와 건축
—『레몬』 | 권여선, 창비

송민우 문학평론가. 2018년 《문화일보》 신춘문예 평론 부문으로 등단했다.

무엇을 말할 수 있을까. 고통은 사건화 되기 이전까지 없는 것으로 취급된다. 보이지 않고 들리지 않는 것을 보이게 하고 들리게 만드는 것이 예술이라고 말하는 것은 물론 원론적일 것이다. 그렇다면 멈추지 않고 나아가야 한다. 조르주 디디—위베르만은 아우슈비츠의 시체처리반을 다룬 영화 「사울의 아들」(2015)에는 "빛의 증언*témoignage de la lumière*"[1]이라 부를 만한 이미지들이 있다고 논평한 적이 있다. 사건에 대한 '올바른 재현'은 불가능하다는 입장을 훌륭하게 배반하는 이 영화는, 보이게 하고 들리게 하는 것이 예술의 한 목적이고, 따라서 보이게 하고 들리게 하는 일을 괄시할 이유가 없다고 말하고 있다. 문제가 되는 것은 이미지의 재구성에 의한 '왜곡'이지, 이미지 그 자체는 아니다. "이미 존재했던 지옥을 재현하는 일은 상상의 지옥을 재현하는 일보다 훨씬 더 어렵다."[2] 예술이 사건에 대한 재현을 '상상할 수 없는 것'으로 절대화하고 만다면 그것은 미학적 태만에 불과하다.

살아남은 사람의 자리

권여선의 『레몬』에서 '다언'은 친언니 '해언'의 죽음과 관련해 용의자로 지목된 '한만우'의 취조 장면을 상상한다. 그런데 다언은 그 상상에 자신의 감각과 욕망이 반영돼 "과잉된 디테일이 발생한다는 사실"(33쪽)을 의식하고 있다. '미모의 여고생 살인사건'으로 소비된 이 사건을 자세히 알지 못하는 다언에게 사건의 재구성은 오직 상상을 통해서만 가능하다. 자신의 상상의 한계점을 알고 있는 화자와 모르고 있는 화자의 발화는 다르다. 사건을 대하는 이 태도에 조심스러움이 있음을 짐작하는 건 어렵지 않다. 사건에 대한 충실한 재현이 이미 불가능한 위치에 서 있는 다언의 이

1 조르주 디디 위베르만, 이나라 옮김, 『어둠에서 벗어나기』(만일, 2016), 27쪽.
2 조르주 디디 위베르만, 같은 책, 41쪽.

태도는 쉬운 선택을 하지 않으려는 분투다.

해언의 죽음은 타살인가, 자살인가. 타살이라면 범인은 누구인가. "한만우인가, 신정준인가, 아니면 제3의 인물인가."(34쪽) 이 소설은 애도 서사를 품고 있지만 동시에 추리 서사도 품고 있다. 사건에 대한 뚜렷한 단서를 얻을 수 있는 건 4장이다. '윤태림'의 극적 독백으로 채워진 이 장에서 윤태림은 신정준과 결혼을 할지 말지 고민하는데, 이는 표면적인 것일 뿐, 윤태림은 상담사에게 신정준의 성격을 설명하는 과정에서 의미심장한 말을 한다. "유혹하려다 실패했으니까…… 그래서 자살한 거겠죠. (……) 그애 혼자 자기 머리를 벽에 부딪쳐서…… (……) 아무리 묶여 있었다고 해도……"(110-111쪽) 신정준도 사건의 용의자로 지목됐지만 알리바이가 일찍이 입증됐다. 하지만 수사 당시 형사가 신정준과 한만우의 계급적 차이를 고려해 "범인이 누구인지보다 누구를 족쳐서 범인으로 만들 수 있는지"(32쪽)를 고려했다는 점에서 개운한 마음을 갖게 하지 못한다. 윤태림은 해언이 신정준을 유혹하다 수치심을 느껴 자살했다고 하지만, 곧바로 해언이 욕실에 결박되어 있었음을 고백한다. 횡설수설하던 윤태림의 이 고백을 통해 사건을 다르게 해석할 수 있게 된다.

하지만 이 소설은 다언이 '누가 범인인가?'를 끝까지 물어 복수하는 방향으로 흐르지 않는다. 다언은 물론 한참 시간이 흐른 뒤 한만우를 찾아간다. 그러나 한만우는 유잉육종 때문에 왼쪽 무릎을 절단해 살아가고 있다. 다언은 한만우가 죗값을 받은 것이라고 여긴다. 그뿐이다. 다언, 한만우, 그리고 한만우의 여동생 '한선우'가 함께 한 집에 모여 있는 이 삽화에서 느낄 수 있는 것은 서로에 대한 적의가 아니라 오히려 호의에 가깝다. 계란프라이와 참외와 맥주를 나눠 먹는 장면에서 이들의 처지가 서로 크게 다르지 않다는 사실은 선명하게 드러난다. 계란프라이로 대표되는 음식이, 그리고 그것을 나눠먹는 일이 "회복과 구원의 환유"[3]라는 주장이 있다. 그러나 그러한 상징과 행위를 곧바로 구원으로 연결시키는 일에 동의하기는 어렵다. 이 소설은 다언이 한만우의 죽음을 경유함으로써 해언의 죽음을 애도하는 것으로 끝나는데, '애도의 (불)가능성'을 다소 매끄러운 방식으로 해소해버린 것은 아닌지 되물을 필요가 있다. 다시 말해 '애도의 성공'을 말하는 소설과 '구원의 가능성'을 말하는 비평에 곧바로 수긍해도 괜찮을까. 그 두 가지 모두 깊이의 생산이 아닌 '자기 윤리의 재확인'으로 향하는 것은 아닐까. 물론 이 소설이 재현한 노란 원피스와 레몬 등 노란색 이미지는 한국 사회가 공유하고 있을 슬픔의 의미를 품고 있고 그것의 결코 사소하지 않은 진정성까지 함께 의심하는 것은 아니다.

신의 무정함을 용서하지 않기 위해

『레몬』은 출간 전, 「당신이 알지 못하나이다」(«창작과비평»

3 김대성, 「입맛과 입말 — 권여선론」, «문학동네» 2019년 가을호, 174쪽.

2016년 여름호)라는 제목의 중편소설로 발표된 적이 있다. 신약성경 누가복음의 구절을 비튼 제목인데, 이 제목은 이 소설이 종교적 물음을 내재하고 있음을 직접적으로 보여주고 있다. 「당신이 알지 못하나이다」에서 윤태림이 의사로 추정되는 '박사'에게 낭독하는 시는 『레몬』과 달리 그 내용이 다르다. "아이를 잃었음에 슬퍼하지 말라./ 남편을 잃게 될 것에 두려워하지 말라./ 모든 것을 잃더라도 분노하지 말라./ 네 속에 내가 있으니/ 네 영성을 믿고 견디라./ 그리하면 천국에 머물리라./ 시시각각 영원히. 아멘."(215-216쪽.) 『레몬』에선 이 시가 토끼의 두개골과 사자의 몸 등 암시적 표현을 통해 신 앞에 선 인간의 수동성을 경탄하는 내용으로 바뀌어 있다. 「당신이 알지 못하나이다」의 시 낭독 장면은 딸 신예빈의 유괴 이후에 등장한다는 점에서 더 섬뜩하다.

신의 위치에서 윤태림의 고통을 자비 없이 바라보고 쓴 듯한 구절, 즉 "아이를 잃었음에 슬퍼하지 말라."는 것은 신의 무정함을 있는 그대로 보여준다. 2014년 이후 한국문학은 세월호 시대의 문학이라는 범주의 영향권 속에서 쓰이고 읽힌 적이 있다. 『레몬』도 그 영향권 속에서 쓰였고, 애도에 대한 논의가 깊이를 만들지 못하고 있다는 말이 심심치 않게 들려오는 이즈음, 이 소설은 "완벽한 미의 형식"(199쪽)으로 몰이해될 뻔했던 여성의 죽음을, 그리고 정치적 죽음까지 포괄하며 다시 한 번 애도의 과정과 의미에 대해 진지하고 사려 깊게 묻고 있다.[4]

> 언니, 이 모두가 신의 섭리다, 망루가 불타고 배가 침몰해도, 이 모두가 신의 섭리다, 그렇게 자신 있게 말할 수 있어야 신을 믿는다고 말할 수 있는 것 아닐까요? 나는 죽었다 깨어나도 그렇게 말할 수 없어요. 섭리가 아니라 무지예요! 이 모두가 신의 무지다, 그렇게 말해야 해요! 모르는 건 신이다, 그렇게…… (187쪽)

다언이 학교 선배 '상희'를 만나 신의 무지에 항의하는 장면은 인상적이다. 사회적 자장으로부터 무관한 사람은 없기에, 다언의 발화는 이 소설에서 부자연스러운 것이 아니다. 해언을 잃고 "내가 언니를 별로 사랑하지 않았던 게 아닌가" 하는 "슬프고 괴로운 의혹"(72쪽)은 애도의 과정에서 찾아오는, 자신에 대한 낯선 경험이다. 해언과 비교해 못생긴 외모가 콤플렉스인 다언이 해언과 비슷해지기 위해 성형수술을 한 것, 다언의 엄마가 해언의 원래 이름 '혜은'을 되찾아주기 위해 개명 신청을 한 것, 다언이 아이를 낳아 이름을 혜은으로 지은 것, 이 모든 것은 애도의 한 과정이다. 오래도록 지속된 다양한 기억 행위는 그 방법론의 유효성을 따지기

4 이 소설의 '윤리적 옳음'에 대해 동의하지 않을 이유는 없지만, 결국 이 소설이 '윤리적 깊이'를 생산하고 있는지는 짚어야 할 문제다. 다만 이를 작품의 한계라고 전가할 것이 아니라 비평의 독법 문제로 접근하는 것이 생산적일 것이다. 지금 이 소설을 읽는 일은 해언, 즉 '피해자 여성의 신체 문제'(이지은, 「'미모의 여고생 살인 사건'과 애도의 실패」, «문학과사회» 2019년 가을호; 강지희, 「분노의 정동, 복수의 정치학: 세월호와 미투운동 이후의 문학은 어떻게 만나는가」, «현대비평» 1호와 결부시키지 않고선 그 깊이의 생산을 도모할 수 없다. 신화가 된 낡은 독법을 관습적으로 승인할 것이 아니라 다양한 독법의 발견이 필요하다는 주장은 최근 문학장에서 지속적으로 제기되어왔던 것이다. 전환을 위해 필요한 것은 비평적 재단이 아닌 '인식의 발견'임을 이제는 안다.

전에, 기억 행위가 애초에 누구나 지속 가능한 일은 아니라는 구체적 실감이 필요하다.

오늘도 과자가 탔지만, 그러나 베티 번 씨

수많은 참사 이후에도 "누군가는 기억하지만 누군가는 망각해 버린 숱한 죽음들이 있다. 게다가 우리는 이 모든 정치적인 죽음에 매번 감응하지도, 깊게 애도하지도 못한다."[5] 영화감독 김일란의 이 말은 뼈아프다. 애도는 타인의 부재를 실감하는 것에서 그치지 않고, 살아남은 자들의 삶에 근본적 변화로 이어지지 않으면 안 된다. 전자가 기억의 문제라면 후자는 주체화의 문제다. 소설을 통한 주체성 탐구가 중요하다는 문학적 논의를 볼 때마다 사회학적 논의보다 탈정치적인 건 아닌지 고민한 적이 있다. 결과적으로는 무지에서 비롯된 오해였는데, 소설 속 인물의 내면의 변화를 따라가다 보면 독자로 하여금 나 자신이 무언가 변하지 않으면 안 된다는 생각을 하게 만든다. 그것은 정치적 가능성이 된다. 이는 지나치게 순진한 논의일까.

> 오늘도 과자가 탔다
> 되는 노릇이 하나도 없군요 우리 베티 번 씨 (68쪽)

상희는 고교 시절 다언과 함께 문예반에서 시를 쓴 적이 있다. 당시 상희가 쓴 시의 제목은 「레몬과자를 파는 베티 번 씨」다. 상희는 아버지의 뜻대로 사범대 진학 후 시 쓰는 일을 멈춘다. 무언가를 잃어버렸는데 무엇을 잃어버렸는지 모른 채 살아가던 상희가 떠올린 그 시절은, 돌아갈 수 없는 시간이자 어느 순간 놓치고 만 장소다. 과자가 타는 일은 어제 오늘 일이 아니고, 되는 게 하나 없는 상황을 나 아닌 다른 사람의 우아한 목소리가 놀리는 것 같아도, 무언가를 잃었음에도 무언가를 찾아 살아가야함을 자각하며 살 수 있었던 시간은 흔치 않다.

권여선의 소설은 고통을 견디는 것이 인간의 무력함을 증명하는 게 아니라, 오히려 인간의 숭고함을 입증한다는 것을 잘 보여준다는 해석[6]을 읽고 감응을 하지 않기란 어려웠는데, 무엇보다 「봄밤」(『안녕 주정뱅이』, 창비, 2016)을 읽고선 놀랍도록 아프고 아름다운 소설이 가능하다는 것을 알게 된 후로, 한 사람이 다른 한 사람과 구성하는 최초의 연대를, 그 희미한 가능성을 겨우 긍정할 수 있게 됐다.
『레몬』도 마찬가지다. 나에게 '삶의 의미'는 이해하고 이해받는 일과 무관하지 않은데, 그런 일은 영원할 리 없다. 하지만 영속적인 것은 없어도 순간적으로 찾아오는 일들은 있다. 슬프지 않을 수 없는 세상에서, 『레몬』은 내게 의미를 주고 간다.

5 김일란, 「완성되지 못한 '우리'의 애도」, «창작과비평» 2019년 봄호, 343쪽.
6 신형철, 「'호모 파티엔스(homo patience)'에게 바치는 경의」, 『안녕 주정뱅이』(창비, 2016) 해설, 259쪽.

감히 설명되어선 안 될

—『산 자들』 | 장강명, 민음사

이철주 문학평론가. 2018년 《서울신문》 신춘문예 평론 부문으로 등단했다.

1

설명이 필요하다. "뭘 해도 상황이 더 나아질 것 같지 않다는 생각"[1]이 마음을 잡아먹기 시작할 때, 스스로가 인정받고 있다는 느낌을 향유하기 위해 나 아닌 누군가의 열등감과 박탈감이 필요할 때, 정체 모를 말들의 힘에 기대어 누구보다 열심히 살아온 삶이 송두리째 부정당하는 순간이 올 때 사람들은 '설명'을 찾아 헤맨다. '말'들의 위용과 자신만만함과 뻔뻔함에 기꺼이 무릎을 꿇는다. 말들은 '적'을 놀라우리만치 세련되면서도 적나라한 태도로 감별해 내고, '적'과 '나'의 해묵은 연대기로 이 오래 누적된 불안의 도화선을 잠재운다. '적'의 자리에 누가 놓이든 '말'의 중력과 가속도는 달라지지 않는다. 행동을 촉구하든 꺼림칙하게 쌓여 온 불편한 감정들만 상큼하게 날려 보내곤 지금까지 달려온 삶의 속도로 몸을 더 낮게 밀어붙이든 설명은 해명을 위한 것이고 해명은 친절한 악마처럼 우리 안의 욕망을 적확하게 겨냥한다.

N포 세대라 명명하든 벼랑 끝에 내몰린 위태로운 노동 현실이라 꼬집든 자본의 논리에 따라 언제든 삶과 존엄과 생존의 '터'를 주인에게 기꺼이 내주어야 하는 임시적 삶이라 부르든 삶의 가혹한 조건은 '설명'의 대상이기 이전에 이미 어찌할 수 없는 현실 그 자체다. 설명은 어떤 식으로든 이 늪과 같은 현실로부터 '거리'를 만들어 낸다. 숨 막힐 듯 압박해 오는 파국으로부터 벗어날 수 있는 통찰력 있는 시야는 '거리' 없인 구축되지 않는다. 설령 그 통찰이라는 것이 지금의 현실을 좀 더 받아들이기 쉬운, 말들의 현실로 바꾸는 것에 지나지 않는다 할지라도 '설명'은 그것이 발설되는 순간 '미래'가 아닌 '지금의 이곳'에 투명하고 안전한 '거리'를, 이 세계 어디에도 속하지 않는, 적어도 그럴 것이라 가정되는 가장 단단한 '바깥'을 단숨에 초대해 버린다. 가장 나중에 온 이 '바깥'이라는 손님은

1 장강명, 『댓글부대』(은행나무, 2015), 149쪽.

누더기가 되어 버린 삶의 피폐한 공간들을 오래도록 익혀 온 정보의 단위들로, 처리해야 할 감정의 목록들로 매끄럽게 정리한다. 이미 납득된 고통과 공감은 가장 부드러운 목소리로 건네는 가장 차가운 설명들이다.

장강명의 소설은 바로 이 자리에서 시작한다. “공감 없는 이해는 자주 잔인해지고, 이해가 결여된 공감은 종종 공허해”(「작가의 말」, 『산 자들』, 379쪽)[2]질 수밖에 없기에, 우리가 너무 쉽게 초대해 버린 단정하고 말끔한 설명들 한가운데에 여전히 말과 수치로 번역되지 못한 불안과 불편을, 침묵과 치욕을 새겨 넣는다. 단 한 번도 발설된 적 없는, 감히 설명되어선 안 될 캄캄하게 닫힌 입을, 우두커니 멈춰 선 시선을, 움츠리고 주눅 든 어깨와 이를 애써 감추려는 환한 표정을, 그 과장된 목소리를 깊게 음각된 말의 심장들로 감싸 안는다. 있는 힘껏 버티느라 기이하게 휘어 버린 삶의 관성은 이미 죽은 ‘산 자들’의 곡소리로, ‘산 자들’의 목소리에 이장된 ‘죽은 자들’의 목소리로 흔들리고, 그의 문장은 이 혼돈의 중심에서 독자들을 불러 세운다. 어떠한 안전거리도 없이 그 먹먹한 울음들을 듣도록, 보도록 강제한다. 도망칠 수 없도록, 도망치더라도 망각할 수 없도록 살아남은 자들의 수치를 응시한다. 기억하게 한다.

2

『산 자들』에는 총 열 편의 “한국에서 먹고사는 문제를 주제로 한 연작소설”(279쪽)이 실렸는데 ‘자르기’, ‘싸우기’, ‘버티기’라는 노동과 삶의 세 양상이 세부 카테고리로 사용됐다. 물론 각각의 카테고리가 절대적으로 나뉘는 것은 아니다. 이미 우리 현실에서 ‘자르기’와 ‘싸우기’, ‘버티기’는 서로 얽히고설켜 결코 구분될 수 없는 하나의 복합체를 이루고 있기 때문이다. 이 복합체는 생생하게 묘사된 삶과 노동의 구체적 물질성 속에서 불가역적으로 범람해 가는 노동과 모욕의 함수로 재현된다. 언제든 아무런 거리낌 없이 내쳐지고 부정될 수 있는 손쉬운 ‘교체품’들은 저마다의 자리에서 싸우고 버티며 삶의 바깥으로 밀려난다. 모욕으로 환산된 노동의 무게에 질식하지 않기 위해 저마다의 탈출구를 꿈꾸며, 혹은 그 꿈에 잡아먹히지 않기 위해 냉정하게 모든 기대와 희망들을 잘라 내며 손 하나 뻗을 수 없는 참혹한 무기력을 맹렬히 살아 낸다.

노동과 모욕의 함수들 사이에서 소설이 매개하는 청년 세대들의 모습이 특히 흥미롭다. 소설은 이들을 일방적으로 재현하려 하지도 이들의 입장에 투명하게 서려 하지도 않은 채 다만 간헐적으로 토해 내는 말들의 파문, 시선이 머문 자리들을 따라가며 배제와 폭력으로 쌓아 올린 견고한 이 세계의 맨얼굴을 되비춘다. 가령 「알바생 자르기」에 등장하는 알바생 ‘혜미’는 일관된 무표정과 뚱한 반응으로 최소한의 감정만을 자신의

2 이후 『산 자들』에 실린 작품들은 쪽수만 언급함.

근로시간에 사용한다. 그가 이토록 소극적이고 수동적인 모습을 보이는 까닭은 아무리 노력을 해도 한 달에 165만 원밖에 받지 못하는 파트타이머이기 때문이다. '혜미'의 흥미로운 점은 '붙임성'이 없는 자신을 문제가 있다고 생각하지 않으며, 굳이 상사에게 인정받으려 눈치 보지 않는다는 점이다. 그리고 이는 엄밀히 말해 '혜미'의 특이성이라기보다는 상사의 눈에 들기 위해 발버둥 쳐 봤자 나아질 게 없다는 것을 혜미 스스로도 너무 잘 알고 있기 때문이다.

해고 통보를 받은 혜미는 독한 성격도 아니나 잃을 것도 없기에 자신이 정당하게 받아야 할 몫에 대해 상사인 '은영'에게 조목조목 따지기 시작한다. 혜미에게 죄책감을 느끼던 은영도 회사가 내세우는 '합리성'에 혜미가 의문을 던지고 4대 보험과 퇴직금 등을 요구하자 "검은 머리 짐승" 운운하며 혜미를 비난하기에 이른다(물론 혜미 앞에서는 아니지만). 소설은 '은영'의 입장에서 '혜미'를 바라보도록 시선을 설계한다. 소설의 마지막 장면, 단 한 번 등장하는 '혜미'의 시점은 자신은 아무것도 잘못한 게 없으며 오히려 최선을 다해 이들 청년 세대들에게 상처 주지 않으려 노력했다 스스로를 위로하는 가장 '합리적이고 보편적인 시선'들의 위선을 날카롭게 찌른다.

「대외 활동의 신」은 지방 소재 J 대학 농경제학과라는 취업의 악조건을 넘어서기 위해 말 그대로 '대외 활동의 신'이 될 수밖에 없었던 한 청년에 대한 인터뷰 형식을 따르고 있다. 화자는 청년의 시점에서도, 인터뷰를 하는 '당신'의 시점에서도 미묘하게 벗어난 채 이 둘의 말과 판단과 변론을 매개한다. "그에게 그 많은 대외 활동은 결국 취업을 위한 것 아니었느냐고, '스펙 쌓기' 아니었느냐고 지적"(232쪽)하는 당신을 '지적'하고, "단순한 지방대 콤플렉스 아니었느냐, 대외 활동에서 만나는 학생들은 J 대학 학생들과 무엇이 달랐느냐고"(238쪽) 묻는 당신의 폭력적인 질문 태도에 날을 세운다. 소설은 대부분 '당신'에 대해 '신'의 입장을 옹호하는 모습을 보여 주지만, 신 스스로 자기 안의 모순을 인정하는 순간들도 그대로 보여 준다. Y 제약에 최종 합격하고 난 뒤 신이 후배들을 위한 취업 강연에서 "신은 자신이 어떤 역할극을 수행하는 중이며 그 자리에서 너무 순도 높은 진실은 피하는 게 낫다고"(267쪽) 생각하는 장면이나 정작 신이 그토록 열심히 수행했던 대외 활동과 Y 제약 최종 합격 사이에 어쩌면 별다른 관련성이 없을지도 모른다는 것을 인정하는 부분은 '대외 활동의 신'이라는 정체성의 허망함을 그대로 노출시킨다.

정작 신을 그토록 대외 활동에 몰두시켰던 이유는 단 한 가지였다. "아무것도 할 수 없고 아무것도 될 수 없을 것 같은 열패감과 무력감"(263쪽)에서 벗어나기 위해선 "그를 반겨 주고 인정해 주는 곳에 가야"(263쪽)만 했기 때문이었다. 물론 그들이 그를 환영하는 이유는 값싼 노동력 때문임을 신도 모르지 않는다. 하지만 당신이 '신'을 향해 질문을 던지는 마음 밑바닥엔 이렇게 병적으로 맹목적 스펙 쌓기에 몰입하는 삶의 비정상성을 청년 세대 스스로 인정하고 상실된 진정성의 태도를 다시 추구해 주기를 바라는 의도가 깔렸음을 모르지 않으면서도 '신'은 성큼성큼 '그들'과 '당신'의 세계로 들어가 억눌려 온 목소리를 기꺼이 터트린다.

> "제가 놓친 게 뭡니까? 애초에 뭔가 괜찮은 걸 노려볼 기회가 저한테 있기나 했습니까? (……) 대외 활동이 아니었다면 저는 대학 생활 내내 빌빌대면서 허송세월했을 겁니다. 그렇게 빌빌댈 수밖에 없는 처지였단 말입니다!"(268쪽)

노동과 모욕의 함수 밑바닥에는 인정 욕구가 자리한다. 때론 남들보다 대단한 무언가가 되고 싶다는 것이기도 하겠지만, 근본적으로는 남들만큼 자신도 가치 있는 존재라는 걸 입증하고 싶은 것이다. 청년이라 부를 수 있는 그 오랜 기간을 미래를 위해 자신의 존재 가치를 향상시키기 위해 바쳐야만 하는, 그러지 않으면 경쟁에서 뒤처져 가치 없는 인간이 될지 모른다는 공포 속에서 살아온 세대들에게 인정받는다는 건 단순한 허영이나 허황된 욕망이 아니다. 자신도 지금 이 자리에 분명히 살아 있으며 남들만큼 교육받았고 자신에게 주어진 무언가를 자기 힘으로 제대로 수행할 수 있다는 느낌은 이들이 갈망해 온 '유일한 생존'의 실감이자 모델이다. 그 오랜 시간을 해갈될 수 없는 굶주림에 사로잡혔으면서도 결코 오지 않는 그 '생존'의 가장자리에 서기 위해 이들은 스스로를 거칠게 몰아대며 악을 쓴다. "나 죽을 것 같지만 조금 더 버틸게, 그러니까 너희도 버텨 하는"(265쪽) 자신이 자신에게 건네는 가상의 대화를, 악을 최후의 동력으로 삼아 정말로 '마지막'일지 모르는 기회에서 밀려나지 않으려 한다. '당신'은 '신'을 이해할 수 있을까? '신'의 고통을 살아 보지 않은 '당신'이 신에게 공감할 수 있을까? '신'의 고통을 그럴듯한 말로 설명할 수 있을까? 그건 이들에게 '위로'가 될 수 있을까? 가장 왜소한 존재에게 붙여진 '신'이라는 이름의 고약한 농담을 끌어안을 수 있을까?

3

「대기 발령」은 근로기준법에 저촉되지 않는 선에서 합리적으로 직원을 자르기 위해 마련된 대기 발령이라는 모욕적 형벌을 다룬다. "삶의 의미를 박탈하고, 자존감을 깎고, 사회에서 격리하는 벌"(66쪽)인 대기 발령은 직원 해고에 따른 책임을 지지 않으려고 회사가 꼼수를 부려 만들어 낸 합법적 '사령'이다. 이 정도 투명인간 취급하면 알아서 나가라는 멸시적 침묵 속에서 대부분의 대기 발령자들은 오래 버티지 못한다. "인간의 위엄이나 품위에 관계된 일"(79쪽)인 노동이 타인의 가치를 규정하고 평가하는 차등적이고 위계적인 서열의 문제로 치환될 때 인간은 노동을 통해 자신을 입증하지 못하고 노동에 부과된 차별적 가치들의 체계로 환산되는 모멸을 겪는다. 쓸모가 다하면 존재 이유 자체가 소거되는 이곳에서 모든 노동자는 누구든 언제든 대기 발령 상태로 떨어질 항시적 위험 속에서 살아간다. 이번엔 내가 아니지만 다음엔 어떻게 될지 모르는 불안을 사람들은 어떻게 견뎌 낼까? '산 자'와 '죽은 자'의 은유는 이럴 때 힘을 발휘한다.

> 해고는 살인이었으므로 그들은 '죽은 자'들이었고, 해고자 명단에 오르지 않은 사람은 '산 자'가 되었다. (「공장 밖에서」, 91쪽)

내가 살아 있다는 느낌은 나의 생존 조건이 튼튼해졌다든가 스스로의 가치를 입증해 보였기 때문이 아니라 역으로 나와는 달리 함부로 내쳐져도 좋은 '죽은 자'들의 두꺼운 명단을 통해 간접적으로 작동한다. 적어도 지금 나는 저 '죽은 자'들의 목록에 속해 있지 않으므로 '살아 있는 것'이라는 피상적인 감각 속에서 딱 하루를 더 견딜 만큼의 무감각을 지급받는다. 이 무감각이 작동하는 한 위태롭지 않을 것이다. 이미 선택받은 '산 자'의 자리마저 위험에 빠뜨린다며 '죽은 자'들을 향해 날 선 증오를 쏟아 내도 죄악감에 흔들리지 않을 것이고(「공장 밖에서」), 단 한 자리의 '티오'를 위해 서로를 넘겨보고 폄하하며 '산 자'가 되기 위해 안간힘을 쓸 것이다(「카메라 테스트」). 눈앞에서 목격한 학교 측의 부정과 그 부정을 수습하기 위해 저지르는 온갖 위선과 거짓에도 '좋은' 평가를 받아 '좋은' 대학에 가기 위해 기꺼이 눈감을 수 있을 것이고, 새들이야 나는 게 일상이니 "새들이 비행에서 별 감흥을 못 느낄 거라며 단정"(377쪽)할 수 있을 것이다(「새들은 나는 게 재밌을까」).

물론 『산 자들』의 세계는 무감각만으로 이루어진 절대적 폐쇄 회로가 아니다. 장강명의 문장은 이 숨 막힐 듯한 폐쇄 회로의 허위와 폭력성을, 침묵을 지키는 일의 수치와 욕됨을 고백하고 폭로한다. 모욕을 감내해 온 존재들이 가까스로 터뜨려 내는 억눌린 분노와 울분을, 지극히 정당하고 합리적인 의심과 반박을 매개하고 응시한다. 다만 이 폭로가 너무 쉽고 익숙한 사회 비판의 메시지로 치환되지 않도록 이들의 치욕과 눈물과 한숨과 떨림을 봉합될 수 없는 감정의 문양들로 섬세히 기록한다. 누군가의 고통을 온전히 이해할 수 있다는 오만으로부터 스스로를 경계하며, 하루를 살아 내기 위해 감내해야 하는 노동과 그 노동에 부여된 시선의 폭력에 한 존재의 존엄이 짓밟히지 않기를, 손쉽게 그들을 이해하곤 뱉어 내는 무책임한 말들에 너무 깊이 베이지 않기를 기도한다. '산 자'와 '죽은 자' 모두 뒤엉킨 채 악을 쓰며 버티는 삶의 벼랑 끝에서 감히 설명되어선 안 될 울음들을 발굴하고 봉헌한다. 장강명의 문장들이 초대한 울음들을 읽는다. '산 자들'이 웅얼대는 신음들로 온 생이 끓어오르고, 최선을 다해도 읽혀지지 않을 비참과 남루가 어둠의 저편에서 방생되는 밤. '산 자들'이 일어서고 있다.

너무 아름다운 꿈

—『어제는 봄』 | 최은미, 현대문학

인아영 문학평론가. 2018년 《경향신문》 신춘문예 평론 부문으로 등단했다.

1

최은미의 소설은 아름다운 꿈과 고통스러운 지옥을 동시에 말해 왔다. 헛되이 꿈만 꾸는 것도 아니고 괴로워하며 지옥에만 머물러 있는 것도 아닌 소설들로 그 둘이 얼마나 경계 없이 한 몸으로 엉겨 있는지 말해 왔다. 지옥 안에서 살짝 비치는 꿈과 꿈속에 깃들어 있는 지옥으로 우리에게 보여 주어 왔다.

첫 번째 소설집 『너무 아름다운 꿈』에 실린 표제작에서 어떤 곳이 지옥이냐고 묻는 화자의 질문에 한 남자는 이렇게 대답한다. "사방이 막혀서 빠져나갈 기약이 없는 곳." 꼼짝없이 갇혀서 어느 쪽으로 몸을 움직여 보아도 도저히 벗어날 수 없는 곳. 고통과 무의미의 무게에 짓눌린 상태로 영원히 갇혀 있을 수밖에 없는 곳. 그런 곳이 지옥이라고 말이다. 사스 바이러스가 전 세계를 휩쓸고 지하철 화재 사고로 수백 명이 사망하고 이라크 전쟁으로 수천 명의 전사자가 발생하는 이 세계는 곧 지옥이다. 하지만 최은미의 소설은 이 지옥에다 공중에 피는 꽃을 심어 둔다. 끝없는 황토 고원의 허공 위에 피어 있는 꽃. 실재하는 것은 아니지만, 비록 무명(無明) 때문에 보이는 것이지만, 어쩌면 고통도 그런 것이기에 그 아름다운 꿈같은 꽃을 지옥의 한가운데에 놓아둔다. 아름다움에는 언제나 지독함이 스며들어 있기 때문일까. 혹은 이 지옥 자체가 한갓 꿈일 뿐이기 때문일까.

2

『어제는 봄』은 꿈이자 지옥인 어느 봄에 관한 이야기다. 노란 꽃가루가 떠다니기도 함박눈이 내리기도 하는 3월 중순부터, 개나리가 피고 연등이 걸리는 4월을 지나, 이팝나무 꽃이 구름처럼 피어나는 5월을 거쳐, 어린이가 아이스크림을 물고 내달리는 더운 6월까지. 수많은 식물이 열렸다가 저물고 공기의 온도는 점점 높아지는 약 4개월 동안 서른아홉 살의 한 여자가 꿈같고 지옥 같은 봄을 통과하는 이야기가 있다.

경기도 북부의 한 마을에서 초등학교 3학년 여자아이를 키우고 있는 기혼 여성이자 소설가인 '나'에게 봄은 특별한 계절이다. 신학기에 열리는 학부모 총회에도 참석해야 하고, 같은 반 엄마들끼리 단톡방을 만들어 학부모 봉사 단체 조를 짜야 하고, 딸을 위한 어학원 설명회 안내장과 초등학교 공개수업일에 가야 하기 때문이다. 개나리, 목련, 산수유, 이팝나무가 색깔을 입고 벗으며 피고 지는 동안 봄마다 '나'에게 일어나는 일들은 그런 것들이다. 초등학생 자녀를 둔 기혼 여성으로서 꾸려야 하는 삶과 청탁을 못 받는 등단 10년 차 소설가로서 살아가는 삶은 조화롭게 맞물리지 않으며 대체로 충돌한다. 봄에는 소설 쓰는 '나머지 시간'을 확보하는 게 더욱 힘들기 때문이다. 중학생 아이들 논술을 봐주는 시간을 제외한 나머지 시간을 어떻게든 만들어 내고 아이 공부방 수업이 없는 요일을 틈타 글을 쓰면서도 돈을 1원도 못 버는 일을 하느라 아이 공부를 못 챙긴다는 죄책감과 자괴감에 시달리는 것. 그것이 봄마다 '나'에게 일어나는 또 다른 일이다.

그래서 딸아이의 학기 초 생활을 위해 분주하게 움직이는 '나'에게 크고 작은 생명이 약동하는 봄은 견딜 수 없는 무엇이다. 자연이 활기차게 생산성을 뿜어내는 동안 '나'의 눈에 보이는 것은 오직 불모(不毛)로 가득 차 있다. 지팡이를 짚고 마음대로 움직여지지 않는 거구의 몸을 이끄는 늙은 남자, 포대기로 아이를 업은 채 혼이 나가 보이는 산책로의 할머니, 성욕이 없는 남편, 그리고 나. 등단한 지 10년이 되었지만 누구도 작가로 여겨 주지 않는 나. 내 이름으로 된 책 한 권 없고 단편소설을 문예지에 투고해도 한 번도 회신을 받아 본 적 없는 나. 청탁을 못 받는 등단 작가라는 저주에 걸린 나. 아무도 궁금해하지도 읽지도 않는 소설을 쓰는 나. 그리고 어떤 때는 젊어 보이고 어떤 때는 늙어 보이는 서른아홉 살의 여자인 나. 거울에 비치는 몸의 선과 핏줄을 꼼꼼하게 들여다보며 '그래도'와 '아직은'을 겨우 중얼거려 보는 나. 아무런 결실도 만들어 내지 못하고 그저 메말라 있는 나. 딸이 좋은 이유를 애써 열거해 보지 않으면 견딜 수 없는 하루를 사는 나. "내가 죽을까? 내가 죽으면 정신 차릴래?"라는 말 한마디로 부러 딸을 베고 마는 나. 이런 나를 누구에게도 이해받을 자신이 없는 나. 아무것도 아닌 나. 그 대신 '나'에게 있는 것은 자신을 갉아먹는 자책과 분노다. 아무것도 아닌 존재라는 사실을 참고 견디고 버티면서 생기는 자책하기와 분노하기라는 습관이 '나'가 가장 잘하는 일이다.

봄마다 반복되는 것은 엄마 노릇과 소설 쓰는 작업 사이의 충돌, 혹은 자연의 생명력과 인간의 불모 사이의 대비만이 아니다. 소설의 시간 배경은 '나'가 30대의 끝자락에 맞이하는 한 해의 봄이지만, 이 봄에는 '나'에게 지울 수 없는 지옥이 시작된 스물세 살의 봄부터 16년 치의 봄이 차곡차곡 쌓여 있기 때문이다. 아니, 짓눌려 있다. 뭉개져 있다. 이 계절마다 피고 지는 식물과 그 고유한 온도와 습도, 냄새는 16년 치의 봄을 뒤엉긴 채로 한꺼번에 몰고 와 해마다 '나'를 덮친다. 그래서 '나'는 그 지옥을 온몸으로 열여섯 번째 겪고 있는 중이다. 대학교 4학년이던 스물세 살의 봄에 시작되어 매년 반복되는 그 지옥이란 어머니의 외도, 아버지의 자살, 어머니가 어떤 아저씨랑 '그걸' '섞었다'는 사실을 몰래 알려 준 이웃집 아주머니의 실종, 그리고 그 실종 사건과 연루되어 있는 '나'의 죄. 이 죄는 단지 특정한 시공간에서 '내'가 저질렀을 행위에 그치는 것이 아니라 세대를 넘어 흘러 몸에 각인되어 있을 유전자, 부모로부터 유전자를 물려받았을 나와 딸아이의 '구조', 그리고 이 세계의 죄와 고통과 지옥을 대물림하게 만드는 인간의 성욕, 더 나아가서는 생명이라는 질곡 그 자체일지도 모른다. 그래서 '나'는 미치기 일보 직전의 상태에서 어머니에게 묻는다. "살아 있으니까 좋으냐고."(131쪽) '나'는 이 질곡으로부터 도무지 빠져나갈 수가 없다. 사방이 막혀서 빠져나갈 기약이 없는 지옥. 그래서 매년 똑같이 되돌아오는 벗어날 수 없는 고통. '나'에게 그것은 곧 봄이라는 계절이다.

3

이 지옥에서 벗어나는 방법은 정녕 없을까. 그것이 불가능하다면 잠깐 잊을 수라도 있는 방법은 없을까. 지옥 같은 봄이지만, 생명력과 불모, 죄와 고통이 뒤얽혀 옥죄어 오는 봄이지만, 어쩌면 그렇기 때문에 고통의 밀도만큼 현실을 잊게 하는 아름다운 꿈이 떠오를 수 있을지도 모른다. 덧없을지라도, 잠시일지라도, 어쩌면 그래서 더 아름다운 꿈. 서른아홉 살의 봄에 '나'에게 찾아온 그 꿈은 마을의 경진파출소 행정 부서에서 일하는 경찰관 이선우다. 대학교 입학 전까지 살았던 도시 양주를 배경으로 10년째 장편소설을 쓰고 있는 '나'는 취재를 위해 이선우와 만나기 시작한다. 스물세 살의 봄에 있었던 그 사건을 '겁도 없이' 소설로 옮기는 '나'에게 필요한 정보들은 성명 불상과 기소 중지, 긴급체포와 임의동행, 사기죄의 구성 요건, 실종과 LTE, 병사와 변사, 여죄와 같은 것들이기 때문이다. 아무것도 아닌 '나'에게 늘 '작가님'이라고 불러 주는 이선우 경사와 하루에 한 번은 메시지를 주고받고 일주일에 한두 번은 같이 밥을 먹으면서 두 사람은 점점 서로의 일상에 스며들기 시작한다. 나는 저녁마다 아파트 18층 베란다에서 경진경찰서를 바라보고 이선우는 합숙 교육에 가 있는 동안 그곳의 풍경과 음식을 사진으로 찍어 보내면서 두 사람은 점점 더 가까워진다.

하지만 '나'와 이선우는 너무 다른 사람이다. 너무 다른 사람이라 각자 인생에서 겪은 엄마의 외도라는 사건에 대해 이야기를 나누다가 그 다름을 더 이상 숨길 수도 감출 수도 없음을 알게 된다. 그러니까 이선우가 외도한 엄마를 이해했다고 말하는 사람이라면, 나는 역겨움을 겨우 참고 빈정대며 "내 엄마가 ××워."라고 말하는 사람임을. 그래서 그날 이후 미묘하게 달라진 대화창의 공기를, 달려오던 이선우가 속도를 줄이려는 기척을 어떻게 해 볼 수도 돌이킬 수도 없음을.

> 나는 받아들이지 못한다. 이선우가 망설이는 것을. '그럼에도 불구하고' 기꺼이 달려와 나를 껴안지 않는 것을. 나는 지구에서 가장 뜨거운 변온동물이 되어 가고 있는데 이선우가 다시 콩국수를 먹자고 하는 것을. 작가와 경찰관 사이로 돌아가고 싶어 하는 것을. 어정쩡한 것을. 뜨뜻미지근한 것을. 그런 채로도 계속 보길 원하는 것을.
>
> 어느 날 밤 나는 생각한다. 이선우가 한 걸음만 더 물러서면 내가 견디지 못할 거라는 걸, 다른 것을 다 견뎌도 거부당하는 것만은 견디지 못하리라는 걸, 내가 그런 사람이라는 걸 생각한다.(108~109쪽)

그러니까 '나'는 어정쩡하고 뜨뜻미지근한 것을 참지 못하는 사람. 다른 것을 다 견뎌도 거부당하는 것만은 견디지 못하는 사람. 누군가를 사랑하게 되는 순간 분열되어 버리는 사람. 혐오와 증오로 몸이 갈라지고 찢기는 사람. 원망과 갈망으로 돌아 버리는 사람. 그러면서도 아무런 면역력이나 안전망이 없는 사람. 받은 고통을 그대로 돌려주고 싶어 하는 사람. 용서하지 못하는 사람. 그러면서도 자신에게 잠깐 흔들려 준 것으로 되었다고 생각하는 사람. 나무가 너무 좋아서 거기에 매달려 죽고 싶은 사람. 하지만 16년 전 아버지의 자살 선택을 뒤따르지 않기 위해 매 순간 애쓰는 사람. 자기만 사라지면 된다고 생각하는 사람. 무슨 일이 생기면 칼끝을 안으로 겨누는 사람. 자기에게 벌주는 사람. 어떤 감정에 영원히 포박되어 사는 사람. 지옥에 속박되어 있는 사람.

하지만 이선우는 인간관계에서 안전을 최우선의 가치로 두는 사람이다. 허세와 잡설이 없는 사람. 담백한 사람. 미혼이어서 눈빛에 뭔가가 서려 있지 않은 사람. 느린 말투가 각진 선들을 다 쳐낸 것 같은 얼굴을 가진 사람. 주말마다 윗동네에 사는 부모님 집으로 가서 지내고 오는 사람. 악의를 가진 민원인일지라도 누군가 찾아와 말을 시작하면 끝까지 다 듣는 사람. 자신을 차단한 '나'에게

"블라인드 내리지 마요."라고 메시지를 보내는 사람. '내'가 용서 못 한 '내' 엄마를 두둔하는 사람. 엄마에게 그런 표현을 쓴다며 '나'에게 화를 내는 사람. 외도한 자신의 엄마를 처음부터 이해했고 지금도 이해한다고 말하는 사람. 그러면서도 어떤 감정에 영원히 포박되어 사는 '나'는 이해하지 못하는 사람. 미움의 감정은 영원하지 않다고 말하는 사람. 이렇게 근본적으로 '구조'가 다른 두 사람이 함께한 봄의 시간은 그야말로 덧없는 잠시 동안의 꿈이 되어 버린다.

4

하지만 '나'는 이선우와 다른 사람이기 때문에, 어떤 감정에 영원히 포박되어 있는 사람이기 때문에, 칼끝을 안으로 겨누면서 그 무엇도 지우지도 버리지도 않는 사람이기 때문에 소설을 쓴다. 그렇기 때문에 사랑이 파괴적으로 끝난 후에 자기에게 벌을 주면서도 소설 쓰기를 멈추지 않을 수 있다. 등단한 스물세 살 이후로 한 번도 글 쓰는 사람 말고 다른 사람이고 싶었던 적 없는 '나'에게 소설 쓰기란 나에게 내가 되는 것이다. 초등학생 딸을 뒷바라지하는 와중에도 소설 쓰는 시간을 확보하려 더욱 고립되지만, 돈도 벌지 못하고 아무도 읽지 않는 소설을 쓴다는 자괴감에 시달리지만, 결국 소설 쓰기란 고통으로 가득 찬 '나'의 지옥을 버티게 해 주고, 벗어날 수 없는 죄를 어떤 방식으로건 감당할 수 있게 해 준다. 아주 더운 여름이 오기 전 장마가 막 시작될 무렵 '나'는 결국 장편소설을 완성해 내고 우체국에 가서 응모작을 발송한다. 그 수신지는 자신을 알아주지 않는 세상이기도 하지만, 그리고 더 이상 '나'의 세계로 들어올 수 없는 이선우이기도 할 테지만, 이 소설은 무엇보다 열여섯 번의 봄을 온몸으로 통과하며 살아 낸 '나'에게로 날아갈 것이다. 그리고 그 소설은 스물세 살 봄의 끔찍한 기억에 관한 것이면서도 단지 작가의 투명한 자기 고백도 과거를 반복하는 족쇄도 아닐 것이다. 거기에는 고통스러운 지옥을 견디면서 잠깐이나마 스쳐 갔던 아름다운 꿈도 더불어 깃들어 있을 것이니까. 그리고 '나'가 소설을 완성해 냄으로써 봄은 간신히, 그러나 정말로 어제가 되었으니까.

『어제는 봄』에는 '나'가 꿈을 꾸는 장면이 여럿 등장한다. 3월의 '나'는 집으로 물이 막 넘쳐 들어오거나 꽃나무가 나오는 꿈을 꾸고 일이 뜻대로 이루어지거나 재물이 들어와 쌓인다는 해몽을 찾는다. 그러고는 자신이 다른 사람들이 한 번도 꾸지 않은 꿈을 꾼 적은 없다고 말한다. 이선우와 헤어지고 고통스럽게 소설을 쓰는 과정에서는 시신이 된 자기 몸을 5단 서랍장 속에 숨기는 꿈을 꾸기도 한다. 그러나 소설을 완성하고 그것을 세상 바깥으로 보낸 다음 '나'는 이해하지도 못하고 꿈풀이와도 맞지 않는 꿈을 꾼다. 그러면서 비로소 지옥 같은 봄을 어제로,

다시는 되돌아올 수 없는 곳으로 멀리 떠나보낸다. 그 꿈은 산 넘고 강 건너 어떤 동네에 도착하는 꿈. 경찰서 정문 옆에 작고 오래된 게시판이 서 있는 꿈. 양주 톨게이트 너머로 해가 지는 꿈. 5월마다 목이 아프도록 올려다보던 느티나무가 나오는 꿈. 그리고 엘리베이터를 타고 아파트 1층에 다다르는 꿈. 무성한 잎들 사이로 흩어진 햇빛 아래 차 한 대가 있는 꿈. 6월의 어느 날 이후 매일 나를 기다리는 그 차로 달려가는 꿈. 나를 극복하고 너에게, 네가 나를 기다리던 곳으로 힘을 다해 달려 나가는 꿈. 네가 나를 덮치는 검은 멧돼지를 총으로 쓰러뜨리고 내가 있는 쪽으로 전속력으로 달려왔듯이 이번에는 내가 너에게로 달려 나가는 꿈. 다른 사람들은 한 번도 꾸지 않은 꿈. 나만의 꿈. 너무 아름다운 꿈.

오직 붙들 것
—『오직 한 사람의 차지』 | 김금희, 문학동네

김녕 문학평론가. 2017년 《동아일보》 신춘문예 평론 부문으로 등단했다.

사람을 이성과 법칙으로 설명하고자 하는 시도는 사람이 '어떻게 행동하는가'를 묻는다. 예컨대 경제학 같은 경우. 전통경제학에서는 인간을 늘 합리적으로 의사 결정하고 움직이는 주체로 상정했었다. 행동경제학에서의 인간은 제한적인 합리성과 심리적 요인으로 인해 때로 비합리적인 선택을 수행하기도 하는 보다 복잡한 존재이지만 여전히 그 인간은 여전히 사유 실험의 게임판에 올려놓고 시뮬레이션 가능한 무엇이다.

도대체 그 밖에 무엇으로 사람의 행동을 들여다보고 설명할 수 있기에 그런 말을 하느냐고 누군가는 되물을지도 모르겠다. 하지만 당신이 때때로 소설을 펼쳐 보는 사람이라면 어렴풋하게나마 알 것이다. 소설을 자꾸 꺼내어 읽는 그 행동은 어딘지 모호하지만 분명 단순한 '어떻게'의 수준을 넘어서는 물음으로 되어 있다는 걸. 대체 '사람이 무엇이지?'처럼 잡히지 않는 물음 같은 것으로.

그런 의미에서 김금희의 소설은 그 흐릿하고 불분명한 질문 위에 누구보다 똑바로 서서 그것에 어떤 실체를 부여하는 일에 몰두하는 듯이 보인다. 그의 소설들을 읽는 순간에만 어딘지 만져질 듯 입체감이 선명해져서 아, 그렇지 사람이 이런 것으로도 무너지고 일어서고 사랑하고 살아가지 새삼 놀라며 매만져 보게 되는 특유한 '마음'의 질감과 열도가 있다는 것. 김금희의 소설이 사랑받는 데에는 그것이 적잖은 이유 가운데 하나일 테다. 적어도 내겐 그렇다.

첫 수록작인 「체스의 모든 것」부터가 마치 체스라는 게임에 얽힌 모든 것에 대해 말할 듯한 제목을 취하지만, 오히려 그 '판'을 아득히 이탈해 버린 어떤 마음들을 들려주고 있음을 깨닫게 되기까지는 그리 오랜 시간이 필요하지 않다. '노아' 선배와 '국화'가 체스판 앞에 마주 앉았을 때부터 벌어진 '판의 규칙'에 대한 언쟁이 한 달을 넘어갈 무렵 두 사람의 판에 끼지 못하고 관전자로서 지켜보고 있는 '나'는 속으로 이렇게 투덜댄다. "대체 체스가 뭐라고 저렇게 싸우는가. 우리 사는 거랑 무슨 상관이라고."(21쪽) 안타깝게도 그 말을 삼키던 시점에서 '나'는 깨닫지 못하고 있었지만, 저 투덜거림은 노아와 국화 사이에 오가는 열띤 대화의 성질을 정확히 포착한 것이었다. 그러니까 그들의 대화는 정말로 '체스의 모든 것'에 대해 논하겠다는 게 아니라 그 대화 자체, 그리고 그것을 통해 생겨나는 어떤 열기의 교류 자체에 목적한 바가 있지 않나. 두 여학생 사이에 깊고 은밀하게 새겨진 애정의 기억을 더듬는 「레이디」에서 '유나'네 이모와 낯선 남자의 하나 마나 한 듯한 대화도 그저 오가는 마음의 매개였듯이. 엑스재팬 멤버들의 역할을 나누어 맡고서 '요시키'와 주고받았던 편지들이 이미 있는 노래의 가사들을 적당히 베껴서 변형한 것에 불과해도 그사이 어떤 열감조차 교환되지 않았다고 말할 수 없듯이.

아닌 게 아니라 노아와 국화 두 사람의 무섭도록 공허해 보이는 논쟁은 어떻게든 말과 입장 뒤에 있는 그 '사람'을 어슴푸레하게 드러내 보인다. 이미 짜여 있는 기성의 '룰'의 '페어'함을 의심하고, "뭐가 되든 앞으로 이기는 사람이 될 거"(25쪽)라는 국화의 모습은 거꾸로 그녀가 삶에서 대체로 지거나 불리한 판도에 처해 있음을 비쳐 보이지 않던가. 가상의 '페어'와 '퍼블릭'한 룰에 대한 입장의 충돌은 그렇게 두 사람 사이에 놓인 현저한 계급 격차와 그로 인한 세계관의 간극, 마음의 상태를 표현한다. '체스에 대한 모든 것'이 아닌 각자 '자기 자신에 대한 모든 것'의 표현.

어쩌면 그조차 '우리 사는 거랑' 상관없는 것일지도 모른다. 그러나 그렇게 사는 것과 상관없는 일들로 우리는 살아간다. 아니, 살아가야만 한다고 김금희는 말하는 것 같다. 「체스의 모든 것」과 「레이디」의 '나'들은 그 시절로부터 멀리 흘러온 지금 왜 그때를 다시 뒤돌아보는 것일까. 그건 결국 결실로 맺어지지 못한 자신의 마음을 갈무리하기 위해서가 아닌가. 과거에나 지금에나 짝사랑했던 노아의 연애사에서 조연이나 배경에 불과했던 자신의 마음을, 그토록 열망하며 "서로를 끌어당겼"(127쪽)으나 서서히 멀어지고 만 유나와의 모든 것을 그저 아무것도 아니었다고는 필사적으로 말하지 않으려 애쓴다. 빛나던 순간들의 기억은 입체감이 사라져 납작해지고 광채도 걷혔다. '나'들은 그것을 인정한다. 허나 끝을 인정하는 것과 그것을 '폐기'하는 건 전혀 다른 문제. 그래서 이 소설에서 '사랑'은 결국 "대상에 대한 정확한 독해"도 "정보의 축적"도 아니고, "변화의 완수"(27쪽)나 지속도 아니고, "모든 폐기에 저항"(128쪽)하여 그것을 자기 마음 안에 '어떻게 간직해 내는가'의 문제로 귀결된다.

왜냐하면 영원한 것은 없고, 오직 우리와 처음부터 마지막까지 함께해 줄 것은 자신의 마음이기 때문에. 홀로 대상의 부재를, "기적과도 같은 불행"(129쪽)을 살아가야 할 것이기에. "왜냐하면 그게 아니라도 세상에는 시시한 것들 투성이니까."(98쪽)

때론 그런 식으로 소설에 바탕색처럼 깔린 "우리가 완전히 차지할 수 있는 것이란 오직 상실뿐"(93쪽)이라는 식의 관점은 지독하리만치 비관적으로 들리기도 한다. 그러나 분명하게도 김금희 소설의 수많은 사람들이 저마다 조금씩은 쥐고 있는 관점이다. 그들은 어떤 것의 시작 지점에 서서 이미 그 끝을 바라보며 상해 버린 마음을 고백하곤 한다. 끝을 너무 많이 겪어 보았거나, 아니면 단 한 번의 끝에도 너무 많이 아파 본 적이 있는 것처럼. 하긴 우리 자신의 마음을 잠시 관찰해 보는 것만으로도 분명히 알 수 있을 것이다. 마음이란 그 어감처럼 다만 따뜻하고 부드러운 무언가가 아니라는 것을. 오히려 그 안온함을 선사하느라 마음 자신은 온갖 상처와 흠집으로 가득히 채워져 있다는 것을. 그것이 우리가 여태 놓쳐 온 마음의 진짜 모습이라는 것을 김금희는 알게 해 주는 것이다.

가령 「모리와 무라」에서 '나'와 '숙부'의 이런 대화.

> "에이 그런 게 어딨어요. 몇십 년 전 얼음이 어떻게 아직도 거기 박혀 있어요?"
>
> "다정아 그게 그런 게 아니야. 그렇게 언 발에는 얼음이 박힌다. 그게 봄 여름 잠깐 숨었다가 겨울 되면 다시 나타나. 안 사라져, 꼭 나타나는 거야."(217쪽)

또 「문상」에서 희극배우에 대한 이런 설명과 대화는 어떤가.

> 송은 희극배우가 확실히 나쁘다고 생각했다. 왜냐하면 지운 흔적이 없기 때문이다. 뭔가 옛일을 완전히 매듭짓고 끝내고 다음의 날들로 옮겨 온 흔적이 없었다. 그의 날들은 그냥 과거와 과거가 이어져서 과거의 나쁨이 오늘의 나쁨으로 이어지고 그 나쁨이 계속되고 계속되는 느낌이었다.(148쪽)

> "배우님, 죽은 분은 죽은 분이고 산 사람은 살아야죠.(……)"
>
> "송 형은 그렇게 삽니까?"
>
> "그럼요."
>
> "그렇군요(……)"(154쪽)

이 짤막한 장면들은 그 물리적 분량을 한참 넘어선 어떤 아픈 진실을 담고 있지 않은가. 그러니까 어떤 상처는 결코 낫지 않고 우리의 일부가 되어 버린다는 것 말이다. 오랜 호텔 일의 단정함으로 생활을 꾸려 왔어도 어린 시절 사촌 동생의 목에 직접 끔찍한 모욕의 말을 써 걸어야 했던 마음이 사라지지 않고 나타나 숙부를 끝까지 황망하게 만들 듯이. "뭔가가 끓고 열이 오르는데 밖으로 나갈 수 없는"(150쪽) 대구처럼, 희극배우가 상처를 주고받았던 옛일들을 지나쳐 빠져나오지 못하고 여전히 그 아픔 속을 살고 있듯이. 숙부가 여동생인 '해경', 그리고 조카인 '나'와 함께 묵었던 유후인의 료칸에서 보여 준 기묘한 모습, 그러니까 미동도 없이 "목이 꺾인 사람처럼 서서 어딘가를 향해 머리를 조아리"(219쪽)던 그 모습은 다름이 아니라 되돌아온 '얼음'에 어찌할 바 모르는 몸짓이 아니었겠나. 희극배우가 아버지의 빈소를 둔 채 송을 데리고 시내를 헤매며 보여 주던 그 얼이 빠지고 황망한 모습 역시 그와 그다지 많이 다르진 않을 터다. 그야 얼음이 콱 박혀 버린 제 마음을 어떻게 가누어야 하는지, 폐기의 힘에 어떻게 저항하고 무엇을 건져야 하는지 누구도 가르쳐 줄 수 없을 테니까. 그런 건 어디서도 배울 수 없을 테니까. 황망하게 선 채로, 어딘지 맥락 같은 것을 놓아 버린 채로 그것에 골몰하게 되는 것은 아닐까.

송이 그것을 두고 '나쁘다'고 말한 것은 분명 희극배우에 대해서가 아니라 삶의 상태를 두고 한 말일 것이다. '옛일을 매듭짓고 끝내고 다음의 날들로 옮'겨 가지 못했을 때의 상태. 물론 그렇게 옛일들을 완전히 털어 버리고 내일로 멀끔하게 넘어가는 건 가능하지 않다. 그리 말하는 송 자신도 유년 시절 조모의 장례 중 아버지에게 당했던 무도한 모멸은 물론 4년의 연애 끝에 헤어진 '양'과의 일들로부터 아직 다 빠져나오지 못한 채 아닌가. 그렇다면 과거의 나쁨을 두고 다음 날들로 옮겨 간다는 건 무엇일까. 발이 푹푹 빠지는 나쁜 과거로부터 있는 힘껏 현재로 내일로 자신을 건져 내는 것일 테다. 계속해서 그곳에 잠겨 있게 된다면 지옥이 달리 없을 테니.

어쩌면 「오직 한 사람의 차지」에서 잠깐 언급된 곰들의 모습이 바로 그런 안간힘의 비유일는지도 모르겠다. 기나긴 겨울을 지난 끝에 그들이 "견뎌야 했던 겨울의 엄혹함에 대해서는 모르는 체"하는 듯 보이는 네 마리의 불곰들 말이다. "그런 과거는 무용"(74쪽)하다는 듯 산등성이를 오가면서 봄을 만끽하는 모습. 그것은 상실과 고독의 와중에 서 있으면서 그로부터 멀어지기 위해 언제나 아름다움에 매혹되고 생에 이끌리는 우리 모습이기도 하지 않을까. 엄혹한 현실의 실패에도 책과 삶에 대해 우주적이고 운명적인 낭만을 포기하지 않는 '나'처럼, 연이은 임용 실패에 밤안개 자욱한 밤길 같은 현재를 지나면서도 차들이 '별빛 같다'며 경탄하는 아내 '기'의 모습처럼. 그건 너무나 불충분한 위로겠지만,

흔들리는 나비의 춤처럼 여전히 위태로워 보이지만, 그래도 '나비의 상실'이라는 말이 예고한 지독한 고독을 얼마간은 덜어 주지 않을까.

> 그렇게 해서 나는 밧줄도 잡을 것도 없는 비탈길을 엉거주춤 균형을 잡아 가며 내려왔다. 눈발은 전보다 더 세어져 있었지만 그래도 젖은 눈이라 앞사람이 밟고 지나간 뒤에는 그 발자국만큼 눈이 녹아 있었다. 그렇게 눈을 녹이는 것이었다. 붙들 것이 없다면 그냥 자기가 걸어서. 이만하면 그래도 나쁘지 않고 무사한 안녕이 아닌가.(59쪽)

은수가 "또래의 어느 여자애"의 "무구하고 따뜻한 목소리"(59쪽) 하나로 '굶는 일'과 같은 결기로 삶을 견디어 내고, 단지 '나'를 통해 전해 듣는 은수의 이야기로 사장이 그 길고 고독한 밤을 녹여 내듯이. 그렇게 해서 세상에 대한 것이든, 배우자나 연인에 대한 것이든, 인생에 대한 것이든 자신의 마음이, "사랑이 그렇게 시시해지기를"(98쪽) 안간힘으로 거부하며 지켜 내는 것이 아니겠는가. 그런 일들은 좋은 직장을 얻거나 재산을 불려서 삶에 안정을 부여하는 일에 비하면 아주 미미하고 심지어 하찮은 일일는지도 모른다. 하지만 김금희 소설의 누군가가 때때로 자신을 붙드는 일이 힘에 부쳐 마음이 '광포'해짐을 고백할 때 우리는 그렇게 안간힘을 써서 자신을 가누는 일의 소중함을 한결 더 이해하게 된다.

가령 「모리와 무라」의 '나'가 '윤주'와의 이별을 앞두고 다투던 중 드롭스를 팔러 온 남자가 윤주에게서 약간의 웃돈을 받자 "한 통 더 주든가, 3000원을 거슬러 주든가"(200쪽) 하라며 따져 대자 곧장 '나'와 윤주 사이에 찾아든 냉랭한 기류. 그리고 「새 보러 간다」의 '김수정'이 규칙과 예의를 어기며 멋대로 구는 '윤'을 자기도 모르게 때려 코피를 쏟게 만들자 오히려 윤보다도 김수정이 "눈에 띄게 우울"(174쪽)해지는 걸 지켜볼 때 우리는 알게 된다. 정말이지 "어떤 관계의 최종에서도 우리가 남겨야 하는 일말의 자비 같은 것"(200쪽)이 있다는 걸. 견디고 버텨 내는 일에 이골이 나거나 여력이 없어서 마음이 광포해질 때 우리는 자신도 모르게 누군가를 밀어내거나 다치곤 한다. 때론 말과 행동으로, 때론 생각과 마음으로. 그러나 그런 광포함이 마지막에 생채기를 남기는 건 결국 자기 자신이라는 걸 김금희의 인물들은 보여 준다. "본의 아니게 때리고 함부로 대하고 적의와 분노를 드러낸"(174쪽) 자신을 혐오하고 미워하게 되어서 스스로 마음을 다치는 것이다. 그러니 그 '일말의 자비'는 타인을 해하지 않기 위한 것이기도 하거니와 우리 자신을 어떤 수렁에 빠지지 않게 하는 일말의 구원일 터. 그 아주 작은 생채기라도 박혀서 사라지지 않을 테고, 그건 다시 우리를 예민하고 광포하게 만들어서 정말이지 ‘과거의 나쁨’이 ‘오늘의 나쁨’으로 ‘내일의 나쁨’으로 이어지게 만들 테니.

「새 보러 간다」 속 현석경의 회화 「운디드 버드」, 그러니까 ‘상처 입은 새’는 김수정에 의해 이렇게 묘사된다. “숫자들이 마구 뭉쳐서 몇부터 몇까지 쓰여 있는지도 모르게. 그렇게 뭉개진 숫자들은 숫자로서의 원래 기능을 잃고 그저 복잡하게 얽히고설킨 도형들에 지나지 않는다.”(173쪽)라고. 그것을 상처 입은 사람에 대한 이미지라고 거칠게 연결해 보는 것이 허락된다면 나는 줄곧 김금희의 소설들이 호소하는 마음의 돌봄과 사랑의 간직이 결국 고통과 적의와 분노에 자기 자신을 잃지 않도록 붙들어 주는 소중한 방편이라고 말하고 싶다. 훗날 과거를 돌아보았을 때 자기 자신에 대한 기억이 광포한 마음과 그로 인한 자기혐오뿐이라면 그는 스스로 자기와 결별해야 할 것이다. 그에게 문제는 ‘어떻게 간직할 것인가’가 아니라 ‘어떻게 잊을 것인가’가 되고 그렇게 잃어버리는 것이다. 자신을.

지금 어느 서점엘 가나 목 좋은 매대며 서가를 가득 메운 책들은 소리 모아 말한다. 너는 ‘괜찮다’라고. 뭘 해도, 어떻게 해도, 네가 어떤 사람이어도 괜찮다고. 그렇게 우리를 안온케 하고 달래 주는 그것들을 속되고 해로운 다디단 설탕이라 말하는 목소리도 없지 않고, 거기에 경청할 바가 없는 것도 아니지만…… 그렇게라도 사람들이 자기를 붙드는 데 도움을 준다면 그것도 그것대로 좋지 않을까. 바꾸어 말하면 그렇게라도 사람들은 지키고 싶은 것이다. 자신을. 사랑을, 마음을. 김금희의 소설처럼.

과학으로도 사랑은 만들 수 없어

—『우리가 빛의 속도로 갈 수 없다면』

| 김초엽, 허블

박다솜 문학평론가. 2019년 《동아일보》 신춘문예 평론 부문으로 등단했다.

1

과학은 무엇을 할 수 있고 어디까지 할 수 있을까. 우리가 모두 사라져 버린 미래에는 과학기술이 어디까지 발전할까. 인류는 항생제가 없어 목숨을 잃던 시절을 거쳐 로봇으로 수술을 하는 시대에 이르렀다. 페니실린 발견 이전의 사람들이 로봇 수술에 관한 이야기를 들었다면 얼마나 놀랐을까. 그들이 느꼈을 충격을 우리에게도 느끼게 해 주는 사람들이 있다. 미래의 과학기술을 상상하고 그것을 소재로 소설을 쓰는 SF 작가들이다. 2017년 제2회 한국과학문학상을 받으며 작품 활동을 시작한 김초엽 역시 SF 작가로 분류된다. 그런데 나는 작가의 첫 소설집『우리가 빛의 속도로 갈 수 없다면』을 읽고 그가 과학의 최첨단에서 과학의 무능에 대해 말하고 있다고 생각했다. 공상과학소설을 쓰는 작가가 감히 과학의 무능을 말해도 되는지, 과학은 무엇을 할 수 있고 무엇을 할 수 없는지 함께 살펴보자.

SF 작가인 김초엽의 소설에서 과학기술은 작품의 소재가 아니다. 작품의 배경이다. 소설에는 작가가 상상력으로 구현해 낸 미래의 과학기술이 다양하게 등장하지만 그것들은 어디까지나 배경에 머무른다. 김초엽의 소설이 본격적으로 다루고자 하는 것은 과학기술이 아니라 '관계'다. 소설들은 먼 미래, 과학기술의 발달로 인해 지금과 달라진 시공간을 그리는데 새로운 시공간 안에서 관계들이 어떻게 변모하는지 작가는 궁금해한다. 우주로 이민을 가는 시대에 우리의 관계는, 죽은 사람의 뇌를 스캔해 그 정보를 도서관에 저장해 두고 추모하는 시대에 우리의 관계 맺음은 어떤 모습일까. 그의 소설들은 미래의 과학기술이 얼마나 새롭고 특별한지 주장하는 대신에 새롭고 특별한 과학기술 속에서 관계가 어떤 모습을 하고 있는지에 주목한다.

그런데 김초엽이 묻는 '관계' 앞에는 '인간들의'나 '사람 사이의' 따위의 표현들을 붙일 수 없다. 작가가 생각하는 관계의 범위는 외계 생명체나 죽은 사람도 포함할 수 있도록 폭넓기 때문이다. 소설집에 실린 각각의 작품들은 다양한 관계를 탐구한다. 「스펙트럼」은 외계 생명체 '루이'와 지구의 과학자 '희진'이 서로를 전적으로 이해할 수 없음에도 불구하고 아름답게 공존하는 모습을 그린다. 「공생가설」에서는 외계 생명체가 사람 안에 들어와 있다. 이 소설에서 외계 존재는 아기들의 뇌 속에 살며 아기를 돌본다. 소설은 류드밀라라는 한 인간을 통해 '그들'과 인간이 맺는 관계를 다룬다. 제2회 한국과학문학상 대상작인 「관내분실」에는 과학기술을 매개로 고인이 된 엄마와 관계를 회복하는 딸이 등장한다. 미래의 과학기술은 삶과 죽음의 간극을 건너뛸 수 있게 한다. 그것이 비록 산 사람의 기만에 불과할지라도. 한편 소수자가 사회와 맺는 관계를 다룬 「나의 우주 영웅에 관하여」도 있다. 이 작품에서는 사회가 소수자를 편협한 시선으로 바라보는 동시에 과도한 기대를 부여하는 불합리한 상황을 묘사한다.

이 소설집에서 인상 깊은 점은 인물을 지칭하는 방식이다. 이토록 관계에 천착하는 소설집에서 인물들은 기본적으로 각자의 이름으로 지칭된다. 「스펙트럼」의 화자는 할머니의 이야기를 듣는 손주인데, 소설은 일부분만 손주의 목소리로 서술되어서 할머니는 '희진'이라는 자신의 이름을 잃지 않는다. 작가는 희진이 손주와의 관계에서만 할머니임을 분명히 한다. 손주가 없다면 그녀는 희진이다. 그러니까 희진은 할머니다. 그러나 그보다는 '희진'이다. 「나의 우주 영웅에 관하여」에는 "최재경은 한순간도 망설이지 않았어."라고 말하는 최재경의 딸 서희가 있다. 최재경은 서희의 엄마지만 그보다는 역시 '최재경'이다. 작가는 소설 속 인물들이 개인 대 개인으로 존재하기를 소망한다. 그래서 '~의 할머니', '~의 엄마' 등 관계 속에서 정해지는 역할 말고 '희진'으로 '최재경'으로 그들을 부른다.

'누군가의 엄마' 이전의 한 개인이 다른 개인과 맺을 수 있는 관계 중 가장 극한의 것은 무엇일까. 역시 사랑에 관해 말해야 할 것이다. 사랑은 관계가 가장 특별해진 형태, 관계 중의 관계다. 발랄한 과학적 상상력으로 가득한 이 소설집의 마지막 장을 덮고 나면 우리를 곱씹게 만드는 몇몇 장면들과 질문들이 있다. 루이와 희진처럼 외계 생명체와 인간이 정말로 교류할 수 있을까(「스펙트럼」) 궁금하기도 하고, 뇌 속의 외계 생명체들에게 떠나지 말라고 말하는 외로운 류드밀라의 연작(「공생가설」)에 애틋해지기도 한다. 또 우주 항법의 변화로 가족과 우주 단위의 이별을 하게 된 안나가 결코 도달할 수 없음을 알지만 낡은 셔틀에 몸을 싣고 슬렌포니아 행성으로 향하는 모습에 마음이 먹먹해지기도 한다.(「우리가 빛의 속도로 갈 수 없다면」) 하지만 소설집을 읽고 나서 내가 가장 매료된 질문은 이것이었다.

'사랑은 어디서 생겨나는가.'

2

이 질문은 「순례자들은 왜 돌아오지 않는가」(이하 「순례자들」) 때문에 생긴 것이다. 얼굴에 흉측한 얼룩을 가지고 태어난 릴리는 유전자 조작을 통해 "아름답고 유능하고 질병이 없고 수명이 긴 새로운 인류"를 만들어 내는 바이오 해커가 된다. 새로 태어나는 아이들이 자기와 같은 아픔을 겪지 않길 바랐던 릴리의 의도와 달리 지구는 개조인과 비개조인으로 나뉘어 서로를 배척하게 된다. 어느 날 릴리는 아이를 갖고 싶다는 생각을 하고, 자신의 클론 배아로 올리브를 만든다. 그런데 실수로 올리브가 릴리와 똑같은 유전적 결함을 갖게 된다. 릴리는 얼굴에 얼룩을 갖고 태어날 올리브가 배척되지 않을 세계를 만드는데 그곳이 바로 '마을'이다. 마을에서는 누구도 배제되지 않으며 서로의 결점들을 신경 쓰지 않는다. "그래서 때로 어떤 결점들은 결점으로도 여겨지지 않았다."

이 작품은 유토피아와 디스토피아를 다루는 것처럼 보이는데, 이런 구분법에 의하면 차별과 배제가 만연한 지구는 디스토피아이고 "서로의 존재를 결코 배제하지 않"는 지구 밖 '마을'은 유토피아다. 그런데 소설의 화자인 데이지는 마을을 떠나 지구로 간다. 마을의 창조자인 릴리의 딸 올리브 역시 마을을 떠나 지구에 가서 죽을 때까지 산다. 주인공이 유토피아를 두고 디스토피아로 가는 이 이상한 서사를 어떻게 이해하면 좋을까. 이해의 실마리는 '사랑'에 있다. 마을의 사람들은 서로 사랑에 빠지지 않는다. 그들 사이에는 어떤 낭만적 감정도 성애도 없다. 또한 그들은 "슬픔을 알지만 그럼에도 지속적인 갈등과 고통, 불행"은 겪지 않는다. 그들은 사랑을 모르는 것과 마찬가지로 고통이나 불행에 대해서도 알지 못한다. 나의 질문은 이 지점에서 생겨났다. 배제도 차별도 없고, 고통이나 불행도 모르는 유토피아의 현현 같은 이 마을에는 왜 사랑도 없을까. 그렇다면 사랑은 어디서 생겨나는가.

「순례자들」에 의하면 사랑은 지구에서 생겨난다. 그런데 지구는 사람들이 개조인과 비개조인으로 나뉘어 서로를 배척하는 곳이다. 지구의 사람들은 얼굴의 얼룩 때문에 올리브를 쓰레기 보듯 대한다. 지구에서 사람들은 끊임없이 상처를 주고받는다. 사랑은 왜 마을이 아니라 지구에서 생겨날까. 왜 이토록 엉망인 곳에서만 사랑이 생겨나는 것일까. 지젝은 이렇게 말한다. "뭔가를 결여한 존재, 취약한 존재만이 사랑을 할 수 있다. 따라서 사랑의 궁극적 미스터리는 불완전함이 완전함보다 어느 정도 우위에 있다는 것이다."[1] 왜 하필 취약한 존재만이 사랑을 할 수 있는 것일까. 나는 이런 생각을 해 보았다. 어쩌면 모든 사랑의 시작에는 산산조각 난 마음을 겨우 부여잡은 채 '아아, 저 사람은 나처럼 아프지 않았으면 좋겠는데.'라고 생각하는 상처투성이의 인간이 있는 것은 아닐까 하고. 실패한 개조인이라는 아픔을 갖고 살지만 올리브가 나쁜 말을 듣는 것은 도무지 참을 수 없는 델피처럼. 사람들이 자기를 쓰레기 보듯 대하는 지구에서 델피를 만나

1 슬라보예 지젝, 김정아 옮김, 『죽은 신을 위하여』(도서출판 길, 2007), 186쪽.

사랑하게 된 올리브처럼.

그럴 때 우리는 현실을 개선하고 싶어질 것이다. 내가 아니라 너를 위해서. 내 마음은 마저 부서져 버리더라도, 네가 덜 상처받기를 바라니까. 아픈 나보다 아플 너를 먼저 생각하는 어떤 마음이 있다. 그런 마음에 이름 붙일 수 있다면 그건 필히 '사랑'일 것이다. 그리고 사랑의 진정한 신비는 너를 걱정하는 마음으로 내 상처가 아문다는 것이다. 나는 너를 염려하는데 그 염려로 인해 괜찮아지는 것은 나다. 내가 너무 추워서 너도 추울까 봐 너를 안아 주었는데 그 온기로 내가 따뜻해지는 순간들이 있다. 아이러니하게도 인간은 산산조각 난 마음으로 더 행복해질 수 있다. 이제 나는 이 문장을 쓰던 작가의 마음을 이해할 것도 같다. "우리는 그곳에서 괴로울 거야. 하지만 그보다 많이 행복할 거야."

그렇다면 사랑하기 위해 우리는 먼저 아파야 하는지도 모르겠다. 사랑이라는 것이 나의 아픔에도 불구하고 너를 먼저 걱정하는 마음이라면 사랑의 전제 조건은 '나의 아픔'인 것이다. 아픈 존재만이 사랑을 할 수 있다. 우리를 아프게 만드는 곳에서만 사랑이 생겨난다. 그래서 올리브는 마을을 두고 지구로 간다. 마을에서는 모두가 완전한 존재다. 아무도 배제되거나 차별받지 않는다. 하지만 올리브는 스스로의 불완전함을 찾아서 마을을 떠나 지구로 간다. 결핍이 있는 곳에 사랑도 있기에. 지구에는 델피가 있기에. 지젝의 말처럼 불완전함은 완전함이 되기 위해 극복되어야 할 것이 아니다. 사랑에 관해서라면 불완전함은 이미 그 자체로 완전함보다 우위에 있는 것이다. 불완전한 존재, 아픈 존재만이 사랑을 할 수 있기에 그렇다.

사랑은 결핍 속에서만 피어나는 이상한 아름다움이다. 나는 사랑이 왜 생겨나는지 알지 못하나 어디서 생겨나는지는 안다. 사랑은 척박한 땅에서만 피는 상처 많은 꽃이다. 이런 정의가 지구의 척박함을 옹호하는 것처럼 읽히지 않길 바란다. 누군가 내게 사랑이 있기 위해서는 척박함이 있어야 한다는 말이냐고 묻는다면 슬프게도 척박함은 우리가 걱정하지 않아도 될 만큼 이미 넘쳐 난다고 답해 주고 싶다. 차별과 배제는 어쩌면 인류가 존재하는 한 사라지지 않을지도 모른다. 그래서 작가의 말처럼 "먼 미래에도 누군가는 외롭고 고독하며 닿기를 갈망할 것이다." 하지만 언젠가는 한 명 한 명을 지켜 주는 작다란 사랑들이 차별과 배제만큼 많아질 수 있지 않을까. 작다란 사랑으로 보호받는 델피와 올리브들이 지구의 분리주의에 맞서는 삶을 살 수 있지 않을까.

3

이제 처음의 질문으로 돌아가 보자. 과학은 무엇을 할 수 있고 어디까지 할 수 있을까. 과학기술의 발달은 인간에게 우주여행도 할 수 있게 하고, 인간의 신체를 개조할 수도 있고, 차별과 배제가 없는 세계를 만들 수도 있다. 미래에 우리는 외계 생명체와 교류하고, 죽은 사람과 화해할 수 있을지도 모른다. 「감정의 물성」에서처럼 우리 감정을 물리적으로 만지고 냄새 맡게 될 수도 있다. 과학은 아름답고 수명이 긴 완벽한 사람도 만들 수 있다. 하지만 과학으로도 사랑은 만들 수 없다. 정해진 조건을 벗어나지 않도록 통제하고, 노이즈는 제거하고, 필요한 것들만 압축적으로 제공하는 과학의 세계에서는 사랑이 생겨날 수 없다. 사랑은 결여된 자의 전유물이기에 사랑이라는 감정이 시작되는 곳은 언제나 사람들 사이, 이 상처 많은 곳이다.

사랑이란 누구도 정의 내릴 수 없고 이해할 수 없는 것이지만 인간이 가진 것 중 가장 가치 있는 것이다. 과학기술로 만든 유토피아에 차별과 배제가 없는 대신 사랑도 없다면 그곳을 유토피아라고 부를 수 있을까. 결코 그럴 수 없으리라는 것을 나는 안다. 인간은 행복에 만족하는 대신 행복의 근원을 궁금해하는 존재이기 때문이다. 「순례자들」에서 데이지는 마을 사람들이 느끼는 행복의 근원을 깨닫고 지구로 간다. 자기가 느끼는 행복이 과학기술로 만들어진 것임을 알고는 자신의 행복을 스스로 만들기 위해 차별과 배제의 땅으로 향한다. 유토피아를 떠나 디스토피아로 가는 데이지의 선택은 유토피아를 갈망하는 우리에게 기묘한 울림을 준다. 김초엽은 결국 공상과학소설이라는 장르로 과학의 무능을 폭로하는 것 아닌가. 김초엽의 SF는 이곳의 문제를 해결할 수 있는 것은 과학이 아니라 사람이라고 역설하는 수상한 SF가 아닌가.

그런데 나는 과학이 뭔가를 좀 못해도 괜찮다고 생각한다. 인간은 산산조각 난 마음을 부여잡고도 다른 사람을 사랑할 수 있을 만큼 강하니까. 고통의 한가운데에서도 누군가를 염려할 만큼 단단하니까. 그러니까 과학이 못하는 것은 인간이 할 수 있을 것이다. 사랑으로 할 수 있을 것이다. 만들어 낼 수도 이해할 수도 없는 사랑으로 우리는 할 수 있을 것이다. 불완전한 인간만이 가질 수 있는 것. 인간이 가진 것 중 가장 완전한 것. 우리가 모두 사라져 버린 미래에도 그것으로 또 뭔가가 가능해질 것이다.

모든 것들의 평면[1]

—『인터내셔널의 밤』 | 박솔뫼, 아르테

강보원 문학평론가. 2016년 《세계일보》 신춘문예 평론 부문으로 등단했다.

1

개인적으로는 박솔뫼가 경험의 부재, 혹은 현장 없음 같은 표현을 통해 이야기되는, 어떤 도달 불가능성에 천착하고 있다는 평에 공감하지 못하겠다.[2] 비록 박솔뫼 자신이 "내 앞에는 장막이 있고 나는 장막을 걷을 수 없"[3]다고 직접 쓰고 있긴 하지만 말이다. 내가 느끼기에 박솔뫼에게 문제가 되는 것이 있다면 어떤 비극적 사태로부터 멀리 떨어져 있어서 그것에 다가갈 수 없다는 것이 아니라, 반대로 그러한 비극이 한순간도 멈추지 않고 지금 이 순간을 장악하고 있으며, 눈 돌리는 곳 어디에나 편재해 있다는 것이다. 왜냐하면 박솔뫼가(어떤 주저함 속에서, 하지만 끈질기고 비밀스럽게) 진짜로 믿지 않는 것이 하나 있다면 그것은 사라짐, 어떤 흔적도 남기지 않는 완전한 사라짐이기 때문이다.

> "사람들은 송정역을 주로 이용했는데 광주역이 문을 닫는다고 광주송정역이 광주역이 되지는 않겠지. 된다면 송정역이었던 광주역, 광주역 가 주세요 송정역 말고 구 광주역이요. 사라진 곳을 늘 생각해. 앞서서 생각해 버린다."

이 문장들로부터 우리가 보는 것은 사라짐이 없는 세계, 그리고 사라진 것들이 사라지지 않은 것보다 앞서는 세계이다. 아마 이러한 기묘한 지속이 가능한 것은 언어 속에서일 텐데, 물리적 장소로서 광주역이 사라진다고 해도 광주역이라는 이름은 사라지지 않으며, 오히려 사라지지 않은 곳의 이름을 정의하고 또 교란하는 기재로 남아

1 직접 인용되었으나 따로 출처 표기가 없는 부분은 모두 박솔뫼, 『인터내셔널의 밤』(아르테, 2018).
2 이러한 논의의 중심이 되는 글로 가령 김홍중, 「탈존의 극장」, 『사회학적 파상력』(문학동네, 2016).
3 박솔뫼, 「그럼 무얼 부르지」, 『그럼 무얼 부르지』(자음과모음, 2014), 159쪽.

있기 때문이다. 어쨌든 이러한 지속은 사라짐이라는 것을, 더 나아가 사라짐을 야기하는 근본적인 원인으로서의 시간을 이제까지와는 조금 다른 의미에서 바라보게 만든다. 사라짐이라는 것이 없다면 원래 있던 것을 더 이상 만나지 못하는 그러한 사태를 어떻게 이해할 것인가? 박솔뫼의 대답은 그것은 사라진 게 아니라 옮겨졌다는 것이다. 가령 박솔뫼의 소설에서 죽은 사람은 죽지 않고 다른 어떤 공간에서 지속한다.[4] 그와 함께 시간은 공간 속으로 녹아들고 펼쳐지며 그에 의해 왜곡된 기묘한 공간성을 창출한다. 따라서 박솔뫼에게서 시간은 과거에서 미래로 흐르는 것이 아니라 이 공간의 한 지점에서 다른 한 지점으로, 이를테면 왼쪽에서 오른쪽으로, 혹은 광주에서 해만으로, 부산에서 오사카로, 캘리포니아로 옮겨진다. 통상적으로 시간이 흐르면서 과거를 뒤로 남기고, 잊히게 하고, 사라지게 하는 것이라면, 이 공간에서 사라짐이란 없으며 끊임없는 옮겨짐과 중첩됨만이 있다. 그래서 이동이라는 것은 박솔뫼의 소설에서 그토록 중요한 테마가 되는 것이며, 이는 박솔뫼가 "기차에서만 만날 수 있는 사람들"을 "옛날이야기를 하는 사람들이라고 부를 것"이라고 쓴 한 이유이기도 할 것이다.

2

모든 시간들을 그 안에 가지고 있는 이 공간은 우리를 어떤 특정한 시점의 사건적 진실에 도달할 수 없도록 가로막는 것이 아니라, 과거와 미래의 모든 사람과 사건과 기쁨과 비극을 내 옆에 나란히 배치함으로써 오히려 그것들에 대한 접근을 가능한 일로 만든다. 서두에 언급했던 비극의 편재성이란 바로 이 접근 가능성이 가져오는 결과 중 하나이기도 하다. 그러므로 "나는 아무런 잘못도 하지 않았지만 매일매일 모두에게 미안했다."[5]라는 문장에서 나타나는 "미안함"은 박솔뫼의 소설이 접근 가능성의 역량을 가지는 대가로 감당해야만 하는 결정적인 감정이다. 이는 박솔뫼의 인물들이 언제나 "마치 너는 그곳으로 갔지만 너의 다른 이들은 다른 나미들은 교단에 붙잡힌 채로 이전처럼 살아가고 있다."라고 말하는 목소리의 압력에 노출되어 있음을 의미한다.

그런데 문제는 단순히 우리의 세계에 끔찍한 일들이 있고 그것들과 우리가 무관해질 수 없다는 데에 있지만은 않다. 박솔뫼에게 있어 중요한 건 이 비극이 어떤 보편성을 가진 것으로서 우리에게 경험되며, 이 보편성이 특정한 사건 자체에 대한 경험과 대처를 가로막는 일종의 장막으로 기능하게 된다는 것이다. 아무리 끔찍한 사건이라 할지라도 그것은 언제나 일어났던 일이며, 일어나고 있는 일이고, 아마도 다시 일어날 일이다. 유일하게 중요한 단

4 많은 예시가 있지만 예컨대 박솔뫼, 『머리부터 천천히』(문학과지성사, 2016), 48쪽 참조.
5 박솔뫼, 「차가운 혀」, 『그럼 무얼 부르지』(자음과모음, 2014), 14쪽.

하나라는 것은 없다. 이에 따라 "너의 다른 이들"을 "다른 나미들"로 겹쳐서 볼 수 있게 해 주었던 것과 똑같은 바로 그 인식으로부터 비극의 구체적 내용들은 추상화된다. 남는 것은 그러한 비극이 언제나 다시 일어난다는 사실, 즉 죽음이 필연적이고 보편적인 것이라는 반복 자체에 대한 인식이다. 그 결과 우리는 "나는 누구를 죽인 사람으로 또 다른 누구에게 죽임을 당하는 사람입니다."[6]라는 표지판이 세워진 바다에, 끝없이 펼쳐진 막다른 길에 다다른다. 이 바다 앞에서 두드러지는 것은 또한 이동의 불가능성, 우리의 어떤 무능력이다. 만약 이 비극들이 이 세계의 법칙 그 자체를 이루는 내적인 필연성의 표현이라면 우리는 그 비극들에 대해 어떠한 유의미한 행동도 취할 수 없을 것이 분명하기 때문이다.

박솔뫼의 초기 소설들에서 산책은 이 해결 불가능한 "미안함"의 압력으로부터 숨 쉴 틈을 얻기 위한 도피처로서 상정되는 것처럼 보이기도 했다. 하지만 동시에 그의 소설에 긴장을 부여했던 것은 이러한 도피의 불가능성에 대한 감각이었다. 가령 「너무의 극장」[7]과 같은 작품에서 주목해야 할 것은 박솔뫼의 인물들이 무대 위의 참혹한 죽음에도 불구하고 기계적인 성애를 통해 그것을 애써 무시하고 있다는 점이 아니다. 반대로 이 소설에서 두드러지는 것은 무대에서의 참혹한 죽음, 그리고 그것을 지켜보는 것을 멈출 수 없다는 사실이 애인과의 관계 그 자체를 폭력적이고 기계적인 것으로 만들며 그것이 원래 가졌어야할 생기를 박탈하고 있다는 것이다. 이러한 침식이 일어날 수밖에 없는 이유는 박솔뫼가 이 보편적 죽음 없이는 일상도 있을 수 없음을, 화자와 화자의 애인이 같이 있는 좁은 방이 이미 연극을 위해 준비된 공간의 일부임을, 연극 자체가 없다면 마찬가지로 있을 수 없었을 그러한 공간임을 날카롭게 인식하고 있기 때문이다.

그러므로 보편성이라는 장막은 우리가 사건적 진실이 있는 그 너머로 갈 수 없게 만드는 장애물이 아니라 그 자체로 유일한 사건적 진실이자, 동시에 그 위에 우리의 모든 일상이 상연되는 스크린이다. 이 스크린 없이 우리의 일상은 결코 표상될 수 없을 것이며 캄캄한 어둠 속으로 영원히 소실되고 말 것이다. 이 장막-스크린이야말로 박솔뫼가 끊임없이 돌아다니고자 하는 바로 그 평면이다. 그리고 그가 하고자 하는 것은 불모성과 가능성이 겹쳐져 있는 이 평면 위에서만 가능한 우리의 일상을, 매일매일의 작고 반복되는 삶을 구해 내는 것이다.

3

하지만 그런 일은 어떻게 가능할까? 다시 한번 정리하자면 박솔뫼는 죽음의 보편성과 일상의 불가분한 관계 위에서 일상의 기쁨을 보존하고자 한다. 그 말은 그가

6 박솔뫼, 『머리부터 천천히』(문학과지성사, 2016), 156쪽.
7 박솔뫼, 「너무의 극장」, 『겨울의 눈빛』(문학과지성사, 2017).

산책을 한낱 불가능한 도피처로 전락시키지 않으면서도 그 공간 안에 머무는 방법을 찾아왔다는 것과도 같다. 박솔뫼가 "길을 가다 사람들을 만나 기뻤고 빵을 주니 빵을 먹어서 좋았다."[8]라는 증언에 매혹됐던 건 어쩌면 당연한 일일 텐데, 왜냐하면 저 말이 증언하는 것은 역사적 비극의 한복판에서 길을 걷고 사람을 만나며 빵을 먹는 일상의 기쁨이 훼손되지 않고 또 그 비극으로부터 소외되지도 않은 채로 반짝이는 순간이기 때문이다. 박솔뫼가 『인터내셔널의 밤』을 통해 모색하는 것도 바로 그러한 순간들에 다름 아니다.

나미는 교단이 자신을 추적하고 있을지도 모른다는 사실과 교단에 남겨 두고 온 아이들("다른 나미들")에 대한 죄책감이 주는 압박감 때문에 일상으로 돌아가는 데 힘겨움을 겪는다. 하지만 나미는 이 압박감이 해소된 뒤에야 타인과 대화할 수 있게 되는 것이 아니라 타인과의 대화를 시작함으로써 비로소 이 압박감을 점차 이겨 낼 수 있게 된다. 이때 산책은 박솔뫼가 보존하고자 했던 대상이면서 동시에 그것을 보존할 수단이 된다. 보편적 죽음이 가져오는 감정이 산책의 기쁨을 훼손할 수 있다면, 반대로 기쁨이 "가능하다"는 사실은 그 자체로 보편적 죽음이 불러일으키는 감정을 오로지 부정적인 것들에만 머물 수 없도록 한다. 그것은 그 보편적 죽음을 다르게 보는 방식을 우리에게 제공해 준다. 여기서 드러나는 것은 장막이 우리의 일상을 토대 짓는 것이라면, 반대로 그 장막을 구성하는 것 또한 우리의 일상이라는 사실이다. 즉 보편성은 그 자체로 존재할 수 없으며 반드시 그것의 타자에, 일상의 자질구레한 사물들에 자신을 의존해야만 한다. 그러므로 우리가 혼자 있지 않음에 대해 생각하기 시작할 때 우리는 다음과 같은 구절을 만나게 되는 것이다.

> "어색한 웃음의 취약성 안에서, 모자의 기울기 안에서, 발이 향하는 방식 안에서, 신발 안에 먼지나 혹은 신발의 희망적인 광택 안에서, 아기의 고개가 놓인 팔꿈치의 안쪽에서 필연적인 죽음에 대한 인식은 함께 살아 있다. 심지어 쾌활하게. 이 인식을 위한 더 좋은 장소는 없다."

산책을 한다는 것은 이 인식을 위해 더 좋은 방법이 없는, 다시 말해 보편적인 죽음 자체를 감각하고 그것 안에 그것과 나란히 놓인 쾌활함을 발견하기에 더 좋은 방법이 없는 그러한 행위이다. 그리고 무언가를 발견하는 일은 또한 탐정의 일이기도 하다.

한솔이 나미에게 추천하기도 했던 그 유명한 '셜록 홈즈 시리즈'의 한 장면에서 홈즈는 왓슨의 시계를 보고 그의 형에

8 「9월 도쿄에서」, 위의 책, 238쪽.

대한 여러 사실들을 추리해 내는데, 미리 조사한 정보를 이용해 사람을 놀리는 것 아니냐고 화를 내는 왓슨에게 그는 다음과 같이 추리의 과정을 설명한다.

> "……예를 들면 나는 자네 형이 부주의한 성격이었을 거라고 말하면서 시작했지. 시계 뚜껑 아래 부분을 보면, 두 군데 파인 것뿐만 아니라 동전이나 열쇠 같은 딱딱한 물건들과 같은 주머니 속에 함께 보관하는 습관 때문에 생긴 긁힌 자국이 아주 많다네. 50기니짜리 시계를 그렇게 무신경하게 다루는 사람이 부주의하다고 추측하는 건 그렇게 어려운 일이 아니지. 또 그렇게 값이 나가는 물건을 상속받은 사람이 다른 면에 있어서도 꽤 풍족했을 거라 생각하는 것도 무리는 아니야."[9]

이 장면에서 홈즈가 하고 있는 것은 무엇일까? 그의 추리는 어떤 합리성을 따르고 있으며 그가 말한 것들은 결과적으로 사실인 것으로 밝혀지지만, 그렇다고 해서 그의 추리가 엄밀한 의미에서 객관적인 분석은 아니다. 홈즈가 관찰한 똑같은 표지는 얼마든지 다른 이유로 일어났을 수 있고 그러한 가능성을 가지고 있다. 하지만 그가 사물을 유심히 관찰한다는 것은 사실이며 그가 아무렇게나 말한 것이 아니라는 것도 분명해 보인다. 그렇다면 홈즈의 추리를 사물의 이야기를 듣는 일이라 말해 볼 수 있지 않을까? 사물의 이야기를 듣고 사물에 대해 이야기하는 것 말이다. 그리고 이러한 추리-이야기를 가능하게 만드는 전제는 사물을 어떤 비밀을 간직한 것으로 바라보는 관점이다.

한솔을 괴롭게 만드는 주민등록의 문제는 사람의 어떤 상태를 기록하고 그 상태로 그 자리에 붙잡아 두고 움직이지 못하게 한다는 것이다. 여기서 문제가 되는 것은 그렇게 얻어진 정보의 옳고 그름이라기보다는 그 정보를 획득하는 방식과 그렇게 얻어진 정보의 위상을 결정하는 방식에 있다. 주민등록의 시선은 모든 것을 총체적인 관점에서 단 한 번에 빈틈없이 바라보고자 하며 이해할 수 없는 어떤 비밀도 남기지 않고자 한다. 반면 탐정은 "전화번호부로 사람을 찾고 직접 문을 두드리고 동네 바로 가서 위스키를 마시며 출입문을 감시"하는 사람들이며, 박솔뫼는 "그런 방식으로 찾거나 못 찾는 것이 좋았다. 그런 방식에 납득할 수 있었다."라고 쓴다. 이는 탐정이 자신에게 주어진 한계 안에서 사물에게 다가가고 그것을 감각하고 이야기하는 사람이며 어떤 근본적인 실패의 가능성을 무릅쓰고 그것을 받아들이기 때문이다.

그러므로 우리가 혼자 있지 않는 방법은 바로 그 한계 속에서 서로를 바라보는 것, 다른 누군가를 비밀을 가진

9 아서 코난 도일, 송성미 역, 『네 개의 서명』(더클래식, 2014).

사람으로 바라보는 것이다. 이야기를 가진 사람, 비밀을 가진 사람, 그래서 저 사람의 이야기를 들어 보고 싶다 들어 보기 전까지는 알 수 없다는 생각을 하게 되는 사람이 되고 싶다. 또 자신의 이야기를 다른 사람에게 들려주는 사람이 되고 싶고, 그것이 중요하다. 그러니까 "한솔은 조금씩 변해 갈 자신의 모습을 영우에게 자주 보여 주고 싶"다고 생각했던 것이며, 영우가 "한솔을 읽어 주"었으면 좋겠다고 생각했던 것이다.

바다를 장막이라고, 옆으로 눕혀 놓은 장막이라고 생각해 본다면 우리는 『인터내셔널의 밤』을 바다를 건너는 일에 대한 소설이라고 말해 볼 수 있을지도 모른다. 그들은 장막을 걷어 내거나 돌파하는 것이 아니라 그 위를 건너간다. 나미는 한솔을 일본으로 데려다주며, 한솔은 나미를 일본으로 데려다준다. 물론 여전히 해결되지 않은 문제들이 남아 있다. 박솔뫼의 탐정은 궁극적으로 사건을 해결하는 그런 탐정은 아니다. 그러나 해결되지 않은 그 모든 것들에도 불구하고, 그들은 그 모든 것들의 평면 위에서 움직이며 그것들을 보고 듣고 냄새 맡고 먹고 이야기하는 것을 멈추지 않는다. 그리고 그 멈추지 않음은 그들의 리추얼이 되고 그들이 다녀간 공간을 그 공간을 다녀간 시간을 그렇지 않은 시간과 다르게 만들고 그 같지 않음은 끝끝내 남을 것이다. 박솔뫼는 그렇게 남아 있는 작고 반복되는 것들에 내기를 건다.

내가 사랑하는 누군가의 제자리

—『줄리아나 도쿄』 | 한정현, 스위밍꿀

김복희 시인. 시집『내가 사랑하는 나의 새인간』이 있다.

> "그 책, 여기가 맞는데요?"
>
> 그는 일이 서툰 한주가 헷갈렸다고 생각한 모양이었다.
>
> "누구든 원하는 곳이 제자리인 거 같아서요."
>
> (『줄리아나 도쿄』, 15쪽.(이하 같은 작품의 페이지를 표기함.))

누군가 제자리에 있다는 것은 어떤 의미일까. 내가 사랑하는 누군가가 제자리에 있다는 것은 특히, 어떤 의미일까. 생각해 보려 했지만 실은 '제자리'라는 말이 어색하고 이상하게 느껴졌다. 국어사전에 따르면 '제자리'란 '마땅히 있어야 할 자리'이다. 그런데 한국어의 특성이 그런 건지 언어의 특성 자체가 그런 건지 '제자리'라는 자리의 특성이 그런 건지 뭐가 자꾸 더 궁금해졌다. '마땅히 있어야 할 자리'란 도대체 무엇인지, 그 마땅함을 결정하는 혹은 욕망하는 주어가 무엇인지 슬슬 궁금해지기 시작했을 뿐인데 질문들이 뒤엉켜 굴러 들어왔던 것이다.

이를테면 이런 식이다. 자리의 주인을 정하는 것은 그 자리에 있을 사람일까, 그 사람을 낳은 사람일까, 그 사람이 사는 사회일까, 선입견이나 헤게모니, 이데올로기일까, 설마 신일까? 신이라면 어디의 누가 섬기는 신일까. 말 그대로 끝도 없이 질문이 발생했다. '제자리'라는 것은 변하는 자리일까, 변하지 않는 자리일까. 누군가의 욕망이나 의지가 개입하면 어떻게 될까. 욕망이나 의지가 제자리를 지키게 도움을 줄까. 아니 위협할까. 그런데 어떻게 왜 개입하지 등등. 이어서 질문이 좋지 않았던 걸까, 애초에 왜 이 질문을 하게 되었지……까지. 이쯤 되면 제자리라는 게 이렇게 만만치 않은 것이었던가 싶어, 몰라도 잘만 사는데 어떠냐 싶어질 법도 했다. 모르면 모르는 대로 사는 것, 무엇이건 궁금해하지 않고 원하지 않고 사는 것.

하지만 정말 그게 잘 사는 걸까. 제자리에 있지 않은 채로.

앞서 인용한 부분은 유키노의 커밍아웃 이후 한주와 유키노가 서점의 책을 정리하는 장면이다. 이는 후에 유키노의 전 애인 한수가 무작정 서점으로 유키노를 찾아오는 장면에서 변주되어 등장한다.

> "제, 제자리에 있어 주세요."
> 한주가 또다시 말했다.
> "제자리에 있어 주세요, 유키."
> 물러나지 않는 목소리에 한수는 눈을 굴려 생각하는 듯하더니 곧 다시 오겠다는 말을 남긴 채 돌아갔다. 유키노는 한주와 함께 천천히 서점의 계단을 올랐다.(142쪽)

한주가 유키노를 돕는 말로 '제자리'라는 말이 다시 쓰였다. 표면상으로는 그저 업무상 자리를 지켜 달라는 저 말은 유키노를 지켜 주는 울타리가 된다. 또한 이전에 한 번 등장했던 대화와 겹쳐지며 유키노와 한주가 서로의 제자리를 어떻게 구현해 나가고 있었는지 추측하게 하는 말이다. 저 순간이 지나고 나서야 둘은 함께 살게 되었으며, 이윽고 서로에게 따뜻하고 힘이 되는 기억의 자리에 서로를 위치시켰던 것 같다.

사실 『줄리아나 도쿄』는 내가 무슨 말을 더 보탤 수 없겠다 싶을 만큼 여러 평론가들로부터 많은 평을 받았다. "반복되는 폭력을 마주하면서도 끝내 자신의 온전한 자리 하나 얻을 수 없던 이들이 서로 만나는 순간을 포착한다. 데이트 폭력의 피해 생존자인 한국인 이성애자 여성 한주와 마찬가지로 데이트 폭력 피해 생존자인 일본인 남성 동성애자 유키노의 만남을 중심으로 다양한 배제와 차별의 경험이 층층이 쌓인다. 기지촌에서 도망쳐 나온 오키나와의 여성과 한국의 민주화 운동에서 자신의 목소리를 낼 수 없던 노동자, 소련으로 망명한 음악가까지 하나의 범주로 묶이기 어려운 다양한 사람들이 하나의 서사 안에서 교차한다."[1]라는 면에서 이 소설은 상찬을 받는 동시에 "산재하는 여러 주제 중 어디에 방점을 찍으면 좋을지 모르겠다는 것은 여전히 난제로 남는다. 소외된 자들로부터 터져 나오는 문제들—여성혐오, 성소수자 혐오, 데이트 폭력, 오키나와의 지정학적 특성으로 언급되는 내부 식민지적 차별, 소설 내부에서 생물학적 남성으로 상정되는 전공투 및 '줄리아나 도쿄'의 여성을 통해 말하고자 하는 내부적 (계급) 소외의 문제가 모두 의미 있는 개별적 주제인 것은 확실하다. 그러나 그것이 소설에서 어떠한 연관 관계를 지니고 얽혀 있는지, 그리고 각각을 소설에서 새롭게 '해석'하고자 하는 것만큼 각

1 김요섭, 「이후의 사람들: 한정현·황정은의 소설과 다원화된 세계」, «문학과 사회» 2019년 가을호, 162쪽.
2 선우은실, 「해석적 판단과 직접 확인, 자기와의 대결: 한정현, 『줄리아나 도쿄』(스위밍 꿀, 2019)」, «문학과 사회» 2019년 여름호, 267쪽.

의미 층위가 설득력 있게 제시되어 있는가 하는 점은 확언하기 어렵다."[2]라는 한계점을 지적받기도 했다. 모두 유의미한 비평이다. 강점과 약점 모두가 서사들의 교차 지점에서 작용하고 있기 때문이다. 마치 '이 이야기들이 제자리에 있는 것인가요?'에 대한 비평처럼 읽히기도 한다.

'줄리아나 도쿄'는 1991년부터 1994년까지 도쿄의 미타역 근처 공업지구에 있던 나이트클럽의 이름이다. 이 나이트클럽을 제목으로 소설은 20여 년이 지난 '현재' 한주, 유키노, 김추가 서로에게 닿도록 구성되었다. 당연하기에 늘 잊기 쉬운 이야기로 미시적인 것은 거시적인 것과 밀접한 관련이 있다. 확증하기가 어려워서 그렇지 언제나 개인의 탄생과 성장, 죽음에서 벌어지는 모든 선택은 역사와 엮인다. 다만 대부분의 사실들이 가시적인 연결 고리를 명확하게 제시하지 않기에 거대한 사건이 한 사람의 생활의 세부와 내면에 끼친 영향 관계를 추적하는 일은 면밀하고 섬세한 접근을 요구한다. 게다가 사실과 가설 사이에는 메꿔지지 않는 공백이 있어 그 공백을 어떻게 해석하든 누구에게나 100퍼센트의 지지를 받기 어려울 수 있고, 신뢰를 얻지 못하는 일도 종종 생긴다. 이 소설 역시 사회나 국가가 개인에게 가하는 거대한 폭력과 남성이 자신보다 약한 여성이나 동성에게 가하는 폭력, 개인 간 폭력을 용인하는 사회 분위기, 내밀한 관계의 폭력에 적응하는 가해자와 피해자 개인의 심리, 폭력으로부터 달아나고자 하는 이들이 서로에게 위로가 되는 장면 등이 연대의 서사로 얽혀 들어가다 보니 어떤 부분은 지나치게 생략되거나 확대된 것은 아닌가, 어떤 부분은 조금 불균형하지 않은가 하는 의구심도 불러일으킨다. 이런 의구심에 대해서는 소설 속 연구자인 김추가 자기 논문의 정합성에 대해서 의문을 표하는 부분을 빌려 대답해 볼 수 있을 듯하다. "두 개의 단상, 줄리아나 도쿄와 전공투—자유와 이념은 어떻게 실현되고 좌절되었나"라는 논문을 발표하는 학회장에서 김추는 스스로의 연구가 지니는 의의를 따져 보며 마침내 자신이 원하는 바를 알아낸다.

> "이것이 망상일지도 모른다고 그 또한 생각했다. 이 논문에 쏟아질 비난을 짐작했고 어떤 비판들은 충분히 이해할 수 있을 것이라 여겼다. (……) 그 논문은 자신에게, 그리고 어머니와 아버지에게 만들어 주는 '단상'이기도 했다. 단 한 번이라도 그 위에 서서 진짜 하고 싶었던 이야기를 자신의 방식대로 해 보고 싶었다.
>
> '셀럽은 못 돼도, 주인공은 되어 보자.'
>
> 추는 중얼거리며 어머니와 아버지, 그리고 자신을 단상 위에 세워 보았다.(220쪽)

김추는 자기 삶은 물론이고 어머니 아버지의 삶을 논문의 형태를 빌려 단상 위에 올리고자 한다. 이 소설 역시 단상에 올라갈 수 있도록 누군가들을 지지하는 소설이다.

단상 위의 제자리를 보여 주는 것이다. 삶에서 사람은 누구라도 한 번 주인공이어야 한다. 누구든 원하는 때에 원하는 방식으로 주목받을 수 있어야 하며 그럴 수 있다는 뜻이다. 이는 떠밀려 한 선택으로 얻게 된 자리나 강제된 자리에서 원치 않는 주목을 받는 상황을 뜻하지 않는다. 배제된 사람들의 인생 그 "모든 것이 악몽이고 지옥인 것만은 아니"(89쪽)다. 이 소설 『줄리아나 도쿄』에서 주인공들과 주인공의 주변인들이 겪었던 인생의 불행이 대상화 되지 않을 수 있던 지점은 바로 이런 부분일 것이다. 이 소설의 방점은 사람들이 겪는 불행의 순간에 찍혀 있지 않다. 불행 가운데서도 어디서든 '한 사람의 인생의 주인은 누구든 그 자신'이며, '자기 자신이 원하는 자리에 한순간이라도 있을 수 있었음'에 찍혀 있다. 실제로 인물들이 단상에 오르거나 단상에 올라가듯 자기 삶의 원했던 자리에 있었던 장면을 놓치지 않은 부분들이 이 소설에서 무엇보다 빛이 났다. 그리고 소설을 읽는 독자들에게도 당신이 어떤 삶을 살아왔건 간에 당신의 인생은 한순간은 빛났던 것이라고 확신을 준다. 그것을 읽어 줄 사람이 늦게라도 나타날 거라고 말해 주려는 것 같다.

'제자리'라는 것이 눈 내려 녹아 사라지는 순간의 자리일지라도 말이다. 눈은 순간만을 보증한다. 눈이 내리는 풍경과 눈이 쌓인 후, 눈이 녹은 후의 풍경은 모두 다르다. 순간순간 눈의 자리는 그 눈을 보고 말하는 사람의 말에 달렸을 것이다. 사랑하는 사람의 속눈썹 위에 내리는 눈부터 허공에 날리는 눈, 내려 쌓이는 눈까지 모두 그 찰나를 궁금해할 때 눈의 '제자리'가 생겨날 것이다. 질문해 주기를, 그리고 대답을 위한 공백의 시간을 견뎌 주기를 눈의 요정은 요청한다.

누군가 '제자리'에 마침내 있게 되었을 때, 그 있음의 증거를 나누고 함께 이야기할 수 있을 때 그 누군가와 가까운 이에게 이것은 어떤 의미일까에 대해 이 소설을 읽으며 가장 오래 생각했다. 유키노에게 한주의 제자리가, 한주에게 유키노의 제자리가, 김추에게 김추의 어머니, 아버지의 제자리가 의미했던 것 말이다. 소설에서 주인공들은 '자기 자신이 원하는 자리가 제자리'라고 했지만, 나는 그 제자리가 그이들이 원하는 바를 지지하고 알아주는 타인의 말 또는 해석을 통해서 마침내 발생한다고 생각했다. 그러니까 '나'를 중심으로 말해 보자면 내가 사랑하는 누군가가 제자리에 있을 때 나는 기꺼이 그이를 응원할 것이다. 그이가 가장 멋지게 반짝이도록 온 세상의 빛이 도울 수 있었으면 좋겠다고 생각할 것이다. 그럼으로써 나 역시 그이의 제자리를 구성하는 한 사람이 되고 한마음이 될 거라고 생각하는 것이다. 그리고 표현할 것이다. 그이가 제자리에 있어 나마저도 빛나는 듯 기쁘다고, 행복하다고. 이 행복이 "이번 생에서 이 짧은 시간이 우리가 함께한 전부라고 해도."(287쪽)

정소현과 현대의 비극

—『품위 있는 삶』 | 정소현, 창비

김주선 문학평론가. 2015년 《문학과사회》 신인문학상 평론 부문으로 등단했다.

비극에 대한 개념적 정의는 불가능에 가깝다. 비극이 아니어도 불가능에 가깝긴 하다. 포스트모던을 거친 우리는 무언가를 특정한 규정 속에 넣는다는 게 얼마나 곤란한 일인지 잘 알게 되었다. 물론 비극의 전형적 특징은 살아 있다. 고귀한 자, 파멸을 만들 실수나 문제의 발생(하마르티아), 운명의 광포한 힘, 타협하지 않는 삶이 만든 몰락은 보통의 삶에서 쉽게 느낄 수 없는 거대한 전율과 결코 쉽게 굴복하지 않는 정신의 위대한 힘을 만들어 낸다. 이는 사실 고대 비극의 특징이기도 한데, 놀랍게도 여전히 좋은 비극의 기준점으로 작동하기도 한다.

근대에 이르러 운명은 다른 것으로 대체되기도 했다. 지라르에 따르면 근대의 인간은 욕망에 마음껏 휘둘리고 죽음에 이르러서야 자기 욕망의 헛됨을 자각한다. 근대인의 운명을 만드는 게 욕망인 셈이다. 근대 비극도 필연의 세계를 벗어나지 못한다는 뜻일까. 그건 아니다. 우연이 만들어 낸 비극적 상황 역시 얼마든지 확인된다. 베케트의 무의미나 우연을 다루는 작품이 비극적이지 않을 이유는 없다. 비극은 고대의 작품이 가진 몇몇 특징을 가리키는 데만 활용되는 명칭이 아니다. 그렇다면 도대체 비극의 정의는 무엇일까. 비극에 대한 수많은 논의는 비극의 정의가 가족 유사성의 원리에 따라 존재할 수밖에 없음을 강변하는 듯하다. 강한 슬픔, 감당하기 어려운 상황의 연속, 결국 무의미한 반항, 지은 잘못이나 죄에 비해 너무도 과도한 형벌, 자기 스스로 만들어 낸, 자기 자유가 원인이 된 필연적 파국, 주인공의 결함은 여러 비극이 공유하는 특징이다.

정소현이 만들어 낸 비극의 삶 역시 이와 같은 요소에서 크게 벗어나진 않는다. 예컨대 『품위 있는 삶』에 실린 대부분의 소설은 사건이 다 저질러진 시점에서 시작한다. 그러니까 이미 파국이다. 주인공은 과거 기억을 잃은 상태로, 소설의 전개를 따라가면

파국의 과정과 미처 몰랐던 전조만을 만난다. 비극답게 그들은 자신의 비참한 상황을 인식하지 못한다. 이미 벌어진 파멸을 인식하지 못하는 것만큼 큰 비극적 정조를 불러일으키는 게 또 있을까? 그럼에도 정소현은 무지, 감정, 욕망, 트라우마적 상처를 교차해 비극적 상황을 만든다. 지성의 결여, 통제되지 않는 감정의 격동, 사회의 도덕 법칙을 넘어서려는 욕망, 얻게 될 상처를 극단적으로 회피하는 트라우마가 비극을 만드는 복합적 제재다. 이는 정소현이 만들어 낸 현대 비극이다.

표제작인 「품위 있는 삶, 110세 보험」에서 주인공의 아버지는 치매다. 불행히도 폭력성이 강화된 아버지는 집안에서 무자비한 폭력을 행사한다. 아내가 불륜을 저지른다는 망상에서 시작된 폭력은 집에 불을 지르려는 시도로 이어진다. 할 수 없이 병원으로 보내지게 된 그는 탈출을 시도하다 머리를 다쳐 식물인간이 된다. 주인공은 망설임 끝에 아버지의 안락사를 결정한다. 이후 짜기라도 한 듯 한꺼번에 불행이 밀려온다. 어머니는 우울증으로 음독자살을 했고 그녀에게 생긴 아이는 사고로 뇌사에 빠져 결국 호흡기를 뗀다. 끝없는 절망과 우울은 그녀로 하여금 치매 시 안락사 특약 보험을 신청하게 한다. 이는 소설의 비극성이 한 번 더 증폭될 장치다. 치매에 걸린 그녀는 자신이 안락사를 신청했다는 것을 잊고 더할 나위 없는 행복 속에 산다. 과거의 트라우마는 치매로 날아가 버렸다. 그러나 치매에 걸린 사람의 정신을 믿어 주지 않는 안락사 특약 집행일이 다가오고 결국 주위의 모든 환경이 그녀의 안락사를 향해 움직인다. 안락사를 앞둔 노년의 그녀가 소리친다. 과거의 내가 무엇을 주장했든 상관없다. 나는 지금 행복하다. 나는 미래가 두려워서 그런 선택을 했다. 내가 너무 무지했다. 그러니 제발 살려 달라.

「어제의 일들」의 주인공 역시 기억상실증이다. 과거의 트라우마적 사건을 완전히 잊은 채 나름대로 만족하며 사는 그녀가 과거의 기억을 떠올리게 되는 계기는 동창들의 방문이다. 그들은 사실 과거의 그녀와 미술 선생을 성폭행 사건에 휘감아 넣었으며, 결국 파멸에 이르게 만든 장본인들이다. 모종의 결핍 때문에 미술 선생에게 애정을 갈구했던 그녀는 다른 여학생들의 질투 대상이 되고 몇몇 학생들의 소문으로 인해 결국 자살을 시도했다. 불행인지 다행인지 크게 다치고 살아난 그녀는 집안 재산을 병원비로 탕진하게 만든다. 여기서도 불행이 한꺼번에 밀려온다. 한 달 뒤 할머니가 심장마비로 돌아가시고, 선생은 부인과 이혼하고 교단에서도 퇴출된다. 소문을 퍼뜨린 소녀들이 고백한다. 무지하고 악했다. 미안하다. 정말 죽을죄를 지었다.

두 작품에서 반복되는 비극적 요소는 다른 작품에서도 조금씩 다르게 반복된다. 결핍이 만들어 낸 욕망 때문에(「어제의 일」), 배신감과 분노 때문에(「그 밑, 바로 옆」), 자기 트라우마를 돌보는 게 우선이어서(「엔터 샌드맨」), 실패한 자신이 두려워서(「꾸꾸루 삼촌」) 삶이 파국으로 향한다. 그들은 대개 의도하지 않은 채 잘못을 저지르거나 의도의 결과로 잘못이 나타났음을 애써 무시한다. 일종의 두려움이 만들어 낸 판단 착오인데 두려움은 잘못(죄)과 의도, 앎과 긴밀한 관계 속에서 파국이 형성되는 데 일조한다. 비극의 특징 중 하나인 주인공에 대한 연민 혹은 동정심이 발생하는 근거가 여기에 있다. 소설의 주요 인물들은 잘못된 판단을 할 만한 사건을 겪어 왔다. 그들이 자신을 지키기 위해 선택했던 자유로운 행위는 그들도 모르는 새 그들이 조우할 미래를 결정짓는다.

여기서 고대의 비극이라면, 그리고 여전히 고대의 비극과 유사한 수많은 비극적 작품이라면 독자의 감정적 동요를 극한으로 일으키고 인물 정신의 고귀함을 위해서라도 필연적 파멸을 향할 것이다. 정소현의 소설에도 「지옥의 형태」의 '나'처럼 지옥 속에 머무름으로써 오이디푸스와 같은 자기 단죄의 모습을 보이는 작품이 있다. 하지만 과거는 다 지나간 것이며 결국 살아 있는 게 좋다는(「품위 있는 삶, 110세 보험」, 「어제의 일」) 태도로 끝나는 작품이 존재한다. 여기서 고대 비극이 추구하는 저항과 파멸의 세계는 단절된다. 정소현은 삶이 헛된 것이라는 통찰과 깨달음을 옹호한다. 마찬가지로 고대의 걸작 비극인 「안티고네」에서 안티고네는 사회의 법칙에 맞서 자기 욕망을 지키는 대가로 죽었지만 「그 밑, 바로 옆」의 견이는 자신을 키워 준 할머니가 실은 납치범이었다는 사실을 알았어도 이를 그대로 긍정한다. 이제 비극적 작품에서도 사회의 도덕 법칙을 거부하기 위해 죽어야 할 필요가 없어진 셈이다.

누군가는 정소현의 소설이 만든 비극적 세계를 익히 보아 온 것으로 생각할지 모른다. 그러나 근래 비극적 문학의 필연적 파국이 대부분 성격이 만들어 낸 운명과 관계한다는 점을 염두에 두면 정소현의 소설을 신선하게 읽지 않을 이유는 없다. 사실 성격이 만들어 내는 운명이라는 테제는 스토아학파에게도 있었다. 그러니 우리는 정소현이 만들어 나갈 비극의 세계를 따라가며 응원하면 되지 않을까.

질문이 소용없는 세계에 대응하는 방식
—『호재』 | 황현진, 민음사

장예원 문학평론가. 2017년 《세계일보》 신춘문예 평론 부문으로 등단했다.

> 그곳에는 깊이를 모를 구덩이가 여기저기 패여 있었고
> 해가 갈수록 발을 헛디뎌 떨어지는 사람들이 늘어났다.
> 어쩌다 다시 돌아온 적은 수의 사람들은 그래 구덩이는, 어떻습디까,
> 하고 물어보는 사람도 없었지만 입을 꼭 다문 채 아무 말도 하지 않았다.
> (한유주, 『달로』(문학과지성사, 2006))

1 한 치 앞의 어둠은 물론 한 치 뒤의 어둠에 처한 사람들

일반적으로 '호재'는 부동산 카페와 증권거래소에서 시세 상승의 요인이 되는 조건으로 반기는 호명이다. 그러나 소설 『호재』의 주인공 호재는 살인 전과를 지닌 아버지 아래서 부모의 방임과 부재를 숨기느라 지쳐 가는 유년 시절을 보낸다. 밖으로만 나도는 부모 밑에서 살아갈 자신감이 빠르게 바닥나던 차에 고모는 때마침 등장한 유일한 보호자였고 고모가 누구의 동의도 없이 자기를 데려가는 일이 어째서 가능한지 호재는 알고 있다. 때맞춰 수업 준비물을 마련하는 일조차 버거운 일상을 견디고 있을 때 호재는 고모가 자신을 맡아 주는 것만도 천만다행이라고, 더 불행하지 않은 것에 만족하며 굴복하는 일에 익숙하다.

호재의 아버지 두오는 고등학교 졸업식 날 친구 두 명과 함께 우발적으로 사람을 죽인다. 그러고는 그 죄를 우정이라는 명목하에 혼자서 감당한다. 두오에게 큰 빚을 졌다며 고마워하는 친구들의 말을 신뢰하고 평생을 약속한 친구들이 있어서 그들을 대신해 감옥에 가는 스스로를 대견해하고 감격해한다. 적어도 우정이 지닌 차별성의 원리를 실현했다는 점에서 두오는 사람이 할 수 있는

'최고의 선택'을 한 숭고한 인물이다. 우정이란 몇몇 사람들을 선택해서 그들을 남들과 다르게 대하는 것이기 때문이다. 그러나 이면을 살피면 두오가 우정에 자신을 내던질 수 있는 것은 그가 경제구조나 사회구조를 매개로 관계를 맺는 상호작용에 취약한 이이기 때문이다. 호재의 할아버지이자 두오의 아버지는 몇 년 동안 집에 들르지 않고 목돈만 부쳐 주거나 초라한 행색으로 가끔씩 집에 들르는, 정확한 직업이 무엇인지도 모르는 사람이다. 아버지와의 상호작용을 통해 사회적 관계 맺기를 배운 적이 없는 두오는 사회구조를 경험하는 학교에서도 적응하지 못한다. 행실이 나쁜 친구들과 우정을 쌓으면서 두오는 현대의 관계 맺기는 구조 안에서 이루어지는 '이해관계'와 구조 바깥에서 이루어지는 '감정'이 분리되어야 한다는 사실에 익숙하지 않다. 즉 두오의 관계 맺기 방식은 구조의 바깥쪽에만 편중되어 있다. 사회구조를 파악하지 못하기 때문에 그것을 전복할 힘은 더더욱 기르지 못하는 두오의 계층적 취약점은 소설에서 두오가 운전하는 택시를 통해 다음과 같이 구체화된다.

> 두오가 근 10년째 몰고 있는 택시는 낡을 대로 낡아 보기에도 퍽 위험했다. 범퍼의 오른쪽은 우그러졌고 조수석 문은 가로로 깊게 파인 지 오래여서 붉은 녹이 슬어 있었다. 수리할 생각은 전혀 없어 보였다. 대신 차 안을 장식하는 데 공을 기울인 티가 확연했다.

평생을 떠돌고 정착하지 못한 삶을 살았던 두이, 두오 남매의 아버지에 이어 두오는 전과자라는 꼬리표를 달고 생계를 위해 택시 운전기사가 되어 밖으로 나돈다. 꼬리표를 회피하기 위한 가장 쉬운 방식이 어떤 곳에도 정착하지 않는 것이기 때문이다. 주어진 장소를 벗어나는 것. 그것밖에는 달리 도리가 없다. 물론 택시 기사로서 손님과 관계 맺기에서도 사회구조의 일반적인 상호작용을 무시한다. 승객들이 창밖으로 시선을 돌린다든지 핸드폰을 본다든지 하는 침묵을 원하는 표시를 그는 알아차리기 어렵다. 그에게 복주머니에 든 사탕은 승객들에게 베푸는 선행의 일종이어서 요즘 사람들과 작금의 세상을 판가름하는 분명한 기준이 된다. 그는 운전기사와 손님이라는 특정한 지위나 역할로 연기해야 하는 상호작용을 무시한다. 그래서 "요즘 사람들은 자기만 믿는다니까. 다들 인정을 몰라. 운전대 잡은 나를 안 믿으면 누굴 믿어?"라며 구조 바깥의 사고와 언어 양식을 고수한다.

문제는 이 같은 두오의 무지로 인한 과오가 두오의 누나를 비롯해 그의 딸 호재, 가족 전체에게 '스티그마'[1]로 작용한다는 사실이다. 그래서 호재는 하루 동안 겪은 불친절한 응대들이 차례차례 떠오를 때마다 그냥 넘길 수 없다. 항상 남들 눈에 비친 자기 모습을 추측하게 되고 기어이 울적해진다. 그리고선 자문한다. "예전부터 혼자였고 지금도 그러하고 앞으로도 혼자일 자신의 삶을 사람들도 은연중에 느끼고 알아 버렸기 때문일까? 재수 없는 날에는 자꾸 옛날 생각을 하게 됩니다. 이유를 알고 싶어서 그런 것 같습니다. 우연히 불행한 건지, 당연히 불행한 건지." 호재를 옥죄는 어둠은 이중으로 존재한다. 눈앞을 가린 짙은 어둠과 뒤를 바짝 따라오는 텅 빈 어둠. 호재가 두려워한 어둠은 후자이다. 코앞의 미래를 몰라 전전긍긍하는 것은 누구에게나 적용되는 일반적인 것이지만 지나온 궤를 알고 뒤돌아보는 일은 본인만의 것이니까. 그것은 아무리 감추려고 노력해도 타자와의 상호작용에서 불리하게 작용하면서 드러나게 마련이다.

2 사람들은 나쁜 사람들을 무서워하지 않아요 슬픈 사람들을 무서워해요

호재의 아버지 두오는 감옥에 다녀온 전과자다. 그는 의례적 질서가 적용되는 공간에서 철저하게 배제된 경험이 있다. 살인자의 가족들은 감옥과 같은 수용소에 배치되어 공식적, 물리적으로 고립되지는 않지만 위에서 언급했듯 보이지 않는 스티그마에 시달린다. 그들은 엄밀히 말해서 일상의 상호작용이 이루어지는 공적인 공간과 수용소같이 고립되는 공간의 사이 혹은 경계에 있다[2]고 말할 수 있다. 이들은 불안정하게 통합된 사람들이다. 스티그마를 지닌 사람들은 내적, 외적 결함 혹은 상처로 인해 자신의 짐이 무겁다거나 그 짐을 지고 있어서 다른 사람들과는 다른 행동을 하지 않도록 암묵적으로 요구받고, 그것은 유년기부터 무의식중에 형성된다. 타고난 대로 사는 것을 겁내는 세상에서 생존하기 위해 그들은 슬프지 않은 척 위장한다.

유년기는 추억으로 남는 기억이 시작되는 순간 그 생을 마감한다. 회상할 좋은 추억이 없는 이들은 처음부터 '자기 세계'에서 모든 것을 짊어지고 앞으로 나아간다. 부모나 어른들로부터 좋은 기억을 선사받지 못한 소설 속 주체들은 평생 지속되는 허기를 가지고 산다. 타인과 있어도 자신을 드러내기 힘들고 때문에 들뜬 마음을 감추고 무력함이 우선한다. 사람들과 똑같은 대열에 있는 것처럼 보여도 언제나 외로운 형태로 비밀을 간직한 그들은 그 비밀을 타인과 공유하지 못하고 공유하지 않는다.

1 어빙 고프먼, 윤선길·정기현 옮김, 『스티그마』(한신대학교출판부, 2009). 일종의 낙인으로 인식되는 개념이다. 현대 사회에서 낙인으로 취급되는 속성들은 신체 결함, 정신적인 면에서의 결함(의지박약, 비정상적 열정, 잘못된 신념, 부정직 등), 부정적인 중독이나 실업, 동성애, 극좌파, 특정 인종 등이다. 이러한 속성들은 지나치게 눈길을 끌어서 그 인격의 다른 측면들을 눈에 띄지 않게 만든다는 공통점이 있다. 낙인이 항상 배척당하는 것은 아니다. 결함을 극복할 경우 타자들에게 희망과 용기를 준다는 이유로 오히려 주목받고 사랑받는 사람도 있다.

2 김현경, 『사람, 장소, 환대』(문학과지성사, 2015), 126쪽.

나와 다르다고 할 만한 사람들이 겉으로 보기엔 하나도 없어서 이상했을 뿐이었다. 평균 이하의 성적으로 내신 1등급 우등생들의 든든한 바닥들이라고 싸잡아 폄하당하는 동병상련의 처지들이 누구인지 겉만 봐서 전혀 티가 나지 않았다.

호재의 고모 배두이 역시 사는 일의 고초는 유년기에 이미 겪을 만큼 겪었다고 자부해서 감정을 드러내지 않는 것에 익숙하다. 세상만사가 순조로운 적이 없었는데 닥치는 일마다 당연하게 여겨져서 울지 않았고, 살면서 으레 겪는 고통과 어려움을 관통할 때마다 울음을 터뜨리며 스스로를 가엾게 여기지도 않았다. 그러나 이러한 감정 상태는 최악과 최선의 길항작용으로 형성된 것이 아니기에 '평안함'이나 '조화'와는 거리가 멀다. 슬픔이란 감정은 기쁨이라는 길항작용이 없으면 정화로서 기능을 발휘하기 어렵다. '최고의 선'을 한 번도 경험하지 못한 이들은 일상이 된 최악의 경험들을 무심하게, 질 나쁜 일상을 그냥 삶으로 받아들이게 된다.

그럼에도 고모 배두이는 자신의 경험이 대물림될까 봐 호재를 걱정한다. 남편이자 호재의 고모부가 살해당했다는 사실을 알려야 할 때 고모부가 어떻게 죽었는지를 들려주면 제 아버지처럼 불운한 내력에 짓눌리고 불길한 예감에 사로잡혀 스스로 불행의 주인공이 되길 자처하진 않을까, 혹은 기껏 나처럼 웃지도 울지도 않는 불능한 사람이 되진 않을까.

이 지점에서 호재는 고모 배두이보다는 좀 더 나은 삶을 영위할 가능성이 생긴다. 호재의 불안을 조금이나마 보유해 줄 수 있는 누군가가 존재하기 때문이다. 불안을 보유하지 못할 때 공황 상태가 엄습하며, 당사자는 처리되지 않고 명명되지 못한 감정들로 가득하게 된다. 불안을 보유해 줄 애착 대상이 없다는 것은 불안이 "이름 붙여지고" 결속되는 대신에 이름 없는 두려움에서 그랬듯이 한층 강화되어 그 사람에게 되돌아온다는 것을 의미한다.[3] 이때 그 사람은 두 배의 불안을 처리해야만 한다. 그것은 강화된 형태로 자신에게 다시 투사된 원래의 불안에 덧붙여 자신을 위한 보유자가 존재하지 않는다는 불안, 그래서 누구에게도 이해받지 못한다는 불안도 함께하기 때문이다. 이것이 호재를 옥죄는, 눈앞을 가린 어둠보다 더 두렵다던 뒤를 바짝 따라오는 텅 빈 어둠의 실체다.

3 리키 이메뉴얼, 김복태 옮김, 『불안』(이제이북스, 2003), 82쪽.

3 만사가 쉽지 않은 상태에서 딱히 만사가 쉬워지기를 바라지 않는 마음으로만 가능한

배두이, 배두오, 배호재, 고모부, 이들은 경제적, 사회적 구조의 이해관계에서 소외된 사람들이다. 소유한 재산이 거의 없어 가족 구성원보다 재산 관리에 중점을 두는 가부장제의 가족 형태와도 거리가 있는 관계들이다. 한국 사회에서 가족의 유대가 물질적인 것에 바탕을 두는 만큼 이들은 대한민국 평균의 가족 관계에서 벗어나 있다. 그럼에도 사람에 토대를 둔 가족 형태에서는 느슨하게나마 연결되어 있다. 부족한 형편이라 일부러 자식을 낳지 않고 단출하게 살아온 고모 부부는 사랑으로 호재를 키우고 살인이라는 전과를 지닌 동생 때문에 보이지 않는 스티그마를 감수하면서도 두오를 이해하려 애쓴다. 어떤 기도도 무용하고 어떤 욕도 무감하게 느껴져 저절로 입을 꾹 다물게 되더라도 결코 사람을 포기하지는 않는다. 적어도 그들은 서로가 서로를 도구화하지 않고 사람으로 대한다. 그들이 경제적 토대를 소유하지 못해 경제적 관심을 관계 바깥으로 밀어낼 수밖에 없는 상황에 처한 사람들이기 때문에 가능한 역설이기도 하다.

고모부와 두오는 일관되게 술을 마셨다. 또한 고모부는 한 주도 빠짐없이 남의 손을 빌리지 않고 그가 번 돈으로 성실하게 로또를 사고, 두오는 호재의 아버지로서 자신의 유용성을 입증하기 위해 평생을 자기 것을 빼앗은 친구들을 뒤쫓는 삶을 산다. 이에 대해 이들은 누가 만류하든 호응하지 않고 누구의 충고에도 순응하지 않는다. 보통 사람들의 상식처럼 평범하지만 유효한 삶으로 전환을 시도하지 않는다. 이해관계로서의 정상적인 상호작용을 통해서는 사회구조 안으로 진입할 수 없으리라는 절망이 내재되었을 테지만 이제 그것은 중요하지 않다.

고모 두이가 불행을 근거 삼아 어머니의 죽음, 아버지의 죽음, 그리고 두오가 당하는 해코지를 예감하고 온몸의 털이 곤두설 정도로 두려워한다면 호재는 그것과 다른 변별점을 생성한다. 삶의 내력을 근거 삼아 다가올 죽음을 추론할 만큼 인과를 믿지 않기로 한 것이다. 인과가 관통하지 않는 일에 질문은 무의미하다고 선포한다. 그리고 수학의 사칙연산을 과감히 포기한다. 어느 선생도 호재의 위풍당당한 포기를 제지하지 않는다. 정말로 열심히 하지 않아도 됩니까? 호재의 등은 그렇게 물었지만 누구도 호재를 깨워 답해 주지 않고 정답을 아는 사람이 아무도 없어서 질문을 던진 사람의 목소리만 공허하게 되돌아오는 현실을 무력하게 받아들인다.

호재는 삶에 대한 거시적인 기대나 전망을 포기하고 단기성의 삶을 수긍한다. 그리고 그 누구도 의지하지 않고 스스로를 다독인다. "나는 혼자가 아니다. 나는 잘못한 게 없다." 하루 동안 해코지를 당할 만한 짓을 한 적 없고 빼앗길 만한 그 무엇도 가지지 못했음을 상기하며 호재는 노상 두려움이 따라오는 자기 삶을 그럭저럭 부정하면서 수긍한다. 그리고 방송 작가라는 계약직 직업에 딱 그만큼만 성실하게 임한다. 지나치게 노력하지 않고 지나치게 방만하지 않은 적정 수준의 노동으로 당장의 필요에 따라 오늘의 임무를 적절한 수준에서 해내는 날들을 지속하며 만족해한다.

두오는 친구들이 자신에게 진 빚을 자식인 호재 앞에서 당당하게 받고 싶은 간절한 희망이 무산되는 민망한 상황에서, 뒤돌아선 호재에게 "가지 마. 이대로 가면 내 인생만큼 너도 죽 쑤는 거야. 네가 네 인생 책임질 수 있어?"라고 소리친다. 아마도 호재는 마음속으로 외쳤을 것이다. "남보다 더한 불행을 고백하지 않았을 때, 직장 상사에게 발전과 노력을 맹세하지 않았을 때 제대로 살고 있다고 스스로 느낀다고. 제대로 살고 있음, 그건 누군가의 평가로 얻어지는 만족이 아니라는 것을. '제대로'라고 말할 수 있는 정도는 본인만 느낄 수 있는 기분에 가까워서 남들의 품평과는 무관하다고."

사망한 줄 알았던 아버지가 복권에 당첨되었다는 소식을 들은 날, 그리고 그 복권을 자신에게 주겠다는 평생의 '호재'를 맞은 날 하나의 의문이 호재를 괴롭힌다. 누가 고모부를 죽였을까. 그리고 아버지의 목소리를 떠올리며 읊조린다. "얘기하지 마. 나한테 하지 마. 나는 당신의 알리바이가 아니야." 호재, 그녀는 톡톡히 이름값을 받은 것인지 뒤를 바짝 따라오는 또 하나의 텅 빈 어둠을 받은 것인지 알 수가 없다.

이제니	『그리하여 흘려 쓴 것들』
임지은	『무구함과 소보로』
장승리	『반과거』
신동옥	『밤이 계속될 거야』
문보영	『배틀그라운드』
손미	『사람을 사랑해도 될까』
송승언	『사랑과 교육』
성동혁	『아네모네』
김안	『아무는 밤』
조해주	『우리 다른 이야기 하자』
하재연	『우주적인 안녕』
유계영	『이런 얘기는 조금 어지러운가』

리뷰
시

그리하여 우리의 모든 것들이 다시 시작되기를

—『그리하여 흘려 쓴 것들』 | 이제니, 문학과지성사

정재훈 문학평론가. 2018년 《세계일보》 신춘문예 평론 부문으로 등단했다.

나는 도무지 시를 이해할 수 있을 것 같지가 않다.
나는 단지 어떤 동요를 따른다.
어둠 속, 나를 이끄는 것이 무엇이든,
그 무엇에 잠시 동행할 수 있음을 기꺼워한다.[1]

지금도 누군가는 시를 쓴다. 남들에게 쉽게 내보일 수 없었을 습작 사이에서 홀로 어떻게 견뎠는지 기억조차 나지 않는 그때를 흘려보냈을 것이다. 그렇게 한두 편씩 쌓이다 보면 어느새 한 권의 시집이 나올 것이고, 그러면 또 다른 누군가가 그것에 대한 글을 쓰게 될 것이다. 시집을 꼼꼼하게 읽어 가면서, 이를 바탕으로 자신의 비평적 관점을 어떻게 드러낼지 고민도 했을 터다. 하지만 이러한 동행은 그리 오래가지 못한다. 시를 쓴 누군가는 자신에게 허락된 시와의 동행이 '잠시'보다도 훨씬 더 짧았다고 기억하게 될 것이며, 한 권의 시집을 아무리 진지하게 해석한 글일지라도 또 다른 누군가는 어느 순간 '시'가 이미 거기에 없다는 사실과 마주해야 할 것이다. 그들에게 '시인'과 '평론가'라는 사소한 지위를 '잠시'나마 누리게 했을 뿐 시는 다시 그들을 익명의 누군가로 남겨 놓고 사라진다.

홀로 남겨진 길 위에서 누군가는 또다시 '시'와의 동행을 꿈꾼다. 그 꿈이 언제 실현될지는 장담할 수 없다. 하지만 시가 낯선 목소리로 다가와 황량한 길 위에 서 있던 누군가의 마음을 향해 손을 내미는 순간은 언제든 올 수 있다. 한동안 시를 잃어버렸던 탓에 익명으로 갇혔던 그 마음은 다시 '시인'이라는 이름을 얻게 될 것이며, 길

1 이수명, 『표면의 시학』(난다, 2018), 24쪽.

위에서 메말랐던 손을 다시 그때처럼 기꺼이 내밀 것이다. 황량했던 뭍의 메마른 말들을 털어 내고, 잊고 있던 감정의 파고를 맞이하는 순간이 찾아온다. 서서히 그 리듬 속으로 몸을 던지고 싶은 욕망에 사로잡힌다. 그래서 시는 지금까지도 누군가에게는 음악일 수 있었다. "본래의 음악이란 무엇인가? 물로 뛰어드는 욕망이다."[2] 그렇게 시는 뭍에서 가장 먼 곳으로 그 누군가를 인도해 왔다. 그곳은 낯설고, 거친 물결이 지배하고 있는 '바다'였다.

시인은 뭍의 견고하고 오래된 질서로부터 벗어나 캄캄한 어둠처럼 예측할 수 없는 물결을 향해 뛰어들 준비를 한다. 세이렌의 목소리를 따라 홀로 바다에 뛰어든 '부테스'의 아름다운 추락의 궤적을 상상한다. 준엄한 명령을 거역한 채 바다로 뛰어든 그를 위로하거나 동정할 필요는 없다. 왜냐하면 그는 뭍에 살던 이들이 결코 들어 본 적이 없던 그 황홀한 선율을 유일하게 들은 자이기 때문이다. 출항과 동시에 질서가 처하게 될 위태로움은 이미 예고된 바였으며, 뭍에서는 느끼지 못할 황홀한 일탈까지도 그는 이미 운명으로부터 약속받았던 것이다. 출항이 벌어지는, 뭍과 물의 경계에 서 있던 마음은 동요할 수밖에 없다. 추락하는 순간 몸을 감싸는 황홀감처럼 시가 인도한 경계로 향하게 될 시인의 손도 그 일탈의 떨림을 차마 감추지 못했을 것이다.

이제니의 세 번째 시집 『그리하여 흘려 쓴 것들』은 제목만으로도 뭍과 물의 경계를 떠올리게 한다. '흘려 쓴 것들'의 어긋남이, '맞춤법'으로 정돈된 뭍의 문법을 흐트러뜨린다. 「또 하나의 노래가 모래밭으로 떠난다」라고 말하기 위해서는 "깊숙이" 어딘가를 "파고들어 갈 문장이 필요"했다. "바람과 우연"이 지배하는 해변은 지금의 시인에게 낯설지 않은 풍경이다. 이미 오래전부터 보았던 풍경 중 하나였기 때문이다. 시의 손을 처음 붙잡았던 『아마도 아프리카』(창비, 2010)의 가장 맨 끝자락에는 "고아의 해변"(「고아의 말」)이 있었고 처음 그곳에 발을 내딛었을 때 "병들고 지친" 미약한 "마음"은 "더 젊어 보이"려는 욕망으로 휘몰아쳤을 터다. "이곳은 혼자 태어나서 혼자 죽어 가는 말이 다시 죽어 가는 바다"였고, "밀려갔다 밀려오는" 물결이 "매 순간 다른 리듬으로" 바뀌는 곳이었다.

시인은 그곳의 '리듬'을 뭍의 언어로 표현하기에는 "언제나 부족하다"(「모퉁이를 돌다」)고 생각했을 것이다. 이미 시는 뭍의 모든 것들을 부정하는 데까지 그를 인도하였기에 몸과 마음에 붙었던 뭍의 흔적들을 지우기 시작한 시인의 의심은 그렇게 "오전과 오후를 연습"했을 터다. 자신만의 신대륙을 발견한 것처럼 이곳을 '고아의 해변'이라 이름 붙인 데는 그만한 이유가 있었다. 라틴어로 '고아'를 뜻하는 '오르부스(orbus)'는 '결여'와 '결핍'의 의미도 있다. 뭍의 "맞춤법"(「밤의 공벌레」)은 이 불온한

2 파스칼 키냐르, 송의경 옮김, 『부테스』(문학과지성사, 2017), 29쪽.

혈통에게 '고아'라는, 이름 없는 이름을 붙였다. 하지만 해변에 첫발을 내딛게 되면서부터 시인은 뭍이 정해 준 대로 더 이상 "온 힘을 다해 살아 내지 않기로" 마음먹고 "틀린 맞춤법"을 남몰래 한쪽 "호주머니"에 넣은 채로 해변을 걸었을 터다. 결코 미약하지 않았지만, 결국 미약한 걸음으로.

> 해변은 자음과 모음으로 가득 차 있다. 모래알과 모래알 속에는 시간이 가득하다. 시간과 시간 사이로 모래알이 스며든다. 미약한 마음이 미약한 걸음으로. 미약한 걸음이 다시 미약한 마음으로. 너는 너를 잃어 가고 있다. 너는 너를 잃어 가면서 비밀을 걷고 있다. 노을은 점점 옅어지고 있다. 슬픔은 점점 진해지고 있다. 언젠가 가게 될 해변. 우리가 줍게 될 조약돌과 조약돌이 호주머니 속에 가득하다. 흰 돌 하나 검은 돌 하나. 다시 흰 돌 하나 검은 돌 하나. 휩쓸리고 휩쓸려 갈 조약돌의 박자로. 잊어버리고 잊어버리게 될 목소리의 여운으로. 흰 돌 하나 검은 돌 하나. 다시 흰 돌 하나 검은 돌 하나. 미래의 빛은 미래의 빛으로 남겨져 있다. 언젠가 언제고 가게 될 해변. 별이 쏟아질 수도 있는 밤하늘의 저편으로. 전날의 나무들이 줄줄이 달아나던 들판이 겹쳐 흐를 때. 비밀 없는 마음이 간신히 비밀 하나를 얻어 천천히 죽어 갈 때. 물새와 그림자 사이에서. 파도와 수평선 너머로. 저녁노을은 하늘과 땅의 경계를 지우며 색색의 영혼을 우리 눈앞으로 데려온다.
>
> (「언젠가 가게 될 해변」에서)

시인이 「언젠가 가게 될 해변」은 "그때"의 '고아의 해변'처럼 "무언가 다른 눈으로 무언가 다른 풍경을 바라볼 때" 비로소 펼쳐지는 곳이다. 뭍의 문법으로 인해 참혹하게 찢긴 "자음과 모음으로 가득 차 있"던 그곳 "해변"의 "저녁노을은 하늘과 땅의 경계를 지우며 색색의 영혼을 우리 눈앞으로 데려온다." 뭍의 「하얗게 탄 숲」에서는 그런 "마음의 바다"가 없었기에("그런 곳은 없습니다.") "사람과 사람 사이에 머물지 못하는 몸짓과 잔존하는 빛"과도 같았던 "영혼"(들)은 이 해변을 유일한 안식처로 삼았을 것이다. 비록 시인은 "그 어둠의 그 환함"을 당장 자신의 몸 어디에 "새겨 둬야" 할지 알 수 없었지만 "미약한 마음"과 "미약한 걸음"으로 그(들)에게 먼저 손을 내밀며 언젠가 "우리는 밝게 움직인다."(「우리는 밝게 움직인다」)라고 쓸쓸한 고백부터 했을 것이다.

뭍에서 감춰져 버린 몸짓이자 이름 없는 이름으로만 떠돌았던 누군가의 영혼에게 처음 손을 내민 시인은 이로써 불온한 첫 페이지를 시작(始作/詩作)했다. '그때'(첫 시집) 처음 눈을 뜨기 시작했던 그 나쁜 손버릇은 아직 몸의 기억으로 고스란히 남아 있었다. "우리가 줍게 될 조약돌과 조약돌이 호주머니 속에 가득하다.”라는 구절에서도 ‘그때’의 그 ‘틀린 맞춤법’의 조약돌들이 아직까지 시인의 호주머니 속에 들었음을 알 수 있다. “흰 돌 하나 검은 돌 하나”로 구성된 조약돌들은 각각 ‘진실’과 ‘거짓’을 가리키는 것처럼 보인다. 누군가에게 돌을 꺼내 보여 줄 때마다 시인은 언제나 반대쪽 돌을 준비해 둘 것이다. “손바닥을 펼쳐 보이며 닿지 않는 그림자 쪽”을 가리키기 위해서는 “거짓말과 어울리는 두 개의 목소리”(「또 하나의 노래가 모래밭으로 떠난다」)가 필요하다고 느끼면서 말이다.

해변을 가리키는 손이 비록 「작고 없는 것」처럼 보일지라도, 그것이 “언제나 나였”기에 당당할 수 있었고, 호주머니 속에 있었던 그때의 그 “희고 검은/얼룩”은 어느새 흰 “종이를 짓누르는/연필”이 되어 지금까지 깔끔하게 정돈되어 온 뭍의 말들에 거짓의 그림자를 자꾸만 덧씌운다. 무언가 “사라진 줄도 모르고 사라진 것들”이 있다고 뭍을 향해 거짓말을 시작한다. 사라진 누군가의 “살과 피와 표정과 목소리”들의 붉은 “흔적”과 푸른 “어둠”만이 자신의 “종이 위에 스며들도록” 방치한다. “좀 더 힘을 주어/누르고 눌러”서 쓴다. 「남겨진 것 이후에」 대해서는 생각하지 않는다. 뭍에 남겨진 “거룩한 말은 이 종이에 어울리지 않아서 나 자신도 읽지 못하도록 흘려서 쓴다.” 거기에 쓰인 말들은 단순했다. “그냥 사람이라는 말. 그저 사랑이라는 말”이었다. 지금까지 우리가 까맣게 잊고 있던 흔한 말들 가운데 하나였다.

「돌을 만지는 심정으로 당신을 만지고」 싶은 시인에게 거짓말은 뭍에서 “익숙한 것을 낯설게 바라보는 연습”일 뿐이다. ‘사람’과 ‘사랑’의 의미적 친교성이 다시 성립하려면 이곳(뭍)의 “대화체의 기본적인 구조를 숙지”해서는 안 된다. “사라지는 것은 사라지는 것으로 사라지지 않는다.”라는 거짓말이 통하기 위해서는 저 문법(“대화체”)부터 무너뜨려야 한다는 것을 정말로 잘 알기에 시인은 이따금씩 ‘사람’을 ‘사랑’으로, ‘사랑’을 ‘사람’이라고 말해야만 했다. 그렇게 거짓말은 뭍에서 만들어진 문법의 맨 끝자락에서 시작되었고, 그 질서의 어두운 “바닥을 향하는 서늘함”마저 지닌 채 오로지 “투명하고 빈 공간이 있는 하얀색”의 종이 위에서만 생명력을 발휘한다. 시인은 “낯선 것일수록 감각을 예민하게” 하고 싶어서, 또 ‘사람’과 ‘사랑’에 「멀어지지 않으려고 고개를 들어」 황량한 뭍으로부터 “마음을 돌려받지 못한 사람의 입말”을 조금씩 천천히 따라 해 보았을 것이다.

> ……너는 한 남자와 한 여자에 대해 말한다. 그들은 그저 석양이 있는 쪽으로, 석양을 볼 수 있는 시간에, 기어이 가닿기 위해 차를 몰았다. 너는 조금씩조금씩 차의 속력을 높이고 있었다. 한 남자와 한 여자의 마지막 여정을 재연이라도 하듯이. 눈앞으로 해변이 다가오고 있었다. 해변은 우리에게 하나의 은유로

작동하고 있었다. 무언가가 지속되기 위해서 끝없이 펼쳐져야 하는 그 무엇으로. 말할 수 없는 것을 쓰라는, 말할 수밖에 없는 것을 쓰라는, 저물어 가며 번지는 빛의 계시 속에서. 여자는 이른 아침 눈을 뜨자마자 자리 그대로 엎드린 채 10여 페이지 넘게 쉬지 않고 써 내려갔다. 질 좋은 만년필이 다른 세계로 데려다줄지도 모른다고 생각하면서, (……) ……그러니까 결국 그들은 가장 기본적인 말조차도 서로에게 전할 수가 없었던 거지. 한 남자와 한 여자는 이국의 언어를 쓰는 타국의 사람들에 불과했고. 가장 기본적인 말조차도……, 너는 반복했고. 그럼 그 모든 말 없는 것들은 어떻게 사랑을 나눌 수 있다는 건지. 그토록 깊은 사랑은 언어 없이 오는 것이라 여겼으므로. 여자는 자신이 쓴 문장들을 숨겼고. 언어란 찢어지고 부서지는 그 무 엇 일 뿐 으 로……, 남자는 말을 하면서도 말을 잊어버린 사람처럼 말을 멈추고 또 멈추었고. 자신들을 덮쳐 오는 음악의, 그 말 없음, 속으로 빠져 들어갔다. 말 없음……, 말할 수 없음……, 몸과 마음의 어떤 고통들에 대해서……, 어떤 고통들은 말 없음 속에서야, 말 없음 속에서만이, 점점 더 깊고 점점 더 단단해진다는 것을, ……

(「발화 연습 문장— 석양이 지는 쪽으로」에서)

마침내 해변이 눈앞에 펼쳐지고 "너"는 또다시 "우리에게" 거짓말을 한다. '네'가 알고 있던 "하나의 은유"란 것은 언제나 '우리'의 마음, 맨 가장자리에 있었기에 이곳(해변)을 알고 난 뒤부터 줄곧 호주머니 속에 숨겨 두었을 조약돌을 꺼내 손바닥에 펼쳐 보이며, 우리가 까맣게 잊고 있던 진정한 '사랑'을 시도하려 한 어느 이름 없는 '사람'들에 대해 말한다. 뭍의 문법이 해변의 포말을 뒤로한 채 사라지는 자리에서 원초적인 사랑의 방식(사랑의 문법)이 서서히 제 모습을 드러낸다. "이국의 언어"가 서로 부딪치며 발생하는 (문법적) 불일치가 강렬할수록 그들 앞에 모습을 드러낸 그 사랑의 방식 또한 점점 단단해진다. 그들이 알고 있던 뭍의 말들이 이처럼 조금씩 사라질수록 그들이 앞으로 할 수 있게 될 새로운 말들은 "끝없이" 펼쳐진다. 그렇기 때문에 마치 그들의 "마지막 여정을 재연이라도 하듯이" 말했던 '너'의 거짓말은 거짓이 아니게 된다.

마지막과 연루된 거짓말일수록 자신만의 낙원을 더 은밀하게 꿈꾸기 마련이다. '너'의 거짓말과 함께 펼쳐진 "석양"의 세계는 오래전 최초의 말씀("빛이 있으라.")으로 시작된 아담과 이브의 낙원을 떠올리게 만들지만, 그들("남자"와 "여자")에게 다가온 그 "빛의 계시"는 신의 '거룩한 말'로써 뭍에 새겨지지 않고 오히려 그것이 "저물어 가며 번지는" 불온한 방향으로 흘러간다. 시간이 지날수록 해변은 서서히 칠흑 같은 '어둠'으로 뒤덮이고, '거룩한 말'에 복종했을 뭍의 말들은 이곳에서 찢겨지고 흐트러지면서 끝내 사라지고 말 것이다. 율법에 복종했던 아담에게 신이 쥐여 준 명명의 권한 또한 이브의 '미래'이자 현재의 '여자'에게로 이양되었기에 그 어스름 속에서 '여자'가 "쉬지 않고 써 내려갔"던 '흘림체'의 "페이지"는 지금까지 뭍에 없었던 낯선 문법을 통해 계속해서 채워지게 될 것이다.

느닷없이 "덮쳐 오는 음악"에 주저 없이 몸을 던진 자만이 흘림체를 구사할 수 있다. 뭍의 질서가 마지막까지 지배했을 그 배(船) 위에서 '음악'이 '부테스'에게 그러했듯이 그들의 "음악"도 뭍의 "가장 기본적인 말"조차 과감히 벗어던지게 만든다. "그 말 없음, 속으로 빠져" 들어가는 육신의 아름다운 일탈은 「조그만 미소와 함께 우리는 모두 죽을 것이다」라며 우리에게 말을 건넨다. 그리고 "아직까지는 숨을 쉬고 있지"만 빠져 들어간 그곳이 더 이상 뭍이 아니기에 "순간의 호흡에서 순간의 호흡"을 연습해야 할 때가 찾아올 것이다. 해변에서 "번역된 낱말의 첫소리"를 제대로 구사하기 위해서는 "발음하기 곤란한 낱말 소리"까지도 익숙해질 수 있도록 연습해야만 한다. 이것은 "지속적으로 발생하는 우주적 찰나"를 각기 서로 다른 '페이지'에 번역하고, 그 새로운 의미들을 서로 연결함으로써 그렇게 조금씩 "어둠을 되밝히고" 다시 바깥으로 "돌아갈 준비"를 하는 것이다.

바깥을 꿈꾸려는 자의 이러한 끊임없는 연습은 결국 (번역에 관한) 모든 권한을 손에 쥐고 있음을 가리키지만, 이는 동시에 무언가 새로움을 기다리는 빈손으로 다시 되돌려졌음을 의미하기도 한다. 시집 뒤에 실린 수많은 「발화 연습 문장」들이 기록된 '페이지'들은 이제니가 시인으로서 시도했었을 그 연습의 과정을 담은 것들이다. 「부드럽고 깨어나는 우리들의 순간」이 다가올 때마다 뭍에 있었던 "모든 것들"이 시의 손에 이끌려 결국에는 뭍이 정해 준 그 '모든 것들'을 마침내 벗어던진 채 죽음(의미들의 "묘지")으로 향했으며, 그렇게 "물의 길을 통해 그림자를 드리운" 말들의 여정을 담은 '페이지'에서 "울리는 목소리는 미래"를 위한 가장 인간다운 우리들의 언어로 다시 태어날 것이다. 언젠가 이곳에 찾아와 그 목소리를 듣게 된다면 "그것은 울음 같기도 하고 물음 같기도" 할 것이다.

시가 마지막으로 가리킨 경계에 서 있어야만 '울음'을 토하고 '물음'을 던질 수 있다. 사라진 것들의 사라짐을 애도하고, 그 사라짐을 사라진 것들이라고 함부로 말하지 않으려 할 때, 그때 비로소 그 울음은 우리들의 물음이 된다. 그리고 저 상처 입은 마음을 그저 누군가라고만 말하지 않고 우리와 똑같은 마음일지도 모른다고 의심해야만 그 물음은 우리들의 진실한 울음이 될 수 있다. 누구든지 울 수 있어야 하고 물을 수 있어야 한다. 그것이 허락된 '해변'은 황량한 길 위를 헤매고 있을 미약하고 메마른 마음(들)을 위해 마련된 유일한 안식처다. 그리고 그곳을 가리키는 시의 손길은 앞으로도 누구에게나 공평하게 다가올 것이다. 당신도 언젠가 시의 손길을 따라 그 해변에 발을 내딛게 된다면 시인이 우리를 위해 그곳 어딘가에 남겨 놓았던 '흘려 쓴 문장'들을 꼭 찾아볼 수 있기를. 그리하여 당신의 삶도 거기에서부터 다시 시작되기를.

> 오래전 나는 이곳을 우연히 여행하게 되었고 이후로 오래도록 내가 다시 돌아가야 할 곳이라고 느꼈습니다. 생활을 완전히 바꾸기 위해서는 그곳으로 가야만 한다고. 그곳에 감으로써 나의 삶 전체가 완전히 바뀔 것이라고.
>
> (「발화 연습 문장— 떠나온 장소에서」에서)

다정함의 건축술

—『무구함과 소보로』 | 임지은, 문학과지성사

양순모 문학평론가. 2019년 《경향신문》 신춘문에 평론 부문으로 등단했다.

『무구함과 소보로』의 시인에겐 동생이 있다. 명명할 수 없는 어떤 것, 이를테면 "뜨겁고 물컹한 것"을 두고 "언니도 참, 두부잖아"(「건축 두부」)라고 말하는 그런 동생이 있다. 엄마도 있다. "이 작고 주름진 것을 뭐라 부를까?" 그것이 "엄마 비슷한 것"인지 엄마인지 애매하지만 그런 어떤 엄마도 있다.(「모르는 것」) 그러니까 어떤 '거짓말'이 있다. 뜨겁고 물컹한 것이 진짜 '두부'인지, 동생의 것이라 가정되는 목소리가 정말 '동생'의 것인지, 저 작고 주름진 대상이 실제 '엄마'인지. 우리는 알 수 없는 그런 거짓말들이 있다.

"지갑을 열고 거짓말을 꺼냈다/ 딸기였다", "나는 이제 거짓말이/ 어떤 세계의 바다인지 알아내는 일에 빠졌다".(「과일들」) 그렇게 말하는 시집을 읽으며 우리는 대체로 압축과 전이, 은유와 환유라는 이미지-거짓말로 가득한, 그런 꿈의 세계를 탐사하는 시집이겠거니 한다. 그렇게 거짓말의 세계 탐사를 통해 시집은 어떤 진실을 환기하고 있겠다고, 그렇다면 그 진실이 무엇인지 추적해야겠다는 그런 욕망을 느낄 수도 있겠다.

그러나 이와 같은 시 세계의 원리 확인과 진실에의 욕망보다, 우리는 이보다 먼저 도착한 어떤 분명한 느낌에 더 마음을 빼앗긴 것 같다. 아마도 저 거짓의 이름들, 나아가 거짓으로 이름 지어 준 저 행위에서 느낀 어떤 느낌. 우리는 저 느낌의 정체가 무엇인지부터 규정해야 할 것 같은 마음이 앞선 가운데 다만 독자 역시 시인처럼 응당 저 느낌의 이름을 '거짓'으로 불러 주고 싶은 충동을 느낀다. 그러니까 다정함. 『무구함과 소보로』에는 다정함이 있다.

> 돌아와 유통기한이 지난 식빵에/ 설탕을 뿌리고 달걀을 입힙니다/ 하고 싶은 말이 프라이팬 위에서 까맣게 타고 있습니다/ 저녁의 한쪽 면을 뒤집습니다// 우리는

시간을 담은 박스처럼/ 나란히 앉아 코미디를 봅니다/ 오늘은 왜 야구를 보지 않아요?/ 남편이 자기 마음이기 때문이라고 합니다// (……) // 나는 불도 켜지 않은 채 냉장고로 가/ 다정함을 꺼내 먹습니다/ 다정함은 차갑습니다/ 말랑말랑합니다/ 하필 귤 맛이 납니다// 나는 미처 닫지 못한 창문처럼 앉아 있습니다./ 크고 두툼한 손에 다정함을 쥐여 줍니다/ 그가 자는 잠에서 귤 향이 나는 것 같습니다/ 잠에서 깬 그가 손 안에 노란색을 발견합니다// 그는 다정함을 야구공처럼 굴려 봅니다/ 껍질을 벗겨 입 안에 넣습니다/ 남편의 뒷모습이 둥글어지고 있습니다/ 어디로든 굴러갈 수 있게

(「차가운 귤」에서)

“다정함은 무한한, 충족될 줄 모르는 환유다.”[1]

다정함에는 신비가 있다. 앞서 인용한 두부와 동생, 엄마의 경우도 경우이지만 이를테면 “유통기한”이 지난 것 같은 부부 관계가 “귤 향”, “귤 맛” 나는 그런 다정함과 더불어 조금씩 둥글어진다. 시인은 차가운 귤을 어떻게든 다정하게, 다정하게 만들어 그와 우리의 손에 쥐여 주는 것 같다. 그러므로 다정함이라는 이름은 이 시집을 읽고 난 후 느낄 수 있는 느낌의 꽤나 분명하고 정확한 이름일 것이나 그 명명은 ‘거짓말’이다. 우리는 과정이 아닌 결과만을, 시인-나무의 말랑하고 다디단 열매만을 맛보아서 그렇기도 하겠지만, 인용한 롤랑 바르트의 바로 다음 문장에 따르면 “다정한 몸짓이나 에피소드가 중단될 때 내 마음은 찢어지는 듯하다.” 시인은 우리를 다정한 향과 맛의 공간으로 초대했지만 중간중간 시집을 덮거나 혹은 한 권을 다 통과하며 우리는 다정한 시집과 더불어 우리의 마음이 그와는 전혀 다른 마음이 되어 버린 것을 느낀다.

우리가 슬픔을 숨기지 않고 가꿀 수 있다면/ 창틀 위에 쌓인 눈/ 눈이 가득히 덮인 숲/ 그 흰색에 가까운 따뜻함으로/ 서로를 쓰다듬었을 텐데// (……) // 계절이 바뀌어도 찾아가지 않는 옷들 위로/ 차곡차곡 슬픔이 쌓인다

(「빈티지인 이유」에서)

다정함과 더불어 환기된, 어쩌지 못할 저 오래된 슬픔 앞에서 우리는 이제 어떻게 해야 할까. 충족될 줄 모르는 다정함을 얻기 위한 가장 정직한 방법이라면 시인처럼 다정한 사람이 되는 것. 즉 고통스러운 세계 가운데 다정함을 만들어 내는 방법의 습득이야말로 다정함에의 중독을 유지하는 가장 경제적인 방법일 것이다. 특히 『무구함과 소보로』는 탐사된 꿈의 세계 곳곳을 그리는 것만큼이나 저 세계를 탐사할 때 주의해야 할 사항들을 시적으로 기술하는데, 그런즉 저 다정함을 근본적으로 떨쳐 낼 수 없는,

1 롤랑 바르트, 김희영 옮김, 「다정함」, 『사랑의 단상』(동문선, 2004), 320쪽.

게다가 당장을 견뎌 내기 어려운 그런 독자라면 시인의 목소리에 어떤 주의를 기울이지 않을 수 없겠다.(그렇게 우리는 점점, 문학이라는 함정과 구원의 계단으로, 벽으로 미끄러져 들어간다.)

> 토론은 너무 고단했기에/ 종종 식탁 위에서 잠이 들었다// 나는 식탁에 엎드린 나를 단단히 뭉쳐/ 꿈속으로 데려갔다/ 하얀 종이 위에 우리는 눈사람으로 서 있었다/ 지루함이 녹아내릴 때까지/ 만들고 부수길 반복하며// (……) // 바닥에는 하얀 종이 뭉치들이 굴러다녔다
>
> (「내가 늘어났다」에서)

잠을 불면을 중단시키는 하나의 '능력'으로 보는 한 철학자에 따르면[2] 잠은 무정형인 익명적 에너지의 흐름 가운데 자아와 같은 독립된 개체를 생성시키는 주요한 계기다. 이를테면 '잠드는 행위'는 세계에 완전히 포식당하지 않도록 '나'를 지켜 주는 최후의 보루인 셈이다. 그러나 그곳에서 새로이 진입하는 '꿈'의 세계는 자아에 의해 걸러진 타자들이 변신하여 다시 등장하는 세계, 나아가 상처받은 기억들이 켜켜이 쌓인 그런 정지된 시간의 세계에 다름 아니다.

안전하지도 다정하지도 않을 꿈의 세계에서 '나'는 멈춰 버린 시계를 어떻게든 돌리려고 하는 것처럼 "눈사람으로 서 있"으며, "지루함이 녹아내릴 때까지 ('우리'를) 만들고 부수길 반복"한다. 꿈에서 깨어난 '나'는 그렇게 조금 녹아내린 눈사람인 탓에 아직은 채 마르지 않은 꾸들한 종이 뭉치들과 더불어 시를 쓴다. 영원히 멈춘 것 같던, 그림자로서 상처로서 꿈의 세계는 시 쓰기와 더불어 어떤 애도의 순간을 맞이하고, 그렇게 시인과 독자 모두는 조금 스스로와 "서로를 쓰다듬"어 줄 수 있는 그런 다정한 사람이 된 것만 같다. 그러나 여기까지는 꿈을 탐사하는 대개의 시인들이 보여 주는 공통된 부분으로 우리가 궁금해하는 『무구함과 소보로』만의 다정함, 우리의 마음을 찢어 놓은 다정함의 정체는 아직 모호한 것 같다.

> 가끔 다르게 불러 주는 일이 필요합니다/ 망고, 알맹이, 씨앗,// 문 뒤에 걸어 두고 깜빡한 나를 찾느라 계절이 지워집니다// 여름은 핑크 스푼 위에/ 나를 얹고 녹아내리는 중입니다// 손바닥엔 지울 수 없는 얼룩이 생겨납니다/ 나에겐 더 이상 갈아입을 몸이 없습니다// 잘 익은 토마토가 뚫고 흘러나옵니다
>
> (「존재 핥기」에서)

> 토토, 메리, 찰스, 다다/ 마음에 든다면 모두 너에게 줄게//

2 엠마누엘 레비나스, 서동욱 옮김, 『존재에서 존재자로』(민음사, 2003).

이제 네 개의 이름을 가진 개는/ 구부러진 여름을 뛰어가// 다 쓴 비누처럼 납작해져서 개의/ 얼굴을 문지르면// 개는 조금씩 지워져 가/ 너는 얼룩으로 만들어진 개였구나!

(「토토 메리 찰스 다다」에서)

시집의 목소리는 “자꾸만 사라지는 것들에게 이름표를 붙인다”.(「모르는 것」) 그렇게 부드럽고 다정한 이름을 붙여 준 덕에 “이제 네 개의 이름을 가진 개”는 “도로 위에 어둠을 엎지르고 달아나”며, “벤치에 앉아 주인을 기다리는 개”가 아닌 “지루한 생각을 열고 뛰어나가는 개”(「부록」)가 된다. 이 낯설고 불안한 꿈의 세계는 이 명랑한 개와 더불어 무너져 녹아 흘러내리는 세계가 되고 마는데, 개와 함께 “산책”(「연습과 운동」, 「부록」)하며 ‘나’는 그간에 좀처럼 슬퍼할 수 없었던 시간들을 마주하고 그 앞에 “자꾸 멈춰 서게”(「그럴 겁니다」) 되는 까닭이다. 이처럼 모호한 것에 이름을 붙여 주는 일은 이 세계의 견고한 이름표를 떼게 하고(「꿈속에서도 시인입니다만」) 그간 배제해 온 타자의 세계에 좀 더 오래 머무를 수 있도록, 좀 더 슬퍼할 수 있도록, 이로써 함께 녹아 흘러갈 수 있도록 도와준다.

다 없어진 할머니를 노트에 옮겨 적는다/ 옮겨 적는 일 외는 더 할 수 있는 게 없어서/ 내 이름 위에 할머니의 이름을 꾹꾹 눌러쓴다/ 평상 위에 할머니는/ 내가 돌아오는 시간을 닦고 있다/ 12시가 모래알처럼 반짝거린다// 이제, 얼굴을 들고 내가 닦을 차례다

(「한옥순」에서)

미래는 잘 닦인 유리창으로 존재합니다/ 부딪쳐서 멍든 곳이 사라지지 않습니다/ 나는 내 미래에 잔뜩 손자국을 남겼습니다

(「그럴 겁니다」에서)

그런데 산책이 어려운, 바깥이 두려워 도무지 집 밖으로 나가지 못하는 경우에는 어떻게 해야 할까. 대개의 ‘나’들은 두려운 타자의 세계에 맞서 ‘나’라는 방과 집을 튼튼하게 지을 수밖에 없는데, 그렇게 “문을 경계로 안은 집”이 되지만 낯선 세계에선 “문을 경계로 어떤 꿈은 현실이 된다”면, “그러니까 지금 꾸는 이 꿈은 삶과 무관하다/ 무관하지 않다/안과 밖이 통로처럼 뒤엉켜 있다”(「소년 주머니」)면 그 어느 곳보다 안전하리라 믿었던 집이야말로 사실은 ‘나’가 외면한 타자들로 가득한 곳이 되고 만다. “빈방은 커다란 배낭이 되고 있다.”(「미래의 식탁」) ‘나’는 도무지 피할 곳이 없다.

그러므로 우리가 그토록 염원하는 “미래”는 집 밖 어딘가에 있지 않고 안과 밖 그 경계에 존재한다. 저 경계는 부딪쳐 “멍든 곳이 사라지지 않”고 현상하는 그곳으로,

'나'는 저 타자들을 마주하며 다정한 이름을 부르고 그 이름을 꾹꾹 눌러쓴다. 다정한 이름을 붙여 준 개가 꿈 세계의 산책을 도와주었던 것처럼 다정한 이름의 가족들은 '나'를 토닥이며 그간에 외면한 상처의 흔적을, 그로부터 스스로를 분리시켜 쌓아 올린 경계를 자꾸 더듬거리게 도와준다. 이처럼 '나'라는 안팎의 경계에서 지워지지 않을 과거를 더듬거리며 거듭해서 닦아내는 일, 그것은 "쌓고 쌓는 것", "쌓고 무너뜨리는 것", "무너뜨리고 토닥거리는 것"으로서 "새로운 건축"(「건축 두부」)의 방법이자 더 정확히는 '우리'를 거쳐 새로운 '나'를 짓는 방법, 좀 더 다정한 '나'를 짓는 방법일 것이다.

> 꽃.// 나는 끝을 꽃으로 잘못 썼다/ 신기했다/ 식물에 가까운 책이라는 게/ 끝이 없는 이야기라는 게// 나는 열린 채로 창가에 놓였다/ 누군가 쏟은 물에 잘 자랐다/ 젖어 있는 얼굴을 그늘에 말렸다
>
> (「식물에 가까운 책」에서)

끝이 꽃으로 변하는 이 신기하고 다정한 『무구함과 소보로』의 세계를 덮으며 우리 역시 열린 채로 창가에 놓이기를 희망한다. 누군가 쏟은 물을 맞고 "어쩔 줄 모르겠다는 표정으로 서로를 쳐다"(「느낌의 문제」)볼지언정, 그럼에도 사과가 "사과 그림자와 함께 맛있어"(「검정 비닐」)지는 것과 같이 우리 역시 다정한 이름들과 더불어 젖은 얼굴을 그늘에 말릴 수 있기를 희망한다. 그렇게 젖고 마르는 과정을 반복하며 "끝이 없는 이야기"들을, 저마다의 "나를 뚫고 나온 질문들"(「궁금 나무」)을 해마다 피워 내고, 그 열매를 누군가와 다정히 나눌 수 있기를 희망한다.

사랑의 플레로마
—『반과거』 | 장승리, 문학과지성사

안서현 문학평론가. 2010년 《문학사상》 신인상 평론 부문으로 등단했다.

사랑의 담론에서 반과거 시제가 사용되는 방식에 관해 우리에게 이야기해 준 것은 롤랑 바르트였다. 『사랑의 단상』에서 그는 괴테의 『젊은 베르터의 괴로움』의 한 장면을 분석하며, 지금 연인과 사랑을 나누면서도 나중에 그 순간을 회상하게 될 것임을 이미 예감하고 있는 주체에 관해 말한다. 이러한 사랑의 주체가 사용하는 시제가 바로 반과거다. 다시 말해 미래의 시점에서 현재의 의미를 과거적인 것으로 예감하며 말하는 시제가 반과거다.

다른 경우도 있겠다. 앞의 경우만큼이나, 아니 어쩌면 앞의 경우보다 조금 더 쓸쓸한 경우다. 지금은 연인과 헤어졌으면서도 아직 그 사랑이 계속되고 있다는 것을 믿으려 하는 주체가 있다면 그가 사용하는 시제 역시 반과거일지 모른다. 다시 말해 현재 시점에서 과거의 의미를 현재적인 것으로 실감하며 말하는 시제가 반과거다.

그러니 반과거는 사랑의 미래를 내다보거나 사랑의 과거를 들여다보는 이의 시제, 아니 정확히 말하면 사랑의 미래나 과거를 생각하며 현재와의 시차(時差)를 느끼는 이의 시제다. 사랑이 영원하지 않다는 것을 알지만 너무도 사랑하며 미래에도 어찌할 수 없이 사랑할 것임을 아는 이, 너무도 사랑하였으며 현재도 그 사랑을 어찌할 수 없음을 잘 아는 주체의 시제다. 반과거가 "매혹의 시제"라는, 그리고 "망각도 부활도 아닌" "불완전한 현존, 불완전한 죽음"의 시제라는 바르트의 말은 정확하다.[1] 반과거는 사랑의 시제이며, 현존과 죽음 사이의 시제다.

물론 프랑스어 문법 시간이라면 우리는 반과거에 관해 다르게 설명할 수도 있다. 반과거는 문법적으로 미완, 지속, 반복을 나타낼 때 사용하는 시제라고 말이다. 그러나 그때도

1 롤랑 바르트, 김희영 옮김, 『사랑의 단상』(동문선, 2004), 309쪽.

반과거가 사랑하는 이의 시제라는 말을 취소할 필요는 없을 것이다. 반과거는 사랑의 과거와 현재, 미래의 시차를 상상해 낸 다음에 다시 그것을 부인하는 사랑의 힘을 발견하는 이들의 시제다. 그러니 기다림 속에서 이 미완, 지속, 반복을 견디는 고독한 연인의 시제라 말해도 그다지 다른 말이 아닐 것이다.

이러한 바르트의 시제 연구를 참조하여 장승리 시인의 『반과거』를 읽기에 앞서 지난 시집 『무표정』(문예중앙, 2012)에 실린 시들 가운데 「체온」을 다시 읽어 보면 좋겠다.

> 당신의 손을 잡는 순간
> 시간은 체온 같았다
> 오른손과 왼손의 온도가
> 달라지는 것이 느껴졌다
> 손을 놓았다
> 가장 잘한 일과
> 가장 후회되는 일은
> 다르지 않았다

사랑은 시간에 다름을 기입한다. 당신의 손을 잡은 후 생기는 양손의 체온 차이만큼 시차도 생겨난다. 손을 잡았을 때의 시간과 그렇지 않을 때의 시간은 다른 질감으로 흐른다. 그러나 사랑의 주체는 시차를 상상하는 동시에 그러한 시차를 지워 나간다. 그러기에 시 속 주체는 가장 잘한 일, 아마도 당신의 손을 잡은 일과 가장 후회되는 일, 아마도 당신의 손을 놓은 일은 다르지 않다고 말한다. 손을 잡은 순간과 놓은 순간 사이의 시차가 부인된다. 사랑이 삶에 새겨 넣는 시차를 견디는 일이 사랑인 것과 마찬가지로 그 시차를 지우는 일도 사랑이기 때문이다. 이처럼 사랑이 만들어 내는 시간의 아이러니, 즉 시차와 무시차의 아이러니를 장승리 시인은 이미 『무표정』에서부터 잘 알고 있었다. 이 시와 닮은 시들, 사랑의 시차에 관한 짧고도 강력한 시들, 사랑의 잠언 같은 시들이 이번 『반과거』에 가득 실려 있다.

이번 시집에 수록된 '시인의 말'은 이러하다. "네가 내게 온 건 어제 일 같고/네가 나를 떠난 건 아주 오래전 일 같다". 전부터 이미 사랑이 시간의 문제라는 것을 알았던 장승리는 여전히 사랑이 만들어 내는 시간의 왜곡에 주목한다. 사랑이 끝났더라도 장승리의 연인에게 그 사랑의 시작이 여전히 현재적인 사건이고, 그 끝은 이미 오래전부터 상상되어 온 과거적인 사건이라는 것을 우리는 쉽게 이해할 수 있다. 사랑의 현존과 죽음 사이를 앓고 있는 고독한 연인에게는 언제나 그러한 것이다.

> 너는
> 처음 본 절벽
> 떨어지는 내내 너와
> 눈 마주칠 수 있다니
> (「생의 한가운데」)

이 시를 절절한 연시(戀詩)라고만 읽어 버릴 수 있다. 하지만 이미 그 안에 사랑의 죽음까지도 품고 있는 연시라는 점을 놓친다면 장승리의 시가 품고 있는 사랑의 시간의 아이러니를 다 읽어 내지 못한 것이 된다. 너를 만난 이후 나는 줄곧 너라는 절벽을 마주 보며 떨어지고 있는 중이라고 장승리의 화자가 말할 때 그러한 사랑은 어떤 미완의 상태를 견디는 일이라는 점에서, 혹은 현존과 죽음 사이의 순간을 내내 겪어 내는 일이라는 점에서 반과거적이다. 시 속의 주체가 "나는 떨어졌어."라거나 "나는 너와 눈이 마주쳤어."라고 말할 때 그것은 과거가 아니라 반과거로 발화되지 않겠는가. 그것은 아직 내가 삶 또는 사랑이라는 사태의 '한가운데'를 지나고 있음을 알기 때문이다.

> 모든 아침은
> 가장 오래된 아침이야
>
> 과거에 대한 희망을
> 버리지 마
>
> 절정의 목련 앞에선
> 늦었다는 느낌이 들어
>
> 다른 봄이
> 코앞이야
>
> 내가 멈춘 게 아니라
> 길이 멈춘 거야

그 길 걷는 일을
멈출 수 없어
(「반과거」)

「반과거」에서 이러한 반과거 시제의 의미는 조금 달라진다. 반과거는 희망을 발화하는 시제가 된다. 짝수 연의 목소리가 홀수 연의 목소리를 보완하며 더 강하게 희망을 이야기한다. 짝수 연의 화자는 과거도 아직 희망을 품고 있는 시간임을, 봄은 끝나 버린 계절이 아니라 다시 다가올 계절임을, 발길이 멈춘 것처럼 보이더라도 계속해서 걷고 있음을 역설한다. 과거는 '미완'의 시간임을, 봄은 '반복'의 계절임을, 길을 걸어간다는 것은 '지속'의 사건임을 말하고 있는 것이다. 이렇게 반과거는 삶에 대해서도 '미완, 지속, 반복'의 관점에서 해석하게 하는 시제다. 과거를 지나가 버린 시간이 아니라 여전히 희망이 남아 있는 시간으로 바라보려는 이가 쓰는 시제, 희망의 시제가 되는 것이다. 그러니 어떤 문장을 반과거로 다시 쓴다는 것은 생에 대해 필사적인 이, 사랑을 멈출 수 없는 이의 화법일 것이다.

너는 벌거벗은 나에게
조금 더, 라고 외치고
조금 더, 나를 잡아먹고

나는 남아 있는 손으로
먹히기 직전의 머리를 떼
바닥에 던지고

한 번
눈꺼풀을 깜박이는 사이
네 옆이 내 앞에서 울고
(「반과거」)

역시 '반과거'라는 표제를 지닌 시다. 이 시는 또 다른 반과거 시제의 실험이다. 이 시에서 '남아 있는', 그리고 '깜박이는' 것은 과거의 일이지만 끝나 버린 사건이 아니라 미완의 사태이거나 당시의 상태를 나타낸다. 마지막 연의 "눈꺼풀을 깜박이는" 역시 마찬가지다. 만약 이 구절들을 프랑스어 화자가 발화한다면 "눈꺼풀을 깜박이는" 일이 이루어지고 있는 동안, 즉 이 눈 깜박임이라는 사건이 아직 다 성취되지는 않은 동안에 "네 옆이 내 앞에서" 우는 일이 일어났기에 앞의 내용은 반과거로, 뒤의 내용은 복합 과거로 이야기할 것이다. 이러한 발화들은 너와 나, 들끓는 정념을 경험하는 숨 가쁜 연인들을 그려 낸다. 사랑에 미쳐 버린 이 주체들은 점점 긴박해지는 시간 동안 벌거벗고 있는 동안, 아직 나의 손이 남아 있는 동안, 그리고 한 번 눈꺼풀을 깜박이는 동안 상대를 잡아먹기도 하고, 자신을 던져 버리기도 하며, 몸을 돌려 울음을 터뜨린다. 일종의 광기에 가까운 강렬한 정념에 휩쓸리는 연인들의 긴박한 사랑의 사태를 그려내는 것, 반과거의 또 다른 쓰임이다.

> 나는 왜 당신이 보고 싶은 게 아니라
> 보고 싶지 않을 때까지 보고 싶은 걸까요
> (「맹목」)

위 시에서 시적 주체는 보고 싶지 않게 되기 전까지 보고 싶어 한다고 말한다. 즉 보고 싶다는 사실이 아니라 보고 싶다는 상태의 지속에 대해 말하고 있다. 그러기 위해 주체는 당신을 보고 싶어 하는 일의 보이지 않는 끝을 상상해 본다. 이것이 장승리 시인의 '맹목(盲目)'의 의미의 풀이다. 보이지 않음(盲)을 품은 봄(目)에 대한 열망과 의지, 그것은 끝을 예감하는 주체라는 점에서 바르트가 말한 베르터의 마음, 나중에 이 장면을 회상할 미래를 상상하면서 연인에게 꽃을 바치는 그 마음과도 닮아 있을까. 그것은 모든 삶과 사랑이 품고 있는 죽음과 끝의 운명을 예감하면서도 지속을 말하고/ 바라보고 싶어 하는 의지라는 점에서 더 마음을 울리는 것일까.

> 어떻게 울어야 할까요
> 직박구리가 물고 있는 나방의 날개
> 그 무용(無用)의 안간힘으로
> 기다리다 기다리다
> 기다림까지 잃어버린다면
> (「고도 애도」)

순간이라도 부서질 듯한 나방의 날개지만 그 안에는 영원의 빛이 담겨 있다. 그렇게 순간 속에서 영원을 붙잡으려는 안간힘은 시 속의 주체가 말하는 '기다림까지 잃어버리는 기다림'과도 닮았다. 나방의 날개처럼 유한한 인간의 시간 안에서 한 줄기 무한을 포착하려는 안간힘이라는 점에서 그러하다. 기다림을 잃어버린다는 것은 기다림도 기다림의 끝도 그 의미를 잃는 무한으로 나아가는 일이다. 이번에는 끝을 품은, 끝없는 기다림이다. 그것을 시인은 "고도의 애도"라고 불렀다. 고도(高度)의 애도, 혹은 고도(Godot)에 대한 끝없는 애도다.

그것은 허무가 아니라 일종의 플레로마(pleroma)와도 같은 시간성을 암시한다. 연대기적으로 흐르는 크로노스의 시간도, 사건적으로 새겨지는 카이로스의 시간도 아닌 모든 것이 하나가 되는 시간이 바로 플레로마의 시간이다. 더 이상 과거도, 현재도, 미래도 의미를 갖지 않는 시간, 무한하고 영원하며 충만한 시간이다. 보고 싶지 않다는 것과 보고 싶다는 말이 같아지는 순간, 기다린다는 말과 기다림이 끝난다는 말이 같아지는 그런 시간을 장승리 시인의 시 속 사랑의 주체들은 기다리고 있는 것일까. 사랑이 불러오는 시간의 아이러니, 그 끝은 사랑의 플레로마일까.

롤랑 바르트의 『사랑의 단상』이 그랬던 것처럼 장승리의 『반과거』는 사랑하는 주체, 그리고 사랑을 말하는 주체에 관한 시들로 가득 차 있다. 사랑의 시제에 대한 실험과 사랑의 문법에 대한 탐구가 그 안에서 펼쳐진다. 그리고 그러한 실험과 탐구를 통하여 결국 자신이 과거에도 사랑의 주체였으며 현재도 사랑의 주체이고 미래에도 사랑의 주체이리라는 사실을 새삼 깨닫는 일, 그리고 결국 사랑은 과거와 현재와 미래의 구분이 필요 없는 어떠한 충만의 시간으로 그 주체를 데려간다는 사실을 발견하는 일, 그것이 장승리의 『반과거』를 읽는 이가 경험할 수 있는 사랑의 아이러니, 그리고 사랑의 플레로마다.

겨우, 사람이라는 말

—『밤이 계속될 거야』 | 신동옥, 민음사

이병국 시인, 문학평론가. 시집으로 『이곳의 안녕』이 있으며, 2017년 중앙신인문학상 평론 부문으로 등단했다.

삶이라는 말에서 숭고함을 지우면 무엇이 남을까. 사소한 일상 속에서 끊임없이 생활을 의식해야만 하는 존재에게 애초부터 숭고함은 없었던 것일지도 모르겠다. 그럼에도 세계가 요구하는 경직된 삶의 양태로부터 벗어나고자 존재를 추동하는 태도는 삶의 숭고함을 요청한다. 존재는 자신의 삶이 지닌 비루함을 어떻게 바라보느냐에 따라 이에 응답하거나 소외될 수 있다. 존재를 충실한 삶으로 자리매김하도록 이끄는 것이 변함없는 일상에 대한 비루함을 외면하는 데 있지 않으리라는 것은 자명하다. 그 비루함을 인정하고 그로부터 기원한 자신을 돌아보려는 의지만이 삶의 숭고와 마주할 수 있지 않을까. 이러한 전제는 신동옥의 네 번째 시집 『밤이 계속될 거야』가 형상화하는 존재의 자기 재현 방식을 설명하는 유용한 출발이 될 것이다.

존재란 언제나 불완전하고 불확실한 세계와 마주하고 있다. 이는 외부에만 제한되지 않는다. 존재 내부의 불안과 혼란 역시 무시할 수 없다. 신동옥의 시적 화자가 감당해야 하는 불안은 세계를 대하는 자신의 위치로 말미암은 것처럼 보인다.

> 팥꽃 오므라드는 담장 아래 거미 한 마리 기어간다. 꽃술을 튕기듯 새로 뽑은 실로 엮은 무늬마다 사로잡힌 몸놀림. 해 다 진 처마 아래 구름을 저미는 빛살. 빈 하늘에 저 혼자 커 가는 꽃대. 빛과 향은 서로 비추며 얽힌다. 새가 집으로 돌아간 다음 밥을 짓고 나비가 꽃을 떠난 다음 마지못해 일어나는 사람들. 저녁이면 화색이 돌았다. 담 너머론 속을 드러낸 살굿빛 그 비릿한 바람 속에서도 저마다 핏기를 씻어 낸 꿈. 가정이라는 말이었다. 귀 기울이면 풀벌레 기어가는 아우성. 매달린 이슬마다

숲 한 채씩 이고 진다. 말갛게 가라앉는 지붕 아래 쪽창으론 소금에 절인 잠과 꿈.
게거품 몽글몽글 토해 내는 불빛으로 겨우, 사람이라는 말이었다.

(「정릉」)

유성호는 여기에서 "말갛고 소금기 있는 불빛으로, 혼자가 아닌 채로 존재"하는 모습을 본다. "사람 사는 빛과 향이 뭉클거리는" '식솔'의 이미지를 읽어 낸 것이다. 그러나 정말 그러한가. 위 시편은 신동옥의 시집을 바라보는 시선의 바로미터로 자리매김한다. '거미-꽃대-새-나비-풀벌레-이슬'의 연쇄는 유성호가 발문에서 말한 대로 '가정'과 '사람'을 품은 꿈으로 읽히나 그 꿈은 현실이 되지 못한 채 언제든 꺼질 "게거품"일 뿐이다. 가정(家庭)이라는 생활 공동체는 꿈에 의해 가정(假定)된 채로 상상된다. "구름을 저미는 빛살"이나 "빛과 향"이 "서로 비추며 엮"힌 공간은 "매달린 이슬마다 숲 한 채씩 이고 진" 소망이라서 어느 순간 흩어져 없어질 것처럼 위태롭기만 하다. 이는 "길음2재정비촉진구역"에 들어설 "미래의 집"을 "꿈속에나 살아 숨 쉴 물신(物神)"으로 여기며 현실과의 괴리를 분명히 자각하는 시인의 감각에 기반을 둔다(「눈 내리는 빨래골」). 세계가 요구하는 삶으로부터 유리된 존재는 꿈속에서나 "겨우, 사람"이 될 수 있는 셈이다.

사람이 사람으로서 존재하기 위해서는 "모든 게 저만치였고 혼자였다"는 사실을 직시하고 "내리는 빗줄기로 저만의 세계를 재현해야" 한다(「도깨비불」). 그것은 어려운 일이다. "어제까지만 해도 이유가 분명한 싸움이었"(「후일담」)지만 오늘은 '분명한 싸움'의 대상이 보이지 않는다. 존재는 불확실한 세계를 마주하며 혼란을 느낄 수밖에 없다. 그렇기 때문에 신동옥의 화자는 "우리를 떠났고 우리가 버린 이름들을 번갈아 불러 보"며 "새로운 삶을 다짐"한다. 그러나 새로운 삶이란 "누구도 닿은 적 없고/ 더는 나아갈 수 없는 먼 데"에 있다(「정월에」). 그로 인해 도달하지도 성취하지도 못하게 된다. 꿈속에서야 겨우 가정을 생각하는 존재, 집을 잃은 존재인 신동옥의 화자는 중심을 잃은 존재라고도 할 수 있겠다. 중심을 상실한 존재는 자신을 증명해 줄 공동체라는 장소를 무엇으로 대체할 수 있을까.

꼭 그렇다고만은 이야기하기 힘들겠지만 일반적으로 중심과 주변의 관계는 참여함으로써 소속되는 중심과 그로부터 불필요하다고 배제되는 잉여적 주변으로 구획 지을 수 있다. 이 구별 짓기는 장소로 의미화된 공간으로부터 존재의 탈각을 야기함으로써 존재로 하여금 공동체에서 소외되도록 만든다. 그러나 구성주의적 공간 설정은 중심과 주변을 칼로 도려내듯 명확히 경계 지을 수 없다는 것도 사실이다. 시간이 지날수록 차이는 흐려지고 경계는 지워진다.

에드워드 렐프는 장소를 공간과 달리 행위와 의도의 중심이며 우리가 실존의 의미 있는 사건들을 경험하게 되는 초점으로 보았다. 장소는 인간의 모든 의식과 경험으로 구성된 의도의 구조에 통합되는 것으로 세계 경험에 질서를 부여하는 기본적인 요소라는 것이다.[1] 이를 맥락화하면 장소란 존재의 행위 기반이 되는 한편 그로 인해 의미를 획득하게 되는 공간이라고 볼 수 있겠다.

> 죽은 자를 보낸 밤이면 꿈에 집을 잃고 헤맨다
> 저이의 삶에는 목격자가 없다
> 저이가 내려놓은 빚은 오로지 내 몫의 노래다
> 어느 사이 남의 집이 된 낯익은 대문에 기대어 부르는
> 곡절 없는 노래
> (「상두꾼」에서)

장소를 상실한다는 것은 존재의 죽음과 맞바꿀 만한 사건이 된다. 그것이 존재에 미치는 영향은 존재의 붕괴를 가져올 수도 있다. 언제든 집을 잃고 헤맬 수 있다는, 내 삶의 목격자가 없을지도 모른다는, 상실된 존재라는 자리로 내몰릴 수 있다는 불안. 그로부터 벗어나는 방법은 요원하다. 자신이 감당해야 하는 것을 감당하는 것만으로도 충분할까. 삶의 곡절은 많겠으나 죽음의 곡절은 단순하다. "거리 밖에는 거리가/ 도시 끝에는 도시의 알리바이가/ 도사리듯"(「여수」) 벗어날 수 없는 혼란이라면, 그리고 그것이 중심에서 벗어난 잉여로서 주변부적 삶을 수용해야 하는 것이라면 "오로지 내 몫의 노래"를 찾아 부르는 것이 마냥 절망적이지만은 않을 것이다. 왜냐하면 그 경계는 명확하지 않고 차이는 갈수록 흐려지게 마련이기 때문이다.

물론 화자가 부르는 "곡절 없는 노래"가 곡절 없이 부르는 노래일 수는 없다. "남의 집이 된 낯익은 대문에 기대어" 상기되는 곤란이 현실적 위기와 정서적 단절에 맞닿아 있다는 것을 우리는 누구보다 잘 안다. 그러나 존재가 "소거된 함성이고 예외된 차원" 혹은 "신 바깥에 찍힌 얼룩"으로 인식되고 "삶은 다른 곳에 있다"며 "앵글 바깥"으로 내몰린다 해도(「카메오」) 그 상황이 "익숙한 슬픔을 길들이는/ 오랜 수사"(「파룽초」)임을 아는 한 "누구도 걸음을 뗀 곳으로 되짚어 가지 않는다"(「구름의 파수병」).

이렇게 보자면 신동옥이 재현하는 존재는 막막할지언정 스스로를 포기하거나 무력하게 물러나지 않는다는 것을 알 수 있다. 그는 상실의 상황을 외면하거나 그것과 맞부딪쳐 싸우려고 들지 않고 그것을 수용함으로써 몸을 살짝 비트는

1 에드워드 렐프, 김덕현·김현주·심승희 옮김, 『장소와 장소 상실』(논형, 2005), 102~104쪽.

방식으로 존재의 붕괴로부터 빗겨 나게 한다. "오래전 처음으로 발길을 돌리던 순간을 기억"하고 "걷고 걸으며 길은 결국 되돌아온다". 이는 "각자의 방식"으로 지금의 상황을 받아들여 "어두운 곳에서 밝은 곳으로 이동"(「구름의 파수병」)하여 절망적인 상황에 매몰되지 않고, 부정의 부정이라는 능동적 대처로 존재의 행위를 추동한다.

> 문장 하나로 폐기한 꿈을 스스로 방점 찍도록 이어 가기는 쉬운 법, 그 모든 꿈이 실재하는 동안만큼은 완강한 현실이었을 테니, 저 막다른 골목// (……) // 마치 나도 모를 어딘가로 치달아 가는 말 목덜미를 껴안고 잠들어 골목을 유람하듯, 내게도 집이 있어서 담벼락은 적당히 높고 마당은 매일매일 자라는 것인데// 다시 어디에 뿌리박건 떠나온 자리마다 마당 하나는 남겠지. 이 무감한 행간을 떠나 다시 어디로 떠돌건 고향에는 늘 친구 하나쯤 남아 기다리겠지.// 여기서부터 다시 사람이 사는 행간이다. 누가 먹구름으로 꽉 쥔 마개로 하늘을 틀어 잠갔나, 한 장 딱지에도 휘청이는 담벼락 지붕들. 오래 묵혀 둔 착상들이 줄지어 두서없이 비 내린다.
>
> (「이 동네의 골목」에서)

위 시의 화자는 "오래전에 뼈를 묻은 듯한 골목"에서 "입에 파이프를 물고 있던 그 많은 시인은 모두 어디로 갔나?"라고 질문한다. 오래전과 달리 지금은 없는, 더는 존재하지 않는 이들의 빈자리에서 화자는 질문함으로써 그들을 소환한다. 그들이 "문장 하나로 폐기한 꿈"을 이어 가는 것은 그야말로 쉬운 일이겠지만, 그것이 좌절될 수밖에 없었던 "완강한 현실"은 언제나 "막다른 골목"이 되어 앞을 가로막는다. 끊임없이 상실을 야기하는 현실 속에서 화자가 천착하는 방향은 '행간'에 놓인다. 시를 쓰는 행위는 이 '행간'에 삶을, 존재를 재현하는 일이다. 그러므로 '행간'에는 "사람이 사는" 것이라 할 수 있겠다. 다시 말해 '행간'을 사유하는 화자에게 사람이 사는 일이란 집을 갖는 것과 다름없다. 장소의 회복이라고 거창하게 이야기할 수는 없다 하여도 상실한 장소를 상실된 상태로 고정하는 것이 아니라 감각의 변주를 통해 존재의 행위와 의도로 의식과 경험에 새로운 질서를 부여할 가능성을 모색하는 것으로 읽힌다. 이러한 시도를 통해 "내게도 집이 있어"라고 발화할 수 있게 되는 것이다. 쉽게 좌절하거나 절망에 빠지지 않는 것이야말로 화자가, 더 나아가 오늘날의 우리가 경주해야 할 태도인 셈이다.

물론 이 모든 것이 불가능한 일일 수도 있다. 그러나 이로부터 회피하지 않고 "다시 어디에 뿌리박건 떠나온 자리마다 마당 하나 남겠지"라고 관조할 수 있는 태도는 부정적 상황에 자기 자신을 옭아맴으로써 자위하지 않으려는 의지에 가깝다. 이는 존재의 행위가 이끈 것들이 고정불변의 상태로 남아 있는 것이 아니라 언제나 변화를 일으킨 의미의 자장 안에서 새롭게 구축된 것의 흔적이 지속되리라는 믿음에 기인한다. 그것이 '마당'이나 '친구'의 양태로 발화되는 것은 행위를 공유함으로써 의미를 형성한 장소가 물리적 공간을 넘어 타자를 전유할 수 있기 때문이다. 집을 집이게 하는 것은 담과 마당이 아니다. 그것은 단절의 깊이를 가늠하는 한편 행위의 지점을 구획하는 경계이기도 하다. 그러나 그것이 안과 밖을 사유하는 존재의 행위로 인해 "매일매일" 자랄수록 역설적이게도 경계는 흐려지고 "한 장 딱지에도 휘청"일 만큼 약해진다.

그러므로 "나날이 새로워지는 것은/ 한 걸음씩 이어 가는 발길과 발아래 고이는/ 빛과 그림자다."(「고래가 되는 꿈, 뒷이야기」) 신동옥이 말하고자 하는 바가 여기에 있다. 그것을 아무도 알아주지 않는다 해도 그 과정에서 얻게 되는 '마당'과 '친구'는 "빛과 그림자"처럼 존재의 걸음을 따라 고이게 될 것이다. 삶에 내재한 숭고는 그 걸음을 따라 형성된 흔적을 통해 재생산된 맥락에 놓이며 새로운 중심으로 존재를 자리매김하게 한다. 물론 이는 쉬운 일이 아니다. 고독과 고통을 경유하여야 비로소 살짝이나마 감각할 수 있을 것이다. '솔리스트'의 외로움처럼 "숨을 옥죈 채 등허리를 우그리고 버"텨야만 겨우 붙잡을 수 있는 중심인지도 모르겠다. 그러나 우리는 안다. "꽃가지처럼 휘어지며 돌고 도는/ 중심"(「솔리스트」)이 결국 존재로 하여금 '겨우, 사람이라는 말'을 가능하게 한다는 것을 말이다. 여전히 불안한 존재로 남는 것이 사람이겠지만 흔들리면 흔들리는 대로 휘어지면 휘어지는 대로 그 불안을 감당하며 "얼음 호수에 혼자 버려진 꿈"(「순록」)을 꾸며 천천히 나아가는 것만이 사람을 사람이도록 하는 것이지 않을까. 신동옥이 쓰고 있는 시는 그 사람의 곁에서 나란한 발걸음을 디뎌 그의 흔적을 기록한다. 그 기록이 새로운 장소로 사람을, 그리고 우리를 이끌 것이라 믿는다.

덜 죽은 시체를 안 사랑하기 시작하는 거짓말 속에서
—『배틀그라운드』 | 문보영, 현대문학

민경환 문학평론가. 2018년 「바로크 놀이터의 겨울」을 발표하며 평론 활동을 시작했다.

1 연장전, 믿음-의심 복합체

문보영의 첫 시집 『책기둥』을 읽은 우리는 여전히 궁금하다. 무언가를 진실이라 믿기 위해 그만큼의 거짓말이 필요했는지, 아니면 진실이라고 믿는 바를 철거하기 위해 이다지 거짓된 장치를 빌려 환영을 구동했는지. 즉 믿기 위해 거짓을 쌓아 올렸는지, 반대로 무너트리기 위해 쌓았는지 하는 의문을 떨치기 어렵다. 『책기둥』을 조심스럽게 여는 시 「오리털파카신」을 닫는 문장은 시집 전반을 지배하는 화려하고 끔찍한 악몽이 무엇인지에 대해 약간의 누설을 막지 못한다.

"죽은 이후에는 천국도 지옥도 없으며 천사와 악마도 없고 단지 한 가닥의 오리털이 허공에서 미묘하게 흔들리다 바닥에 내려앉는다, 고 시인은 썼다" 시인이 시의 정황에 직접 개입하며 허무주의를 향해 쌓인 조각들의 마지막 기둥을 뽑는다. 허무주의조차 관점 가운데 하나에 지나지 않는다는 확신으로 완성은 이루어진다. 그러나 시인은 전능하지 않다. "그 한 권의 책은 그 위에 쌓인 책들을 집약한다, 는 나의 생각이 안일하다고 에드몽은 꾸짖는다."(「책기둥」) 일반적으로 시의 화자에게 주어진 '진실을 말할 권리'는 곧장 상대화되며, 캐릭터들은 허구적 '재현 체계', 또는 환영을 구동하는 '장치'로서 시적 관습에 대해 반기를 든다. '진실'의 감각은 꾸준히 중단된다.(「모자」) 그렇지만 이렇게 도달한 메타적 인식은 시인으로 하여금 바깥으로 내달리도록 이끌지 않는다. 오히려 이렇게 열린 창문은 정당한 출입구가 아니므로 완전히 밖으로 나가면 죽을 수도 있다는 사실을 깨닫는 쪽이 문보영의 화자다.

그렇다면 "시인은 희망에 대한 어떠한 권리도 없다."라는 블랑쇼의 말은 일단 사실이다. 그것만이라면 상황은 다행스럽겠지만 문보영의 화자는 게다가 혼자 말할 권리가 없으며, 밖으로 나갈 수도 없고, 지난 세기의 '심연'은 뛰어들기에 식상하다.

문법의 허구에 대한 뿌리 깊은 불신에도 출구를 찾을 수 없다면 캐릭터의 증식과 횡설수설은 불가피하다. 그렇다면 시집 『배틀그라운드』가 같은 이름의 게임을 배경으로 삼으며 화자들을 다음 칸으로 움직일 때 이어질 질문은 보다 간명하다. 이어질 화자는 블랑쇼의 언명에 따라 "심연과도 같은 자신의 죽음"을 탐사할 권리를 한껏 취하는 대신에 무슨 권능을 행사하는가?

2 납작한 무한, 3인칭 데스캠[1] 시점으로 즐겨요

가볍게 언급한 『책기둥』은 시집 『배틀그라운드』와 저자의 이름을 빼고는 대체로 무관해 보이지만 운이 좋게도 문보영의 불신은 진행형이다. "상처는 일관성이랄 게 없으므로 아무렇게 묘사해도 괜찮다."(「배틀그라운드—원」) 만약 상처가 재현되기에 성가시다면 묘사에 대한 성의는 생략하면 된다. 서사 속에서 이렇게 우회하는 방식으로 깊이의 재현 가능성을 뿌리치며 상륙하는 재현 방식은 여전히 문보영의 화자가 즐겨 운용하는 화법이다. 재현에 공공연한 냉소를 보냄으로써 문보영의 화자는 다른 세계의 차원 문이 허공에 납작하게 걸리는 것과 같은 애매한 깊이를 주조해 낸다. 이렇게 조형된 납작한 (반)무한은 직접적인 탐사의 대상이 되지 않지만, 모니터에선 '사운드'조차 단순한 소리 이상의 정보이므로 모든 것은 불안의 원천이 된다.

뒤로부터 닥쳐오는 것들에 대한 불안은 인간에게 항구적이지만 게임에서는 다른 이유로 불가피하다. 게임은 언제나 플레이어를 상황과 규칙 속에 던져 넣고 행동하거나 행동하지 않음으로써 이익을 취하길 강요한다. 규칙은 멈춰 있는 자를 벌하기 위해 원을 좁히고, 따라서 게임에 참가한 이가 흐르는 시간 속에서 최대의 이익을 채취하지 않는다면 게임에 참여할 의사가 없는 것보다 나쁘다. 게임에선 대체로 뛰지 않으면 원에 의한 죽음, 또는 타인에 의한 죽음을 피할 수 없다. 게임이 시작되면 누군가 "나를/ 보고도 모른 척하는 일은"(「사과」) 발생하지 않는다. 결국 사람을 보고도 총구를 겨누지 않는다면 기다리는 화면은 흑백이다. 그러므로 문보영의 캐릭터들이 『배틀그라운드』로 자리를 옮겼을 때 가능한 유일한 희망은 '시작'을 막는 것 이외엔 없다.

그렇지만 시작은 막겠다고 막아지지 않고, 문보영의 화자들은 불행하다. 시집 전체에 걸쳐 반복되는 화자 '왕밍밍'과 '송경련'은 같은 방향을 향해 도망치거나 자기장 내부에 가까스로 포함되거나 결국 죽는다. 『책기둥』의 「불면」에서도 그러했듯 문보영의 화자는 늘 죽음에 대한 희미한 감각을 비틀린 방식으로 뒤집어쓰고 있었다. "애인은 내 죽음 앞에서도 참 건강했는데"에서처럼 자신의 죽음을 객관적 외부에서 응시하는 구조가 연애의 계열과 함께 나타나는 지점은 '연애'와 '죽음' 둘 모두 간단히 읽힐 수 없음을 시사한다. 그러나 게임이라는 평면 위에서 문보영의 화자는 이전과

1 게임에서 죽은 후 데스캠을 켜면 내가 죽는 장면을 적의 시점에서 볼 수 있으며, 어떤 이유로 죽었는지 배울 수 있다.(「사후 세계에서 놀기」 미주 1)

완전히 같을 수도 없다. 그의 화자들은 의사적-불멸 속에서 죽는다. 달리 말해 그들은 죽을 수도 없거나 끝없이 죽는다. '죽음'은 유한성과 다소 무관한 범주로 승격되고, 시뮬레이팅된다. 최종적인 중단은 없다. 이제 '끝'을 발음해도 명계의 층계참에서 웃는 것같이 이상한 그림이 출력되지 않는다.

결국 게임이 시작되며 죽음에 대한 감각은 앞당겨지는 동시에 미루어지는 식으로 변형된다. '죽음'의 비가역적이고 반복 불가능한 일회적 성격은 반복적 훈련을 요하는 성질로, '할부 가능한' 것으로 전환된다.(「죽었으면 시간 낭비하지 말고 훈련장에 가 있어」) '죽음'을 미리 보는 대신 나중에 보는 캐릭터들에게 허락되는 공동체는 '듀오'가 최대치이며, 넉넉히 쳐도 '낙타' 정도만이 간신히 추가될 여지가 있다. '약'이 맺어 준 우연(「왕밍밍이 기억하는 송경련과의 첫 만남」)과 '심장병'이라는 공통점(「일어나는 일이 스스로에 관해 말하다」)으로 지탱되는 작은 공동체는 '왕밍밍'의 애인 '송경련'이 "굴곡 없는 들판 위에 죽어" 버림으로써 소실된다. 이 죽음 앞에서 문보영의 화자 '왕밍밍'이 택할 수 있는 최선은 "죽어 버린 애인을 힐끗 보고요/ 언덕을 올라 달아"(「열린 채로 뜁니다」)나는 것 말고는 없다.

그러므로 문보영의 화자에게 '죽음'은 탐사를 요구하는 심연보다 내내 피해 다니고 싶은 탄환에 가깝다. 문보영이 고용한 두 화자가 요구하는 것은 사실 블랑쇼에 의해 시인에게 절대적으로 금지된 권리, 즉 희망에 대한 권리이고, 죽음 앞에서 행사될 외면의 권능이다. 죽음과 대면하도록 강요하는 게임의 구조 속에서 문보영의 화자들은 계속 피해 돌아다니지만 결국 누군가는 죽는다. 그러므로 누군가는 누군가를 잃는다. 죽음이 일상에 스민 궁핍한 세계라면 죽음을 직면하는 일이 실존에 대한 대답이 되지 못하므로 남겨진 화자는 여전히 외면을 원한다.

3 연애, 미신, 그리고 외면의 권능

당연히 문보영의 화자들이 처음부터 외면의 권능을 공식적으로 행사한 것은 아니다. 하지만 게임이 시작되지 않기를 기도하거나 탈출을 희망하는 것으론 규칙을 벗어나기에 부족함이 있다. 때문에 외면은 소박하고 불가피한 결론이 된다. 그런데 시작을 멈추려고 하거나 탈출을 시도하는 시(「사과」,「겹친 3년·3」)에서 거듭되는 '사과'라는 소재는 앞서 살핀 「불면」의 결구와 겹치는 부분이 있다. "여전히/ 누군가 죽었다/ 잘 깎아 놓은 사과처럼 정갈하게"와 같이 연애시의 문법 끄트머리에 죽음을 새겨 넣는 솜씨는 둘 사이의 연관 관계에 대한 의심을 확신으로 바꾸기 충분하다. 물론 『배틀그라운드』에 등장한 '사과'는 동명의 비디오 게임 '배틀그라운드'에서 게임이 본격적으로 시작되기 전에 심심풀이로 던지는 사과를 옮긴 것이므로 『책기둥』 시절과의 연속성을 단언하는 것은 부주의하다. 그러나 '사과'에 관한 시가 하필 연애와

합류하는 "나를 계속 사랑해 줘/ 당신이 누구인지만/ 들키지 말고"(「사과」) 같은 구절은 그런 부주의한 실수를 저지르도록 만든다. 결론을 서두르자면 문보영의 화자들은 죽음과 관능을 겹쳐 놓으며 '연애'를 통해 '죽음'을 외면하거나 뻔히 보이는 '미신'을 만드는 선택을 되풀이한다.

루프가 시작되는 것을 막을 수 없고 죽기도 싫다면 가능한 선택지는 별로 없다. 그렇게 죽음을 외면하기로 했다면 비겁하더라도 되도록 질기게 살아남는 편이 좋다. 살아남는 방법 중 그나마 질기고 유용한 쪽은 역시 거짓말을 택하고 믿는 쪽이다. 그러면 외면할 수 있다. '왕밍밍'이 외면하기 위해 연애를 믿어 본다면 '송경련'은 "여전사 저그 에비게일 SP가/ 자신의 전생이라고"(「겹친 3년·1」) 믿길 택한다. 송경련이 자신의 전생이라고 믿는 '저그 에비게일 SP'의 말을 이해한다면 문보영의 옛 화자가 "눈을 질끈 뜬"(「도로」, 『책기둥』) 이유도 이해할 수 있다. "눈을 감으면 보이지 않는 것까지 보게 되므로/ 사는 동안 가급적 계속 눈을 뜨고 있는 편이 좋다"(「겹친 3년·2」). 결국 문보영의 지령을 따르거나 거역하는 화자들은 눈을 뜸으로써 '보이는 것'만을 보게 된다. 이로써 '보이지 않는 것'을 보는 공포로부터 면제된다.

하지만 두 화자가 택하는 믿음에는 약간의 구멍이 있는 편이다. 이를테면 서로를 온전히 이해하고 바라보는 것은 '왕밍밍'이 원하는 '연애'가 아니다. "널 사랑해, 널 좋아하진 않지만"이라고(「배틀그라운드—원」) 능청스럽게 이중적 거리를 확보하고, "어떤 부분 때문에 나를 사랑하는지/ 너무 자세히 말하진"(「사과」) 말라는 충고를 뻔뻔스럽게 건네기도 한다. 어쩌면 "낙타는 알려진 감정이 아니었"으므로 스스로를 들킬 껍데기가 필요한 나머지 "낙타인 척" 위장을 하기도 한다.(「태풍 치는 날 낙타를 보고 싶어」) 한편 '송경련'은 "에비게일이 죽은 날 태어나지도 않았고/ 그녀가 죽은 후 태어나지도 않았"다는 모순 앞에서 "육체가 두 개인 하나의 영혼"(「겹친 3년·2」)이라거나 "겹친 만큼 생에의 접착력이 강했던"(「겹친 3년·3」) 것이라는 변명을 통해 자신의 믿음을 억지로 연장한다.

그러나 외면의 권능은 역시나 완벽하지 않고, 능력에는 종종 의도치 못한 결점과 누수가 있다. "왕밍밍이 휴대용 심전도 기계에 묻은 먼지를 관찰하"는 장면이 "아름답다면 아름다움은 실수에 가깝"다는 진술(「일어나는 일이 스스로에 관해 말하다」)은 '왕밍밍'이 '송경련'의 심전도계가 남긴 굴곡에서 우연히 넘어지고 그 수렁을 밟았기 때문에 발생한다. 그런 발견의 순간이 있다. 눈을 완전히 뜨지 못하고 살짝 감게 되는 그런 실수에 가까운 순간을 여전히 문보영의 화자들은 맞이한다.

그렇다면 어처구니가 없는 문장 "바지 지퍼가 열려 있어요/ 너 이 자식, 세상을 벌컥 열어 버리면 어떡해!"(「열린 채로 뛥니다」)가 시집을 마무리하는 지점에 위치하는 것은 적절하다. '왕밍밍'의 세계가 열리는 것을 가려 주던 '송경련'과의 안전한 '연애'

관계가 심전도 기계와 함께 "아름다움"에 도달한 뒤에 그의 죽음으로 인해 끝나 버렸기 때문이다. 합당한 매장은 이루어지지 않고 세계는 열려 버린다. 이제 '왕밍밍'에게 주어진 삶과 죽음은 당분간 '왕밍밍'만의 몫으로 남는다.

'왕밍밍'은 혼자만의 힘으로 도망친다.

4 진실을 이차원적으로 재현하면 겹칠 수도 있음

미소에 재능이 있으며 종종 기만적이지만 희망에서 결점을 볼 수 있는 '송경련'은 여전히 '에비가일 저그 SP'가 자신의 전생이라고 믿는다. 그래도 둘 사이에 '겹친 3년'은 잘 설명되지 않는다. 기원 서사에 대한 허구적 조작이 실패할 수밖에 없음이 이미 내적으로 들통나고 있다. 과거 시인들이 택했던 방식은 어떤 서사를 조직하여 화자에게 의사-신화를 부여하고 이를 통해 존재의 밑바닥을 봉합하는 쪽이었다. 그게 아니라면 감각에 스스로를 전부 팔아먹음으로써 말초적 감각의 밑바닥에 도달하고, 이를 통해 모순을 감지할 화자 자체를 제거해 버리는 편이었다. 『배틀그라운드』에서 도망 다니는 캐릭터들은 그럴 수 없다. 화자들은 이미 믿지 않으며, 속는다. 과거에 시인은 알고 화자는 몰랐던 것을 이제는 시인도 알고 화자도 안다. 화자에게 직접적으로 주어진 '불가능'에 대한 앎은 시적 정황의 조건으로 기능하게 된다.

'왕밍밍'은 주어진 루프 속에서 사랑 따위를 믿으며, '송경련'의 미소에 종종 속고, 시작되지 않기를 기도한다. 이 모든 것들은 도망치며 발생한다. 세상엔 부딪힐 수 있는 창이 없음에도 계속 부딪히고, 오르막과 내리막의 끝에 그저 비좁은 원의 내부로, 결국 죽으며, 죽음을 보며, 죽음을 배우고, 시간 낭비도 못 하고, 넘어지며, 도망치는 문보영의 화자들은 외면의 권능을 행사한 끝에 열려 버린 세계에서 열린 채로 뛴다.

"누구를 죽이기보다 이 비겁한 다정함은 게임에 어울리지 않습니다."

빈집에서 들리는 소리
—『사람을 사랑해도 될까』 | 손미, 민음사

김영삼 문학평론가. 2019년 《문화일보》 신춘문예 평론 부문으로 등단했다.

1 "사람을 사랑해도 될까"

> 사람이 죽었는데 사람을 사랑해도 될까. 밤을 두드린다. 나무 문이 삐걱댔다. 문을 열면 아무도 없다. 가축을 깨무는 이빨을 자판처럼 박으며 나는 쓰고 있었다. 먹고사는 것에 대해 이 장례가 끝나면 해야 할 일들에 대해 뼛가루를 빗자루로 쓸고 있는데 내가 거기서 나왔는데 식도에 호스를 꽂지 않아 사람이 죽었는데 너와 마주 앉아 밥을 먹어도 될까. 사람은 껍질이 되었다. 헝겊이 되었다. 연기가 되었다. 비명이 되었다 다시 사람이 되는 비극. 다시 사람이 되는 것. 다시 사람이어도 될까. 사람이 죽었는데 사람을 생각하지 않아도 될까. 케이크에 초를 꽂아도 될까. 너를 사랑해도 될까. 외로워서 못 살겠다 말하던 그 사람이 죽었는데 안 울어도 될까. 상복을 입고 너의 침대에 엎드려 있을 때 밤을 두드리는 건 내 손톱을 먹고 자란 짐승. 사람이 죽었는데 변기에 앉고 방을 닦으면서 다시 사람이 될까 무서워. 그런 고백을 해도 될까. 사람이 죽었는데 계속 사람이어도 될까. 사람이 어떻게 그럴 수 있어? 라고 묻는 사람이어도 될까. 사람이 죽었는데 사람을 사랑해도 될까. 나무 문을 두드리는 울음을 모른 척해도 될까.
>
> (「사람을 사랑해도 될까」)

사람이 죽었는데, '소리'가 들린다. "나무 문이 삐걱"대는 소리. 누굴까? 죽음이 예고된 자의 구조 신호일까? 죽음을 통과한 자의 소환일까? 안타깝게도 그때 '나'는 먹고살기 위해 무언가를 쓰는 중이었다. "가축을 깨무는 이빨"처럼 날카로운 "손톱"으로 자판을 두드리던 '나'의 행위는 살기 위해 누군가를 무수히 찔러야만 했던 비겁한 생존 방식의 심문장에 회부된다. 시의 언어로 기록된 소환장은 시를 쓰는 행위를 비롯해 인간이 먹기 위해 동물의 살을 뜯고, 동물이 먹기 위해 식물의 살을 찢고, 식물이 살기 위해 공기의 몸을 찌르는 모든 삶의 방식이 지니는 폭력성과 다른 존재에 대한 무신경함과 끝나지 않는 이 슬프고 끔찍한 궤도 운동(「9번」, 「찰흙 놀이」, 「그거」, 「공」 등의 작품에 기록된 존재의 순환이 주는 비극들을 상기해 보라.)의 윤리성에 대한 질문을 던지는 중이다.

사람이 죽었는데 혹여 또 다시 사람으로 태어나는 게 무서운 '나'는 수영을 하는 "내가 찔러서 물이 아프"고, 해변을 걷는 "내가 닿아서 네가 아프"게 될까 두렵다. 똑똑 떨어지는 물방울들의 소리가 어떤 존재의 구조 신호인 것만 같아서 "끌려 나오는/ 모든 물이 아프다."(「물의 이름」)라는 비명을 듣는다. 나의 살아 있음이 모든 너의 피와 살을 찌르고 할퀴는 것만 같은 이 가혹한 감각은 괴물이 되지 않기 위한 주체의 윤리적 질문에서 비롯된 산물이다. 저 피 묻은 이빨의 '씹는' 행위는 무의식적 습관이어서 가끔은 "여기가 어디지?"라는 자각에도 불구하고 "빨아도 빨아도/ 허기가 질 때"(「국수」)까지 다른 존재를 빨고 물고 씹고 삼킨다.(낯짝도 두꺼워서 명이 길어진다는 국수를 자르고 빨고 씹었다. 찬장에 쌓아 두면서까지.) 그것이 부끄러워서, 끔찍한 순환의 궤도상에서 결국 그게 제 살을 파먹는 것임을 알아 버려서, "한 번도 광장에 나가지 않은" 자신이 "여기 있을 자격이 없다"(「양말도 안 신고」)는 뒤늦은 자각 때문에 '나'는 이제 죽음 이후 또다시 도래한 "나무 문을 두드리는 울음"을 듣게 된 것이다.

그러니 "사람이 어떻게 그럴 수 있어? 라고 묻는 사람이어도 될까."로 변주되는 질문은 '나'의 비겁함에 대한 윤리적 질문이 혹여 더 본질적인 질문을 은폐할 가능성에 대한 경고장에 다름 아니다. 때문에 다시 질문해야 한다. "사람(a)이 죽었는데 사람(b)을 사랑해도 될까."라는 자문에 저 사람(b)은 누구일까? 죽은 사람(a)일까, 아니면 그럼에도 불구하고 살아서 밥을 먹고 글을 쓰는 사람(b)일까? 이 질문의 가능성 위에서라야 사람(a)의 죽음이 모든 살아남은 우리(b)의 위태로운 존재 양식과 누군가(a)의 죽음에 모든 나(b)의 책임 있음을 묻는 소환장으로 기능할 수 있게 된다. 내가 만져서 모든 물이 아프고, 식물의 잎이 자라서 공기가 아프다. 즉 내(b)가 존재하므로 너(a)를 해친다. 나의 몸이 너의 몸을 뚫고 찢고 빨고 먹음으로써 너는 위험하다. 사람은 서로가 서로를 아프게 한다. 그러므로 이 시의 질문은 사람(b)이 사람답게 사는 것은 무엇인지, 나아가 사람이라는 존재자의 존재 방식 자체에 대한 근본적 질문으로 읽혀야 한다.

그래서 "나무 문을 두드리는 울음을 모른 척해도 될까."라는 마지막 진술은 다중적 의미의 윤리적 실천을 요청하는 셈이다. 첫째 누군가 구조 신호를 보낼

때 기꺼이 응답할 것, 둘째 사람으로서 살아가는 의미에 대해 되물을 것, 셋째 '사람'이라는 존재 양식에 대해 회의할 것, 마지막으로 '사람'을 넘어 풀이든 공이든 행성이든 존재하는 모든 것들의 '소리'에 귀를 기울일 것. 이 가능성의 토대 위에서 시인의 세계는 모든 물질들의 세계로 무한히 확장된다. 그러니까 '사건'은 사람이 죽은 순간이 아니라 질문을 던지는 순간, 즉 주체가 해체되고 재정립되면서 도래한다. 사람이 죽었는데, 도대체 언제까지 비겁한 사람의 탈을 쓰고 있을 것인지 물으면서.

2 "금방 갈게"

금방 온다는 약속은 지켜지지 않았다. "식도에 호스를 꽂지 않아"(「사람을 사랑해도 될까」) 죽은 그 사람은 아마 "오랫동안 숨이 끊어지지 않은 사람"(「장마 병원」)이었을 터, 죽음의 문은 천천히 열렸을 것이다. 지연되는 죽음은 죽음을 무디게 한다. 그러나 도래한 죽음은 죽음의 보편성을 환기시키면서 살아남은 자들에게 '사람'으로서의 존재 양식에 대한 반성적 회의를 요청한다.

> 침대에서 불타고 있는 사람을
> 오랫동안 면회 가지 않았다
>
> 비를 흠뻑 맞은 나무가
> 무서운 걸 그렸다며 내게 주었다
>
> 나를 그린 그림
> (「장마 병원」에서)

지연된 죽음은 '장마'처럼 일상으로 스며들어 '나'는 오랫동안 병원에 찾아가지 않았다. 그래서 "비를 흠뻑 맞은 나무"(애도의 주체)는 "나를 그린 그림"을 주면서 애도의 자격을 박탈한다. 때문에 "실종된 개가 나를 물고 나타났다// 나는 통째로 녹아내릴 수도 있다"는 시의 첫 구절은 죄책감의 표현이다. 무서운 것은 그림의 '나'와 유사한 사람(b)들이 세계의 곳곳에 출몰하고 있다는 사실이다. 표제작의 의문형 문장은 이 지점에서 날카롭게 확장된다.

일레인 스캐리는 『아름다움과 정의로움에 대하여』(비, 2019)에서 아름다움에 대한 응시는 '분배적인 것'을 촉구한다고 말한다. 어떤 아름다운 대상에 대한 고조된 관심은 다른 사람이나 사물들에로 자발적으로 확장된다. 예리하게 확장된 지각의 일깨움은 세계의 모든 대상들을 감각과 정동의 대상으로 포섭하고, 세계는 우리로 하여금 엄밀한 기준의 지각적 돌봄에 헌신하도록 만든다. 이는 심미적이면서 윤리적인 정동의 촉발이다. 때문에 여기서 분배적이라는 말은 보편적인 감각의 확장이라는 뜻에 가깝다. 죽음 또는 이별에 대한 응시 또한 아름다움과 같은 구조로 작동된다. 아마도 혈육이었을("딸", "끈적한 살".) 누군가의 죽음에 대한 반성적 고찰은 세계의 모든 사라지는 것들에 대한 확장된 지각으로 이어진다. 그래서 이전에는 감각하지 못했던 모든 존재들의 슬픔과 죽음이 뒤늦게나마 도착한다.

뉴스에 나온 사망자 명단이 없어서
너는 오늘도 안 온다
(……)

거기서 뭐가 될지 모르는 사람이
계속 생긴다
(「모퉁이에 공장」에서)

앉았던 자국이 지워졌다
가서 오지 않는 사람처럼

네가 밀면 나는 바닥이다
반성하는 자세로 너를 본다
(……)

온몸에 힘주어 서로를 밀면서
그걸 사랑이라 불렀다
내 모양만 찍으려 하고
사지를 벌리고 깔린 맹수의 가죽처럼
한 번도 투명해지지 않으면서

앉았다 일어나도
자국 하나 남지 않는

방석이 있었다

(「방석」에서)

공장과 방석이라는 일상적 대상에 대한 시인의 감각은 한 죽음으로 인해 예리하게 확장된 감각이 결과물이다. 사람(a)이 죽었는데, "사망자 명단"에 없는 그 이름들을 호명하지 못해서 애도가 마무리되지도 못했는데, 모퉁이의 공장에서는 오늘도 사람(b)들이 태어난다. 똑같은 설정값으로 세팅된 "뭐가 될지도 모르는 사람"들이 공산품처럼 생산된다. 사람이 죽었는데 사람이 사람(b)으로 그대로 살아가는 것은 죄다. 제품에 다름 아닌 존재가 행여 고장이라도 날까 봐 사람의 탈을 버리지 못하는 것은 죄다. 그래서 "왜 내게서 너 같은 게 떨어집니까"(「흔들다」), "왜 안 끝나나요"(「사슴」)와 같은 문장은 '나'에서 '우리'로 확장된 경고장에 가깝다. 이런 방식으로 이 세계에 "다시 태어난다는 것은"(「공」)은 끔찍하지 않느냐고 물으면서.

방석에 앉으면 사람의 몸이 새겨진다. 그러나 방석의 탄성력은 사람의 모양을 지우고 자신의 모양으로 되돌아온다. 죽은 동물의 가죽은 제 자국을 남기지만 방석은 이 세계를 거쳐 간 사람의 흔적을 지워 버린다. 이런 방식으로 유지되는 세계의 끔찍함을 시인은 이제 안다. 지금의 죄 많은 인간의 존재 양식을 그대로 유지하려는 삶의 탄력성에 몸을 숨긴 폭력성을 이제 안다. 제 꼴로 돌아가려 "온몸에 힘주어 서로를 밀면서" 그걸 사랑이라고 착각하면서("병신아/ 니가/ 힘주고 있잖아/ 못 가게"(「사혈」)) 살아가는 것이 죄임을 안다.

「장마 병원」에서 시작된 '나'에 대한 심문은 「한마음 의원」에 이르러 그것이 죄임을 모르는 '우리'에 대한 고발로 이어진다. '한마음'으로 무관심했던 '우리'라는 종족의 무관심과 분명히 아픈데도 무엇이 아프게 하는지를 모르는 무감각과 "몰라, 중요한 건데 없어졌다"(「그거」)는 표현처럼 환부 없는 아픔에 시달리고 있는 집단적 병리 현상을 노출한다. 그런 면에서 이 시는 공포스럽다.

다큐멘터리에서는
방금 멸종된 종족을 보여 주었다

우리는 끝까지 살아남을 수 있을까

안 사랑하는데
여기 있어도 될까

머리와 머리가 부딪혀 깨지는데
흰 달이 도는데
네가 누워 있는 여기로 아무도 오지 않았다
(……)

병이 없었다
그래서 우리는 슬펐다
(「한마음 의원」에서)

3 “내 말 들려?”

자꾸 소리가 들린다. “똑, 똑, 똑,”(「빈집에 물방울이」) 또는 “쿵, 쿵”(「최선」) 또는 “내 말 들려?”(「소리와 소리」). 누굴까? 어딜까?

자꾸 무언가 떨어진다. 돌멩이가 떨어지고 혜성이 우주에서 떨어지고 달에서 해골이 떨어진다.(떨어짐을 중심으로 구르고, 부딪치고, 깨지는 이 운동성은 시집의 전편에 편재하면서 시적 상상력의 동력으로 작동하고 있다.) 어딜까? 누굴까?

만약 모든 것이 하나였다면 어떨까. 그러니까 모두가 처음에는 하나였다면. 죽은 사람(a)과 남은 사람(b)들이 이 끔찍한 세계에서 같이 존재했던 것처럼. “우주가 팽창해서/ 모두 멀어지”(「최선」)기 전처럼. 자신의 반쪽이 잘려 나간 인간의 등이 외로워지기 전처럼 사랑도 그렇게 한 몸이었다면. 그렇다면 혹여 멀리서 궤도를 돌던 행성의 파편 하나가 이 세계로 떨어지는 것은 혹 시공간을 거스르는 회귀의 신호가 아닐까.

돌멩이가 떨어진다

서로에게
저를 던지면서
충돌한다

우리는 다 저기서 떨어졌으니까
어차피 하나였으니까
(「돌 저글링」에서)

우리는 모두 어차피 하나여서 떨어지는 것들은 모두 제자리로 돌아온다.(「박터트리기」, 「공」, 「9번」, 「조립」 등.) '저글링'의 운동이 그러하듯 돌은 상승과 하강을 반복하면서 이별과 만남, 죽음과 생성의 무한 반복을 상징한다. 그리고 이러한 순환은 돌, 혜성, 공, 총알, 박, 대관람차, 전구, 위성 등의 언어로 변주된다. 주목할 만한 것은 이것들이 모두 공통의 꼴이라는 점이다. 구(球). 어디로든 튈 수 있으며 운동성을 내재하고 있는 꼴, 정현종 시인이 말했듯이 "떨어져도 튀어 오르는 공처럼" 쓰러지는 법이 없어서 무엇이든 될 수 있는 자세를 갖추고 있는 꼴. 모든 물질 생성의 원형태인 꼴. 구(球)는 첫 기억을 간직하고 있는 꼴이다.

그러므로 그런 구가 깨지고 파편이 떨어진다는 것은 일차적으로 이별이며 죽음이며 파괴다. 하지만 이 모든 떨어지는 것들은 '소리'를 낸다. 소리는 저 세계에서 이 세계로 부딪는 모든 것들의 신호로 확장된다. 똑똑 수도꼭지에서 물이 떨어지는 소리, 비 오는 산사(山寺) 처마에 달린 풍경이 바람에 흔들리는 소리, 또는 쿵쿵 다리가 출렁이는 소리, 혜성이 무중력의 우주를 가르며 다가오는 소리 등은 모두 처음의 존재로부터 떨어져 나간 것들의 살아 있음과 돌아옴의 증표다. 그러므로 구가 깨지고 파편이 떨어진다는 것은 귀환이며 생성의 움직임이다.

떨어지는 돌멩이는 "서로에게 저를 던지면서 충돌"하는 가장 격렬한 사랑의 행위에 다름 아니다. 자기 존재의 일부를 떼어내어 상대에게 침투하는 행위, 다시 하나로 돌아가려는 몸짓이 바로 떨어짐이다. 우리는 다 저기서 떨어져 나왔고 어차피 하나였으니까, 이제 그만 "그 세계에서 떨어져/ 나와 포갭시다"(「전구」)라는 간절한 구애이기도 하다. 즉 떨어짐은 이별–죽음의 의미에서 만남–생성의 의미로 확장되는 이중적 변주다.

"여기서 다른 행성이 자랄 거야! 우리 거기서 살자!"(「저지대」)

4 "우린 재채기로 서로를 알아봤다"

『양파 공동체』에서 평행한 두 세계는 좀처럼 만나지 못했는지 사람들은 그곳에서 이별, 파괴, 소멸의 언어들을 보았다. 그도 그럴 것이 "문을 닫으면 북반구의 어둠이 시작되고/ 이제 당신은 나를 찾을 수 없을 것이다"(「도플갱어」)라며 날 선 언어로 이별을 선언했으니, 더구나 도플갱어를 만나면 죽는다고 하니 그럴 만도 하다. 그러나 『사람을 사랑해도 될까』에는 우주의 저편에서 보내는 노크 소리가 가득하다. 이별해서 아픈 게 아니라고, 죽어서 끝이 아니라고, 다른 존재로 태어나 다시 만나고 싶다고 타전하고 있다. 과거에도 이미 재채기만으로 서로를 알아봤던 사람이니까. 그러니 "사람을 사랑해도 될까."라는 의문은 "사람을 사랑하고 싶어요."라는 고백으로 읽힌다.

빈집을 두드리는 소리가 그 증거다. 똑, 똑, 똑,

5 말하지 못한 것들

* 시집의 109쪽에 QR 코드가 있다. 「물개위성 3」에서 보내는 신호다. 6년 전 시집에도 외계의 신호가 기록되어 있다. 「물개위성 2」에서 보내는 신호다. 외계 언어이므로 번역이 불가하다.

* 「목요일의 대관람차」에서는 '시'가 이 세계로 떨어지고 있다. 천생 시인이다. 관람 바람.

* 「전람회」를 여기서 낭독할 수 없다. 깊은 밤 혼자서 소리 내어 읽었다. 매번 좋았다.

* '맹수처럼 거칠고 빠른 물살'에 수몰된 사람들에 대한 시인의 말을 차마 옮기지 못했다.

나는 죽을 줄 모르는 반(半)인간입니다

—『사랑과 교육』 | 송승언, 민음사

전영규 문학평론가. 2017년 《조선일보》 신춘문예 평론 부문으로 등단했다.

1 영혼이 없다는 걸 잘 알면서도 죽음 이후에 대해 말하기를 그칠 수 없었던 한 인간에 대한 이야기

시인은 언젠가 죽음을 맞이할 인간들에게 다음과 같은 이야기를 들려주고자 한다. 영혼이 없다는 걸 알면서도 죽음 이후에 대해 말하기를 그칠 수 없었던 한 인간에 대한 이야기. 그러나 시인은 안다. 죽음 이후는 아무것도 없다는 것을. 살아 있는 한 죽음에 대해 말한다는 건 불가능한 일이라는 것을 말이다. 그렇다면 시인은 무엇을 이야기하고 싶은 것일까. 그것은 아마 "영혼이 없다는 걸 잘 알면서도/ 없는 것들에 대해 말하기를 그칠 수 없었던/ 인간의 잘못에 대해"(「죽고 싶다는 타령」)서일 것이다. 인간은 왜 없는 것들에 대해 말하기를 그칠 수 없는 것일까. 왜 인간은 어차피 죽을 줄 알면서도 죽음 이후에 대해 그토록 궁금해하는 것일까. 그 의문을 갖는 것이 인간의 잘못이라면 인간은 사는 동안 평생 죄를 짓고 살아야 할 것이다. 영원한 삶을 살지 못하는 인간은 결국 죽음을 피해 갈 수 없기 때문이다. 시인은 영혼이 없다는 걸 알게 된 후에도, 죽고 나서도 아무것도 없다는 걸 잘 알면서도 그것에 대해 말하기를 그칠 수 없는 인간의 아이러니에 대해 골몰한다.

시인이 들려주는 이야기가 이번이 처음은 아니다. 그의 첫 시집 『철과 오크』(문학과지성사, 2015)의 몇 구절을 잠깐 들여다본다. "전생을 생각했다 아직 발생하지 않은 일들이 과거로 유폐되고 있었다."(「셰이프 시프터」) "끊임없이 옛날이야기가 이어졌다 옛날이야기는 끝도 없었다."(「공화국」) "우리 중 누군가 매장되고/ 누군가 아주 오래 살았던 날."(「기원」) "그것은 거대한 하나이고 색이 없다 살지도 죽지도 않고 무한히 자라난다."(「지엽적인 삶」) "흘러가는 조상이 되어 간다는 것을 모르고."(「베테랑」)

아직 발생하지 않은 일들이 과거로 유폐되는 “전생”, 살지도 죽지도 않고 “끝도 없이 이어지는 옛날이야기”, 우리와 같은 어느 누군가가 매장되거나 아주 오래 살았던 세상의 “기원”. 첫 시집에서 시인이 들려준 이야기는 “살지도 죽지도 않고 무한히 자라나는” 세상의 기원에 대한 것이었다. 나도 모르는 누군가가 이곳에 오래 살았던 적이 있기에 옛날이야기는 끊임없이 이어질 수 있었다. 그리고 나 또한 나도 모르는 미래의 후손들에게 “흘러가는 조상”이 될 수 있다는 것을 아는 지점에서 ‘죽음 이후’라는 두 번째 이야기가 시작된다.

나는 오지 않은 것들을 모두 보고
잠시만 나를 견딘다
덤불 앞에 멈춰 서서

나였던 덤불을 들고
나였던 불 앞에 서서
잠시 무엇이었던 내가
나 아닌 무엇이 될 때까지

나였던 것들에 가까워졌다가
나 아닌 모든 것이 될
(「나 아닌 모든」에서)

살아간다는 건 “잠시만 나를 견디는” 일일 것이다. 죽음 이후에 대해 이야기한다는 건 한때 나였던 것이자 나 아닌 모든 것이 되는 것들을 포함해 아직 오지 않은 것들로 이루어진 이곳의 미래에 대해 생각해 보는 일이다. “밤과 낮이 서로에게 이기지도 지지도 못하”(「철과 오크」)며 살지도 죽지도 못하고 무한히 자라나는 세상의 기원에서, 나 아닌 모든 것들이자 아직 오지 않은 것들로 이루어진 죽음 이후에 대한 이야기를 하기까지. 지금부터 송승언의 시를 읽는다.

2 죽음 이후에도 내가 모르는 세상이 계속되는 이야기

“여기서 죽음은 삶의 진실일까요? 누군가 죽음을 경험한다면 알 수 있을 것입니다. 그러나 그것은 깨어진 것이라서 그것은 경험될 수 없고 불완전하게, 미지의 예감으로만 살아갈 뿐입니다.”(「유리세계」) 인간이 살아 있는 동안 죽음은 경험될 수 없다. “없는 것들의 존재 가능성”처럼 죽음의 경험은 단지 “불완전하게, 미지의 예감으로만”

어렴풋이 짐작할 뿐이다. 여기서 죽음은 "이후의 죽음을 생각할 게 아니라 죽음의 이후를 생각해야"(「몇 년 전, 장례식 있었던 무렵들」) 하는 것이다. 분명한 건 그 이후의 삶은 계속된다는 것이다. '이후의 죽음'이 의미하는 건 세상의 종말이다. 죽음 이후, 아직 오지 않을 미래가 아무것도 없는 것들로 이루어진다고 해서 미래에 대한 사유마저 사라져서는 안 된다. 내가 죽은 이후에도 "내가 기억하지 못하는 내가 계속"되듯이 "내가 아는 세상이 멈춘 뒤에도/ 내가 모르는 세상이 계속"되는 것처럼.

> 사랑이 끝난 뒤에도 사랑이
> 애도가 끝난 뒤에도 애도가
> 쇄빙선이 멈춘 뒤에도 갈라지는 유빙 소리가
> 새가 멈춘 뒤에도 쏟아지는 숲의 정적 같은 소음이
>
> 이렇게도 말할 수 있다
> 이렇게도 말할 수 있다고 말할 수 있는 것처럼
>
> 뭔가가 계속되었다
> 내가 멈춘 뒤에도 나의 잔여가
> 가령 냄새로
> 또한 소리로
> 분명히 사물로
> 아마도 말 파편으로
> 내가 기억하지 못하는 내가 계속되었고
> 내가 아는 세상이 멈춘 뒤에도
> 내가 모르는 세상이 계속되었다
> (「이후에」에서)

내가 죽은 뒤에도 세상은 계속되었다. "사랑이 끝난 뒤에도 사랑이, 애도가 끝난 뒤에도 애도가" 계속되는 것처럼. 이후로도 뭔가가 계속되었다. "이렇게도 말할 수 있다고 말할 수 있는 것처럼" 내가 아는 "세상이 멈춘 뒤에도 내가 모르는" 뭔가가. 뭔가가 계속된다는 건 끝나지 않는 세상이 계속된다는 말이다. 이곳을 사는 자들은 세상의 끝이 아니라 끝나지 않는 세상을 생각해야 한다. "살면서 배운 것들을 잊으려 노력했다/ 다 잊었다/ 그런데도 잊히지 않는 것들이 있었다/ 그런 건 누가 가르쳐 준 걸까 누가 가르쳐 준 건 아닌데."(「인챈트」) "그런데도 잊히지 않는 것들"은 누가 가르쳐 준 걸까. 누가 가르쳐 주지도 않았는데 계속 살아가는 방법을 알고, 내가 죽은 뒤에도 세상이 끝나지 않고 계속 되리라는 것을 아는 것처럼. 시인이 말하는 "사랑과 교육"이란 이런 것이다. '잊히지 않는 것들'이 사랑이라면 '그런데도 잊히지 않는 것들이 있다'는 것을 모두에게 알리는 일. "일어나지 않았지만/ 일어났어야 할 일이 있다는 것만으로도 살아갈 수 있음"을 이곳을 사는 자들에게 알리는 일. 죽음 이후에 대해 말하기를 그칠 수 없었던 시인은 죽음 이후에도 끝나지 않고 계속되는, 내가 모르는 세상에 대한 이야기를 또 한 번 하기 시작한다.

한 마을의 초입으로 들어가 다른 마을의 초입으로 나오는 동안 우리는 일어나지 않을 일에 대해 생각했다
가령 함께 걷는 일 이미 함께 걷고 있지만
이런 상상 속에서 걷는 일 말고
알고 보니 내가 그를 사랑하는 일 말고 여전히 네가 그를 사랑하는 일 말고
걷다 보니 더 걸을 수 있는 길은 없고 우리에게 남겨진 길이라고는 눈밭 위에 찍힌 개 발자국의 간격들밖에 없는

그 일어나지 않을 시간 속에서 우리는 안개 낀 논밭의 환상 방향에 빠질 수 있었고
사람 없는 폐가를 고쳐 살 망상을 할 수 있었고 냄새와 위험을 결부시키지 않을 수 있을 미래에 대한 의견들을 가질 수 있었다
이건 우리가 가져 보지 못한 믿음에 대한 평가냐고 너는 물었다

사랑은 닿을 데 없어도 우리를 한없이 걷게 만들지만
사랑은 그래서 발을 망가뜨려 놓지만

한없이 걷다 주위를 둘러보면 아무도 없다
음악이 끝난 것처럼

그 일은 일어나지 않았지만
일어났어야 할 일이 있다는 것만으로도 우리는 살아갈 수 있는 것 같다
그렇게 생각해

의식을 마치기 위해 나는 조금 더 걸어야 했다
완공되지 않았던 도로 공사장이 있던 곳을 넘어

어떤 길인지 예상되지 않던 곳을 넘어

(「천막에서 축사로」에서)

내가 죽고 나서도 그 이후의 삶은 계속되고 있었다. "일어나지 않을 일들을 생각하는 일." 일어나지 않을 시간 속에서 나의 "미래에 대한 의견"과 "우리가 가져 보지 못한 믿음"을 가질 수 있었다. 잊히지 않는 것들이 있는 곳. 일어나지 않은 일들이 있는 곳. 우리가 가져 보지 못한 믿음이 있는 곳. 그것들이 당도해 있는 곳이 우리의 미래다. 미래에 대한 갈망은 우리를 "한없이 걷게" 만든다.

"죽지 않으면 영원히 누울 수 있다"라는 시인의 말은 "아직 살아 있을 때 느꼈던 감각"(「커대버」)을 영원히 기억하라는 의미일 것이다. 오직 살아 있는 자만이 일어날 일에 대한 기대를 품을 수 있다. '나도 모르는 무엇인가가 일어날 일' 때문에 인간은 죽지 않고 살아남는지도 모른다. "그리고 나는 죽고 싶어 하는 당신이 살았으면 좋겠다. 미안하게도."(「시인의 말」에서) 시인은 고해(苦海)와도 같은 이곳을 사는 자들에게 말한다. 우리는 아직 죽지 않았지만 살아야 할 일이 있다는 것을. 나도 모르는 무엇인가가 일어날 일이 있다는 기대를 품고 살아가기를. "계단을 내려오며 문득/ 모든 게 이미 겪은 일처럼 느껴져/ 말하며 불안해하자/ 그렇지 않아, 안아 주었고// 아직 아무 일도 일어나지 않았으며/ 이제 모든 일이 시작될 거라고/ 말해 주었다/ 다정하게."(「액자소설」)

3 죽을 줄 모르는 반(半) 인간에 대한 이야기

이전을 사는 사람들이 만든 이전을 모르는 동상
이후를 사는 사람들에게 자신도 모르는 이전을 가르쳐 주는 동상
이제 가르칠 사람이 없는 동상
친절한 동상 슬픈 동상

없는 시간을 사는 동상
아닌 시간을 사는 동상

있어 볼 만큼 있어 본 동상
슬슬 없어도 되겠지만 없어질 수 없는 동상

사라진 누군가를 모델로 한 누군가의 모델인 동상
누군가가 잊힌 뒤에도 잊힌 누군가의 모델인 동상

그런 동상이 나 본다
반쯤만 인간인
(「반쯤 인간인 동상」에서)

시인은 언젠가 죽음을 맞이할 인간들에게 다음과 같은 이야기를 들려준다. 첫 번째, 영혼이 없다는 걸 잘 알면서도 죽음 이후에 대해 말하기를 그칠 수 없었던 한 인간에 대한 이야기. 두 번째, 죽음 이후에도 내가 모르는 세상이 계속되는 이야기. 세 번째, 죽을 줄 모르는 반(半)인간에 대한 이야기. 살아 있는 인간은 죽음을 경험할 수 없다. 그러나 나의 죽음 이후의 세상에 대해서는 상상할 수 있다. 잠시 무엇이었던 내가 나 아닌 무엇이 되는 일. 나보다 더 오래 살 자들을 위해 '흘러가는 조상'이 되는 일. "조상들의 조상들이 만든 미래"(「사후적 관점」)를 이어 가는 일처럼 내가 존재하지 않을 미래를 후손들을 위해 상상하는 일.

지금까지 시인이 들려준 이야기들은 죽을 줄 모르는 인간이기에 가능한 것이다. 인간의 죽음과 관련해 어떤 이는 다음과 같은 말을 한 적이 있다. "나는 죽을 줄을 모릅니다." 이 말은 "자신이 죽은 것을 알고 죽은 자는 없다, 누군가 자신이 죽었다는 것을 완전히 모른 채 완전히 사라지는 것"을 의미한다. "자신이 죽었다는 것을 확인할 자신이 소멸하는 것일 뿐" 인간은 죽을 줄을 모른다.[1] 내가 죽었다는 것을 모른 채 완전히 사라지고 난 후, 자신이 죽었다는 것을 확인할 자신이 소멸하고 난 후 이곳에 남는 건 무엇일까. 그것은 바로 이전의 삶을 아는 누군가가 만들었지만 더 이상 이전의 삶을 말해 줄 수 없는, 이후의 삶을 사는 자들에게 자신도 모르는 이전을 가르쳐 주는, 이곳에 없는 시간을 사는, 지금이 아닌 시간을 사는 '시(詩)'일 것이다. 시의 언어는 "영원을 잊도록 영원히 연주되는 최초의 재생 장치"(「죽음 기계」)다. 어느덧 시인의 몸은 죽을 줄 모르는 반인간이 된다. 세상이 끝난 이후에 이르러서도 시는 계속되고 있었다. 반인간이 되어 버린 시인의 입에서 살지도 죽지도 않고 끝없이 이어지는 이야기가 무한히 재생되는 것처럼. "나는 좋을 거야. 좋다는 감각이 다 사라질 때까지. 그리고 무한한."(「아스모데우스」)

1 사사키 아타루, 송태욱 옮김, 『잘라라, 기도하는 그 손을』(자음과모음, 2012), 262쪽.

두렵고 황홀하고 미친, 삶과 인간과 시에 대하여

—『아네모네』 | 성동혁, 봄날의책

김지윤 시인, 문학평론가. 2006년 «문학사상» 신인상 시 부문, 2016년 «서울신문» 신춘문예 평론 부문으로 등단했다.

1 삶을 지속시키는 두려움, 사랑을 계속되게 하는 불안

삶을 견디게 하고, 사랑을 지속시키는 건 믿음일 것 같지만, 의외로 그것은 두려움과 불안일 때가 많다. 삶이 끝난 '이후'에 대한 두려움, 사랑 다음에 오는 폐허에 대한 불안. 햄릿이 죽음을 선택하지 못하고 "to be or not to be"를 외쳐 댄 것은 삶이 모욕적이라 해도 죽음과 사후 세계가 고귀할 것이라는 확신이 없기 때문이다. 연인에게 던지는 사랑한다는 말은 때때로 내면의 결핍을 숨긴 채 사랑을 지속시키기 위함이며, 삶을 긍정하는 말 또한 일말의 불길함을 덮고 계속 살아갈 수 있게 하려는 것이다. 그러나 그것은 과연 나쁜가? 기만적이고 모순적이기 때문에? 불확정성과 두려움 속에 기대가, 희망이, 사랑이 계속되는 것이라면 확실한 판단과 결별, 절망을 유예시키는 이 수많은 결핍과 불확실함은 오히려 매혹적인 것이 아닐까. 우리는 알지 못하기 때문에 더 알려고 하며, 사랑이 부족하기 때문에 계속 사랑한다. 그리고 시인은 자신의 언어가 불완전하기 때문에 계속 시를 쓴다. 인간은 두려움에 찬 모순 덩어리다. 그러나 그것이 우리를 인간으로 만든다.

성동혁의 새 시집『아네모네』는 그의 시 세계에 깊이와 폭이 더해졌음을 보여 주며, 인간과 삶의 본질에 대한 깊고 치열한 성찰을 담아내고 있다. 그의 시는 그리스 신화 속 '판도라의 상자' 이야기와 같은 희망을 말한다. 판도라의 상자 속에 마지막 남은 희망이라는 메시지는 너무 유명해서 사람들에게 그리 깊이 생각되지 않지만, 보이지 않는 그것이 '희망'이라고 간주된 채 닫힌 상자 속에 남아 있다는 것이 내게는 꽤 의미심장하게 느껴진다. 증오와 분노와 고통 등 수많은 재앙들이 판도라의 상자에서 쏟아져 나온 후 어차피 닫혀 있는 그 상자 속에 남은 무언가를 희망이라고 '명명'하자. 그것은 모습을 드러내지는 않은 채 상자 밖으로 빛을 흘려보내고 있을 뿐이다. 그러나 우리는 그 빛의 힘으로 당장 눈에 보이는 이 수많은 재앙의 한가운데를 헤쳐 나갈 수 있게 된다.

최후로 남은 마지막 하나까지 잃어버릴지 모른다는 두려움, 어쩌면 막상 그것을 꺼내 보면 희망의 이름을 가진 다른 무엇일지도 모른다는 두려움 속에서 불투명한 닫힌 상자 속에 미확인 상태로 있을 때에 오히려 그것은 진짜 희망이 된다. 그냥 닫아 두자. 희망은 그저 상상하는 편이 낫다. 그 희망에는 구체적인 이름과 형상이 없어야 한다. 구체적인 것은 현실이지 꿈이 아니기 때문이다. 누군가가 구체적으로 "이것이 희망이다."라고 강요하는 희망의 길은 계시와 율법과 확신이 있는, 벗어날 수 없는 미래의 한 지점으로 향하는 길이다. 이런 정해진 길로 걸어가는 것은 두려움과 즐거움이 공존하는 모험과 방랑의 여정이 아니라 믿고 인내하고 복종하는 순례의 여정이 된다.

꽃은 들과 산에 무질서하게 피었을 때 진짜 아름다운 꽃일 수 있다. 이 시집의 표제시인 「아네모네」를 보자. "꽃의 살생부를 뒤적이는 세심한 근육을/ 우린 플로리스트 플로리스트라고 하지요" 라는 구절처럼, 비록 꽃을 동경하지만 시인이 원하는 '꽃'은 누군가가 '살생부'에 적힌 리스트에 따라 인위적으로 전지가위로 잘라 정돈해 배열해 놓은 꽃다발의 꽃이 아니다. 그것들은 자른 순간 실제로 죽어 가기 시작하며, 가위에 잘린 꽃대는 더 흉측하고 빠르게 시들어 간다. 시인은 플로리스트가 내미는 꽃을 원하지 않는다. 그건 그가 사랑하는 아네모네가 아니기 때문이다. "꽃 몇 송이의 허리춤을 자른다고/ 화원이 늘 슬픔에 덮여 있는 건 아니겠지만/ 안 잘리면 그냥 가자"는 것이다. 굳이 잘리지 않으려고 하는 꽃들의 허리춤까지 잘라 버릴 필요가 있겠는가 말이다. 어차피 들판의 꽃들도 언젠가는 죽겠지만 그들은 쓰레기통이 아닌 흙의 품에 안겨 죽는다. 그래야 계절의 흐름 속에 다시 태어날 수 있다. 말하자면 희망은 그렇게 난만한 것이어야 한다.

개인적으로도 꽃을 좋아한다고 알려진 성동혁 시인의 시에서 꽃의 이미지는 중요하게 다루어진다. "그래도 시월에 당신에게 읽어 준 꽃들의 꽃말은/ 내 편지 다름 아니죠/ 붉은 제라늄 내 엉망인 심장"이라는 구절에서도 드러나듯 꽃은 누군가에게 쓰는 '편지'와 같이 마음과 손길이 담긴 것, "엉망인 심장" 그 자체로 살아 있는 것이어야 한다. 그래서 시인은 "직물을 뚫고 나온 것들의 기법은/ 사랑 아니다/ 미래/ 희망/ 이런 말들은 누가 꽂아 놓은 꽃꽂이인가"(「브로치」)라고 쓴다. "직물을 뚫고" 그곳에 '부착해 놓은' 브로치처럼 누군가가 억지로 매달아 놓은 것은 사랑도 아니라고 한다. 누가 잘 배열되어 있는 '미래'나 '희망'을 화병에 꽂아 제시한다 해도 그런 꽃은 아름답지 않다. "누가 꽂아 놓은 꽃꽂이"는 시인에게 아무 감흥을 주지 못한다. 그것은 시인이 "꽃은 아비의 눈알이었다"(「거룩」)라고 썼던, 거룩한 제단 앞에 바쳐진 헌화와 같다. 판도라의 상자에서 굳이 희망을 꺼내어 제목을 써 붙여 성단(聖壇)에 전시할 필요는 없다. 그렇게 되면 그것은 그 상자에서 나온 수많은 재앙 중 하나가 될 뿐이다.

2 안에 있는 것, 밖에 있는 것, 빠져나가는 것

신은 세계 속에는 없다. 적어도 신은 이 세계에 그 모습을 드러내는 일이 없고, 신의 목소리는 세계 밖에서 들려온다. 설사 그것이 어떤 희망적인 미래를 예언하는 목소리라 해도 그 희망은 인간의 것이 아니다. 『묵시록』에서 말하는 구원의 날이 사실 우리가 알던 세계의 종말이기도 하다는 것은 큰 아이러니다. 신에 대한 찬양이 더 이상 지상의 인간에게 위안을 주지 못하는 순간은 그런 깨달음의 뒤에 온다.

「할렐루야 이제는 이 말에 위로받지 못하는 사람들의 시간」이라는 긴 제목의 시를 보자. 멀리 유학을 가서 나의 세상을 떠나 있는 '너'는 이제 '나'의 현실 세상 바깥에 있기에 "다리 위에 서 있는 날"에나 "구름을 채집하며 올라가는" 비현실적인 모습으로 희미하게 볼 수 있을 뿐이다. 세상 밖에 있는 것은 이 세상에 속하지 않는다는 사실만으로도 신비화되며 이를 추구하는 것은 일상을 탈피한 몽환적 기쁨을 준다. 나는 '너'의 희미한 실루엣을 넋을 잃고 바라본다. 일상 속의 나는 나의 삶을 통제하는 현실 원칙들을 상징하는 "관제탑" 아래 감시받지만 그러한 구속에서 자유로운 먼 피안의 세계에 있는 너는 관제탑을 피해 잘 걸어가는 모습을 보인다. 나는 그런 너에게 편지를 보내지만 피안의 존재에게 인간의 언어로 글을 써 보내는 것이 무슨 소용이겠는가. 그래서 편지 대신 "봉투 안 가득 우표를 넣어 보낸다." 천상의 메시지는 늘 일방향으로 '내려오는' 것이기 때문이다.

> 편지 대신 봉투 안 가득 우표를 넣어 보낸다
> 달이 아주 낮은 날
> 달이 교각 밑에 고인 날
> 강물에 쓸려 우리에게까지 잠깐 빛나던 달
> 그건 네 답장이 맞잖니
> (「할렐루야 이제는 이 말에 위로받지 못하는 사람들의 시」에서)

이 시 속의 시적 화자는 '너'에게 편지를 보낸다. 하지만 둘 사이에 실제적인 '교신'은 이루어지지 않는다. "달이 아주 낮은 날/ 달이 교각 밑에 고인 날", 비현실이 현실과 접합되는 아주 짧은 순간에 몽상 속에서 조우할 뿐이다. 희미한 달빛이 "강물에 쓸려 우리에게까지 잠깐 빛나던" 것은 다른 세계에서 이 세상으로 우연히 '쓸려 온' 찰나의 순간에 불과하다.

인간들이 살아가는 세상 속에서 어떤 사람은 이 순간을 기다리고, 어떤 사람은 이런 순간을 망각하며, 어떤 이는 이런 시간을 부정한다. 그리고 이런 때를 오매불망 기다리는 사람들조차 그 기다림과 동경의 방식은 다양하게 나타난다. “음력으로 생일을 헤아리는 자와/ 손가락을 접으며 미래를 점치는 자와/ 카드를 뒤집으며 불운을 만드는 자와/ 성서 사이에 주보를 끼워 놓는 자”가 모두 존재하는 것처럼. 시적 화자는 가끔 그렇게 다른 세상의 ‘너’와 조우하고 영영 서로의 바깥에서 그들은 그렇게 지낼 것이다.

어쨌든 이 순간은 우연히 찾아들어 평안한 일상을 찢고 큰 불안과 두려움을 만들며 이 세상 것이 아닌 빛을 스며들게 한다. 그러나 이 찰나의 빛이 우리에게 주는 감정이 그러한 것처럼 모든 두려움의 기저에는 깊은 매혹이 있다.

‘미스테리움 트레멘둠 에트 파스키난스.(Mysterium tremendum et fascinans.)’ 공포와 매혹의 신비라고 번역되는 이 단어는 인류가 ‘이 세상의 것이 아닌’ 기이하고 낯선 것들을 보고 전율하는 동시에 황홀함도 느낀다는 것을 보여 주며, 신화가 오랫동안 인류를 매혹시켜 온 이유를 설명할 때 종종 사용된다. 시집 『아네모네』를 가로지르는 감정 역시 이 긴 단어로 표현할 수 있지 않을까. 조셉 캠벨이 말하길 우리는 신화에서 두려움과 놀라움을 둘 다 느끼는데 무서운 이유는 사물에 대한 생각의 틀을 부수기 때문이며 놀라운 이유는 우리 자신의 본성을 깨우기 때문이라고 했다.

인간은 자기 생각의 틀이 지니는 한계, 이 세상의 개념과 상식을 넘어서는 것을 목도할 때 두려워한다. 인식과 경험의 바깥에 존재하는 무언가에 대한 동경은 늘 두려움을 동반하기 마련이다. 기이하다는 말의 옛 의미 중 하나는 ‘운명’이라고 한다. 운명은 늘 낯설고 이질적인 상태로, 강압적이고 일방적으로 인간에게 던져진다. 대부분의 인간은 그 운명에 굴복하고 체념하여 침묵하지만 어떤 인간은 끝없이 질문하려 한다. 강한 신의 권력 아래 운명에 짓눌리는 것을 수용하고 체념하는 인간들은 질문을 던지는 자를 바라보며 외친다. 그것은 죄악이라고. 운명은 받아들이고 순응해야 하는 것이며, 궁금해하는 것은 죄라고.

> 궁금한 것은 죄구나/ 전도사는 나를 지옥으로 보내고 싶어 안달인가 보다// 격양하는 인간이여/ 양들의 머리통을 자른다고 어찌 죄 사라지는가/ 휘장 밖에서 기다리는 이여// 불길한 꿈을 납득하고야 마는 인간이여/ 우린 영원히 갇혀 있구나/ 학설에 의해/ 스스로 정하지 않은 부모에 의해// 예배당/ 순결하게 모여/ 죄인으로 흩어진다// 그러나 몰아치는 거짓말 속에서도/ 인간으로 남은 인간이여// 사랑의 하나님/ 사랑의 하나님// 사랑도 두려움으로 하는 인간이여
>
> (「만우절」 부분)

“격양하는 인간들”은 불가해한 것을 그저 받아들이며 살기 위한 하나의 방법으로

무조건 믿으라고 강하게 말한다. 그러나 그들이 자신의 호기심을 양의 머리통을 자르듯 희생시킨다 해도 질문을 던지는 자들의 궁금증은 완전히 근절되지 않는다. 그것은 자꾸 잡초처럼 돋아나서 마음을 어지럽히기 때문이다. "불길한 꿈을 납득하고야 마는 인간"들은 이미 그 꿈을 상실한 것이다. '불길한 꿈'은 불가해함 그 자체로 남아 있을 때 꿈이라 부를 수 있고, 억지로 납득하고 난 후에는 '불길함'조차 잃게 된다.

"영원히 갇"힌 인간들은 "사랑의 하나님"을 외친다. 그러나 그들이 말하는 사랑은 경외일 뿐 진짜 사랑이 될 수 없다. 사랑 속에는 질문과 불안과 회의(懷疑)가 필연적으로 존재해야 한다. 그러나 독실한 신앙은 의심을 허용하지 않는다. "사랑도 두려움으로 하는 인간이여"라며 시인은 탄식한다. 사랑에는 두려움이 필요하지만 두려움에 온통 장악되어 버리면 그건 더 이상 사랑이 아니다. 숭배와 복종일 뿐.

그런데 불행인지 다행인지 인간들의 신앙은 완전하지가 않다. 그렇기 때문에 "사랑의 하나님."이라고 외치는 사람들의 말은 사실 "거짓말"이다. 누군가는 입 밖으로 꺼내 말하고 누군가는 침묵할 뿐 많은 사람들의 마음속엔 사실 해결되지 않은 질문과 의심이 남아 있기 때문이다. 그래서 모두는 죄인이 된다. "순결하게 모여 죄인으로 흩어"지는 그들 모두는 아이러니하게도 바로 그 사실 때문에 인간이 된다. "몰아치는 거짓말 속에서도/ 인간으로 남은 인간이여!" 인간들은 불완전하고 의심이 많은 존재이기 때문에 두려움에 완전히 지배당하기보다 마음속에 질문을 남긴다. 하지만 그 이유 때문에 인간으로 남은 그들은 어쩌면 신을 더 사랑할 수도 있을 것이다. 예배당 안에 있으면서도 예배당을 빠져나가는 마음을 가진 인간들은 울타리 안의 순한 양들처럼 조용히 모여 기다리기보다 여기저기 흩어져 자라는 들판의 꽃들처럼 어수선하게 피어 있고자 한다.

그래서, 그래도 괜찮으냐고? 그건 알 수 없는 일이다. 신의 목소리는 멀리서 들려오고, 신의 뜻은 어차피 알 도리가 없다. "괜찮냐고 물었지만/ 누구도 괜찮은 게 뭔지는 몰랐다"(「핑크피아노」)라는 구절처럼. 운명은 인간보다 강해서 우리를 휩쓸고, 우리는 그저 그 파도를 견디면서 인간의 팔다리를 뻗어 헤엄쳐 다닌다. 그리고 "밀려나는 반역자처럼/ 밀려나다 밀려나다 뭍이 된 파도처럼/ 우린 그저 침착하게 밀려"다니다가 조용히 저물게 될 뿐이니까. 하지만 수영을 계속하다 보면 가끔씩 우리는 파도가 잦아든 틈을 타서 운명의 경로를 잠시 벗어날 수 있고, 그때 일상적인 현실을 넘어선 '찰나의 순간'이 찾아든다.

3 꿈은 멈추지 않네, 불길 속에서도

"두 번째 서랍에 숨겨 둔 의심과 모멸감"(「작열감」)을 인간은 버릴 수 없다. 그것은 어쩌면 죄이고, 어쩌면 큰 실수가 될 것이다. 완벽한 배열을 자랑하며 정갈하게 꽂힌

화병의 꽃꽂이와 견주어 보며 누군가는 그것을 실패라고 말할 것이다. 하지만 시인은 그것을 꿈이라고 부른다.

"종려나무 가지를 흔들며 고개를 숙여야 하는 사람에 대하여 신이 준 우기에 대하여 인간이 끝내야 하는 우기에 대하여 어금니로 은박지를 씹으며 빛나는 것을 구겨 씹는 지독한 주조를 하는 사람들에 대하여// 타일 위로 양치 컵을 떨어뜨리는 실수에 대하여 관대한 실수에 대하여 많은 것을 깨뜨리며 빛나는 실수에 대하여"(「은박지를 씹으며」) 시인은 끝없이 생각한다. "종려나무 가지를 흔들며 고개를 숙여야 하는 사람"들 사이에서 "신이 준 우기"와 그것을 인간이 끝내야 한다고 생각하는, "빛나는 것을 구겨 씹는 지독한 주조"를 하는 반역자들에 대해 생각한다. 그리고 그 무엇보다 깊이, 불완전한 인간이기 때문에 저지르는 무수한 '실수'를 생각한다. "많은 것을 깨뜨리며 빛나는 실수에 대하여."

실수의 파편들은 스스로 깨어지며, 무언가를 깨뜨리며 빛난다. 물론 신이 '단죄하는 신'일 경우에 인간의 큰 실수가 신의 분노를 초래하는 경우도 생긴다. 「억양」에서처럼 "어떤 분노"는 "스스로 거대해져"서 "아래로도 솟구"친다. 그러나 어떤 인간은 그 불길을 피해 저 멀고 깊은 강을, 차가운 수면을 내려다본다. "움츠러든 발등"은 두려움으로 잘 움직이지 않는다. 그러나 그는 그 두려움에 압도당하지 않고 "숨을 참는다." 불길을 피해 저 아래로, 더 깊은 심연으로 뛰어내릴 준비를 하며. "모든 유작이 명작처럼 보이던 시간은 지"났고, 그는 피안의 세계가 약속하는 알 수 없는 미래보다는 이 삶의 현재를 선택하려 한다. 그리고 어쨌든 노래는 끝나지 않는다. "불길은 솟는데 꿈은 멈추지 않네/ 어디에도 멈춰 있는 곳은 없네".

불멸의 존재인 신이 보기에 짧은 수명을 가진 필멸의 인간들은 얼마나 미미한 존재일 것인가. "아들아 아들아 간단한 나의 아들이여 인간은 자주 티끌 같구나"(「까다로운 침묵」)라고 신은 말한다. 그런데 어떤 자들은 신의 불길을 두려워하면서도 자꾸만 금기를 넘어선다. 신의 계율을 따르는 독실한 사람들의 눈에는 그들이 하는 일들은 모조리 미친 짓으로 보일 것이다. 성스러움을 버리고 천박해지며, 복종하여 평정을 얻기보다 불안과 회의 속에서 사랑할 수 있기를 원하므로. "천박해지고 있다 다리를 올리고 천천히 사랑에 빠지고 있다"(「풍향계」)라고 시인은 쓴다. 풍향계는 누군가의 손에 세차게 흔들린다. 장마와 죽음이 거실과 침실 안까지 다가오는 "배 위에서 애인은 죽음과 한 방향으로 움직"이고 있다. 그래도 그녀는 나를 "파란 수국"이라 부른다. 그리고 강한 바람 아래 온통 푸른 멍이 든 연약한 육체를 가진 인간인 나의 몸을 사랑하고 그 몸에 든 "푸른 멍들을 해변의 묘지라 불"러 보는 것이다. "바람이 분다, 살아야겠다"라는 말로 유명한 폴 발레리의 시 「해변의 묘지」의 제목이 이 구절의 주석으로 붙어 있는데, 절대의 시간을 상징하는 바다와 그 무한한 바다에 대응하는 인간적인 유한의 시간을 보여 주는 시다. 그러나 인간은 죽음 없는 생을 구하기보다 유한한 삶 속에서 '생의 약동'을 찾으려 한다. 이는 발터 벤야민이 말한 "약동하는 삶"이라는 삶의 형태, 지상에서 태어나고 사멸하며 사는 동안 지상의 존재로서 삶의 리듬을 생성하며 함께 나누는 일을 떠올리게 한다.

"왜 내가 믿지 않는 신에게 나의 복을 구하느냐 수도원 밖의 나무를 모조리 베는 자들을 더 이상 사랑하지 마여라/ 나는 멀어지고 있고/ 시위가 당겨지듯/ 팽창하고 있다/ 아버지가 나를 놓을 때/ 꽂힐 것이다/ 너와 반대의 영역으로 말이다/ 아무도 나를 주워 올 수 없을 것이다"(「까다로운 침묵」)라고 시인은 쓴다.

꿈은 그렇게 예배당(「만우절」)을, 울타리(「니겔라」)를 빠져나가고, 팽팽하게 당긴 활시위에서 화살의 예상 반경을 뛰어넘어 멀리 날아가 "반대의 영역"에 꽂힐 것이다. "척박한 땅 위의 눈이 되고 입이 되는 것"(「멍」)이 시인의 소망이다. "나는 그저 지난밤 꿈/ 당신의 죄까지 몰아 받을 준비를 하고 있"고, "낫지 않는 땅을 가진 것뿐"인 한 명의 인간이다. "어둠 속에서 습관처럼 외던 주기도문을 틀렸"(「안경사」)던 그는, 기도를 하는 대신 시를 쓰기로 한다. 누가 그걸 암송하지 않아도, 심지어 읽지 않아도 상관없이. 어차피 꽃 한 송이를 들어 올리듯 그것을 내밀었을 때 저 수많은 군중 사이에 누군가 한 명이라도 그 의미를 알아듣고 미소를 짓는다면 족할 것이며, 그런 이조차 없더라도 어쩌겠는가? '쓰지 않고는 견딜 수 없는' 그는 닫힌 상자에서 흘러나오는 빛을, 잠시 우연하게 찾아드는 전율의 순간을 기다린다. 그것을 시의 순간이라고 해 보자. "손톱이 잠시 반짝일 정도로만 밝았"(「캐비닛」)던 것이라고 해도 우리 내부에서 삶의 황홀을 느끼게 하고 그 순간에 기대어 이 지독한 삶을 살아갈 수 있게 하는 것이라면 두렵고도 매혹적이고 불가해한 저 미지의 빛을 희망이라 부르자는 것이다.

반복하는 사도
—『아무는 밤』 | 김안, 민음사

허희 문학평론가. 평론집 『시차의 영도』가 있다.

제 꿈은 세계 평화입니다. 이런 말을 들은 적이 있었다. 애도 아닌 어른이 왜 저런 얼토당토않은 이야기를 할까. 농담이 아닌가 싶었으나 그 사람의 표정은 의외로 진지했다. 이후 그가 세계 평화를 위해 무슨 일을 했는지 나는 알지 못하지만, 지금 와서 생각하면 그것이 비웃음을 살 발언은 아니었던 것 같다. 전 세계 지도자들에게 기후 변화 대책 마련을 촉구하는 환경운동가 그레타 툰베리를 철없다고 할 수 없듯이 말이다. 그런데 가만 보면 문학이야말로 누군가에게는 세계 평화를 외치는 몽상가의 행위처럼 느껴지지 않을까 싶다. 예컨대 김안 같은 시인이 그렇지 않나. 자기 한 몸 이냥저냥 건사하기도 어려운 시대에, 그러니까 살아 내는 아픔만 시로 써도 충분할 것을, 굳이 그는 사회, 국가, 이데올로기 등 전선을 넓혀 힘들게 싸우고 있다. 왜 그러냐고 묻는다면 아마 김안은 이렇게 답하겠지. 이것이 바로 우리의 "생활과 운동"(『아무는 밤』, 「시인의 말」) 아니겠느냐고.

그는 오늘보다 내일이 조금 더 나은 세상이 되기를 바라는 마음을 품고 있는 시인이다. 나 혼자 잘 먹고 잘 살겠다는 이기주의를 김안이 끔찍하게 여긴다는 뜻이기도 하다. 그는 두 번째 시집 『미제레레』(문예중앙, 2014)에서 시인이자 시민으로서 다음과 같이 쓴 적이 있다. "왜 사람이어야 합니까,/ 밥을 짓고 청소를 하고 사랑을 나누는 모든 것이./ 왜 군중들은 범죄자에게/ 네가 사람 새끼냐,/ 라고 외칩니까, 언제 한번 사람인 적이 있었다는 듯이."(「사람」) 왜 사람이어야 하느냐는 그의 질문은 지각없는 군중이 아닌 자각하는 한 사람 한 사람이 개별적으로 어떤 존재여야 하는가를 돌아보게 만든다. 김안의 시민성은 단순한 합집합이 아니다. 단독자—시인들의 연결로 파생되는 네트워크다. 미제레레(불쌍히 여기소서)의 전언도 그러한 엮임 속에서 연민을 넘어서는 의미가 생긴다. 그의 세 번째 시집인

『아무는 밤』도 이와 같은 지평에서 읽어야 한다.

*

김안의 시를 살펴볼 수 있는 키워드 중 하나는 반복이다. 물론 이때의 반복은 지루한 되풀이와는 관련이 없다. 그것은 특정한 테마를 파고들어 각각의 차이를 낳는 시적 탐구의 여정이다. 첫 번째 시집 『오빠생각』(문학동네, 2011)부터 그랬다. 이 책에는 '버려진 말의 입'이라는 같은 제목의 시가 일곱 편 실렸다. 『미제레레』에서는 '방'을 집중 조명했다. 「식육의 방」, 「이후의 방」, 「두려움의 방」, 「지상의 방」이 그렇다. 『아무는 밤』에서는 어떤가 하면 세 가지 흐름의 반복이 나타나고 있다. 하나, '가정의 행복'(네 편). 둘, '파산된 노래'(다섯 편). 셋, '불가촉천민'(여덟 편). 이제부터 진행할 논의에서는 이상 세 가지 흐름의 반복을 중심에 두려 한다. 그리고 미리 밝힌다. 이를 상세하게 분석하는 비평의 장이 아닌지라 김안 시의 짜임을 대강 추릴 수밖에 없음을. 그 한계는 한계대로 감안해 주길 부탁드린다.

1 가정 너머의 세계: 가정의 행복

아버지이자 남편으로 살고 있는 김안이 느끼는 가정의 행복이란 무엇일까 짐작해 본다. 불행한 사건과 되도록 적게 맞닥뜨리는 것이 아닐까. 행복의 조건을 나열하는 일보다 불행의 순간을 피하게 해 달라고 기도하는 편이 합리적일 것 같다. 단단해 보이는 행복은 의외로 별것 아닌 듯 보이는 불행에 의해 쉽게 깨지는 탓이다. 「가정의 행복」(21쪽)의 화자는 "잠든 아내와 딸을 바라본다. 이전에는 생각할 수 없었던 것들이 떠오르는, 두려움을 바라본다." 그가 혼자였다면 이런 종류의 두려움은 느끼지 않았으리라. 이것이 구체적으로 무엇인지 쓰여 있지는 않다. 다만 다음과 같이 기술돼 있을 따름이다. "시선 속으로 들어오는, 우리의 이름을 부르는 모든 비극과 비참의 각도는, 좁은 방 안에서 잠든 아내의 굽은 등보다 예리하다." 비극과 비참을 하나하나 열거하는 행위는 불필요하리라. 어쩔 수 없이 나의 시선 속으로 들어오는 것이기 때문이다. 수많은 위협에 가정은 둘러싸여 있다.

그러므로 「가정의 행복」(52쪽)에서 화자는 "생활의 구속으로부터 벗어나 생활로 더 가까이" 가고자 한다. 구분하자면 생활의 구속은 생존을, 생활은 삶을 가리킬 것이다. 생존에 급급한 인생이 아니라 삶을 향유하는 인생. 그러나 그렇게 되기 힘들다. "매일 꽉꽉 채워야 하는 (……) 냉장고의 차가운 윤리"를 충족하는 과정부터가 험난해서다. 이를 선행하지 않으면 생존은 삶이 될 수 없고, 설령 된다 하더라도 금세 삶이 생존으로 격하되고 만다. 그러니까 "생활의 결기"를 품는 것이고, 동시에 "그러면 더 나아질까/ 무엇이? 어떻게?"라고 의심도 하는 것이다. 현재보다 더 나빠지지만 않아도 다행일지 모른다. 가령 「가정의 행복」(76쪽)은 어떤가. "감기에 걸려 온종일 안겨 있는 딸"을 앞에 두고 가정의 행복을 거론할 수는 없으니까 말이다. 더불어 이 시의 화자는 "아무것도 응답할 수 없는" "무능하고 비겁한 쓰기의 손"을 떠올린다.

이는 "공동체와 집단을 구분"하지도 않고 그저 가정의 행복에만 골몰하는 "삿된 에티카"에 대한 경계의 태도다. 「가정의 행복」(83쪽)도 유사하다. 이 시의 화자는 자기 가정이 행복한 것만으로는 충분하지 않다고 간주한다. 내 가족은 괜찮다. 그렇지만 다른 가족들 중 누군가는 괜찮지 않다. 어디에선가 "또 한 사람이 죽었다." 그럴 때 그는 "아직은 평범을 살아 내고 있는 가족들을, 평범의 폭식과 폭력들을" 의식한다. 가정의 행복은 김안 가족의 안위로만 귀결되지 않는다. 그래서 그는 자문한다. "나의 적당한 가족을 본다. 하지만 이게 전부이던가." 이 시의 화자는 "거미 없는 거미줄"을 보면서 적당하지 않은 가족의 안부를 걱정한다. 그가 염두에 둔 가정의 행복은 미지의 타인들과 연동한다. 따라서 불행의 순간을 피하게 해 달라는 기도는 김안 가족만을 위한 기복 신앙이 아니라 만인을 위한 구원 사상으로 확장된다. 얼핏 보면 작은 것 같아도 그의 시적 스케일은 세계 단위다.

2 안으로부터 부수기: 파산된 노래

이 시집을 펼치면 처음 만나게 되는 시가 「파산된 노래」(13쪽)다. 위에 김안의 시적 스케일이 세계 단위라고 썼지만 그는 먼저 자신에게 묻는다. "나의 입에는 어떤 자격이 있습니까,/ 이 손에는,/ 이 눈에는." '내가 보는 것을 과연 시로 써도 되는가?' 하는 의문을 우선 붙든다는 점에서 그는 반성적 화자다. 또한 그렇게 함으로써 누구도 부여할 수 없는 그에 대한 자격을 스스로 획득한다. 본인의 시를 회의하지 않는 시인은 '어떤 자격'을 얻을 기회조차 갖지 못할 테니까. 김안은 희망도 입 밖으로 꺼내기 곤혹스러워한다. "철학과 문학을/속물과 욕망으로 만드는 삶–생활 속에서 희망이라니요./ 여전히 이 따뜻하고 푸른 지구의 한쪽에선/ 가난한 아이들이 굶어 죽어 제물 되고, (……) 환멸과 절망마저 돈을 요구하는 지구에서/ 희망이라니요" 툭하면 희망을 남발하는 이들은 미덥지 않다. 그런 사람이 오히려 희망을 무가치하게 격하시켜 그 가능성을 폐색해서다.

이에 비해 김안은 "자격 없는 희망./ 더 이상 무엇도 노래할 수 없는—"

상태를 인지한다. 이리 보면 그가 희망을 포기한 것처럼, 파산된 노래란 다름 아닌 '자격 없는 희망'으로서의 시임을 자괴하는 것처럼 보일지도 모르겠다. 하지만 김안은 여전히 시를 쓰고 있다. 깨어지고 흐트러진 노래라고 해도 부르기를 멈추지 않는다. 그렇지 않다면 「파산된 노래」(17쪽)의 시구 "패배하면서도 걷는 사람들"이란 대체 누구일 수 있나. 한편으로 보면 이 시에서 파산은 외부의 개입에 의한 피해와 상실만을 지시하지 않는다. 그는 고민한다. "우리의 말이/ 종국엔 평범하고 고요한 무관심들이라면,/ 무관심의 전체주의라면,/ 이 노래는 어떻게 파산해야 할까." 우리의 말이 "민족중흥,/ 선진 대한민국,/ (……) 아무런 괴로움 없는/ 스스로에게만 자명한 선들"이라면, 그리하여 '평범하고 고요한 무관심의 전체주의'에 지나지 않는다면 이는 파산하지 않을 수 없다. 갱신을 위한 내파다.

잘 이행될 수 있는지는 확신 못 한다. 그저 이렇게라도 하지 않을 수 없는 것이다. 「파산된 노래」(79쪽)를 보라. "보이지 않는 역사들에게/ 모국어의 형상이 허락되지 않을 때/ 당신의 피 속에는/ 얼마나 많은 가족들이/ 얼마나 많은 죄인들이 흘러 다니고 있습니까". 이 시의 화자는 기록된 역사가 아니라 보이지 않는 역사를 언급한다. 보이지 않는 역사를 계속 보이지 않게 놓아둘 때 우리는 현재와 미래를 함께 잃는다. "이제 아무런 아름다움도 느끼지 못하는 아이들"을 언제까지 이대로 방기할 것인가. 루쉰의 말대로 아직 인간을 먹지 않은 아이를 구해야 한다면 그것은 보이지 않는 역사를 파산된 노래로나마 전하려는 애씀에서부터 시작될 수 있다. "오늘도 나는 단 하나의 역사를 살아 버렸습니다"하는 탄식을 '오늘은 내가 여러 역사를 살아 낼 수 있었습니다'로 전환하려는 시도. 이것을 결코 김안은 그만두지 않는다. 그는 무감한 아이들에게 파산된 노래를 가르친다. 너희는 인간을 먹은 사람처럼 "늙지 마라, 늙지 마라."

3 지옥에서의 구제: 불가촉천민

카스트 제도에서 가장 낮은 신분에 속하는 사람들이 불가촉천민이다. 엄밀히 말해 그들은 카스트 체제에 포함되지도 않는다. 카스트 체제는 천민인 수드라까지만 인정해서다. 접촉조차 불가하다는 뜻의 불가촉천민은 그곳에서 인간이되 인간으로 대우받지 못하는 비인간으로 죽은 듯이 산다. 존재하나 셈해지지 않는 공백 불가촉천민. 김안은 이들이 인도에 있다고만 여기지 않는다. 그는 우리 주변 곳곳의 불가촉천민을 적시한다. 불가촉천민으로 살면서도 그 점을 모른 채, 혹은 모른 척하고 사는 사람들도 있기 마련이니까. 이런 까닭에 김안은 불가촉천민을 거듭하여 쓸 수밖에 없던 모양이다. 또 이미 『미제레레』에 「불가촉천민」이 수록되었다는 점에서 이 주제에 대한 그의 관심이 오래전 생겨나 줄곧 이어짐을 확인할 수 있다. 그것은 "영영/ 보이지 않고 만져지지 않는"(「불가촉천민」, 26쪽) 사람들을 보이게 하고 만질 수 있도록 하겠다는 윤리적 다짐일 뿐 아니라 "신마저 용서할 수 없는 사람들"을 지옥에서 구하겠다는 지장보살의 불가능하여 숭고한 서원처럼 여겨진다.

이를테면 「불가촉천민」(64쪽)의 구절. "나는 이 모든 악을 사랑할 수 있을까; 늙은 정치인들을, 기업가들을, 나의 무능을. (……) 왜 이곳에는 죄인이 없을까./ 왜 우리는 모조리 죄인인 것 같을까." 이 시의 화자는 악을 배제하지 않는다. 도리어 내가 악을 사랑할 수 있는지 타진한다. 이것은 그가 신을 초월한 사랑의 주재자라서가 아니다. 그보다는 자신을 포괄한 모두가 죄인임을 인식하기 때문이리라. 김안은 "재앙의 무게에 비해 우리의 날개는 너무 작고 연약"(「불가촉천민」, 82쪽)할지라도 신의 구제를 마냥 기다리기보다 인간의 비상을 꿈꾸는 편에 서는 시인이다. 그렇다고 그가 나이브한 공통성을 추구하는 것은 아니다. 김안은 「불가촉천민」(86쪽)에서 그에 관한 의구심을 갖는다. "'우리'라는 환상들, 환상을 향한 믿음들/ 언제쯤 끝이 날까, 이미 끝나 있던 것은 아닐까 (……) 우리라는 악령, 악령의 수난사들/ 이해하고 싶은 만큼의 선과 악들로 구별된/ 각자의 거룩한 진실들."

그는 실제로는 차별하면서 필요할 때만 우리라고 눙치는 수사를 비판한다. 김안 시에서 우리는 신중하게 다뤄야 하는 대명사다. 「불가촉천민」(90쪽)에서 그가 우리를 감지하고 지칭하는 순간은 이렇다. "이제 막 걷기 시작한 딸아이가 나의 말을 따라 발음할 때/ 말의 세포들이 아이의 눈동자에서 선연히 박혀 분열할 때 (……) 고통 없는 말들이 남아 있을까, 살아남을 수 있을까/ 우리의 말들이." 말과 우리를 떼려야 뗄 수 없는 관계에 두는 김안은 전술했듯이 시인으로서의 시민성을 지향한다. 물론 시인이자 시민 조합은 영원하지 않다. 이는 기적적으로 잠깐 형성된다. 예를 들어 "하지만 사랑,/ 하지만 희망"을 발화하는 화자를 딸아이가 따라 하는 찰나가 그럴 것이다. 역접의 사랑과 희망은 희소하다. 그런 "우리의 말들이/ 벼랑으로 둘러싸인 광장에 갇힌/ 이 드넓은 지옥"에 있어 소중해진다. 따라서 그를 따라 어떻게든 지켜 내는 수밖에 없다. "말이, 우리가, 우리라 불리는/ 이 남루한 성소"를.

제목 없음의 방을 발간하다
—『우리 다른 이야기 하자』 | 조해주, 아침달

신수진 시인, 문학평론가. 2017년 《조선일보》 신춘문예 동시 부문,
2019년 《서울신문》 신춘문예 평론 부문으로 등단했다.

'우리 다른 이야기 하자'라는 시집 제목은 시인이 문단, 그리고 독자에게 건네는 강경한 제안으로 들린다. 다른 이야기란 뭘까? 우리 시는 그동안 가족의 계보와 해체, 미성년의 활극, 제도로부터의 억압, 사회 구조로부터의 소외, 대중문화 및 가상 세계의 영향을 비롯해 시의성 있는 이슈들을 치열하게 기록해 왔다.

한편 모호하거나 미시적인 감정만을 응시하는 장면들, 그래서 마치 어떤 것에 대해서도 쓰고 있지 않은 것처럼 보이는 시들도 등장했다. 여기에 속하는 시들은 리얼리티나 핍진성으로부터 거리를 둔 채 폐쇄적이고 유보적인 태도를 고수하고 있었기에 무력하거나 무관심한 표정으로 읽혔다. 나아가 단절과 고립의 형태로 나타나는 그들의 기거 방식은 실패의 기회조차 잃어버린 세대가 유일하게 지닐 수 있는 사적인 내면이라는 시대적 이해를 배경으로 그 출현 근거가 추측되기도 했다. 그러한 시 쓰기는 낯설고 이상하고 텅 빈 어떤 것이었고 조해주의 시집도 이 없음의 테제로부터 시작되는 것 같은 인상을 준다.

> 언제나 병은 오직 하나
> 생각의 끝에 내가 없으면 어쩌지
>
> 오지 않은 생각을
> 붕대처럼 꽁꽁 싸맨 채
> 생각을 기다리는 시간

누군가가 신호를 하기 전에
생각을 데리고 도망쳐야 하는데

벌써
누군가의 가죽을 뒤집어쓴
생각이 짖기 시작했다
(「생각에게」에서)

시집 곳곳에서 집들은 허물어지고, 방에는 아무도 없으며, 사람들은 모르는 사람들이고, 내가 믿었던 기억은 가짜이거나 지워져 간다. 사라지고 부서지고 잃어버리고 잊어버리는 이 없음의 연쇄성은 시집 전체를 걷잡을 수 없는 상실감으로 범람하게 한다. 이 시에서 기척 없는 생각은 불시에 '나'를 찾아오고 또 내게서 멋대로 멀어지는데 '나'는 '나'의 생각으로부터도 주체가 되지 못하는 바깥에 불과하므로 계획이나 통제가 되지 않는 이 생각과 쫓고 쫓기는 추격전을 지속할 수밖에 없다.

비존재 상태라는 것은 사람의 부재, 현상의 불가해성, 진리의 해체 등 다양한 스펙트럼을 가질 수 있는데, 조해주의 없음은 모든 것의 가변성과 예측 불가능성으로부터 기인하며 그 가운데 오로지 생각만이 찰나적으로 존재한다. 모든 것이 희미해져 가는 현실 속에서 생각만이 맹렬히 짖어 대며 무한한 없음을 부상시킨다. 없음의 반대급부로서 생각의 흔적을 전시하는 것이 시인의 작업 방식인 것이다.

세계를 없음으로 인식하는 정황은 이를테면 "한 번도 양고기를 먹어 보지 않은 사람과 함께 마주 앉아 양고기를 먹"으면서도 "나는 음, 하고 이곳에 없는 양을 들이마신다"(「양이라는 증거」)고 하는 장면이나 "잘 미끄러지지 않고 잘 지워지지도 않는" "그 애의 작은 등"이 "얼음이 녹듯이 어둠 속으로 사라지"(「월요일」)는 장면, "잠처럼 달아나는 친구들" 속에서 "주먹을 던지려고 했"는데 "공이 빠져나간다"(「도모다찌라고 말하자 친구가 도망갔다」)고 하는 장면, "부엌에 서 있던 아이가 물처럼 쏟아지고" "아이는 그렇게 사라"(「아이들」)졌지만 울지 않는 장면 등에서 반복적으로 암시된다.

하얀 천이 씌워져 있다
그것은 의자처럼 보인다

하얗고 폭신한 그것은
처음으로 직접 만든 빵처럼 보인다

그것은 햄버거와 전혀 다른 형태
그러나 나는 햄버거처럼 손에 쥔다

미국 야구 선수 코스프레를 하고 있으면
알아듣지 못하는 욕과 함께 주먹이 날아온다

빵을 씹자 이가 부러진다
비비총을 들고 있으면 총알이 날아온다

그럴 수 있다
가면을 쓴 얼굴이 능숙한 한국어로 말한다

하얗고 딱딱한 그것은
의자처럼 보인다

하얀 천 위에 앉는다
나는 구름처럼 폭삭 가라앉는다

앉을자리 하나 없어
방에는 아무도 초대하지 않는다

가면을 쓴 얼굴은 가면을 끝까지 벗지 않고
하얀 천을 걷지 않고

진짜 의자를 찾아볼까
(「의자가 없는 방」)

아무것도 없는 세계와의 조우는 무엇이 오브제인지 잘 찾을 수 없는 어느 현대 미술관의 방처럼 '무제'라는 제목을 달고 있을 것만 같다. 조해주의 시에는 이 사건 없음의 정태와 진공 상태처럼 느껴지는 하얗게 정지된 공간성이 포착된다.

다른 이야기를 시작하려는 그가 꺼낸 카드에는 창이 있는 방과 드리워진 커튼, 그리고 의자가 놓여 있다. 아니 의자처럼 보이는 무언가가 놓여 있다. 하얀 천이 씌워져 있는 그것은 의자인지 아닌지 불명확하다. 다만 그것은 의자처럼 보인다고 진술될 뿐이다. 하얗고 폭신하기 때문에 빵처럼 보이기도 하고, 반대로 하얗고 딱딱하기 때문에 의자처럼 보이기도 한다. 정반대의 근거가 제시되어도 그것이 의자처럼 보인다는 결론에는 영향을 미치지 못한다.

있거나 없거나 혹은 그렇게 보이거나 그렇게 보이지 않거나 그런 것은 중요치 않다. 어차피 진술의 번복이 일어나도 그것은 현실과 관련성을 맺지 못하는 생각의 조작 과정에 불과하기 때문이다. 언어가 현실을 중계하거나 복제하거나 구현하지 않는다는 사고가 여기에는 있다. 언어가 현실의 재현에 충실히 복무하는 것이 아니라 언어가 하나의 있을 법한 현실을 만들어 내는 효과에 주목하는 것이다. 신기루의 제작. 이것이 없음과 있음을 관통하는 시인의 예술성이다.

침대의 이데아를 모방한 것이 목수가 만든 침대라면, 침대를 구현한 예술은 진리로부터 무려 두 단계나 하등한 것이 된다고 보았던 플라톤식의 예술론은 이 시에서 파기된다. 시인은 하얀 천 속에 있는 물체가 의자여도 좋고 의자가 아니어도 좋다고 생각하면서 빵, 햄버거, 미국 야구 선수 코스프레, 비비총, 한국어를 즐겁게 경유한다. 생각의 전유물로서 예술이 전제하고 그에 어울릴 법한 사물들이 분방하게 대입되는 이 시에서 이데아는 끝내 확인할 수 없는 가면 속의 그것, 하얀 천 속의 그것일 뿐이다.

벤치에 앉아 물었다
나무가 되려면 어떻게 하지?

벤치가 말했다
그렇다면 학교에 가야지.

아이의 경우
아이를 배우지 않아야 훌륭한 아이

학교에 가기만 하면? 내가 묻자
졸지도 않고 조르지도 않으면.
벤치가 일어나
둥글게 부푼 잔디를 툭툭 두드렸다

나이테는 끝나지 않는 물음표
돌돌 말아 놓은 갸우뚱이
내 안에 이렇게나 많은데

나는 풍차가 멈추지 않는
마을의 둔덕에 앉아
풍차의 팔이 몇 개인지 세고 있었다.

가만히 있어.
풍경이 말했다
(「나무수업」)

벤치에 앉아 "나무가 되려면 어떻게 하지?"라고 묻는 이 상황 자체부터 조해주의 시는 없음의 현실과 있음의 환상 사이에서 부유하고 있음을 말해 준다. 벤치는 학교에 가야 한다고 대답한다. 하지만 '나'가 생각하는 학교는 긍정적이거나 생산적인 곳이 아니다. 아이는 "아이를 배우지 않아야" 비로소 훌륭해질 수 있다고 믿기 때문이다. 학교는 갈 수 있지만 정말 "학교에 가기만 하"는 날들이 더 많다는 것을 알기 때문이다. "졸지도 않고 조르지도 않으면" 결국 자기 안의 물음들은 해결될 수 없으리라는 것을 예감하기 때문이다.

나무가 되고 싶은 '나'에게 벤치는 학교에 가라고 조언하고, 풍차의 팔이 몇 개인지 세고 있는 '나'에게 풍경은 가만히 있으라고 단언한다. 학교에 가야 하고 가만히 있어야 한다는 것에 대한 강요는 이렇게 태연하고 견고하다. 학교에 가고 싶지 않고 가만히 있고 싶지 않은 아이는 아이를 배우지 않고, 풍차의 팔을 세고, 돌돌 말아 놓은 갸우뚱을 꺼내 놓고 싶어 한다. 생각이 자꾸만 자라나기 때문이다.

가르치고 배우고, 길들이고 길들여지는 자동화된 관습의 계승을 거부하는 시인의 목소리는 예전의 방식과 분명히 다르게 발화된다. 하지만 거기에 큰 의미를 부여하지 않는 듯 천진난만하게 소곤거리는 이 화법은 이제 우리 다른 이야기를 한번 해 보자는 분명하고도 의지적인 메시지를 전한다.

내가 돌아올 때까지 이것을 다 먹으면 하나를 더 주마

그렇게 말한 사람은 정직해서

돌아올 수 없고

어둠으로 꽉 찬 공간에서 숨을 쉬는 일
(「소파에 앉아 뜨거운 초콜릿을 마신다 마시멜로를 넣으면 더 맛있다」에서)

이 시는 1960년 스탠포드 대학의 심리학자 월터 미셸이 3세에서 5세 아이들을 대상으로 실험을 진행하고 30년간 추적 조사한 것을 떠올리게 한다. 아이들에게 마시멜로를 보여 주고 지금 먹고 싶으면 먹어도 되지만 선생님이 자리를 비운 15분 동안 먹지 않고 기다리고 있으면 하나를 더 주겠다고 약속했는데 당장의 유혹을 이겨 내고 마시멜로를 먹지 않은 아이들은 자라서 우수한 학업 성취를 이루었고 직업과 소득도 더 탁월했다는 것이 이 실험의 결론이다. 너무나 유명해진 이 실험은 자기 통제의 의지가 교육에서 얼마나 중요한 가치인지를 말해 준다.

물론 어린아이가 바로 눈앞에 있는 마시멜로를 먹지 않고 참아 내는 노력은 가상하지만 그것이 훗날 그 아이의 성공을 예견하는 보증이 되는 것에는 오류가 있다. 게다가 이 고전 실험에서는 아이들의 가정이나 사회 경제적인 환경 요인들이 고려되지 않았기 때문에 아이들의 선택과 미래의 성패에서 그 상관관계를 증명하기는 어렵다.

시인 역시 이 실험의 가설을 바꾸는 것부터 시작한다. 시인은 돌아올 때까지 마시멜로를 다 먹어야 하나를 더 준다고 말하는 것이다. 마시멜로는 보상 기제다. 그런데 그 보상을 약속했던 사람은 정직해서 차마 돌아오지 못한다. 방에 홀로 남겨진 아이가 되어 아무리 견디고 기다려도 마시멜로를 더 주겠다는 약속은 지켜지지 않는다. 이는 없는 세계의 기만을 바라보는 시인의 허무주의에서 발로한다.

저번 여름에 죽을 거라고 말했던 사람으로부터
먼저 연락이 왔다

익선동에서 보자고 했다

그는 지근거리에 살고 있으면서도
익선동은 처음이라고 했다

가까워서

늦은 저녁에 만나 안부를 묻자 그가 대답했다
천국에도 가고 싶지 않아
거기서도 살아야 하니까

(……)

천국이 우유 한 잔이라면 좋을 텐데

어떤 것이 천사
어떤 것이 맞잡은 손인지 알 수 없도록

이번 주말에도
다음 주말에도

비가 온다고 했는데
오지 않았다
(「익선동」에서)

죽을 거라고 말해 놓고 살아가는 주인공이 등장하는 이 시에서도 시인의 페시미즘은 드러난다. 그는 천국에 가고 싶지 않은 이유를 말하는데 그것은 "거기서도 살아야 하"기 때문이다. 이 비관적인 인식은 지켜지지 않을 약속으로 아이를 절망에 빠뜨리는 달콤한 거짓말처럼, 내내 비가 온다고 했지만 비가 내리지 않은 주말의 일기예보처럼 무엇도 뜻대로 되지 않고 그렇기에 무엇도 계획할 수 없는 삶의 회로에서 기인한다.

그리고 이 조용한 우울과 절망은 우유 한 잔이라는 지나치게 소소한 천국의 이미지를 조응시키고 있어 한결 슬프고 비참한 지금 여기를 드러낸다. 어떤 것이 천사이고 맞잡은 손인지 알 수 없는 천국에는 상상의 오브제들만이 배치되며 이 하얀 방의 이미지는 조해주의 시에서 계속해서 변주된다.

무엇 하나 계획대로 되지 않는 삶을 보여 주는 그의 시에는 약속, 취소, 만남, 거짓말, 어긋남과 같은 우연이 중첩되어 발생한다. 그래서 "거기 자리 있나요?"라는 갑작스러운 질문을 받더라도 "너무 깊이 생각하지 않는다"(「참석」)라는 결론에 도달하게 된다. 그런 경험의 축적은 결국 자주 가는 카페임에도 불구하고 "단골이 되고 싶지 않"아서 "내일은 어떻게 하면 처음 온 사람처럼 보일까"(「단골」) 골몰하게 만들며 "누군가의 목구멍에 걸려 있는 기분"(「자립」)으로부터 멀리 달아나게 만든다.

나는 그저 손을 뻗고 있을 뿐

배꼽이라는 말이 내키지 않아서 단추를 말하고
유리병으로 이해하고

왜 알아채지 못했을까?

그와 내가 웃고 있는 여름으로부터 아주 멀리 있는 내가

이것, 하고 말하면
누군가 설탕에 절인 포도를 나에게 건넨다. 빈 유리병이 필요했는데
나는 그것을 받아 들고 어리둥절한 표정을 지으며 말하겠지

맞아요,
이것이 필요했어요.
(「이것, 하나」에서)

말의 번복과 약속의 불이행, 보상의 무화, 만남의 엇갈림, 예측의 실패 등을 경험하면서 누적된 피로와 허무의 감각들은 말과 실재가 다른 층위에서 겉도는 소통 부재의 상황으로 천착된다. 그러나 '나'는 더 이상 놀라지 않고 다만 "맞아요. 이것이 필요했어요."라는 거짓 수긍을 보여 줌으로써 관계의 단절을 은폐하고 파고 없는 현실의 유지를 선택한다. 어차피 이곳에 내가 찾는 형규는 없고, "조금 더 눈이 큰 형규"나 "조금 더 말이 빠른 형규"(「형규」)들이 있을 뿐이니 말이다.

조해주의 시에서 맞닥뜨리는 가공할 공백은 없음을 표상하는 오브제로서의 공간성, 현실과 무관하게 작동하는 생각의 출현, 조형적으로 구성된 하얀 방, 생경한 외국어에서부터 오는 무의미 등으로 구축된다. 이제 다른 이야기를 하자고 제안했던 그는 일상성과 언어 너머에 있는 낯선 곳으로 우리를 안내한다. 그곳은 아직 어떤 제목도 붙이기 어려운, 아니 어쩌면 앞으로도 스스로 이름을 필요로 하지 않을 것 같은 제목 없음의 방이다. 이는 결코 초연해지지 않으려는 시인의 아름다운 노력에서 만들어진 내면의 공간이리라 믿는다.

빛이 사라진 이후
—『우주적인 안녕』 | 하재연, 문학과지성사

이진경 문학평론가. 2017년 《문화일보》 신춘문예 평론 부문으로 등단했다.

이탈리아 태생의 저명한 물리학자 카를로 로벨리(Carlo Rovelli)는 절대적 진리가 없다는 명백한 사실을 받아들이는 겸손한 태도야말로 과학적 사고의 핵심이라고 말한다. 지구는 공처럼 보이지만 확신할 수는 없다고 말했던 소크라테스부터 코페르니쿠스, 뉴턴, 아인슈타인에 이르기까지 과학의 역사는 선대의 지식에 대한 날카로운 관찰과 의심 덕분에 발전할 수 있었다는 것이다. 그가 보기에 앎의 진실에 근접하는 가장 진실하고 정직한 길은 사고의 확실성을 지향하되 그 확실성의 근본적 결여를 인정하는 것이다. 이것은 우리의 깊은 심연을 오랜 시간 동안 마주하듯 영원히 채워지지 않을 공백을 수용하는 삶을 말한다. 고대와 현대를 꿰뚫는 이러한 통찰이 궁극적으로 의미하는 바는 무엇인가. 과학적 사고방식이란 결국 우리의 관습적인 사고-방식이 과연 적확한 것인지를 묻고, 부적합한 내용-형식의 악순환에서 벗어나기 위한 시도 중 하나라는 것이다. 이는 우리 지각의 한계를 받아들이고 선형적으로 조직된 인식에 의문을 제기함으로써 지식의 재편을 요구하는 일과 같다. 그러나 이는 반드시 과학의 영역에만 해당하는 사유는 아닐 것이다. 때로는 과학자의 통찰력이 인간을 이해하는 토대가 될 수도 있을 테니 말이다.

> 그들이 되기 전에는 결코
> 알 수 없는 것이 있습니다
>
> 들어갈 때는 가능했던 자세가
> 나올 때는 불가능해지는 순간이 있습니다

오목한 당신의 마음이 볼록하게 튀어나오는
순간이 어째서
관객들에겐 패러독스입니까

당신은 당신의 밖으로 긴 장갑을
던져 주기 바랍니다 간직했거나
감추어졌다 펼쳐지는 지문을 우리는 주울 뿐입니다

당신이 발을 딛은 바닥은
내 머리 위의 심연

가까워지는 당신의 손을 절대
만질 수 없는 투명한 거리가 있습니다

하얀 새의 윤곽을 만드는 검은 새들을
알아보지 못하고 우리가 지나치듯이
(「회전문」)

사람과 사람 사이에는 "절대 만질 수 없는 투명한 거리가 있"다. 오래전 한 시인 역시 이 간극에 대해 이야기한 적이 있다. 사람들 사이에 놓인 그 섬에 가고 싶다고 말이다.(이외에도 수많은 시인이 이에 대해 시를 썼다. 그만큼 누구나 공감하는 보편적 정서라는 의미일 것이다.) 매우 경제적인 언어로 주체와 타자 사이의 근원적 도달 불가능성을, 그 헤아리기 힘든 심연을 형상화했던 것으로 기억한다. 하재연의 시 역시 주체와 타자 사이 보이지 않는 그 "거리"에 집중한다. 다른 점이 있다면 이 시는 그 심리적, 물리적 '거리'에 대한 인식 이후의 상황을 그린다는 것이다. 시인은 말한다. 당신과 나 사이의 보이지 않는 "거리"로 인해 "당신의 손을" 잡는 것이 "불가능"할 수밖에 없다고, 그리하여 당신에게 가닿기 위한 우리의 모든 시도는 타자에게 결국 역설이 될 뿐이라고 말이다. 그는 유대의 근본적 결여가 있음을 직시하고, 관계의 역설을 폭로한다. 이때 시인의 발성은 사사롭지 않으며 객관적이다. 그는 마치 외부자처럼 위태로운 풍경에 은폐된 사실을 응시하고, 정직하고 예리한 감각으로 발화한다. "오목한 당신의 마음이 불룩하게 튀어나오는" 가장 진실된 "순간"이야말로 오히려 "관객들에게 패러독스"뿐이라는 진실을 담담하게 말이다. 그럼에도 불구하고 운이 좋다면 우리는 "당신"이 이따금 "밖으로" "던져 주"는, 당신의 차디찬 손을 따뜻하게 감싸 주었던 "긴

장갑”을 발견할지도 모를 일이다. 하지만 당신과 나 사이에 허락된 유일한 한 가지는 “긴 장갑” 속에 “간직했거나 감추어졌다 펼쳐지는” 당신의 “지문”일 뿐이다. 시인이 그려 놓은 이 미로 같은 “지문” 속에서 우리는 당신이란 세계로 더 나아가지 못한 채 정체(停滯)라는 근본적 물음과 마주하게 된다. 그리고 이러한 생각은 우리를 시인의 사유에 좀 더 가까이 다가갈 수 있게 한다.

“그들이 되기 전에는 결코/ 알 수 없는 것이 있”다는 시인의 말은 우리가 맹신하는 인식의 무결성이 불가능에 가까운 일이라는 말과 같은 이치로 이해될 수 있을 것이다. 이것이 바로 시인이 전하는 당신과 나, 우리와 그들 사이의 ‘오해’에 대한 숨겨진 비밀이자 진실이다. 인간이 인식할 수 있는 것에는 한계가 있음에도, 우리는 평소 이 사실을 자주 잊어버리고 산다. 이로 인해 극소량의 정보만으로도 우리는 주변의 공백들을 서둘러 메울 수 있게 된다. 비록 정답이 아닐지라도 빈칸은 채워졌으므로 질문의 필요 역시 상쇄된다. 결국 성급한 일반화로 인해 우리는 타자의 차가운 손을 부여잡을 기회마저 놓치게 되는 셈이다. 마치 열리지 않는 회전문이 돌고 또 돌듯 “당신의 발을 딛은 바닥”이 “내 머리 위의 심연”이 되어 우리는 영원히 서로의 눈을 마주 볼 수 없는 사이가 되고 마는 것이다. 마치 당신의 “지문”처럼, 고장 난 ‘회전문’처럼 우리는 영원히 당신의 무늬-자취를 따라 “당신”의 둘레만 빙빙 맴돌 뿐이다. 그리하여 우리는 하재연의 시를 인간을 포기하지 않고 끝까지 이해하려고 애썼던 자의 슬픔을 기록한 것이라 부를 수 있을 것이다. 관계에 대한 관찰을 기반으로 삶의 태도를 각성하기 위해 안간힘을 썼던 한 사람의 실패담인 것이다. 그러나 우리 모두 알고 있듯 당신에게 닿기 위한 우리의 모든 시도는 끝내 “투명한 거리”를 극복하지 못한 채 그르치고 만다.

추위가 없었다면 우리는 존재하지 않았을 것이다.

그러나 살아 있다는 것은
꼭 이런 방식이어야 할까.

외계인에게 손가락이 주어진다면
다른 생물에게 온도를 전달하며 생명을 유지하게 될까.

뜨거운 열역학적 죽음들 사이로
시간이 흐른다.

어둠이 완벽하게 얼어붙어 있다.

나의 호흡이 매 순간 사라질 것만 같다.

있을 수밖에 없었던 것으로서의 나

손아귀 속의 따뜻함은
너와 나의 삶을 손상시키지 않고
이곳 건너편의 이곳으로 옮겨 갈 수 있을까.

상처 난 아이의 발가락이 조개껍데기 안에 담기듯이.
(「우주 바깥에서」)

“그러나 살아 있다는 것은/ 꼭 이런 방식이어야 할까.” 시인은 전작 『세계의 모든 해변처럼』에서 우리가 나만의 리듬을 이해하는 사람을 만나기 위해 전 생애를 낭비하고 있음을 언급한 바 있다. 하지만 이번 시집 『우주적인 안녕』에서는 그 이후 깨달은 사실—우리가 “타인에게” “연주될 수” 없는 “악기”였음—을 고백한다. 다시 말해 우리는 이 세계에서 “무한과 무한 사이에 찍힌 하나의 점”처럼 존재하며(「스피릿과 오퍼튜니티」), 다만 “세계의 투명한 공기를 짙게” 만드는 “보이지 않는 음”처럼(「빛에 관한 연구」) 서로에게 불협화음으로 실재할 뿐이라는 것이다. 오랜 시간 삶의 근본적 결여를 궁리해 왔던 시인은 우리가 결코 “손아귀 속의 따뜻함”을 “너와 나의 삶을 손상시키지 않”으면서 “건너편”으로 “옮겨 갈 수” 없음을 이야기 한다. 이것은 삶의 결여를 부정할 수도 벗어날 수도 없다는 암담함의 또 다른 표현일 것이다. 이와 같이 하재연의 시는 주체와 타자의 불화를 인식하고 세계 내 고립으로 인한 슬픔과 고통의 파토스를 장엄하게 발화하기보다는 소외된 삶의 단면을 디테일하게 포착하고 보이지 않는 현실의 경계선을 그저 담담하게 보여 줌으로써 역설적으로 깊은 서정적 울림을 준다. 이 시집에 등장하는 시적 화자들은 대체로 절박하고 혼란스러운 상태에 직면해 있지만 그것이 표출되는 정서적 양감은 극히 정적이고 관조적이다. 이것이 하재연 시의 미덕이 아닐까 싶다. 차분한 어조와 절제된 표현은 불필요한 감정의 동요를 경감시키고 독자로 하여금 그가 바라본 현실의 부정성을 짐작할 수 있게 돕는다.

세계의 자명한 질서 앞에서 낙오자가 된 우리가 선택할 수 있는 가장 손쉬운 방법은 자포자기다. 하지만 단념하지 않고 끝없이 참회하며 끊임없이 새로운 길을 모색하는 자도 있다. 바로 시인이다. 오직 소수만이 문학을 돌보는 이 시대에 시를 쓴다는 것은 어쩌면 해변의 모래알 하나처럼 무가치하고 무의미한 일일지도 모른다. 그러나 시인은 왜 사는가를 고민하는 자가 아니라 어떻게 살 것인가를 고민하는 자다. 우리가 정해진

길을 따라갈 수밖에 없는 존재라면, 우리가 끝내 "있을 수밖에 없었던 것으로서의 나"로서만 존재할 수밖에 없다면 하필 이런 방식으로 살아야 하는 것이냐고 되묻는 것으로 시인은 존재의 의미를 재확인한다. 시인은 세계의 일반적 문법을 확신하지 않는다. 만고불변의 확실한 진리라고 일컬어지는 것들에 대해서도 쉽게 동의하지 않으며 그 안에 숨겨진 진실을 찾아 나선다. 시는 시대의 어둠을 밝히는 빛과 같다. 어둠 속에서 빛을 따라 길을 나선다는 것은 기성 질서에 대한 성찰을 토대로 세계 내 모순을 직시하고 삶의 불안으로부터 도피하지 않음을 의미한다. 시인은 마치 과학자처럼 자신의 앎을 끊임없이 회의하며 새로운 밝음을 궁리하고자 노력한다. 그러므로 자신에게 주어진 실존을 무게를 회피하지 않고 숙고를 거듭하며 끝까지 지탱하려고 맞서는 시인의 태도는 윤리적이다. 애초에 "추위가 없었다면 우리는 존재하지 않았을 것이"지만, 그럼에도 불구하고 우리가 살아야 한다면 그들은 당면한 삶으로부터의 도피가 아닌 삶의 구체적 형식을 고뇌하는 까닭이다.

> 초가 완전히 녹아 버린 후 촛불의 빛은 어떻게 되는지*
> 일요일의 흰빛이 월요일 쪽으로 사라져 갈 때
>
> 빛이 사라진 지구가 혼자 돌고 있는 밤을 생각한다.
> 지구는 그때부터 처음의 방식으로 고독해지겠지.
> 굿바이,
> 하고 인간들에게 인사를 하고
> 정말로 우주적인 회전을 하게 될 것이다.
>
> 빛이 어떻게 발생하는지 묻지 않고
> 빛이 어떻게 사라지는지 연구하는 사람을
> 사랑한 적이 있다.
> 그도 빛과 함께 사라져서,
> 우주적인 안녕을 해야만 했고
>
> 나는 다시
> 먼지처럼
> 이곳저곳에 묻어 있다가,
> 쓱 닦이곤 했다.

흘러넘쳤던 빛의 입자들은
공중으로 높이 올라가다 생각난 듯 한 번 반짝였다.

그러고 나서는
영원히 보이지 않는 음이 되어
세계의 투명한 공기를 짙게 한다.

* "초가 완전히 녹아 버린 후에 촛불은 어떻게 되는지"—루이스 캐럴, 『이상한 나라의 앨리스』에서(원주)

(「빛에 관한 연구」)

요컨대 시는 우리에게 빛이다. 그리고 시인은 어둠 속에서 빛의 자취를 살피고 "일요일의 흰빛이 월요일 쪽으로 사라져" 가는 것을 관찰하는 연구자다. 그는 "초가 완전히 녹아 버린 후"의 "촛불의 빛은 어떻게 되는지"를 궁금해하거나 "빛이 사라진" 이후 "혼자 돌고 있"을 "지구"의 "밤"은 어떠할지를 생각한다. 중요한 것이 사라졌다는 사실 그 자체가 아니라, 사라진 후 남은 빈자리와 그 이후를 생각하는 것이다. 그리하여 시인이란 "빛이 어떻게 발생하는지" 기원에 대해 묻는 사람이기보다 "빛이 어떻게 사라지는지" 그 최후를 "연구하는 사람"이라고 말할 수 있을 것이다. 내부보다는 바깥을, 지금보다는 이후를 고뇌하는 그에게 "빛이 사라진 지구가 혼자 돌고 있는 밤"이란 어쩌면 '시'가 사라진 세계일지도 모르겠다. 만약 우리가 빛의 발생부터 소멸 이후 재시작되는 것을 "우주적인 회전"이라 말할 수 있다면 빛의 자취를 연구하는 사람들, 즉 시인들의 절멸 역시 "우주적인 안녕"이 될 것이다. 우리가 시와(시인과) "우주적인 안녕"을 고한다면 그들은 "다시/ 먼지처럼/ 이곳저곳에 묻어 있다가" 흔적도 없이 "쓱 닦이"게 될 것이다. 하지만 사라진 이후에도 그들은 "영원히 보이지 않는 음이 되어" 우리가 살고 있는 이 "세계의 투명한 공기를 짙게" 할 것이다. 그리고 이것은 보이지는 않지만 분명 새로운 시작이 될 것이다. 넘쳐 나는 소음 속에서 빛이 사라진 이후를 고민하는 것이 시인의 몫일 테니 말이다.

‘어린 귀신’과 시적인 것
—『이런 얘기는 조금 어지러운가』

| 유계영, 문학동네

김영임 문학평론가. 2016년 《문학과사회》 신인문학상 평론 부문으로 등단했다.

무엇이 실제이고 무엇이 아닌지 사람들은 얼마나 쉽게 이해하는가. (……) 어떤 사람들은 이런 세계들 중 하나만 믿었고, 어떤 사람들은 두 가지를 믿었다. 세 가지 세계를 전부 이해하는 사람은 소수였다. 어째서 사람들은 이 우주로 나아가는 데 많이 믿는 것보다는 적게 믿는 것이 진보라고 생각할까.[1]

‘신비’의 자리

밤새도록 빌면서 꾸벅꾸벅 졸았다
졸고 있는 어린 귀신의 머리를 내 어깨에 뉘였다
그러자 어린 귀신이 매섭게 쏘아보고는
모두 잠든 밤에는 울지 말기를
아무도 듣고 있지 않으니

인용한 시는 유계영 시인의 세 번째 시집 이런 얘기는 좀 어지러운가에 실린 「왼손잡이의 노래」의 일부분이다. 이 시에는 화자인 ‘나’와 귀신들, 그리고 시의 말미에 귀신인지 인간인지 알 수 없는 늙은 여자가 등장한다. 시의 도입은 귀신들의 태생에 대한 문장으로 시작한다. “비뚤어진 어깨선”이 “나고 자란 골목”인 귀신들은 밤새 “골목의 모서리를 찢어발기며 즐거”워 한다. ‘골목’이란 것이 ‘비뚤어진 어깨선’이고 보면 귀신들은 밤마다 ‘나’의 육체를 찢어발기며 노는 셈이다. 그중에도 “어린

1 줄리언 반스, 한유주 옮김, 『용감한 친구들 2』(다산책방, 2015), 124쪽.

귀신들은 골목의 양팔에 매달려 소원을 빌었다/ 나를 무겁게 나를 살찌우게/ 더 이상 사라지지 않게". 그렇다면 '왼손잡이'인 '나'가, 오른손잡이들에게서 매번 소외되는 '나'가 세상에서 사라지지 않게 지키고 있는 존재들은 다름 아닌 귀신들이라는 셈이다. '어린 귀신'은 그런 소원을 비느라 "꾸벅꾸벅 졸"기도 하고, '나'는 그런 귀신이 안쓰러워 "내 어깨에 뉘"이기도 한다. '나'의 친절에 대해 "모두 잠든 밤에는 울지 말기를/ 아무도 듣고 있지 않으니"라고 귀신은 쏘아붙이지만, 오랜 세월 '왼손잡이'의 울음을 오롯이 들어 준 존재들은 '나'와 공생하고 있는 귀신들이다.

이 '귀신'을 어떻게 이해해야 할까? 이것은 어떤 것의 은유인가?

한 매체와의 인터뷰에서 이전 시집에 비해 죽음을 다룬 시편이 눈이 띈다는 질문[2]에 대해 시인은 '시간'을 언급했다. 시간에 대한 생각이 깊어지면서 자연스레 죽음을 다룬 시들이 많아진 것 아니겠냐는 답변[3]이었다. 해설을 쓴 조연정 평론가 역시 "유계영의 시가 '죽은 나의 미래 일기'로 읽힌다"고 언급하면서 '시간'을 중요 키워드로 이번 시집을 읽어 내고 있다. "어린 귀신들"(「왼손잡이의 노래」) 또는 "죽은 애"(「동창생」)처럼 여리고 어린 존재로 등장하는 '죽음'은 현재적 서술 안에서 "성장하지 못한 과거의 '나'"이기도 하고 때때로 좀 더 확장되어서 "현재라는 미래에 결코 당도할 수 없게 된, 수많은 '죽은 애'"에 대한 시인의 윤리적 책임[4]과 연관될 것일 수도 있다.

「동창생」의 일부분을 읽어 보자.

> 죽은 애도 온 것 같다 죽은 애가 와서
> 자신이 죽었다고 귓속말을 흘리는 것 같다
> 죽은 애가 죽은 것은 모두가 아는 얘기
>
> 이럴 거면 그만 나가달라고 누군가 소리친다
> 사랑의 근시안에 대해서라면
> 이혼했고
> 그보다 많이 결혼한 사연 같은 것이라면 들어주겠지만
> 죽은 애가 죽은 것은 모두가 아는 얘기
> 들어줄 수 없는 얘기
>
> (……)

2 유계영, 「"시를 쓰는 태도가 선명해졌어요"」, «채널 예스» 인터뷰, 2019. 05. 21.

3 이 시집에서는 나름 소심한 기획으로 시간에 대한 이야기를 해 보고 싶었어요. 그래서 죽음이 나왔던 게 아닐까요? 우리의 운명이 종국에 가면 죽음이 나오잖아요.(위의 인터뷰)

4 조연정, 「못다 한 이야기」, 『이런 얘기는 좀 어지러운가』(문학동네, 2019) 128~142쪽.

못다 한 이야기나 나누어봅시다
못다 한 그리움과 못다 한 추태와 못다 한 공격과 못다 한 수비
다 해 봅시다 오늘

(……)

이제야 용서한다 열심히 칫솔질할수록 툭툭 터지는
흰 이빨 사이의 빨간 피 이런 얘기는 좀 어지러운가
이해한다 축축한 악몽을 머리핀처럼 꽂고 잠든 밤

(……)

내가 나인 것이 치욕스러웠던 날들과 떳떳했던 날들을
마구 흘리며
달아난다
(「동창생」에서)

"죽은 애"는 해설에서 언급된 '성장하지 못한 과거의 '나'일 것 같기도 하고, '미래에 결코 당도할 수 없게 된, 수많은 아이들'을 연상시키기도 한다. 이 시에서는 그 두 존재가 겹쳐 읽힌다. '죽은 애'와 우리의 거리는 '동창회'라는 단어 안에서 더욱 좁혀진다. '죽은 애'가 어떤 실체가 있는 구체적인 죽음을 은유할 필요는 없다. '죽은 애'의 자리는 '(못다 한) 그리움과 (못다 한) 추태와 (못다 한) 공격과 (못다 한) 수비'가 오고 가면서 "치욕스러웠던 날들과 떳떳했던 날들"이 교차했던 성장기 안에 상처받고 악몽을 꾸고 피를 흘리는 '작은 아이들'을 숨기고 있다. 우리 모두가 가해자이면서 동시에 피해자였던 상처투성이의 기억 조각들이 모여서 '죽은 애'의 자리를 만들지 않았을까. 형식적인 인사말과 대화가 오고 가는 그 자리에 "죽은 애"는 모두의 몸에 같이 자리하고 있을 것이다.

이처럼 유계영의 시에 등장하는 죽음과 연결된 시어들은 그것들이 의미하는 본 관념을 단순하게 드러내지 않는다. 이 시어들은 본 관념에 대한 보조적 표현을 넘어서서 고유한 시적 공간을 획득하며 은유를 넘어선다. 시인은 인터뷰에서 동물, 유령 또는 다른 몸들과 같은 비인간존재들이 요즘 시에서 많이 등장하는 것이 '인간다움'에 대해 이야기하는 것이 가지는 한계를 인지했기 때문일 것이라고 말한 바 있다.[5] 이것은 또 다른 인터뷰에서

5 《채널 예스》 인터뷰.

언급한 '신비'와 '시의 가능성'을 연결시킨 지점과도 통한다고 볼 수 있는데, 시인은 여기에 '믿음'이라는 무게감보다는 '재미'[6]라는 취향에 방점을 찍는 듯 보인다.

적게 믿는 것이 진보일까

그럼 '말도 안 통하는 신비스러운 이야기'[7]를 담고 있는, '새벽'을 소재로 삼은 '재미있는 시'를 읽어보자.

새벽은 어제의 팬티를 뒤집어 입었지 성큼
냄새가 앞서나갔지
어제가 듬뿍 묻어 있는 것을 어쩌지 못하고

새벽에게 주어진 옷가지가 단 한 벌뿐이었다는 것을 이해한다면 나는 더 이상
나를 낭비하지 않을텐데

(……)

새벽 창문의 기도
아침의 빛깔은
누구의 고장 난 지퍼에서 새어나오는 것일까
안팎의 무늬가 동일한 팬티를 매일 성실하게 뒤집어 입고
골목을 서성이는 새벽의 습관은
실금처럼 가느다란 골목 끝에 쓰러진 사람을 두고
매번 딴청이다
(「더 지퍼 이즈 브로큰」에서)

유계영의 시를 '새벽'을 묘사한 다른 시와 교차해서 읽어 보자. "새벽에 깨어나/ 반짝이는 별을 보고 있으면/ 이 세상 깊은 어디에 마르지 않는/ 사랑의 샘 하나 출렁이고 있을 것만 같다"[8]. 곽재구 시인의 「새벽편지」의 첫 구절이다. 이 시의 '새벽은' "고통과 쓰라림과 목마름의 정령들은 잠들고" "아름다움은 새벽의 창을 열고/ 우리들 가슴의 깊숙한 뜨거움과 만"나는 시간이다. 하루에 일어났던 희로애락의 순간순간들이 육체의 잠 안에서 사그라들고, 서늘한 공기 입자 안에서 미지의 사건들이 여명과 함께

6 인터뷰: 「나의 시와 너의 시는 같을 수 없고」, «Littor»19호, 81~82쪽.
7 위의 인터뷰, 82쪽.
8 곽재구, 「새벽편지」, 『전장포 아리랑』(민음사, 1985), 109쪽.

움트는 시간. 우리는 그 시간들이 어제보다는 더 낫길 바라며 새벽은 그런 바람을 푸른 어둠 속에 감추고 있다. 아마도 새벽이라는 단어를 마주할 때 떠올릴 수 있는 이미지와 관념은 대개 이러하지 않을까. 이렇듯 '새벽' 혹은 '내일'이라는 단어는 우리에게 '어제'나 '오늘'과는 달라진 시간을 상상하게 하는 힘이 있다. 특히 고단한 하루를 보낸 이들에게는 더욱 그렇지 않을까. 유계영은 이런 기대를 비웃기나 하듯이 "내일은 오늘을 뒤집어 입은 채 앞장선다"고 잘라 말한다. 새벽이 선택할 수 있는 것은 "어제의 팬티를 뒤집어 입"는 일이다. 내일 안에는 어제라는 과거의 체취가 "듬뿍 묻어" 있을 수밖에 없으며 차이라고는 고작 "안팎의 무늬가 동일한 팬티"의 안과 겉에 지나지 않는다. 내일의 이런 모습은 "주인이 벗어둔 바지 속에서 가장 고약한 냄새를 빼물고 거실을 활보하는 명랑한 치와와처럼" 삶의 '주인'을 당황하게 만들기도 하고, 그녀 또는 그가 내일을 위해 "더 이상 나를 낭비하지 않을 텐데"라는 조그만 독백을 중얼거리게도 한다. 유계영의 '새벽'은 "이 세상 깊은 어디에 마르지 않는/희망의 샘 하나"(곽재구, 「새벽편지」) 같은 것을 숨기고 있을 것 같지 않다. "실금처럼 가느다란 골목 끝에 쓰러진 사람을 두고/ 매번 딴청"인 "골목의 서성이는 새벽의 습관"으로 표현되는 이 시간은 성스럽거나 혹은 희망적인 이미지보다 어둠에 휩쓸려 다니는 건달의 그것과 닮아 있다.

'어제의 팬티' 안에 갇히면서 '새벽'은 이 시 안에서 오염된 것일까. 나는 언어가 만든 공동(空洞) 안에 이미지화된 '새벽'보다 훨씬 더 물질성을 띤 이 '새벽'이 반가웠다. 어제를 잊기 위해 호명되는 새벽은 삶을 다시 리셋(reset)하고 우리에게 '희망의 샘'이 있을 수도 있다는 환상을 심어 준다. 하지만 삶이 그렇던가. 아이러니하게도 그 환상을 실현시켜 주지 않는 현실을 이겨 내기 위해서 '새벽'이 여전히 '희망'과 연결되어 있는 관념적 층위에 존재할 당위 역시 의미가 있다. 이에 비해 유계영은 공동(空洞) 안의 '새벽'을 끄집어내어 삶의 옷을 입히면서도 '새벽'이 간직한 여전한 아름다움을 잊지 않는다. "죽은 가수의 라이브앨범에 녹음된 휘파람과/ 주전자의 이빨 사이로 피어오르는 수증기처럼" "이불을 뒤집어쓴 사람의 입속에서/ 중얼거림이 불어터지"면서 "새어나오는 것들은 가느다랄수록 간절하고 아름"답다. 누구는 놓칠 수 있는 사소한 휘파람이나 수증기 또는 "환청에 대꾸하는" 중얼거림 같은 것들이 유계영이 발견한 새벽의 얼굴이다. 새벽 공기를 채우고 있는 이 사소하고 작은 것들이 모여 "새벽 창문의 기도/ 아침의 빛깔"을 "새어나오"게 한다.

한 지인은 첫 구절 때문에 도무지 시에 집중할 수가 없다고 불평한 적이 있다. 그 반응은 나로 하여금 폭소를 터트리게 했지만, 그만큼 다른 '새벽'이 성공했다는 증거이기도 하다. '새벽'의 다른 체취 때문에 불쾌했다면 당신은 벌써 그 '새벽'의 어느 골목에 서 있거나 또는 '말도 안 통하는 신비스러운 이야기' 안으로 진입한 것이다. 그렇다면 곧 새벽에서 "새어나오는 것들"이 간직한 "가느다랄수록 간절하고 아름다운 것"들을 느끼는 순간 역시 맞이할 것이다. 믿음과 재미는 알게 모르게 함께 오는 것이니까. 에피그라프로 인용한 줄리언 반스의 문장처럼 사람들은 무엇이 실제이고 무엇이 아닌지를 쉽게 이해하는 것이, 적게 믿는 것이 진보라고 생각하겠지만, 그들은 "이 세계, 그리고 이 세계에서 살아가는 눈을 반만 뜬 사람들"[9]이지 않을까. 문학 또는 예술 안에서 '보이지 않는 것들'을 '말도 안 되는 이야기들' 속에 자리를 마련하는 일은 '이미 알고 있는 것들'에 대한 은유가 아니라 복수의 세계가 존재할 수 있는 상상을 열어 보이는 일이다. 또는 기존의 세계 안에서 자리를 얻지 못한 존재들에게 손을 내미는 작은 노력이기도 하다. "이런 얘기는 좀 어지러운가". 그래도 당신의 우주는 더 넓어질 수 있다.

9 줄리언 반스, 한유주 옮김, 『용감한 친구들 1』(다산책방, 2015), 394쪽.

엄기호 『고통은 나눌 수 있는가』
권보드래 『3월 1일의 밤』
은유 『알지 못하는 아이의 죽음』
최현숙 『할매의 탄생』
김원영 『희망 대신 욕망』

리뷰
인문사회

길어져라 길어져라 길어져라 내 머리카락아

—『고통은 나눌 수 있는가』 | 엄기호, 나무연필

김준섭 편집자. 한겨레출판 근무.

머리를 기르는 중이다. 돈을 잘 벌고 싶어서, 정말로 돈을 많이 벌고 싶어서, 역세권에 살고 싶어서, 32평에, 화장실이 둘인 집에…… 그런 생각이 들 때면 나는 머리를 풀어 땅을 향해 늘어놓고 머리끈으로 한 번, 두 번, 세 번, 칭칭 감아 단단히 꽉 묶는다. ㅎㄱㄴㄴ 앱을 끄고, ㄴㅇㅂㅂㄷㅅ 앱을 끄고, 가방에서 문학잡지를, ㅁㅎㄱㅅㅎ나ㄹㅌ를 꺼내 펼쳐 보지만…… 집중이 될 리가 없지. 나는 어제도, 오늘도 여전히 머리를 기르는 중이다. 실은, 사는 게 너무 힘들어서, 너무 고통스러워서, 그래도 고통을 기르고 싶지는 않아서. 고통을 기르는 대신 머리를 기르는 중이다. 머리를 기른 지는 3년 남짓 되었다. 아담 드라이버. 처음 상상한 건 아담 드라이버의 긴 머리였다. 그렇게 되진 못했지만. 긴 머리와 어울리는 얼굴을 타고나지 못한 게 내 탓은 아니지. 금수저가 아닌 게 내 탓이 아닌 것처럼. 그래도 나는 이제 아담 드라이버의 긴 머리보다 더 머리가 길다. 길어져라 길어져라 길어져라 내 머리카락아, 나는 주문을 외고, "이 사회가 고통을 겪는 이에게 앙상한 주문 말고는 다른 어떤 언어를 가질 가능성을 주지 않고 있다"는 점을 잘 알면서도, "주문을 외는 것 외에는 다른 것이 가능하지 않"다는 것을 잘 알면서도, 길어져라 길어져라 길어져라 내 머리카락아, 나는 주문을 왼다. 주문을 외고, 주문을 외면 욀수록 머리는 길어지고 고통은 옅어지고…… 물론…… 거짓말이다. 고통은 언제나 그대로다. 머리만 길어질 뿐.

*

9층에서 엘리베이터 문이 열리고 여자 어른과 여자아이가 LED 전등이 내리쬐는 이동의 공간으로 들어온다. 타면서부터 나를 뚫어져라 보던 아이가 한 손으로 살며시 안전봉을 잡더니 다른 손으로 여자에게 손짓한다. 작고 부드러운 손이 여자의 귀를 끌어당겨 작지만 다 들리는 목소리로 속삭인다. “엄마, 저 사람 엄마야, 아빠야?” 당황한 여자가 나를 슬쩍 본다. “그런 말 하면 안 돼.” 여자는 아이에게 속삭인다. 나는 여자를 향해 “그래도 돼요” 하고 말하고 싶지만, 안 하는 게 낫다. 이젠 그 정도는 안다. 엘리베이터에서 내려 아파트 단지를 빠져 나와 버스 정류장으로 걸어가면서, 궁금해 미치겠다는 얼굴로 나를 휙휙 돌아보는 의뭉에 찬 얼굴의 아이에게 나는 손을 흔든다. 아이의 옆을 스치듯 지나가며 “아빠야” 하고 속삭인다. 그나저나, 믿으려나. “믿을까?” 하고 내 곁을 향해 물으면 장기용을 닮은 내 아이가 “안 믿지” 하고 말한다. 저런 말을 가끔 듣는다. 머리를 잘라야지 생각했다가도, 저런 말을 들으면 계속 길러 볼까, 하는 오기 섞인 마음이 생긴다. ‘엄마’일 수 있다는 가능성, 은 그게 그냥 잘못 보고 한 말일지라도, 뭐랄까, 사람 기분을 이상하게 데운다. 물론, 스스로 어떤 기분에 취하는 거긴 한데, 오븐 밖에서 빵이 부풀어 오르는 걸 볼 때의 기분 같은 건데, 아시려나. 물론, 가끔이긴 해도 그런 말을 들으면 엄마가 될 순 없더라도 엄마라는 말이 부여하는 어떤 책임감이랄지 그런 것이 따라오기도 한다. 그런 날에도 나의 유치원생 아이는 내 손을 단단히 붙잡고 있다. 고모 차라고 부르는 손에 쥐고 있는 빨간 자동차에 집중하고 있다. 엄마 손을 잡은 아까의 아이와, 내 손을 잡은 나의 아이를 번갈아 생각하면서, 호칭을 바꿔 불러도 좋겠구나, 그런 생각을 한다. 나를 엄마로 진을 아빠로 불러도 좋겠구나. 한번 그래 봐야겠다, 하고 생각한다. 유치원까지 200미터 남짓한 단지 길을 걸어가면서 나는 늘 그렇듯이 아이에게 아무 말이나 한다. 아이는 돌 이야기를 좋아한다. 몇 번을 해도 좋아한다. 아주 오래전엔 돌이 새처럼 날아다녔다. 스니치처럼 날아다니는 돌도 있긴 했지만, 대부분은 서로 부딪칠까 봐, 부딪쳐서 깨질까 봐 아주 조심조심 날아다녔다. 아니, 아주 옛날엔 돌이 그렇게 딱딱하지도 않았다. 부드럽게 단단했다. 실수로 서로 부딪친다고 하더라도 깨지는 일은 없었을지도 모른다. 조금 아프기야 했겠지만. 깨져서가 아니라 깨질까 봐…… 단단한 몸으로 날아다니면서도 그런 생각을 했다는 것이…… 마음에 든다. 깨질까 봐…… 중얼거리며 걷는 나를 향해 파란 자동차로 바꿔 든 아이가 말한다. 그럼 세상엔 돌이 하나도 없었겠네. 응, 없었지. 그 시절엔 아빠도 없었거든. 나는 주머니에 손을 넣어 핸드폰을 만지작거리며 생각한다. 지금은 부자 아빠와 가난한 아빠만 있을 거고.

*

하루 내내, 혹은 일주일 내내, 셔터가 내려진 사람처럼 앞이 보이지 않는 듯이 걸어 다니며 그저 돈을 아주 많이 벌고 싶다는 생각만을 할 때가 있다. 내가 ㅇㅅㅌㄱㄹ에 사진을 올리는 횟수만큼이나 자주 있다. 그럴 때면 젖은 수건처럼 발바닥 밑이 축축해지면서 오래된 동전의 시큼한 냄새 같은 것이 스멀스멀 종아리를 타고 올라와 온몸을 단숨에 감싼다. 고단한 몸에 고단한 기분이 쌓여 가는 중에, 무언가 훨씬 더 나쁜 것이 '고단'과 '몸'과 '기분' 옆에서 내 모든 '결'을 밀어내며 쌓여 간다는 걸 어렴풋이 알 것 같으면서도 결국 모른 척하고야 만다. 그러던 중에 읽게 된 거다. 제목 한 문장만으로도 사람을 칭칭 감아 이러지도 저러지도 못하게 해 버리는 책 한 권을. 엄기호 선생의 『고통은 나눌 수 있는가』를. 나는 읽으면서 안다. 그저 나도 '선아'처럼 자고 싶기만 했다는 걸 안다. 그저 나도 '덕룡 아버지'처럼 고통이 떠오를 때마다 말 대신 주문을 외워 왔다는 걸 안다. '관심'이 아니라 '주목'으로 겨우 숨 돌리고 싶어 가끔은 '관종' 짓을 했다는 걸 안다. 하지만, 나는 내가 더 많이 알고 싶다는 것도 안다. 나는 '선아'도 '덕룡 아버지'도 '재희 어머니'도 아니라는 걸 잘 안다. 푸른 머리를 묶다 말고, 나는 몇 번이나 소리 밖으로 생각을 꺼낸다. 그렇다면, 나의 고통은 왜 언제나 그대로지? 왜 길어지지도 짧아지지도 않고 계속 그대로지? 책대로라면, 그것은 내가 삶에 대한 자신감이 없어서 그럴 수 있다. 노동자여서 그럴 수 있다. 성과를 내고 싶은, 성과를 내야만 하는 한낱 노동자여서 그럴 수 있다. "사회에 참여하면서 성과를 내는 사람들은 대부분 어느 정도의 성과를 내고 난 다음에 깨닫게 된다. 그 성과가 자신의 성장과 결부되지 않는다는 것을 말이다. 아주 대단한 성과가 아닌 다음에야 자신이 내는 성과는 누구나 낼 수 있는 것이다. 따라서 자신은 자신만의 고유한 성과를 내는 사람이 아니라 사회가 필요로 하는 성과를 내는 사람이며, 사회가 원하는 만큼 성과를 내지 못하는 한 언제든 다른 사람으로 대체된다는 것을 깨달을 수밖에 없다." 성과를 내지 못하면 내지 못하기 때문에, 성과를 내더라도 언제든 대체 가능하기 때문에 내 고통은 늘 같은 크기일 수 있다. 짧아지는 것도 길어지는 것도 두려울 수 있다. 그래서 나는 대체 불가능성을 찾아 아이의 손을 잡고 유치원까지 걸어가는지도 모른다. 아빠를 사랑하느냐고 묻고, 아이가 귀찮게 엄마보다 더 사랑하느냐고 자꾸만 물으면서. 그렇게 전철에 올라서는 ㅎㄱㄴㄴ 앱이나 켜고, ㅂㄷㅅ 카페에나 들어가는 거다. 다른 사람의 몰락한 부동산을 땔감 삼아 내 기분을 고양시키고 싶어서. 그럴수록 내 언어가 가난해지고 있다는 것도 모르면서.

*

"나만 외로운 줄 알았지요. 그런데 그게 아니었어요. 아픈 사람들은 다 외롭더라고요. 외로워서 힘들더라고요." 고통 곁에 있는 모두가 다 외롭고, 외로워서 고통스러워한다는 '선아'의 말이 나는 되게 좋았다. 나만 외로운 게 아니라 너도 외롭다는 걸 알 때 우리는 서로에게 다가갈 수 있다, 는 걸 알아서 좋았다. 내 고통과 너의 고통이 다르기에 우리가 서로의 고통 속에 서 있을 순 없지만 서로가 고통 속에 혼자라는 걸 발견하는 것만으로도 우리가 서로에게 자기만 알던 고통을 꺼내 보여 줄 수 있다, 는 걸 알아서 좋았다. 그냥저냥 살다가 주위를 돌아봤을 때야 내 곁에 아무도 없고 '고통'만이 남게 되었다는 걸 안다면 너무 늦은 거겠지만, 다행히 나는 너무 늦진 않은 거 같다. 폭탄이 떨어져 아무것도 남아 있지 않은 폐허를 '그라운드 제로'라고 부른다고 한다. 그곳이 바로 '고통의 자리'라고 한다. 책을 읽기 전의 내가 그 자리를 보자마자 얼른 떠나고 싶어 할 사람에 가까웠다면, 책을 읽은 후의 나는 그 자리에 털썩 주저앉는다. 그곳이 정말 '고통의 자리'라면 그곳에 맨 처음 서야 하는 건 아무래도 '나'여야 하기 때문이다. 내가 나에 대해 해명하고 나를 납득하게 해야 하기에 나는 그 자리에 서야 한다. 말과 글을 통해서라면 더없이 좋겠지만, 말과 글이 아니더라도 다른 삶의 주목을 끌기 위해서가 아니라면, 오로지 나 자신을 위해 나에게 집중하는 것이라면 뭐든 좋을 것이다. 재미가 아니라 기쁨을 위해서라면 어쩌면 ㅎㄱㄴㄴ 앱까지도 괜찮을지도 모르겠다. 이렇게 계속 열심히 몸부림칠 때야 우리는 비로소 역시나 맞은편 어딘가에서 열심히 몸부림치고 있는 누군가와 이야기를 나눌 수 있지 않을까. 헛된 희망을 주지 않으려고 더는 절망하게 하지도 않으려고 신중하게 말을 골라 이야기할 수 있지 않을까. 고통은 나눌 수 있는가, 고통은 나눌 수 있을까, 다른 것도 아니고 고통을 정말 나눠야 할까. 모르겠다. 내가 아는 거라고는, '좋아요'를 누르기보다, 당신의 고통은 재미없으니 더 재미난 걸 보여 달라고 말하기보다, 당신이 내 곁에 있어 기쁘고, 당신의 고통에 예의를 갖추고 싶다는 거다. 고통을 겪는 이의 삶은 파괴되는 것만이 아니라 재건되기도 한다는 걸 믿으며 그렇게 될 수 있게 돕고 싶다는 거다. 내가 이 책에서 배운 건 아직은 하나다. 고통받는 사람의 곁에 있자, 고통받는 사람의 곁에 있는 사람의 곁에 있어 주자는, 지금 내겐 너무 어려운 거 같다. 나는 아직 고통의 호갱이라서 그렇게는 안 될 거 같다. 오늘 내가 배운 건 이거다. 내 곁을 삭제하지 말자. 내 곁을 절대 삭제하지 않겠다는 것. 나는 내일도, 그다음 내일도, 그그다음 내일도 머리를 기를 거다. 적어도, 사는 게 너무 힘들어서, 너무 고통스러워서, 머리를 기르는 중이라고 말하는 걸 그만둘 때까지는. 가까운 언젠가, 그게 언제든 내 머리카락을 싹둑 자를 수 있기를 고대한다. 부디 짧아져라 짧아져라 짧아져라 내 머리카락아.

역사의 변화는 누구의 몫인가
—『3월 1일의 밤』 | 권보드래, 돌베개

노지승 인천대 국어국문학과 교수. 저서로 『영화관의 타자들』 등이 있다.

이 책의 저자 권보드래는 '문학연구자'이다. 저자의 정체성을 이 말에 가둘 의도는 없고 그럴 자격도 없지만 이렇게 언명함으로써 글을 시작해 보고자 한다. 인문학 연구에서 문학연구는 인근의 영역들 특히 역사의 영역을 넘나들기 시작한 지 이미 오래되었고 거기에 대해서 비판하는 시선은 없지 않았지만 만약 이러한 시선을 가진 이들이 있더라도 자신의 학문적 분과 안에만 갇힌 속 좁은 편협한 이들이라는 역비판을 피해 갈 수 없었을 것이다. 문제는 얼마나 완성도 있는 연구를 하는가의 여부이지 단지 저자가 속한 학문 분과에 따라 연구의 자격 여부를 따지는 것은 '이미' 시대착오적인 것이 되어 버렸다. 그럼에도 불구하고 학문적 관성과 분과 학문 간의 경계는 생각보다 견고하다. 단지 무엇을 연구하는 사람인가를 자신의 정체성으로 삼는 것에는 학위의 문제나 학과의 소속 등의 차이뿐만 아니라 필연적으로 연구의 태도와 시각 그리고 방법론 등 총체적인 차이를 내포하고 있다. 이러한 정체성의 문제를 편견이라거나 단지 제도적인 것이라고 가볍게 치부할 수 없는 이유이다.

이러한 점을 전제로 문학연구라는 것이 일반적인 역사 연구와 어떤 차이가 있는지를 나름대로 (감히) 생각해 보자. 문학연구든 역사연구든 모두 텍스트에 대한 해석이라는 점에서 공통적이다. 그러나 문학연구는 텍스트에 대한 해석 주체의 직관적, 정서적 반응을 굳이 배제하거나 회피하지 않는다. 오히려 그 직관적, 정서적 반응을 통해 아이디어를 얻고 그 아이디어를 건조한 언어와 객관적으로 입증하려는 태도로 굴절시켜 독자를 설득하려고 노력한다. 문학비평은 이 지점에서 일반적인 문학연구와 갈라지지만 특히 연구서나 논문의 형태는 그러한 객관성, 입증 가능성을 중요한 글쓰기의 근거로 삼고 있다. 문학연구는 해석적 주체의 직관과 정서를 내포함으로써 거기에서 도출된 해석에 대해 유일한 도그마적 해석적 지위를 부여하지 않는다. 혹은 처음부터 이러한 지위를 포기하면서 시작한다고 해도 과언이 아니다. 말하자면 해석의 권력을 다원화시키거나 해체하는 것이다. 물론 독자의 공감을 얻지 못하는 해석은 인정받지 못한다는 것은 전제되어 있지만 적어도 텍스트에 실린 팩트에 모든 권위를 부여하고 그 팩트에 주체를 모두 위임하거나 혹은 지우는 방식은 문학연구와는 큰 차이가 있다.

『3월 1일의 밤』은 이러한 문학 연구적 방법이 역사연구와 만나고 있다. 책 곳곳에서 저자의 정서와 직관이 있다. 이 점을 저자가 부인하고 싶었을 수도 있다. "3·1운동을 공부한다고요?" 맥락상 역사학자들이 던졌을 법한 이 말에 저자는 문학연구자로서 민감하게 반응하지만 (이 질문을 한 사람들에게는 저자가 상상한 것과 같은 의도가 없었을는지도 모른다.) 그리고 스스로 섭렵한 자료의 절대량이 부족하다고 말하지만(자료의 절대량에 대한 기준은 사람마다 다를지 모른다.) 그리고 사랑에 빠진 대상을 제대로 그려 내지 못했다는 죄책감에 돌연 눈물을 흘렸다고 말하지만(이러한 종류의 우울증은 아무나 겪는 것이 아니다.) 그러한 정서적 반응은 이 책의 무의식이자 집필의 기본 동력으로 독자에게 전달된다. 정서적 반응이 무의식이라면 저자는 그 무의식을 학문적 엄밀성이라는 에고로 적절히 제어한다. 저자가 어떤 선택의 순간에서 '역사적 사실'보다 '문학적 구성'을 기준으로 선택했지만 독자들의 오해(혹은 상상력)가 무한대로 퍼져 나가는 것을 각주 등의 학술적 장치로 적절히 제어했듯이 말이다.

이 책은 3월 1일이라고 표상되고 지칭되는 1919년의 민중봉기의 사건을 '재현(representation)'하고 있다. '재현'은 역시 문학 연구적 방법론이 빛을 발하는 부분이다. 재현은 팩트의 골격에 살을 붙여 풍성하게 만드는 행위이다. 물론 그 살들도 허구가 아닌 팩트에 기반하고는 있지만 살을 붙이는 행위에는 서술 주체의 혹은 해석 주체의 주관이 투영된다. 그 재현되는 대상은 전국에 동시다발적으로 퍼져 있는 그리고 3월에만 국한되지 않는 사건의 참여자들 특히 심문 조서 등에 그 희미한 흔적을 남기고 있는 민초들이다. 이 책에서 언급된 직접성과 무매개성, 즉흥성, 비체계성 등 이 사건을 묘사하는 일련의 계열체적(paradigmatic) 단어들은 이 민초들의 만세를 부르는 행위에 부착된다. 이 사건의 특징은 이후에 이 사건을 통해 이룩된 변화 혹은 권력이 특정한 집단에 의해 전유되지 않는다는 데 있다. 4·16 혁명의 주역이 소위 한글세대라는 별칭을 갖고 있는 4·19세대 엘리트들이며 87년 6월 항쟁의 주역이 386세대라는 일반화와는 대조적이다. 최근의 영화인 「1987」에서도 6월항쟁이 여러 주체들에 의해 민중봉기의 발화점에 도달했다는 점을 묘사하는 새로운 시도를 했지만 역시 D일보, H교회, M성당, S대, Y대 등이 서사의 결절(node)을 이루었고 6월항쟁의 공적을 분배받은 점을 상기해 보라. 민중들을 재현한다는 것은 그 만큼 산만한 비결정형의 유동적인 액체를 어떤 용기에도 담지 않은 채 묘사하는 것과 비슷하다.

저자는 이러한 불가능에 가까운 재현을 시도한다. 이승만의 하야, 직선제의 성취를 이루었던 후대의 저항 운동과는 달리 3·1운동의 결과가 일견 정치 체제의 변화로 이어지지 않았고 그 결과가 있다하더라도 그 몫을 나누기 어려운, 민중의 각성과 자각이라는 정량화되지 않은 변화로 이어졌다는 것에도 그 시도의 이유가 있었다. 그렇다고 하더라도 3·1운동의 공이 민중들에게 돌아가 있었던 것은 아니었다. 3·1운동은 후대 대중들의 머릿속에서 민족대표 33인, 상해임시정부 그리고 영원히 '누나'로 불렸던 애국 소녀 유관순으로 표상되어 왔다. 교과서나 그리고 대중들의 머릿속에서 거리로 뛰쳐나온 민중들이 보조출연자 즉 '엑스트라'로라도 등장한다면 그나마 다행이었다. 그 역사의 엑스트라들은 바로 이 책에서 고유명사로 등장한다. 이 책에서 역사의 셀럽들- 최남선, 이광수, 채만식, 박헌영 등의 이름은 만세운동에 참여했던 34세 유봉진, 41세 윤기호, 37세 김영진, 36세 이영철, 15세 박경순, 19세 박원경 등과 크게 다르지 않게 언급된다. 즉 이름의 유명세와 계급장은 이 책에서 의미가 없다. 3·1운동의 적자란 적어도 이 책에서는 없다. 그 대신 고유명사를 얻은 무명씨들과 함께 이들이 속한 학생, 노동자, 여성, 유생이라는 집단적 마이너들이 주체로서 떠오른다.

당시의 조선은 평등화된 사회와는 거리가 멀었고 나이와 신분, 경제적 계급, 젠더 등 온갖 구별이 거미줄처럼 얽힌 온갖 조선의 사회적 위계 속에서 이들은 철저한 마이너였다. 노동자와 여성은 물론이고 3·1운동의 한 주축이었던 '학생'들도 해방 후에 부여된 지식 권력을 가진 엘리트나 지식인이란 이름과 거리가 멀었다. 고종의 죽음을 슬퍼하며 자결을 하여 3·1운동의 분위기에 비통한 슬픔의 정서를 보탰던 유생들도 왕정주의자라는 점에서는 다른 이들과는 결이 다르게 시대착오적이라고 할 수 있지만 이들도 신(新)학문이 거스를 수 없던 시대적 대세였던 당시로서는 소수자, 즉 마이너임을 면치 못했다. 이 책이 묘사하고 재현한 대로 만세는 단일한 만세가 아니었고 단순히 독립에 대한 희구로 수렴되지 않은 무수한 잉여를 가진 이들 집단의 다양한 원망(願望)이 담긴, 무한대의 의미를 가진 만세였다. 참여자들의 소수자성은 저자가 언급한 만세 부르기에 내포된 '유토피아'적 계기들을 강화시킨다. 물론 그들이 어떤 글을 남기지 않고 사망한 이상 왜 어떤 의미로 만세를 부르고 거리로 나갔는지는 정확한 팩트로서는 알 수 없다. 그러나 저자가 선택한 문학적 구성은 그 의미를 의심할 여지없이 합당하게 추론하도록 만든다.

오늘날 같은 페미니즘의 시대에, 마이너들 가운데 '여성'은 새로운 주목을 끄는 이들임을 부정할 수 없다. 여성들이 거리로 쏟아져 나왔고 여기에 백정의 아낙네들처럼 가장 천시되던 이들이 포함되었다는 사실에 한 절을 할애한 것은 이 책의 가장 흥미로운 지점 중 하나이다. 여성들은 체포되거나 투옥될 자격조차 없었던 상황, 이름을 남긴 여성들은 물론 극소수였고 여성들의 저항도 그것이 한낱 '광기'로 설명되던 상황에서 이들의 3·1운동이 어떤 의미였는가는 보다 심층적인 탐구를 요한다. 단순히 여성들'도' 참여했다는 사실의 지적을 넘어서 식민지 시기 독립 운동 속에서의 여성의 존재 양상에 대해 보다 적극적으로 물을 때다. 저자도 『재생』과 『적도』 등의 3·1운동 이후의 소설들을 통해 지적하고 있듯이 이 소설들에서 여성들이 3·1운동 이후 남성들의 타락과 타협과 통속화의 이유로서 등장하고 있지 않은가. 남성들의 변신의 서사에 여성들이 언제나 명분으로 등장하고 있다는 점은 보다 집요하게 따지고들 필요가 있다. 또한 여성 작가 박화성과 여성 사회주의자로서는 거물이라 할 수 있는 정칠성이 다른 무명씨의 여성 투사들과 함께 등장한 것은 묘한 이중적인 여운을 남기기도 한다. 결국은 이들의 저항은 어디로 수렴될 것인가. 민족주의와 독립 희구의 용광로 속에? 3·1운동에 이들의 이름을 보탠다는 것이 어떤 의미가 있었던 것인지.

이 책은 다른 한편으로는 3·1운동의 시공간의 범위를 식민지 조선의 1919년의 3월에만 한정시키지 않고 3·1운동을 세계사적 사건으로 위치시킴으로써 3·1운동의 범위를 보다 넓힌다. 개조와 혁명의 시대, 이 책에서 언급한 바대로 1910년대를 이렇게 표현할 수 있다면 3·1운동은 구체제와 완전히 결별하고자 했던 세계사적 흐름과 직접적으로 연결된 역사적 사건이다. 따라서 3·1운동의 시공간적 범위는 민족국가와 그 경계가 수립되던 20세기 초 그리고 그 안에서 비교적 자유롭게 이동하면서도 새롭게 만들어진 경계들과 함께 다른 지역으로 이동, 이주했던 이들이 치렀던 고난과 연결된다. 여권이 아직 필수적이지 않았던 시대, 그리고 특히 북쪽으로의 경계가 거의 없었던 시대에 조선인들에게 어느 시대보다 무한한 이동과 이주는 좁은 한반도를 벗어나 새로운 이상을 펼칠 수 있는 가능성의 행위이지만 동시에 그 어떤 보호를 받지 못하는 무국적자의 고난을 의미하는 것이었다. 1차 세계 대전에 참전한 조선인들, 러시아인으로 살았던 헤이그 밀사 이위종, 만주에 조선인 이상촌 건립을 꿈꾸었던 김필순, 방랑을 꿈꾸며 바이칼호수에까지 다다른 이광수, 3·1운동 이후 망명한 이미륵과 강용흘 등 이 책은 3·1운동을 특정한 시기에 일어난 만세와 시위라는 의미를 넘어서 그리고 그 무대가 되었던 한반도라는 제한된 공간을 초월하여 20세기 초의 세계사적 흐름 그리고 그 가운데서 자의에서든 타의에서든 한반도를 떠나 망명객이, 코스모폴리탄이 혹은 난민이 되어야 했던 이들에 대해 이 책은 3·1운동을 연결 짓는 새로운 시선을 제공한다.

인종주의자 윌슨의 민족자결주의를 오해한 것도 그리고 제국들의 잔치였던 파리평화회의에 조선 대표를 보낸 것도 조선인들이 벌인 다소 어이없을 정도의 해프닝이었겠지만 이 책에 묘사된 바대로 당시 3·1운동 시기 조선인들이 가졌던 세계 인식이나 정치적 감각은 놀랍도록 개방적이다. 글줄께나 읽는 이들로부터 부녀자들이나 농민에 이르기까지 민족자결이나 독립만세를 언급할 정도로 정치성이 고양되었다는 지적은 공동체적 문제와 정치에 누구보다 민감한 촉수를 가진 조선인들의 밈(meme)을 발견하게 만든다. 3·1운동은 전국적으로 일어난 근대적 시위이자 민중들의 군중 체험을 가능하게 했다는 점에서 그러하다. 한번 군중 체험과 광장 체험을 했던 이들에게 이처럼 중독적인 것은 없을 것이다. 1930년대 조선은 물론 전세계에 파시즘이 창궐하고 이후 분단, 전쟁과 독재를 겪으며 한국의 대중들에게 1919년의 기억은 흐릿해져 갔지만 군중들의 광장에 대한 희구는 이후에 분단된 한국 사회에 지속적으로 출현한다.

이 책에서 묘사된 3·1운동과 21세기의 촛불 시위는 매우 결이 다르지만 많은 면에서 오버랩된다. 이러한 오버랩에 대해서는 올해 많은 연구자들이 이미 지적한 바 있다. 철학자 김상봉은 최근 한 대학의 강연에서 20세기 한국의 역사는 민중봉기와 저항의 역사라고 말한 바 있다. 물론 이러한 언급이 중독성 강한 민족적 나르시시즘을 불러일으킨다는 지적도 덧붙일 수 있다. 그러나 저자가 지적한 3·1운동의 자발성과 비체계성이라는 특성은 21세기의 촛불 혁명과 닮아 있다. 다른 점이 있다면 이 책에서 지적했듯이 3·1운동이 등사기라는 인쇄술의 테크놀로지에 의존해 선언서와 격문을 산포시켰다면 21세기에는 또 다른 거미줄-월드와이드웹-이 그 자리를 차지하고 있다는 점이 다를 뿐이다. 3·1운동에 의해 만들어진 군중들의 광장 체험은 이후 모든 민중 봉기의 진정한 배후이다. 이 책에서 묘사한 민중들의 모습이 낯설지 않은 것은 바로 이 때문이다. 따라서 "3·1운동을 공부한다고요?" 라는 질문에 대해 저자뿐만 아니라 우리 모두는 이렇게 자아도취적인 답을 할 권리가 있다. 3·1운동은 우리 모두의 것이라고. 우리 모두가 20세기의 혹은 21세기 촛불 혁명에까지 이어지는 민중봉기의 주동자인 한에 있어서 3·1운동은 모두에게 전유될 권리가 있노라고. 혹은 그것이 세계사적 사건인 한에 있어서 전 인류의 것이기도 하다고. 3·1운동이라는 사건은 아카데믹들의 좁은 학문적 정체성의 경계를 가뿐히 뛰어넘는다. 3·1운동의 100주년을 맞아 이러저러한 행사들로 다소 호들갑스러웠던 한 해를 마치며 3·1운동의 진정한 복수적(複數)적 의미에 대해 생각해 본다.

지금 우리는 어디에 있는가?

—『알지 못하는 아이의 죽음』 | 은유, 돌베개

김해원 아동문학가. 저서로 『열일곱 살의 털』 등이 있다.

지난 11월 21일 아침, 대수롭지 않게 펼친 신문 1면을 보는 순간 얼이 빠졌다. 지금껏 이토록 무서운 글을 본 적이 없었다. 경향 신문 1면을 빼곡하게 메운 글씨는 활자가 아니라 날카로운 칼이었다. 펜이 무기가 될 수 있음을, 글씨에 베일 수 있음을 똑똑히 증명해 보였다. 오늘도 세 명이 퇴근하지 못했다는 헤드라인과 뒤집힌 안전모 그림 아래 빽빽이 성만 적힌 이름들. 2018년 1월 1일부터 2019년 9월 말까지 주요 5대 사고로 사망한 노동자 1200명의 이름 뒤에 붙어 있는 사인(死因)은 동어 반복처럼 이어졌다. 떨어짐, 끼임, 뒤집힘, 깔림, 물체에 맞음. 조금도 오해할 여지를 남기지 않은 선명한 낱말은 섬뜩했지만, 그 단순한 낱말로 1200명 삶이 한순간에 끝났다는 것이 믿기지 않았다. 혹시 전쟁을 치렀다면, 총알이 날아다니고 폭탄이 터지고 건물이 무너졌다면, 아니 천재지변으로 강물이 넘치고 산사태가 일어나고 바닷물이 덮쳤다면 이 죽음의 명부를 납득할 수 있었을 것이다. 그리고 운 좋게 살아남은 사람들은 안도하며 삶과 죽음을 가르는 보이지 않는 힘을 운운했을 수도 있었을 테다.

그렇지만, 1200명의 지워진 이름은 어느 날 아침 멀쩡히 일터로 나갔다가 영영 돌아오지 못한 이들이다. 노동이 삶의 수단이 아니라 죽음의 방편이 되고, 일터가 무덤이 되었다. 그들의 죽음은 대개 예기치 않은 사고라 했겠지만, 실상은 오래전부터 예고된 것이었음을, 개인의 불행처럼 보였겠지만, 사실은 우리 사회의 절망임을 1200이라는 숫자가 분명하게 보여 줬다. 그렇지만 오늘도 숫자로만 남은 사람들이 서 있던 그 자리에, 위험이 도사리고 있어서 언제든 세상 밖으로 튕겨 나갈 수 있는 허방에 다른 사람이 서 있을 것이다. 그리고 그곳에 우리 아이들도 있다. 이제 막 고등학교를 졸업한 이들이 혹은 현장 실습 나간 아이들이 그 일터로

뚜벅뚜벅 걸어 들어갔다.

> 우리가 먹고 마시고 이용하는 모든 일상 영역에 '알지 못하는 아이의 죽음'의 흔적이 남아 있다. 흩어진 사고의 기록을 모아놓으면 공통의 문제점이 보인다. 사회초년생으로서 초반 적응 시스템이 없이 현장에 투입됐다는 것, 기본적인 노동 조건이 지켜지지 않았다는 것, 모두가 꺼려하는 일이 조직의 최약자인 그들에게 할당됐다는 것, 학교에서도 일터에서도 가정에서도 자신의 고통을 공적으로 문제 삼는 법을 배우지 못했다는 것이다. (『알지 못하는 아이의 죽음』에서)

2016년 서울 구의역에서 지하철 스크린도어를 점검하던 중에 사망한 청년은 열아홉 살이었다. 9개월 전에 20대 청년이 강남역에서 똑같은 사고로 죽었지만, 그 죽음을 태연히 지워 버리고 방관한 사회는 고등학교 교문을 막 나선 청년의 목숨도 앗아가 버렸다. 청년의 가방에 들어 있던 컵라면, 이동하는 도중에 틈이 나면 끼니를 때우려던 인스턴트식품처럼 우리 사회는 청년 노동자 또한 유통기한이 있는 소모품처럼 여겼는지 모른다. 과장된 비유가 아니다. 우리 사회는 오랫동안 학교 울타리 내에서 순응하는 법은 배웠어도 부당한 것에 당당하게 맞서는 것은 익히지 못한 채 사회에 발을 내디딘 이들을 부려 먹기 좋은 '값싼 노동'으로 소모해 왔다. 구의역 스크린도어 사고 이전에도 특성화고등학교 현장 실습생들이 열악한 노동 환경을 견디지 못하고 스스로 목숨을 끊거나 안전사고로 사망했다. 그들에게는 대개 용역업체 비정규직이라는 굴레가 씌어 있거나 영세 업체라서 위험하고 불안한 작업 환경이라는 배경이 있었지만, 대기업이라고 해도 청년들에게 관대하지 않았다.

2007년 삼성 반도체 생산 라인에서 일하던 황유미 씨는 백혈병으로 세상을 떠났다. 시사 잡지에 실린 그의 모습은 오랫동안 잊히지 않았다. 항암 치료 때문에 짧게 머리를 민 앳된 소녀는 창백한 얼굴로 방안에서 마당을 내다보고 있었다. 어쩌면 마당에는 따뜻한 볕이 아롱거리고 소녀는 먼 곳으로 여행을 떠나는 상상을 했을지 모른다. 사진 아래에는 3학년 봄에 취업이 되는 바람에 졸업 여행을 못 간 것이 아쉬워서 돈을 모으면 멀리 여행을 가 보고 싶다는 소박한 바람이 적혀 있었다. 결국 그는 끝내 여행을 가 보지 못한 채 세상을 떠났고, 그의 가족은 산업재해를 인정받기 위해 회사와 오랫동안 싸워야 했다. 세계 일류 기업이라는 데는, 단 한 번도 생산 라인에서 쓰이는 화학약품의 위해성을 말해 주지 않았다. 기업의 비윤리적인 잔인한 침묵은 생산 라인에서 청춘을 바친 수많은 노동자를 사지로 몰아넣었다. 그들은 지금도 일부만 산재로 인정하고 있다.

2017년 제주도 생수 공장에서 겨우 일주일 교육 받고 오래된 직원들이 기피하는 어려운 업무를 도맡아 한 이민호 씨. 그는 작업 중에 멈춘 기계 설비를 수리하다가 사망했다. 그의 죽음 뒤에는 기계 설비의 문제를 묵인하고 사고 위험성을 알고도 안전 조치를 하지 않은 회사의 침묵이 있었다. 그들은 도리어 사고가 피해자의 과실이었다고 주장하기까지 했다. 작업 환경을 확인하지 않은 채 학생을 보낸 학교도, 안전 수칙을 지키지 않은 회사도 침묵했다. 아무도 책임지지 않았다. 이민호 씨 죽음의 책임은 문제가 발생하면 멈춰 서야 하는데 그대로 돌아간 '컨베이어벨트'라고 할 판이었다.

> 교육부, 고용노동부, 안전보건공단, 회사가 잘못한 게 아니야. 누가 잘못했냐? 아빠가 잘못이야. 이 사회는 잘못이 없다는 거예요. 돈 없는 아빠 밑에 태어나게 한 게 잘못이고, 돈 없어서 좋은 교육 못 시켜서 특성화고에 가게 만든 것도 아빠가 잘못이지. (『알지 못하는 아이의 죽음』에서)

특성화고등학교는 "소질과 적성 및 능력이 유사한 학생을 대상으로 특정분야의 인재양성을 목적으로 하는 교육 또는 자연현장실습 등 체험위주의 교육을 전문적으로 실시하는 고등학교"라고 교육법에 명시되어 있다. 특정분야는 산업 현장에 필요한 특정한 기술을 가리키는 것일 테고, 학생들은 3년 동안 전공 기술을 습득한 뒤 산업 현장에 나가 실습해야 하는데 실상은 달랐다. 이명박 정부 시절 특성화고등학교 취업률이 90퍼센트가 넘는다고 호들갑을 떨었지만, 전공 분야에 취업한 이들은 많지 않았다. 오랫동안 특성화고등학교에 있었던 한 교사는 고백했다. 이명박 정부의 채근으로 취업률을 높이기 위해 학생들은 전공과 무관한 프랜차이즈 식당으로 가야 했다고. 아이들이 커다란 음식 쓰레기봉투를 나르는 것을 보고는 자괴감이 들더라고 했다.

우리 사회가 청년 노동자들을 '아이들'이라고 부른다면 그들이 노동 현장에 잘 적응할 수 있도록 교육하고, 배려해야 했다. 하지만 청년 노동자들은 '아이들'이라서 노동 현장 곳곳에서 차별받았으며 저임금으로 착취당했다. 그들은 때론 표준계약서나 근로계약서조차 쓰지 않았고, 부당한 일을 당해도 그만둘 수 없었다. 현장 실습에서 되돌아오면 다음에는 그 회사에 후배들이 갈 수 없다는 말이 족쇄가 되었다. 그들이 그나마 기댈 수 있는 사람은 학교 교사다. 언젠가 버스 안에서 제과제빵을 전공한 학생이 현장 실습 하는 곳에서 당한 억울함을 교사에게 토로하는 것을 들은 적이 있었다. 그는 학교로 돌아가고 싶다고 했지만, 교사는 좀 더 참아 보라고 하는 모양이었다. 여학생은 버스 안이라는 것도 잊은 채

핸드폰에 대고 소리쳤다. 그럼 어떡해요.

서울의 한 비즈니스고등학교 교사는 현장실습 나간 아이들이 힘들어하지 않느냐는 질문에 선선히 대답했다. 요즘 아이들은 인내심이 부족해 걱정이라고, 부모들도 자식 말만 듣고 당장 그만두라고 하는 통에 학생 지도가 힘들다고 했다. 20년 넘게 교직에 있었다는 그는 아직 모른다. 학교로 돌아가고 싶은 아이가 겪은 고통과 긴 망설임을.

2014년 CJ 공장에서 일하면서 회사 선배에게 폭행과 괴롭힘을 당한 김동준 씨는 담임교사에게 회사에서 겪는 고충을 털어놓았지만, 돌아가겠다는 말을 꺼내지 못했다. 그는 돌아갈 곳이 없다고 여겼는지 모른다.

> 1월 20일 0시 9분, 동준 군은 담임교사에게 문자를 보냈다. 같은 날 9시 13분, 담임교사는 "걱정하지 마. 네 뒤에 샘이 있잖아"라고 답장을 보냈지만 7시 47분 투신한 동준 군은 문자를 확인하지 못했다. (『알지 못하는 아이의 죽음』에서)

죽음 밖에 있는 사람들은 모른다. 죽음까지 몰린 삶의 실체를 보지 못한다. 죽음의 결과만 전하는 짤막한 부음은 한 사람이 살아낸 삶의 시간을 생략한다. 청년 노동자의 마지막을 알리는 건조한 문장은 바로 조금 전까지 같은 하늘 아래에서 숨 쉬었던 그가 어떻게 웃는지, 머리 스타일은 어떻게 했는지, 어떤 음식을 좋아했는지, 어떤 노래를 들었는지, 화날 때는 어떤 표정을 짓는지, 어제는 뭘 했는지, 내일은 무엇을 하려고 했는지 알려 주지 않는다.

『알지 못하는 아이의 죽음』을 읽으면서 세상을 떠난 청년 노동자들이 살았던 시간을 되짚는 것은 힘들었다. 중간 중간 책을 덮고 숨을 몰아쉬어야 했다. 짐작했듯이 기록에만 남아 있는 그들은 살다 보면 언제인가 옆을 스쳐 지나칠지 모르는 평범한 얼굴을 한 우리의 아이들이었다. 손잡고 가만히 들여다보면 투명하게 속을 내보이는 고운 아이들. 그 아이들이 세상에서 하루아침에 사라진 것이다. 어제까지 손을 내밀면 잡을 수 있었던 내 아이가 오늘은 없다는 것을 부모가 받아들일 수 있을까. 시간이 흐른다고 망각할 수 있을까. 어린 자식을 회사에 보내지 않았어야 하는데……. 그만두라고 해야 했는데……. 부모는 자식의 죽음 앞에서 삶을 부끄러워했다. 하지만 그 부끄러움은 그들의 몫이 아니다. 하루에 세 명이 산재로 죽는 위험한 일터로 아이들의 등을 떠민 것은 그들이 아니라 이 사회다. 매번 죽어 가는 사람들을 눈으로 뻔히 보고 있으면서도 살리지 못하는 이 사회가, 그리고 기껏해야 죽은 이들의 서글픈 기록을 보며 추모나 하는 모든 어른이 부끄러워해야 한다. 아이들이 서 있는 자리를 만든 것은 우리다.

> 내가 말하는 부끄러움이란 개인적인 죄책감을 뜻하는 것이 아니다. 나도 지금 이해하는 중이지만, 이 부끄러움은 하나의 집단적 감정으로, 마침내 희망의 능력을 갉아먹고 우리로 하여금 먼 앞날을 내다보지 못하게 하는 그런 감정이다. 다만 바로 다음에 이어질 몇몇 발걸음만을 생각하면서 우리는 우리 발치를 내려다보고만 있다.
>
> (존 버거, 김우룡 옮김, 『모든 것을 소중히 하라』(열화당, 2018)에서)

어른들이 발치만 내려다보며 체념하고 있을 때 우리 아이들은 우뚝 일어나 다시 걸어가고 있다. 2019년 11월 3일, 학생 독립운동 90돌 기념일에 특성화고등학생권리연합회 학생들은 양질의 고졸 일자리를 확대하고, 교내 실습실 안전을 보장하며, 특성화고 차별 정책을 개선하고, 졸업 후 사회 안전망을 확보하고, 노동인권 교육을 전면 확대하고, 학생 정책 참여를 보장하라는 6대 개선안을 발표했다. '알지 못하는 아이의 죽음'은 죽음으로 끝난 것이 아니었다.

이제 우리가 할 일은 노동 현장에 있는 모든 아이의 목소리에 귀 기울이는 것이다. 그리고 묻는 것이다. 무엇을 해야 할까? 어떻게 해야 할까? 『알지 못하는 아이의 죽음』은 그 질문의 시작이다.

말들로 세상을 터트리기
—『할매의 탄생』 | 최현숙, 글항아리

김혼비 에세이스트. 저서로 『우아하고 호쾌한 여자 축구』 등이 있다.

최현숙 작가의 『할매의 탄생』에 관한 글을 여는 문장으로 그 유명한 페미니즘의 테제 '개인적인 것이 정치적인 것이다.'를 가져오는 것만큼 진부한 선택은 없을 것이다. 그러나 그만큼 이 문장을 피해 가는 것 또한 불가능하다. 책의 마지막 장을 덮으며 마주하게 되는 건 결국 이 문장이기 때문이다. 2010년대 후반, 문학만 아니라 비문학 분야에서도 지극히 개인적인 경험들에 현미경을 들이대어 그 경험을 둘러싼 사회적 맥락과 정치적 역학 관계까지 정밀하게 들여다보는 여성들의 이야기가 쏟아져 나왔다. '사생활'이라는 이름으로 감춰져 있던 가정 내 문제에서부터 여성의 '몸' 안팎에서 일어나는 일들까지, 뮤리엘 루카이저의 말대로 여성들이 자신의 삶에 관해 진실을 털어놓으니 정말로 세상이 터지기 시작했다.

하지만 이런 흐름 속에서 진실을 털어놓을 수단으로서의 '자기 언어'나, 진실을 털어놓을 장(場)으로서의 '자기 매체'를 가지지 못한 사람들의 세상은 상대적으로 바깥에 밀려나 있었다. 여성 노인도 그 '밀려난 존재'의 카테고리에 속한다. 물론 여성 노인의 삶에 대한 관심이 조금씩 높아지는 추세이기는 하다. 유튜브 크리에이터이자 최근에 에세이집을 펴낸 박막례라는 슈퍼스타가 나타났고, 칠곡에 사는 80대 여성 노인의 현재를 담은 다큐멘터리 「칠곡가시나들」과 이 다큐멘터리를 공중파 예능으로 리메이크한 「가시나들」이 만들어졌으며, 여든을 앞두고 글과 그림을 배운 순천 여성 노인들의 그림일기책 『우리가 글을 몰랐지 인생을 몰랐나』, 1922년생 이옥남 작가의 『아흔일곱 번의 봄 여름 가을 겨울』 등이 출간되었다.

그럼에도 여전히 부족하다. 초고령 사회의 초입에 서 있는데도 정작 노년의 여성들이 어떻게 살아왔고 살아가고 있는지를 입체적으로 볼 수 있는 기회는 매우 제한적이다. 서사의 절대량도, 다양성도 부족하다. 일제강점기와 한국전쟁을 겪고 자급자족의 농촌 봉건사회부터 지금의 정보사회까지를 한 생애 동안 속성으로 겪은 세대이기에(격변기를 이렇게 정통으로 맞은 세대가 또 있을까.) 시대의 변곡점을 하나씩 돌 때마다 노인과 노인 사이의 삶의 격차가 계속 벌어져 온 만큼(어쩌면 세대 간 차이보다 노인 간 차이가 더 클지도 모른다.) 다양한 계층에 속한 많은 노인의 삶을 들여다볼 필요성을 고려하면 더욱 그렇다.

'한평생 일하느라 구부정한 허리에 구부러진 손가락', '가부장제의 피해자이자 답습자', '가난과 싸우며 자식에게 헌신한 모성', '한글에 서툴지만 그렇기에 더욱 빛나는 순박한 지혜', '정제되지 않은 거침없는 입담', '인생 즐기기에 지금도 늦지 않았다는 초연한 낙관' 같은 선연하지만 파편적인 이미지를 넘어서서 여성 노인들의 삶을 현대사의 지도 위에 제대로 위치시키려는 시도 또한 부족했다. '개인적인 것이 정치적인 것'이지만 어떤 개인적인 것들은 '저절로' 정치적인 것이 되지 않는다. 특히 한평생 스스로를 정치적 주체로서 자각해 본 적 없고 공적 언어 사용에 능숙하지 않은 개인의 말들일수록 더욱. '할매의 귀여운 악다구니' 정도로 흘려버릴 수 있는 말들을 잡아채어 해석의 무대에 올려놓고 사회적 맥락 속에서 재배치하는 작업들은 그래서 매우 중요하며, 그것이 이 시점에서 『할매의 탄생』을 비롯한 최현숙의 저작들을 반드시 살펴봐야 할 이유다.

여성 노인이 지금과 같은 관심도 받지 못했던 시절부터 최현숙은 "흔해 빠지고 사소한 늙은 여자들"의 "흔해 빠지고 쓰잘데없다는 말"들을 끌어내어 적은 생애 구술사를 꾸준히 써 왔다. 쪽방촌 독거노인부터 망원시장 상인까지, 일제강점기에 태어난 1920년대생부터 베이비부머 세대 여성까지 주로 '몫 없는 자'로서 가난과 싸우고 시대의 굴곡을 고생스럽게 겪어 온 여성들의 삶을 조망해 온 그가 처음으로 서울을 벗어나 '깡촌 할매'들의 이야기를 구술하여 펴낸 것이 『할매의 탄생』이다. 그간 그가 해 왔던 작업의 대상이 이미 '여성', '노인', '가난'이라는 겹겹의 약자성을 가진 이들이었는데, 이 책의 경우 거기에 '농촌'과 '문맹'이 더해진 것이다.

특히 『할매의 탄생』의 배경인 대구 달성군 우록리는 일제의 징용과 한국전쟁이 비껴갔을 만큼 외진 산골짜기다. 논으로 삼을 만한 땅이 적어 다른 농촌에 비해서도 훨씬 가난했고, 벼농사 이외의 잡일들로 생계를 유지해야 했기 때문에 주민들의 노동 강도도 높았으며, 바깥세상과의 접촉이 거의 없이 문화적으로도 오랫동안 고립된 곳이었다. 이렇게 서울이라는 도시와는 극단적으로 반대 선상에 놓인 우록리에서 거의 평생을 살아온 7090세대 여성들의 이야기가 더해지며 최현숙이 생애 구술 작업을 통해 그려 가는 한국 현대사의 뒷면은 한층 입체성과 보편성을 갖추게 되었다. 비슷한 시대에 태어나 비슷하게 농촌에서 살다가 어느

분기점에서 누군가는 농촌에 남고 누군가는 도시로 가며 '농촌 빈농'과 '도시 빈민'으로 갈라지는 두 집단의 운명. 이 삶이 때로는 겹치고 때로는 대비되며 떠오르는 묻혀 있던 진실들.

그중에서도 최현숙의 저작들을 관통하는 대표적인 화두는 여성의 노동이다. 그가 만난 여자들과 그 여자들의 이야기 속에 등장하는 여자들은 한평생 끊임없이 일을 해 왔다. 가난한 환경에 놓인 집일수록, IMF 같은 위기를 잘 넘기지 못해 스러진 집일수록, 무능력하거나 무책임한 남편을 대신해 "새끼들 안 굶길라고 안 해 본 거 없이 다 하며" 가족의 생계를 책임진 건 주로 여성들이었다. 날품팔이, 행상, 청소, 식당 서비스, 다양한 형태의 돌봄 노동 등 근로기준법상 노동으로 집계되지 못하는 비공식적인 "싼값의 노동들" 뒤에 수많은 여성들이 있었다. 『할매의 탄생』 속 우록리 여성들 역시 마찬가지다. 대부분이 "남편들보다 더 열심히, 더 앞장서서 계절과 상관없이 쉬지 않고, 한눈팔지 않고, 작물을 내다 파는 일까지 해 왔다. 게다가 수확물이 워낙 적은 산골이다 보니 돈이 될 만한 일을 기회가 닿는 대로 찾아 했다. 식당 운영이나 식당 삯일, 남의 농사나 고시원 일, 따로 사는 손주들 돌보기, 나물이나 은행 등 채취해서 팔기……. 물론 돈으로 계산되지 않는 가사 노동과 돌봄 노동은 일생 내내 이어졌다."(p.458)

그러니까 도시에서든 농촌에서든 중하위 계층 여성들은 언제나 노동의 최전선에 서 있었다. 앞서 언급했던 여성 노인들의 목소리가 담긴 책과 영상물에서도, 그리고 최현숙의 생애 구술사 강좌를 수강하며 친모를 인터뷰해서 쓴 김은화의 「나는 엄마가 먹여 살렸는데」에서도 증명되는 이 사실은 그동안 지배 담론에 의해 당연하게 남성에게 주어진 '생계 부양자'라는 이름의 허구성을 해체하고, 그 허구적 미명에 자리를 빼앗겨 노동의 결과를 제대로 평가받지 못한 여성들을 '실질적 생계 부양자'이자 '경제적 주체'로서 재호명하여 역사 속에 재배치하는 작업의 토대라는 점에서 매우 중요하다. 그동안 '개인적인 것'으로 배제되어 왔던 윗세대 여성들의 구술이 모이고 모여 입체적인 보편성을 획득했을 때 공식적인 역사에 반하는 '대항 기억'으로서 힘이 생긴다.

서울에서 태어난 1980년대생 여성인 나의 경험이 『할매의 탄생』 속 할매들의 경험과 공명하는 것은 바로 그런 지점들이다. 나 역시 아버지가 아닌 "엄마가 먹여 살린 아이"였으며, 내 주변에도 그런 아이들이 그렇게나 많았는데 항상 생계 부양자로서 호명되는 것은 남성이었기 때문에 오랜 세월 나와 내 주변이 특수한 경우라고 믿어 왔다. 그런 엄마들을 '생계 부양자'라는 정확한 이름으로 인식하지 못한 나와, 자신들의 지난한 노동 연대기를 그저 "해 뜨니 일나고 땅 뵈니 농사하고 아아들 생기니 키우고 산 거"(p.215)라고 담담하게 구술하는 우록리 여성들은 미셸 푸코의 말 "당신은 무엇을 하는지 알고 있다. 그러나 당신이 하는 그 일이 무엇을 하는지는 모른다."라는 말 안에 머물러 있다. 그런 점에서 최현숙이 『할매의 탄생』을 포함한 생애 구술사 작업을 통해 하는 일은 여성들이 구술하는 '무엇'들을 생생하게 펼쳐 내고 그 끝에서 그 '무엇'들이 하는 '무엇'을 만나게 해 주는 것이다. 지워져 있는 한국 현대사의 한 부분에 여성들의 목소리를 새겨 넣으면서.

그와 동시에 여성들 사이에서 세대 간 갈등을 야기할 여지가 있는 화두도 거침없이 꺼낸다. 여기에도 어김없이 여성의 노동문제가 연관된다. 『할매의 탄생』을 통해서 본 7090세대 여성들은 생계 노동이 아닌 가사 노동에서 다른 세대 여성에 비해서도 가혹한 처지에 놓인 측면이 있다. 특히 돌봄 노동에서 그렇다. 젊어서는 부모를 봉양하는 것이 당연한 문화 속에서 시부모를 끝까지 돌봤지만(시부모가 아픈 경우 무기한 간병도 했다.) 늙고 난 뒤에는 그런 문화가 사라지며 자식들에게 돌봄을 바랄 수 없게 되었다. 또한 어린 나이에 시집가고 늦은 나이까지 출산하는 과거의 문화 속에서 이들은 자식뿐 아니라 자식 터울의 시동생 육아까지 도맡아야 했고, 늙어서는 사회생활 하는 딸이나 며느리가 낳은 손주들까지 키워 냈다. 그러니까 한 여성이 시동생–자식–손주 육아를 내리 맡는 셈이다.

이런 사실들은 여성주의적 관점에서 그들의 위치를 다시 한번 생각하게 한다. 그들은 다음 세대 여성들에 의해서 가부장제의 피해자인 동시에 공모자로서 자주 호명되곤 했다. 하지만 우록리 여성 노인의 딸들이 고등교육을 받아 탈농촌–탈가부장제를 어느 정도 이룰 수 있었던 데에는 그들의 생계 노동이 있었고, 딸이나 며느리들이 출산 후 사회생활을 계속 이어 가는 데에도 그들의 손주 돌봄 노동이 있었다. 그리고 그들이 그런 노동들을 당연하게 해 온 것은 '어머니'로서, '아내'로서, '할머니'로서 최선을 다해야 한다는 가부장제의 명제 때문이다. 하필이면 두 개의 다른 문화가 정면으로 충돌하는 한복판에 서 있던 이 세대 여성들을 여성주의의 지도 위 어디쯤에 위치시켜야 할 것인가. 그들로부터 우리는 (좋은 것이든 나쁜 것이든) 무엇을 받았고 무엇을 받지 말았어야 했는가.

이 문제가 중요한 이유는 이미 여성주의 지도 위 어디쯤에 자리 잡은 우리의 위치가 이들의 위치에 따라 조정될 것이기 때문이다. 칼로 자르듯 앞 세대 여성을 뚝 잘라 내어 분리시킨 채 우리 세대의 삶에 집중하여 여성주의를 말하기는 쉽다. 하지만 그렇게 해서는 여성들의 역사 안에서 또 소외되거나 무시되는 여성의 목소리들이 생긴다. 모든 세대는 앞 세대와 다음 세대와 함께 살아간다. 바로 옆에 있지만 자기만의 언어로 자기 삶을 풀어낼 줄 모르는 세대의 입장을 최현숙이 끌어낸 구술을 통해 보다 이해할 수 있는 언어로 들어 보는 것은 그래서 중요하다.

노동문제를 골라 썼지만 사실 이 밖에도 『할매의 탄생』에서 우리가 들어야 할 '무엇'들은 무궁무진하다. 여성 노인들의 에너지가 그대로 녹아 들어간 듯한 거센 사투리가 만들어 내는 리듬, 추상어를 잘 모르는 이들이 끌어다 쓰는 간명하면서 찰진 비유들, 그 말들 속에서 펼쳐지는 그들의 삶, 깊은 연륜이 묻어 있는 삶의 철학들은 어떤 문학작품에서도 만날 수 없는 고유의 질감을 지닌다. 그 생동감은 그들을 바라보는 최현숙의 시선에서도 나온다. 최현숙이 담아내는 노인들에게는 늘 아직도 성장 중인 어떤 사람들 같은 구석이 있다. 그는 앞질러 노인들의 죽음을 상정해 놓고 그들의 '남은 나날'을 세어 가는 듯한 작업 태도를 결코 보이지 않는다. 그를 통해 만나게 되는 노인들은 적어도 나에게는 '죽어 가고 있는' 사람이 아니라 '살아가고 있는' 사람으로 느껴진다. 이것은 놀라운 차이다.

이쯤에서 작가 최현숙에 관해서 따로 이야기하지 않을 수 없다. 2000년대 초반 노동당 여성위원장과 성소수자위원장을 거치고, 2008년 한국 최초의 커밍아웃한 레즈비언 후보로서 총선에도 출마한 그는 2009년부터 요양보호사, 독거노인생활관리사로 노인복지 현장에 들어가 현장에서 만난 여성 노인들의 '말'에 이끌려 생애 구술사 작가로서 여러 책들을 펴냈다. 서두에서도 말했듯 여성 노인 서사의 절대량과 다양성이 부족한 이 시대에 누구와도 비슷하지 않은 방식으로 살아가는 최현숙은 그 자체로 우리 삶의 가능성을 다른 방식으로 확장시킬 수 있는 매우 특별한 모델이다. 그의 삶의 궤적을, 그의 지문이 잔뜩 묻은 작업의 결과물을 좇을 때마다 그가 몸으로 써 내려가는 그의 생애 구술사를 읽는 것만 같다는 생각을 늘 해 왔다. 그것은 어쩌면 우리가 가져 볼 수 있는 최고의 생애 구술사일지도 모른다.

최근 한 방송에서 그는 청취자를 향해 말했다. "가장 힘들 때 내 안의 가장 어두운 곳, 사실은 거기가 바로 내 인생이 제대로 성숙할 수 있고 자신을 확장할 수 있는 곳이에요. 어둠, 괴로움을 회피하지 말고 직시하면서 뚫고 나가자 말씀드리고 싶습니다." 그건 바로 그가 생애 구술사 작업을 통해 우리에게 생생하게 들려줬던 여성들의 삶이기도 했다. 『할매의 탄생』의 우록리 여성들이 이 세상을 버텨 온 힘과 그에 대한 긍지, 현대인의 셈법을 뛰어넘은 지혜와 인내도 그렇게 만들어졌다. 그래서 그것은 60세이기도 하고 90세이기도 한, 생면부지의 할매이기도 하고 나의 엄마이기도 한 수많은 여성들이 최현숙의 입을 통해 뒤 세대 여성들에게 건네는 말로 들렸다. 이제 이렇게 넘겨받은 여성들의 '말'을, 삶을, 역사를 나의 뒤 세대 여성들에게 어떤 방식으로 넘겨줄지 고민할 차례다. 세상은 더 터져 나가야 한다. 끊임없이 말들을 던져서.

극복의 서사에서 연대의 서사로
—『희망 대신 욕망』 | 김원영, 푸른숲

김초엽 소설가. 소설집『우리가 빛의 속도로 갈 수 없다면』이 있다.

내가 처음으로 읽은 김원영 변호사의 글은 「사랑기회평등법」이라는 제목을 달고 있었다. 2016년 겨울, 페이스북에서 누군가 공유한 블로그 글이 있다. 글은 이렇게 시작한다.

> "나는 당신을 사랑해야 할 의무가 있어서 당신을 사랑합니다."
>
> 어떤 이가 이렇게 말한다면 나는 상처받을 것이다. 내가 세상과 단절된 채 동굴 같은 삶을 이어가고 있다면, 나의 상처는 더 깊을 것이다.[1]

「사랑기회평등법」은 흔히 매력적이지 않은 존재로 여겨지는 이들이 관계망 속에서도 '아름다운 사람이 될 평등한 기회를 가질 수 있을 것인가'라는 어려운 질문을 던진다. 물론 소수자들이 당면한 가장 절실한 문제는 아름다움보다는 존엄을 인정받는 일이다. 생계를 이어갈 최저한도의 사회보장제도, 안전할 권리, 사회활동에 참여할 기회를 쟁취하는 것만도 갈 길이 아득하다. 그런데 사람에게는 존중뿐만 아니라 다른 것들도 필요하다. 이를테면 사랑과 우정 같은 것들. 만약 세상의 누구도 나를 사랑하지 않거나 친구로 여기지 않는다면, 설령 내가 안전한 사회에서 생계를 보장받으며 살아가더라도 나는 그다지 행복하지 않을 것이다. 그런 상황에서 누군가에게 '너를 사랑할 의무가 있어서 사랑해'라는 말을 듣는다면 더욱 비참할지도 모른다.

마침 비슷한 고민을 하고 있었던 터라 이 글을 매우 인상 깊게 읽었다. 먼저 내가 청각장애인이라는 것을 밝혀야겠다. 글을 읽던 당시 나는 장애가 내 개인의 잘못이나 비극이 아니라는 걸 알고 있었다. 하지만 사적인 관계, 사람들과 내가 직접 맺는 친밀한

1 『실격당한 자들을 위한 변론』(사계절, 2018)의 '매력차별금지법' 꼭지가 같은 주제를 다루고 있다.

관계를 생각하면 막막한 생각이 들곤 했다. 정말로 한국 사회가 언젠가 '배리어프리'한 환경이 되어 내가 어딜 가든 문자로 된 정보를 제공받고, 직장을 잡는 데에 큰 문제가 없는 상황이 되더라도, 사람들의 사랑과 우정을 얻는 일은 나의 '권리'가 아닐 것이다. 그것은 내가 자력으로 성취해야 하는 몫으로 여전히 남을 것이다.

대학원 연구실에 한국말도 잘 모르고 영어조차 서툰 외국인 유학생이 들어왔다고 생각해 보자. 연구실 사람들이 유학생을 차별해서는 안 된다는 올바른 생각을 공유한다면, 공적인 자리에서 말이 서툰 유학생이 배제되지 않도록 그를 존중하고 챙겨 줄 것이다. 하지만 그런 이들조차 '저 사람을 반드시 좋아해야 해', '친구로 여겨야 해' 같은 의무감을 느끼지는 않을 것이다. 그렇다면 말이 서툰 유학생은 이제 어디서 사랑과 우정을 구할 수 있을까? 「사랑기회평등법」은 한 사람을 공적으로 존중하는 것과 매력적인 존재로 받아들이는 것에 간극이 있다는 중요한 지적을 하고 있었지만 어떤 분명한 해답을 제시하는 것은 아니었다. 하지만 나는 그 이후로 김원영의 글이 소셜 미디어에 올라올 때마다 정독하곤 했다. 이런 글을 쓰는 사람이라면 세상의 여러 면을 읽어 내고 있겠구나, 하는 생각이 들었던 것이다. 『나는 차가운 희망보다 뜨거운 욕망이고 싶다』를 읽은 것도 그 무렵이었다.

『희망 대신 욕망』은 김원영이 20대에 출간한 『나는 차가운 희망보다 뜨거운 욕망이고 싶다』를 10년 뒤에 일부 고쳐 낸 개정판이다. 저자는 예전 제목이 2019년의 감성에 잘 맞지 않는 데다 너무 길어서 제대로 기억하는 사람들이 없었기에 짧게 줄였다고 말한 적이 있는데, 예전 제목이 책의 핵심을 잘 요약한다는 점은 이야기하고 싶다. 『희망 대신 욕망』은 세상이 장애인들에게 요구하는 쿨하고 유능한 장애인의 역할을 수행하는 대신 뜨거운 욕망을 솔직하게 드러내는 장애인이 되겠다는 선언이다. 김원영이 많은 독자에게 알려진 계기인 『실격당한 자들을 위한 변론』에 비해서는 다소 거칠고 자전적이다. 그러나 이렇게 치열한 과정을 거친 이후에야 비로소 『변론』이 쓰여질 수 있었으리라는 생각이 드는 고민의 기록이기도 하다.

김원영은 『희망 대신 욕망』에서 성장 과정을 회고한다. 골형성부전증을 가지고 태어나 집과 병원만을 오가던 어린 시절, 초등학교 검정고시를 치고 재활원을 거쳐 고등학교에 진학했던 경험, 대학에 입학하며 만난 새로운 세계 그런데 이렇게만 요약하면 곧장 비슷한 종류의 '그럼에도 불구하고' 극복 서사들이 떠오르지 않는가. 어려운 가정형편에도 불구하고 수능 만점을 받아 낸 학생의 이야기, 장애를 이겨 내고 운동 선수가 된 사람을 조명하는 기사들. 범람하는 희망의 서사들이다. 그런데 김원영은 자신의 경험을 희망의 서사로 제시하는 대신, 자유와 연대의 서사로 쓰고자 한다.

『희망 대신 욕망』이 중요하게 제시하는 것은 치열한 노력으로 장애를 극복했던 개인의 경험보다는 그에게 손을 내밀고 이끌어 무대 위의 주연으로 만들어 온 사람들의 이야기다. 실제로 김원영은 삶의 경로마다 마주쳤던, 그와 함께하고 그를 존중했던 이들을 꼼꼼하고 선명하게 기록한다. 휠체어를 탄 학생을 받아 줄 수 없다는 고등학교를 설득해 원서를 쓸 수 있게 한 어른들, 재활학교를 떠나 일반 학교에 가겠다는 결심과 도전의 과정에 함께 해준 재활학교 친구, 결코 친해질 수 없다고 생각했던 이질적인 첫만남 이후 마침내 가장 가까운 사이가 된 고교 친구. 그들과 김원영이 맺었던 관계에는 세상이 장애인에게 흔히 베푸는 시혜적 태도가 없었다. 대신 그들은 새로운 방식으로 연결된다. 김원영은 이렇게 쓴다.

> 어떤 사람들은 별다른 교육을 받지 않아도, 세상에 대해 특별히 이타적이거나 헌신적으로 살아야겠다고 마음먹지 않아도 자연스럽게 자신과 다른 존재들이 함께 만들어 갈 새로운 관계, 새로운 삶의 방식, 새로운 가치를 찾아내는 데 능숙하다.

김원영이 대학에 입학할 무렵 시작된 장애인권연대사업팀은 그의 삶에서 또 다른 전환점이 되었다. 기숙사 매점으로 컵라면을 사먹으러 갈 수도 없고, 친구들의 노트에 의존해 겨우 시험을 보는 장애학생들의 실태를 알리고 학교 측에 정책 변화를 촉구했던 학생 조직이다. 김원영은 이 움직임이 당대 한국 사회의 변화와도 맞물려 등장했다고 회고한다. 2000년대 초중반, 한국 사회에서는 장애인 인권 운동의 거대한 변화가 일어나기 시작했다. 장애인들은 이동권을 쟁취하고 활동보조인 제도 예산을 확보하기 위해 지하철 선로를 점거하며 버스와 지하철을 멈췄다. 그들은 장애를 개인의 비극으로 여겨왔던 사회에 새로운 메시지를 던졌다. "우리의 몸을 바꾸는 것은 불가능하지만, 사회를 바꾸는 것은 가능하다."

휠체어로 어디든 쉽게 접근할 수 있는 사회와 집 밖으로 나오는 문턱조차 넘어설 수 없는 사회에서 장애는 같은 '장애'일까? 누구나 수어를 사용할 줄 아는 섬에 사는 청각장애인은 자신의 청력 손상을 장애라고 생각할까?[2] 손상이 그 자체로 장애가 되는 것이 아니라, 손상을 장애화하는 사회가 장애를 만들어 낸다는 '장애의 사회적 모델social model of disability'은 장애운동의 강력한 동력원이 되었다. 거리로 나온 장애인들의 거듭된 시위로 2004년에 '교통 약자의 이동 편의 증진법'이 제정되었고 2007년에는 '장애인 차별 금지법'이 제정되었다. 대학 내 장애학생 인권사업 역시 이러한 사회적 분위기에 힘입어 펼쳐졌고, 장애학생들이 배제되지 않는 환경을 만드는 데에 기여했다. 김원영은 그 변화의 물결에 함께하면서 장애를 개인의 정체성으로 받아들인다는 것에 대해 진지하게

2 청각장애인 비율이 높아 수어가 일상적인 언어로 보편화 되었던 공동체의 사례로는 인도네시아의 벵칼라, 미국의 마서즈 비니어드가 있다. 올리버 색스는 『목소리를 보았네』(알마, 2012)에서 수어를 사용하는 농인 커뮤니티의 사례를 연구하면서, 자신이 청각장애를 바라보던 관점이 '의학적 견해'에서 '문화적 견해'로 옮겨갔다고 서술했다. 농인들을 손상을 가진 환자라기보다 독창적인 소수 언어를 사용하는 문화 공동체로 바라보게 되었다는 의미다.

고민하기 시작한다.

> 장애는 필연적으로 열등한 것이 아니며, 부정 가능한 것도 아니고, 다른 무엇에 의해 소거될 수 있는 것도 아니다. (중략) 생물학적 손상은 이미 그 자체로 몸의 일부가 되었으므로 결코 '극복'할 수 있는 것이 아니다. 결국 장애를 극복한다는 것은 손상된 몸에 부여된 사회적 차별을 극복한다는 의미였다.

김원영은 여기에서 한걸음 더 나아가, '건강한 몸' 바깥의 불완전한 몸들이 어떻게 자신의 몸을 긍정할 수 있을지에 대해 논증을 펼친다. 건강하고 정상적으로 기능하는 몸만을 긍정하는 사회에서는 질병에 걸리는 일이, 몸의 손상을 경험하는 일이, 노화하는 일이 매우 절망적인 일이 되고 만다. 장애인으로 분류되지 않는 사람들조차 늘 질병에 노출되어 있으며 모든 사람들은 나이가 들어 노화하지만 이러한 몸을 가진 사람들이 스스로를 긍정적으로 바라보기란 어렵다. 그렇다면 중요한 것은 장애와 질병이 그 자체로 불행이 아님을 증명해 나가는 시도이다.

이처럼 명쾌해 보이기까지 한 '장애 정체성'의 긍정은 한편으로 매우 어려운 일이기도 하다. 앞서 소개한 '사랑기회평등법'에 관한 사고실험과 마찬가지로 뚜렷한 해답이 없고, 질병과 장애가 개인에게 가하는 고통을 완전히 무시할 수도 없다. 저자는 그런 혼란을, 두 세계를 오가는 위태로움과 고민의 흔적을 풀어놓는다.

> 나는 어느 순간 걷고 싶다고 외치고 있었다. 그러나 그때 나는 장애인권연대사업팀의 팀장이었다. 장애는 하나의 정체성이며, 손상된 몸은 곧 우리 자신의 정체성이라고 말해야만 했다. 그런 내가 "사실 난 걷고 싶어요."라고 말한다는 것은 구차하고 비굴한 고백처럼 느껴졌다.

정상과 비정상의 세계를 확고하게 구분하고 한쪽 세계를 지워 버리는 사회가 이 혼란을 극대화한다. 손상된 몸, 추한 외모, 탁월하지 않은 스스로를 긍정하겠다고 결심하더라도 세상은 계속해서 모욕을 가한다. 이런 사회에서 장애당사자가 장애 정체성을 수용하는 일은 끊임없는 모순과 의문에 처한다. 김원영이 제안하는 전략은 그냥 혼란을 드러내는 것이다. 쿨하게 '나는 나의 장애를 수용해', '나의 손상된 몸은 아름다워'라고 말하는 대신 여기에 자유를 바라는 장애인이 있다고 말하는 일이다. 손상된 존재들이 희망을 말하는 대신 고통과 욕망, 자유에 대한 갈망을 말하기 시작할 때, 이들을 외면해왔던 정상의 세계 역시 뒤흔들릴 수밖에 없다는 선언이다.

최근 김원영은 서울변방연극제에서 '사랑 및 우정에서의 차별금지 및 권리구제에 관한 법률'이라는 1인극을 공연했다. 장애인에 대한 예의바른 무관심을 유지해야 한다는 가상의 법률을 써내려가다가, 마지막에는 전동 휠체어에서 내려와 퍼포먼스를 펼친다. 시선을 돌리는 것과 불편함을 견디면서 바라보는 것 중 어느 쪽이 존중일까? 김원영은 『실격당한 자들을 위한 변론』에서도 아름다울 기회의 평등을 이야기한다. 일원화된 아름다움의 기준, 순간의 포착으로 타인을 판단하는 것이 아니라 한 사람을 아주 오랫동안 지켜보며 초상화를 그리자고 말한다. 그의 실험은 계속해서 변화하고 확장된다. 그러면서도 어떤 하나의 질문이 실험들을 관통하고 있다. 우리의 유약함과 무능력, 추함, 보잘 것 없음을 사랑하는 일이 가능할까? 우리는 어떻게 불가능해 보이는 서로의 자유와 연대를 지금 이곳에 실현하는가? 김원영은 혼란 속에서도 자신이 해야 할 일을 아는 듯하다. 그가 지속할 논증을 따라가고 싶다.

은희경론

조해진론

「Scale Cube 1L」

작가론

삼중은유(Triphor)
—은희경론

양윤의 문학평론가. 평론집으로 『포즈와 프러포즈』가 있다.

1 은유(metaphor)는 한곳에서 다른 곳으로(meta-) 실어 나르는(-phor) 것을 말한다. 손수레, 자전거, 트럭, 비행기, 우주선. 모든 운송 수단은 메타포다. '쓰기, 말하기, 보기/읽기'도 실어 나른다는 점에서 메타포에 속한다. '쓰기, 말하기, 보기'는 작가의 몫이다. '쓰기, 말하기, 보기/읽기'는 독자의 몫이다. '읽기/보기'(viewing)를 양쪽이 공유한다. 그래서 유령(작가가 보여 주는 가상의 이미지)이 늘 작품 속을 배회하는 것이고 동시에 독자의 눈에 발견되는 것이다.

2 "지구로부터 수만 킬로미터 떨어진 곳의 암흑 한가운데에 홀로 떠 있는 가가린은 이미 자신이라는 존재로부터 이탈해 있었다. 모든 것이 어둡고 가벼워서 거의 허무에 가까웠다. 불안하고 고독했다. 그때에 유리 가가린의 눈앞에 빛을 머금은 행성이 나타났다. 검은 허공으로 가득 찬 우주 한가운데 신비롭게 떠 있는 아름다운 별. 가가린은 전율했다. 나는 저 별을 보기 위해서 우주를 뚫고 그렇게 먼 거리를 가로질러 왔던 것일까."(은희경, 「유리 가가린의 푸른 별」(이하 「유리 가가린」), 『아름다움이 나를 멸시한다』(창비, 2007), 208~209쪽.) 은희경은 단편 소설 「유리 가가린」에서 소설 속 소설의 형식을 빌려 이렇게 썼다. 유리 가가린은 1961년 보스토크 1호를 타고 최초로 지구를 돈 다음 귀환했다. 유리 가가린은 우주에서 최초로 둥근 지구를 목격한 인간이 되었다. 지상의 인간들에게 지구는 본래 모습을, 즉 자신의 윤곽을 보여 준 적이 없다. 지구를 보기 위해서는 "우주를 뚫고 그렇게 먼 거리를 가로질러"야 한다. '보다'의 차원이 이렇게 드러난다. 보는 것은 불가능한 것을 보는 것이다. 보기 위해서는 불가능한 지점에 이르러야 한다. 요컨대 '보다'는 인간이 가닿을 수 없는 어떤 지점에서의 응시다. '보다'의 주체는 불가능한 주체, 이집트 신화의 신 라(Ra)처럼 하나의 눈으로만 그려진 주체, 순수한 불가능성으로서의 신(神)이다. 다르게 말해서 유령 혹은 작가다.

3 유리 가가린 이전에도 우주로 나아간 인간들이 있었다. 이들은 지구로 귀환하지 못했고 그리하여 그대로 우주를 떠도는 유령이 되었다. "가가린이 우주비행에 성공하기 1년 전 이탈리아 무선통신사들이 우주로부터 들려오는 사람의 목소리를 수신한 적이 있었다. "전 세계는 들으라. SOS!" "이봐, 소용없어. 우리가 여기 온 건 아무도 모르는데 누가 구하러 오겠어?"(「유리 가가린」, 204쪽) 가가린 이전에 우주 여행에 나섰다가 귀환하지 못한 옛 소련의 우주비행사들의 목소리다. 코스모나츠는 옛 소련의 우주비행사들을 가리키는 말이다. 1991년 이후에 귀환하는 코스모나츠가 있다면? 1991년은 소련이, 한 세계가 붕괴된 해다. 코스모나츠에게 미지의 우주와 혼돈 속 러시아 둘 중 어느 쪽이 더 두려운 세계가 될까. 소설 속 우주에는 유령적 목소리의 다성성으로 가득하다.

4 「유리 가가린」 속에 배치된 소설 원고에는 「1991년의 코스모나츠」라는 제목이 달려 있다. 「유리 가가린」의 주인공은 출판사 사장('나')이다. 그는 언론사에 소속된 출판사업부 사원에서 출발하여 출판사 사장의 자리에 올랐다. 사장은 '검토 요망'이라는 메모가 붙은 한 편의 투고 소설을 읽는다. 「1991년의 코스모나츠」 6장은 유리 가가린이 지구를 목격한 장면에 대한 서술이 담겨 있다. 여기에는 "잘 가라, 내 청춘"이라는 소제목이 붙어 있다. 사장은 15년 전에 이 소설 원고를 가지고 다니다가 잃어버렸다. 그때 사장은 한때 사랑했던 '은숙'의 결혼식에 갔다가 엉망으로 취해 이 소설 원고가 든 검은색 비닐 가방을 버렸다. 그것은 사장이 떠나보낸 청춘의 한 시절을 이루고 있었다. 이때 유실된 원고는 기묘한 위치에 놓인다. 나는 원고를 분실했다. 그리고 그 원고는 지금 나의 손안에 있다. 이 이중성 덕분에 원고는 다음과 같은 사실을 증언하게 된다. 1) 저 원고는 6장 소제목이 말하는 바와 같이 청춘의 한 시절을 '보존'한다. 2) 그와 동시에 저 원고는 그 시절이 영원히 '분실'되었음을 말한다. 3) 저 원고는 가가린의 위치처럼, 볼 수 없는 지점(신의 응시의 자리)에서 지금을 '본다'. 4) 소설의 말미에서 사장은 강물에 던져 버린 그 원고에 다음과 같은 메모를 남긴다. "1992년 봄밤. 우리의 귀환 지점 리버 쎄느에서 쓴다."(「유리 가가린」, 211쪽) 원고는 '사라졌으나' 자신의 한 시절을 봉인한 채 그렇게 '있다.'

5 소설 속 소설이라는 장치는 『빛의 과거』(은희경, 『빛의 과거』(문학과지성사, 2019).)에서도 중요한 기능을 수행한다. 『빛의 과거』의 서술자는 '김유경'('나')이다. 김유경은 1977년과 2017년을 오가며 다양한 에피소드들을 실어 나른다. 1977년에 김유경은 서울 소재 여대에 입학하여 기숙사 생활을 시작했다. 거기에서 만난 신입생 중에 '김희진'이 있었다. 김유경의 시선에 그다지 자주 포착되지 않던 김희

진은 훗날 소설가가 되어, 1977년의 인연을(김유경과 시공간 및 주요 인물들을 공유하던 시절의 체험을) 소설로 쓴다. 소설 속의 소설 『지금은 없는 공주들을 위하여』(이하 『공주들을 위하여』)가 그것이다. 이것이 『빛의 과거』에 불가능한 응시의 지점을 만들어 낸다. 1) 『공주들을 위하여』의 서술자는 '나'이며 작가는 김희진이다. 2) 『빛의 과거』의 서술자는 '나'(김유경)이며 작가는 은희경이다. '은희경'의 이름이 '김희진'과 '김유경'이라는 두 인물의 이름에 나뉘어 들어갔다. 따라서 이 둘을 은희경의 이중적인 분신으로 보아도 좋을 것이다. 3) 『빛의 과거』는 이 두 개의 겹 구조를 연동시킴으로써 불가능한 응시를 성취한다. '나'는 그때 거기에 없던 '나'를 기억하고, '나'가 기억할 수 없는 것을 서술하면서, '나'가 몰랐던 인물들의 행동을 분석한다. 유리 가가린처럼 김유경 역시 불가능한 자리, 즉 김유경('나')이 기억하거나 주목하지 않은 김희진('나')의 자리에 있기 때문이다. 『공주들을 위하여』에서 김희진은 김유경을 '세 번째 공주'(165쪽)라고 명명한다. 김유경에게 김희진도 언제나 제삼자에 불과했다. 그런데 바로 그 세 번째 자리가 있어야 비로소 모든 이자관계의 비밀이 밝혀진다. 제삼자는 초점화되지 않는 자리, 이자관계 바깥에 있는 이들을 일컫는 이름이다. 그것은 유령의 자리이자 불가능한 응시의 자리다. 김희진과 김유경은 서로에게 제삼자의 자리에 처함으로써 불가능한 응시를 선취한다. 둘은 서로를 거쳐 이중화된다. 김유경은 소설을 쓰지 않았으나 『빛의 과거』의 전체 서사를 이끌어 간다. 김희진은 소설가지만 김희진의 소설 『공주들을 위하여』는 김유경의 전체 서사의 알리바이일 뿐이다.(김희진이 김유경을 '증인'으로 소환했으나, 곧 김유경은 김희진에게서 자신의 "또 다른 생의 긴 알리바이"를 '본다'. 13쪽) 그런데 바로 이렇게 서로를 '볼 수 없음', 즉 '볼 수 없는 것을 응시함'이야말로 『빛의 과거』의 삼중의 은유(두 번 옮아감)를 구성한다.

6 은유(metaphor)는 둘 사이에서 한 번 옮아간다. 『빛의 과거』가 『공주들을 위하여』 속으로 이행된다. 삼중은유(triphor: triple+metaphor, 이 단어는 은희경 소설의 구조를 설명하기 위한 조어다.)는 두 번 옮아간다. 이때 연동된 두 개의 텍스트는 서로 공명하면서 재생산된다. 은유가 번역하기라면 삼중은유는 고쳐 쓰기다.

7 국문과 학생인 김유경은 대학 시절 시를 써서 교내 문예 공모에서도 당선된 이력이 있으나 나중에 번역가가 된다. 김유경은 은유의 경로를 따라간다. 김유경은 말을 더듬는 증상 때문에 고통을 겪는다. 그녀는 두 번 세 번 말을 더듬거나 지연해야만 문장(발화)을 완성할 수 있다. 반면 불문과 학생인 김희진은 김유경이 당선된 교내 문예 공모뿐 아니라 수많은 공모전에 작품을 투고했으나 낙선했고, 훗

날 소설가가 된다. 여러 번의 낙선은 김희진이 소설가로서 발언하기 위해 겪어야 했던 말더듬 증상의 은유다. 김희진은 (김유경이 기억하는) 모든 체험을 고쳐 쓴다. 김희진의 말은 삼중의 은유다. 김희진의 말(『공주들을 위하여』)은 김유경의 말(『빛의 과거』)을 경유해서만 독자에게 닿기 때문이다.

8 『빛의 과거』에서의 시간은 거리로 환산된다. 우주적인 차원에서 거리는 시간과 통합된다. 광년(光年)은 빛이 1년 동안 이동한 거리를 말하는데 광속이 일정하므로 이 거리에는 시간이 포함되어 있기도 하다. 『빛의 과거』에서는 1977년 김유경과 김희진을 포함한 이들이 기숙사에서 만났고 그 후로 띄엄띄엄 만남이 이어졌으며 그로부터 40년이 지난 2017년 이 회상이 기록되었다. 그동안 우주로 떠난 탐사우주선은 더 멀리 나아갔다. "인간에게서 떠나 가장 멀리까지 간 것은 무엇일까. 그것은 1977년 우주로 떠난 쌍둥이 탐사선 보이저호다. 긴 시간 동안 그것들은 목성, 토성, 천왕성, 해왕성의 곁을 차례로 지나가며 그 별들의 사진을 지구로 전송했다. 지금은 태양계를 벗어나 200억 킬로미터 넘게 떨어진 인터스텔라를 비행하고 있다. 보이저호에는 '지구의 목소리'라는 디스크가 실려 있다. 혹시나 만날지도 모르는 외계 생명체를 위한 지구의 자기소개서다. 외계 생명체가 디스크를 작동할 수 있도록 축음기 바늘과 이진법으로 작성한 사용 설명서도 갖춰 놓았다. 그리고 그때의 외계인이 만나는 것은 1977년에 지구를 떠난 인류다. 올해 초 NASA는 보이저호 발사 40주년을 기념하기 위해 포스터를 제작했다. 거기에는 이런 제목이 붙었다. 'The Farthest.' 가장 먼 곳."(『빛의 과거』, 161쪽) 보이저호는 1977년 지구를 떠나 가장 먼 곳으로 갔다. 김유경과 김희진은 1977년의 기숙사, 청춘이 머물던 빛나는 그곳을 떠나 지금까지 흘러왔다. 『빛의 과거』는 그 시절을 기록한 이른바 골든 레코드이기도 하다.

9 보이저 1호가 태양계를 벗어나기 전, 칼 세이건은 보이저 1호의 카메라 방향을 뒤로 돌려 지구를 찍어 보자고 제안한다.(칼 세이건, 현정준 옮김, 『창백한 푸른 점』(민음사, 1996), 22~27쪽 참조) 해왕성 탐사 임무를 마친 보이저 1호는 이 제안에 따라 카메라를 지구 방향으로 돌린다. 1990년 2월 14일의 일이었다. 보이저 1호가 찍어서 전송한 사진 속에는 지구가 작고 푸른 점으로 찍혀 있었다. 이후 지구는 "창백한 푸른 점"이라고 불리게 된다. 유리 가가린이 대면했던 크고 둥근 지구는 이제 먼 시간과 공간의 저편에서 하나의 푸른 점으로 변했다. 1977년 저 기숙사에 봉인되어 있던 시간도 그와 같았을 것이다. 가장 먼 '이쪽'에서만 볼 수 있는, 창백한 푸른 점으로 빛나던 청춘의 한 지점 말이다.

10 김유경과 김희진, 둘은 모든 동시성의 불가능성을 증명한다. "그때 나는 어느 정도의 거리만 있었을 뿐 우리가 같은 공간과 시간대를 공유하며 나란히 서서 같은 방향을 보고 있다고 생각했다. 그러나 그녀가 본 나와 내가 본 그녀가 마치 자석의 두 극처럼 서로를 밀어내고 있었으므로 실제의 간격은 훨씬 더 벌어져 있었다."(『빛의 과거』, 22쪽) 이후 둘은 2017년까지 만남과 헤어짐을 반복하는데, 이것은 느리고 완만한 하강 곡선을 그린다. "우리의 인생 포물선은 둘 다 큰 굴곡 없이 느린 속도로 하향하고 있었다고 할 수 있다."(『빛의 과거』, 323쪽) 그럼에도 불구하고 둘은 끊임없이 마주 선다. "크고 작은 시간의 구비를 돌 때마다 김희진은 마치 키를 재듯이 우리 둘의 인생을 나란히 세워 보기를 좋아했다."(같은 쪽) 동시적인 것의 불가능한 맞댐으로. 서로 다른 시간의 착란, 동질적인 시공간을 좌초시키는 시간 착오로써만 비교 가능한 어떤 방식으로.

11 왜냐하면 『빛의 과거』에서나 『공주들을 위하여』에서나 김유경과 김희진은 마주 선 적이 없기 때문이다. 둘은 언제나 제삼자로서만, 세 번째 공주로서만 서로를 호명해 왔다. 김유경은 "가장 오래된 친구"(『빛의 과거』, 9쪽) 김희진을 '희진'이 아닌 '김희진/그녀'로 즉 삼인칭으로 호명한다. 김희진 역시 마찬가지다. 호명(呼名)은 정체성을 부여하기, 비명(碑銘)을 세우기, 죽음을 기념하기에 해당한다. 이름이 없으면 한 사람의 일생은 요약되지 않는다. 또한 한 사람의 동선과 다른 사람의 동선이 구별되지도 않는다.(그것이 설혹 작가의 실제 이름의 분할이라고 해도 그렇다.) 『빛의 과거』와 『공주들을 위하여』의 일인칭 서술자 '나'는 전환사(Shifter)로써 기능한다. '나'는 김희진의 이름을 부를 때만 김유경이 될 수 있고, 김유경의 이름을 부를 때 김희진이 될 수 있다. (아니, 은희경이 김유진의 이름을 부르고 있는 것인가?) 게다가 이름은 한 사람의 일생을 요약하므로, 그를 죽음으로 밀어 넣는 일이기도 하다. 빛나던 한 시절을 회상하는 이들은 모두 추억의 좀비들인 것이다. 따라서 이름은 한 사람을 그 자신에게서 빠져나오지 못하게 만든다. 이름의 주인은 이름의 감옥에서 종신형에 처해진다.

12 그렇게 이름은 분리하고 분열시키고 나눈다. 이름은 개별자들의 감옥이다. 그러나 놀랍게도 그 교통 불가능한 모나드들이 특정한 방식으로 배치되고 이동하기 시작한다. 그것을 관계라고 부를 수 있다. 관계의 능동성/수동성을 욕망의 벡터라고 부른다. 드디어 크기와 방향성을 갖는 힘 즉 벡터를 갖는 '서사'가 모습을 드러내는 것이다. 불가능한 응시가 생겨나는 지점도 바로 여기다.

13 1977년에 김유경과 김희진이 연루된 연애 사건을 살펴보자. 1) 김유경은 처음에 한승우, 오지은과 원치 않는 삼각관계에 휘말린다. 김유경이 몸담고 있는 학보사의 선배인 오지은이 자신을 좋아하던 한승우를 김유경에게 소개한다. 그런데 오지은은 김유경과 한승우가 친밀해지자 다시 한승우의 마음을 잡으려고 들었다. 다방에서 오지은이 한승우의 얼굴을 쓰다듬는 장면을 목격한 김유경은 아무 말도 못한 채 충격에 사로잡혀 그 자리를 뛰쳐나간다. 이 장면은 『공주들을 위하여』에 구체적으로 묘사된다. 김희진은 『공주들을 위하여』에서 불가능한 응시를 통해 이 장면의 희비극을 세 번째 공주의 에피소드로 소개한다. 김희진은 김유경, 한승우, 오지은 이들 셋과는 무관한 제삼자로서 우연히 그들 옆자리에 앉아 있었다. 우연은 필연을 무시한다는 점에서 불가능성의 도래다. 김희진은 볼 수 없는 장면을 보았다. 나중에 한승우는 김유경에게 기숙사로 여러 차례 연락했으나 그 시도는 교환수 일을 보던 김희진에 의해서 차단된다. 2) 김희진이 한승우의 연락을 차단한 것은 이동휘 때문이다. 이동휘는 첫 단체 미팅 때 김희진의 파트너였으나 나중에 김유경과 연인 사이가 된다. 여기에는 약간의 트릭이 있다. 미팅 때 이들은 외국 소설 속 주인공들의 이름을 가명으로 선택하여 파트너를 정하도록 했다. 안나(김희진)는 브론스키(이동휘)와, 알릿사(김유경)는 제롬과 파트너가 되었다. 가명을 벗자 둘의 관계는 깨진다. 이름의 속박에서 풀려난 것이다. 김희진은 여기에 상처를 받았다.

14 ⓐ김유경-ⓑ한승우-ⓒ오지은의 삼각형은 ⓐ김희진-ⓑ이동휘-ⓒ김유경의 삼각형과 겹친다. 이 구도는 두 번 반복된다. 다시 말해 두 삼각형은 은유(한 번 옮아가기)다. 이렇게 정리될 수 있다. ⓐ(김유경, 김희진)는 ⓒ(오지은, 김유경) 때문에 ⓑ(한승우, 이동휘)를 잃었다. 김희진도 김유경도 어떤 상실을 겪었다는 점에서는, 그래서 이자관계에서 밀려나 제삼자가 되었다는 점에서는 공통적이다.

15 그런데 김유경의 연애사에 비춰 볼 때 김유경이 겪은 상실에는 오지은뿐 아니라 김희진에게도 책임이 있다. 오지은은 한승우를 소개한 다음에 석연치 않은 방식으로 둘의 관계를 위기에 빠뜨렸다면, 김희진은 한승우의 연락을 원천적으로 차단함으로써 둘의 재결합 혹은 화해를 봉쇄했다. 결국 김유경의 입장에서 오지은의 자리와 김희진의 자리는 겹친다. 이것이 삼중은유(두 번 옮아가기)다.

16 그것은 김희진의 입장에서도 마찬가지다. 김희진은 두 번째 삼각형에서 자신을 두고 김유경을 찾아간 이동휘와, 자신을 무시하고 이동휘를 만난 김유경 모두를 용서할 수 없다. 또한 첫 번째 삼각형에서도 김유경이 비련의 주인공이 되는

것을 용서할 수 없다. 오지은이 한승우의 얼굴을 어루만지는 것을 보고 김유경('세 번째 공주')이 현장에서 뛰쳐나가자, 김희진은 (『공주들을 위하여』 속의 서술자 '나'의 입을 빌려) 이렇게 논평한다. "어쨌든 피해자인 주제에 제 쪽에서 자리를 피해 주는 것만 봐도 그녀가 얼마나 자기도취적이며 위선에 익숙한지 알 수 있다. 회피야말로 가장 비겁한 악이다. 애매함과 유보와 방관은 전 세계의 소통에 폐를 끼친다. 게다가 그녀는 적에게조차 좋은 점수를 받으려고 한다. 모두에게 맞춰 주면서 우월감을 확인하는 것이다. 공주 중에서도 내가 제일 싫어하는 세 번째 공주 타입이다."(『빛의 과거』, 171쪽) 자기도취, 위선, 회피, 애매함, 유보, 방관, 우월감 같은 진단은 무의미한 진단이다. 자의식의 관점에서는, 즉 관찰의 대상이 자기 자신인 의식의 관점에서는 공격과 칭찬이 같은 것이기 때문이다. 자의식은 자신을 목적으로 삼기에 자의식 내에서는 스스로를 높이는 일과 낮추는 일이 동일한 일이다. 주체와 대상이 같기 때문이다. 다시 말해 자기 연민이 자기도취이고 자기비판이 위선이다. 방관이나 회피가 참여다. 이러한 김희진의 공격적인 논평은 자기 자신에게도 그대로 들어맞는다. "그러므로 그날 '라이프 다방'에서 내가 목격자가 된 것은 단순한 우연이라 할 수 없었다. 그것은 세 번째 공주와 그리고 B와 관련된 청춘 멜로물의 필연적인 속편이었다. 멜로물의 속편은 대개 복수를 다룬다. 방학이 되자 나는 기숙사 사무실에서 아르바이트를 시작했다. 그리고 내가 교환수 노릇을 하는 동안 세 번째 공주에게로 걸려온 전화는 절대 그녀에게 전달될 수가 없었다."(『빛의 과거』, 176쪽) 김희진은 지금 자신이 '복수'를 하고 있다는 사실을, 그 자신의 이름을 슬쩍 지운 채로 진술하는 것이다.(김희진이 자신을 노출한다면 "그녀에게 전달될 수가 없었다."라는 문장은 '나는 전달하지 않았다'로 적혔을 것이다.) 몇 문장 뒤에서 김희진은 다시 이렇게 적는다. "또한 멜로물의 결말은 개인의 복수가 아닌 권선징악의 성격을 띤다. 그런 점에서 복수의 표적은 그녀가 아니라 스스로 자리를 박차고 나간 뒤 간절히 전화가 오기를 기다리는 공주들의 이중성인 것이다."(『빛의 과거』, 177쪽) 이 이중성은 위선이 아니라 삼중은유(두 번 옮기기)의 불가피한 특성이다.

17 독자의 입장에서는 김유경과 김희진 어느 쪽도 손가락질할 수 없다. 김유경은 위선자나 자기도취에 빠진 공주가 아니다. 김희진은 복수나 권선징악을 몸소 실천하는 속물적인 협잡꾼이 아니다. 저 구도가 갈등이나 모순으로 보인다면, 그 갈등은 삼중은유(두 번 옮기기)에서 오는 것일 뿐이다. 누군가는 그것을 해야 했다. 어느 누구도 거기에 책임을 질 필요는 없다.

18 따라서 김희진이 호명하는 '공주'를 풍자나 냉소의 증거라고 단정할 수 없

다. 김희진은 『공주들을 위하여』에서 짐짓 1977년 기숙사에 있던 동료들을 비웃고 비판하고 단죄하는 포즈를 취하고 있으나, 실제로는 빛나던 한 시절을 '다른' 시점에서 다른 방식으로 조명하고 있을 뿐이다. 『빛의 과거』에 소개되는 기숙사는 억압적이지만 다정하며 그곳에서 생활하는 사람들은 생기 넘치고 아름답다. 선배인 최성옥은 정의파이면서 순정파이고, 최성옥의 절친한 동료인 송선미는 "사자 갈기 같은 긴 파마머리"를 한 사투리가 심한 미녀로 후배들을 살뜰히 챙긴다. 오현수는 김유경과 김희진 모두가 인정한 매력적인 동기다. 오현수는 친구와 선배를 배려하면서도 자기 취향과 취미를 포기한 적이 없다. 같은 학년인 이재숙은 엉뚱 발랄한 행동파다. 선배 양애란은 멋 내기 좋아하는 청춘이고 양애란과 동기인 곽주아는 충고하기 좋아하는 선배다. 명문가 영애인 오지은과 "일부러 삐딱하게 구는"(47쪽) 김희진을 빼면,(이들은 김유경의 시선에서는 부러움 혹은 무심함의 대상이며 앞에서 말한 대로 연애의 훼방꾼으로 얽힌다.) 모두가 (그들이 진지하건 가볍건 상관없이) 호의를 나눌 만한 대상들, 호감을 받을 만한 대상들이다. 『공주들을 위하여』 속 '공주'라는 별칭은 어리석음이라는 성에 갇힌 자기도취적인 "내숭덩어리"들을 이르는 반어적이고 풍자적인 멸칭의 용법으로 쓰였다. 그러나 실상 이들의 관계를 살펴보면 서로가 서로에게 '공주'라는 애칭을 받을 만한 자격이 있다.

19 '냉소'는 거리 두기의 결과다. 어떤 경우에도 함께할 수 없는, 거리를 없앨 수 없는 이들만이 냉소의 대상이 된다. 그러나 1977년 기숙사 322호와 417호에서는 그럴 수가 없다. 이들이 서로에게 느끼는 감정은 냉소가 아니라 '공감'이다. 이들의 소소한 취미, 사소한 습관, 자잘한 버릇들이 고개를 끄덕이게 하거나 웃음을 짓게 만든다. 1995년에 출간된 『새의 선물』(문학동네)에서부터 지금까지 은희경 소설의 인물들에게 부여된 냉소라는 평가에 대해 전면적인 검토가 이뤄져야 하는 시점은 아닐까. 『새의 선물』 속 어린 진희를, 장군이를, 「먼지 속 나비」의 자유주의 섹스칼럼리스트 최선희(은희경, 『타인에게 말걸기』(문학동네, 1996).)를, 322호와 417호의 대학생들을 냉소나 위악이라는 태도로 설명하는 것은 충분하지 않다.(이를 구체적으로 논의하기 위해서는 다른 지면이 필요할 것이다.) 인물들이 냉소의 전략으로 발언해야 했던 시대가 있었으나, 그 엄혹한 시대에도 저 인물들은 서로를 냉소하지 않는다. 왜냐하면 이들이 서로의 삶을 사소하거나 비루하거나, 무가치하거나 무의미하다고 여기지 않기 때문이다. 이러한 삶 바깥에 현실의 가치가 존재한다고 말한다면, 그 시선이야말로 가부장적인 이념의 시선이라고 말해야 할 것이다. 여전히 저 기숙사의 방을 규방(閨房)이라고 믿는 그런 시선 말이다.

20 그리고 이 시선이 실제로 이 공동체를 파괴한다. 1977년 가을 기숙사에서 오픈하우스가 열렸다. 행사는 무사히 끝났으나 점호가 끝난 뒤 106호의 기숙사생 이경혜가 파랗게 질려 322호를 찾아온다. 자기 방에 한 남학생이 잠입해 있다는 것이었다. 범인은 이경혜의 남자 친구가 속한 운동권 서클의 복학생 선배였다. 낮술을 한 채 후배들을 따라 기숙사에 들어온 선배는 혼자 106호에서 잠이 들었고, 기숙사 문이 닫히고 나서야 잠에서 깨어났다. 처음에는 사감에게 신고하려 했으나 복학생이 수배 중인 상태라는 사실을 알고는 의논 끝에 그를 몰래 탈출시켰다. 하지만 김희진의 밀고로 사건이 모두 들통이 났다. 이 일로 최성옥은 퇴학, 이경혜(와 담장 넘는 것을 도운 약대생)는 퇴사 조치되었다. 최성옥의 퇴학에는 "학기 초 총장 퇴출 운동과 스터디 그룹 활동, 그 이전 학도호국단 반대 시위"(297쪽)와 같은 전력(前歷)이 따라붙었다. 그 일 이후 송선미는 자퇴했으며 훗날 미국의 셸터에서 생을 마감했다.(같은 해 겨울 곽주아도 임신 때문에 자퇴했다.) 기숙사에 침입했던 그 침입자는 20년이 지나 국회의원 보좌관이 되어 있었다.

> "김유경 씨, 나 몰라요? 우리 만난 적이 있을 텐데."
> "네?"
> 나는 남자를 똑바로 바라보았다.
> "기억 안 나나?"
> 남자의 말투는 자연스럽게 반말로 바뀌어 있었다.
> "이거 서운하네. 나한테는 운명적인 날이었는데."(『빛의 과거』, 285쪽)

『빛의 과거』를 통틀어 거의 유일하게 모습을 드러낸 악인이라 할 만한 "환멸스러운 남자"(300쪽)다. 자신을 지켜 주기 위해 뒤에 남은 이들이 사냥감이 되어 퇴학, 퇴사, 자퇴, 정신병이라는 고초를 겪는 동안, 그는 권력을 추구한 변절자의 길을 걸었으며 "첫 대면에서부터 노골적으로 천박함을 풍기는"(『빛의 과거』, 284쪽) 속물이 되어 있었다. 1977년의 청춘들에게, 악은 밖에서 온다.

21 이를 원(circle)의 위상학으로 표기할 수 있을 것이다. 가장 안쪽의 원에는 기숙사에 있던 기숙사생들이 있다. 이곳은 '공감'(그리고 그에 따르는 유머)이 제1원칙인 곳이다. 엉뚱 발랄 이재숙의 '해수욕장 놀러 가기' 모험담, 오현수의 믹스 커피, 송선미의 "한 번도 본 적 없는 미모"와 "걸걸한 목소리의 거친 언어"가 만들어 내는 "인지 부조화"(31쪽), 양애란의 "PDT, 즉 파트너, 드레스, 티켓"에 대한 관심(94쪽) 등이 그 유머 속에서 서술된다. 바로 다음 원에는 성선설의 인물들에게 잘 어울리

는 선한 파트너가 있다. 앞서 소개한 한승우나 이동휘가 그런 인물들이다. 심지어 이동휘는 김유경이나 김희진이 생의 굴곡을 겪으며 하강하는 동안에도 "노부모와 함께 교외의 포 베드룸에 살고 있으며 독신이고 1년에 두세 번은 한국에 출장"(307쪽)을 오는 국제변호사로서 살고 있다. 이동휘는 세월의 침식에 묵묵히 버티며 여전히 그 자리에 있는 셈이다. 그 바깥 원에는 비민주적인 권력과 가부장적인 의식에 찌든 남자들이 있다. 최성옥에게 현모양처를 강요하는 고시생 남자 친구, 민주주의를 부르짖지만 정작 자신은 후배들 위에 군림하는 운동권 선배, 빽빽한 만원 기차 안에서 이재숙 일행의 가슴과 엉덩이를 더듬는 낯선 남자들(222쪽)이 가장 바깥에 있다. 이들은 사회의 권력과 한통속이라는 점에서, 권력의 표현들이다. 은희경의 소설이 가진 페미니즘적 면모는 이처럼 미시 권력과 거시 권력을 통합한다. 이 역시 삼중은유의 힘이다.

22 송선미의 부고는 송선미와 최성옥이 만난 '은파여관'에서의 첫 기억을 소환한다. 이들이 기숙사에 들어가기 전 우연히 함께 묵었던 은파여관에서의 일이다. 송선미가 여관 마당에 세수를 하러 나갔는데 한 중년 남자가 수작을 걸다가 뜻대로 되지 않자 시비로 바꾼다. 그 상황을 목격한 한 여학생이 "마당으로 내려서서 외까풀 눈을 부릅뜨고 허리에 손을 얹은 채 남자를 가로막고 있었다. 그렇게 해서 처음 최성옥을 만났다."(311쪽) 이 일로 송선미와 최성옥은 각별한 친구 사이가 된다. 여자의 보호자는 남자가 아니다. (수배 중인 남편을 뒷바라지하는 것으로 보이는) '교양국사' 담당 강사의 에피소드가 말해 주듯, 오히려 남자의 보호자가 여자다. "잡혔다는 뉴스 안 나오면 그게 희소식이지."(241쪽) "집이라기보다 수용소 같은 느낌"(37쪽)을 주는 기숙사는 극단적 '다름'과 '섞임'을 경험하는 곳이다. 타인을 만나는 섞임과 공감의 공동체를 보여 주기 위해 작가는 기숙사라는 공간을 소환했다고 말할 수 있다.

23 방금 언급한 '은파여관'의 장면은 김유경이 직접 겪은 일이 아니다. 송선미에게 전해 들은 최성옥과의 첫 만남이자, 김유경이 상상에 기반하여 재구성한 기원적 장면이기도 하다. 송선미와 최성옥이 서로를 알기 전의 이야기다. 이 장면은 다시 한번 살펴볼 가치가 있다. 마당에 서 있는 송선미에게 중년 남자가 다가와 수작을 걸다가 뜻대로 되지 않자 시비를 걸기 시작한다. 바로 그때, "이방 저방에서 문이 열리고 여학생들의 항의하는 사투리가 터져 나왔다. 한 여학생은 이미 마당으로 내려서서 외까풀 눈을 부릅뜨고 허리에 손을 얹은 채 남자를 가로막고 있었다. 그렇게 해서 처음 최성옥을 만났다."(311쪽) 은파여관의 이방 저방에서 예비 동

료인 여성 동지들의 목소리가 터져 나온다. 저 통쾌한 장면은 연대하는 여성들의 목소리를 들려주는 장면이다. 뿐만 아니라 마당을 채우는 저 목소리들은 온갖 로컬리티의 목소리들의 집합이라는 점에서 만국공용어라고 말할 수 있다. 모든 언어가 힘을 모아 폭력적인 외부를 향해 비판적 목소리를 내는 장면. 이것은 '섞임'의 가능성, 연대의 가능성을 보여 주는 '기원'으로서의 상상적 장면이다.

24 『빛의 과거』의 마지막이자, 『공주들을 위하여』의 마지막 장면에는 아름다운 환상 하나가 등장한다. 은파여관 에피소드가 기원으로서의 상상이라면, 마지막 장면은 결과로서의 환상이다. 김유경의 기억에서는 사라진 장면이며 『공주들을 위하여』만이 이 장면을 기록하고 있다. 이 장면은 『공주들을 위하여』의 마지막 장면이면서 동시에 『빛의 과거』를 구성하는 마지막 퍼즐이기도 하다. 『공주들을 위하여』는 공주들을 향한 야유와 냉소를 전면에 내세우고 있으나, 마지막 장면만큼은 밝고 유쾌하고 아름답다. 곽주아의 결혼식 장면이다. 거기엔 (지금은 만날 수 없는) "사자 머리 공주"와 기숙사를 떠난 후 한동안 만날 수 없었던 한 공주도 함께 있다. 식장에서 있을 법한 야단법석과 환대와 축하를 소개한 후에 김희진은 이렇게 쓴다. "웨딩 마치를 연주하는 피아노 소리가 들려왔다. 5월의 무성한 신록, 변덕스러운 바람에 실려 온 꽃향기, 박수갈채, 그리고 아무도 믿지 않는 사랑의 맹세와 그 곁을 무심히 가로지르는 젊은 웃음소리들. 나에게 그날은 그런 것들로 기억된다. 기울고 스러져 갈 청춘이 한순간 머물렀던 날카로운 환한 빛으로 나는 그 빛을 향해 손을 뻗었다. 손끝 가까이에서 닿을락 말락 흔들리고 있지만 끝내는 만져 보지 못한 빛이었다."(『빛의 과거』, 339쪽) 이 마지막 장면을 묘사하면서 김희진은 『공주들을 위하여』를 써 내려간 작가의 자의식을 내려놓고, 환멸과 냉소의 가면을 벗고, 공감의 자리를 바라본다. 그리하여 김희진은 그 자리에 없는 김유경이 된다. 삼중은유를 통해 김희진과 김유경은, 은희경이 된다. 이 글의 마지막 문장을 쓰는 나도 빙그레 웃는다.

극장 바깥의 배역들
—조해진론

김요섭 문학평론가. 2015년 창비신인평론상으로 등단했다.

1 앙리의 영화

조해진의 장편『단순한 진심』의 주인공은 여러 이름을 오가며 살아간다. 부모에 의해 버려진 그는 철로 위에서 발견되어 그를 구조한 기관사의 집에서 1년간 지내며 '문주'라는 이름을 얻는다. 이후 해외 입양 기관과 연계된 고아원에 보내진 그는 프랑스로 입양되어 '나나'라는 이름을 가지게 된다. 두 이름을 가지기 전에 그가 어떤 이름으로 살아갔는가는 누구도 알지 못한다. 그는 여러 이름을 거치며 살아갔지만 어떤 이름도 그 자신의 것이라 확신할 수 없다. 버려지기 이전에 불렸던 이름은 사라졌다. '문주'는 이름의 뜻을 알 수 없어 "선의가 아니라 무시와 조소로 빚어진 이름이었던가"[1]를 의심하게 한다. '나나'는 양부모인 리사와 앙리가 그를 만나기도 전에 입양할 아이의 이름으로 정했던 것이다. 이름이 "우리의 정체성이랄지 존재감이 거주하는 집"(『단순한 진심』, 17쪽)이라면 그는 한 번도 자신의 집을 가진 적이 없는 사람이다.

문주 그리고 나나처럼 자신의 집을 가지지 못한 이들은 어디서나 이방인으로 살아간다. 해외 입양인은 한국의 가족과 다시 재회했다고 하더라도 그저 "'다시 만난 가족'이라는 콘셉트로 연기"(『단순한 진심』, 29쪽)할 뿐이다. 해외 입양인은 입양된 해외에서도, 돌아온 한국에서도 이방의 땅에서 온 이일 뿐이다. 이주자인 입양인들은 자신이 새로운 사회에 동화되기 위해서 자신과 그들의 인종적 차이를 마치 존재하지 않는 것처럼 행동하는 '인종 색맹(color blindness)'이 된다.[2] 존재하는 차이를 인지하지 않아야만 살아남을 수 있기에 이 이방인들은 그 사회에 밀착하려고 할수록 그 사회의 암묵적 규칙들을 모르게 된다. 하나의 사회를 무대로 비유한다면 이방인은 '무대 매너'를 알지 못하는 배우들이다.[3] 무대

1 조해진,『단순한 진심』(민음사, 2019), 17쪽. 이 글에서 다루는 조해진의 작품은 다음과 같다.『로기완을 만났다』(창비, 2011),「문주」(『빛의 호위』(창비, 2017)),『단순한 진심』. 이후 인용 시 괄호 안에 작품명과 쪽수만 표기한다.

2 전홍기혜 외,『아이들 파는 나라』(오월의 봄, 2019), 149쪽.

3 김광기,『이방인의 사회학』(글항아리, 2014), 35쪽.

매너를 모르고, 알고 있다 하더라도 모르는 것처럼 연기해야 하는 이들의 곤혹은 그들이 자신들이 태어나고 살아온 무대를 떠나며 시작된다. 『단순한 진심』의 그가 문주의 역할도, 나나의 역할도 온전히 자신의 것이라 믿을 수 없던 것처럼 말이다. 그렇다면 비극의 시작은 자신에게 주어진 배역의 바깥으로, 그들이 섰던 극장의 바깥으로 밀려날 때였을지 모른다. 그러나 누군가에게는 극장 바깥으로 배우들이 사라지는 순간이 강렬한 매혹으로 다가온다.

문주이자 나나인 '그'의 양아버지 앙리는 무명의 영화감독이었다. 그가 계속되는 좌절 속에서도 영화를 떠나지 못했던 것은 그를 사로잡은 것이 극장 안의 영화가 아니기 때문이다. 앙리는 스크린 바깥으로, 극장을 벗어나 사라지는 영화의 순간이 만들어 낸 이야기에 사로잡혀 있다.

> 스크린에 영사되는 빛의 움직임과는 상관없이 배우가 스크린의 바깥으로 사라지는 단절의 순간에 그의 심장은 뛰었다. 그는, 혹은 그녀는 어디로 갔는가. 대체 어디에서 시나리오에는 없는 미정(未定)의 삶을 살고 있는 것인가. 영화를 보는 내내 앙리는 스크린의 바깥에서 작동하고 있을 또 다른 이야기에 마음이 뺏겨 있었다. 스크린과 평행을 이루며 존재하지만 증명되지는 않는 상상의 영역, 카메라의 욕망이 은닉된 공간이자 영원히 미완으로 남는 곳, 마치 선택되지 못한 우리의 가능한 또 다른 생애처럼……. (『단순한 진심』, 55~56쪽.)

앙리가 사랑한 영화는, 그리고 영화의 이야기는 자신이 속해 있어야 할 장소인 스크린의 바깥으로 사라진 이들이다. 아니 그들이 있던 장소를 떠날 때 시작하는 알 수 없는 이야기들이 앙리가 사랑했고 만들고 싶었던 그의 영화다. 『단순한 진심』의 중심 서사가 태어난 곳에서도, 살아간 곳에서도, 돌아온 곳에서도 이방인이 된 해외 입양인의 삶임을 생각할 때 앙리가 사랑한 영화는 극장 바깥으로 밀려간 배역들을 낭만화하는 시선처럼 느껴질지도 모른다. 그러나 서사가 진행되면서 스크린 바깥으로 나가는 일이 가진 여러 겹의 가능성이 하나씩 펼쳐지며 앙리가 매혹되었던 순간이 우리에게 다가온다. 이방인으로 내몰리는 경험이 어떻게 서로의 삶을 지탱하고 보호하는 가능성으로 펼쳐질 수 있는지를, 그들이 살아갈 집, '우주'를 만들 수 있는가를 따라가는 과정을 통해서 우리는 조해진의 소설과 마주하게 될 것이다. 앙리의 영화, 시나리오 바깥에서 미정의 삶을 겪고 살며 만들어 가는 이들과 그 배역들을 마주하면서 말이다.

2 로기완의 일기장

앙리의 영화에서 스크린 바깥으로 나간 이들은 누구인가? 더는 스크린 안에서 자신의 역할도, 장소도 남지 않은 이들. 영화가 끝난 뒤 극장을 나선 뒤에 우리는 그들을 만날 수 있을까? 영화 속 인물들은 구체적 배우의 얼굴과 몸으로 등장하지만 스크린 바깥에서 그 얼굴과 몸은 배역과는 전혀 다른 삶을 살아간다. 극장 바깥에 나서면 우리는 스크린 위에서 구체적인 표정을 짓던 얼굴과 마주할 수도 있고, 다른 얼굴을 하고 있지만 같은 삶을 살아가는 배역과 만나게 될 수도 있다. 같은 얼굴과 같은 삶, 배우와 배역 중 앙리의 영화에서 바깥으로 나선 것은 누구인가? 같은 질문을 조해진의 소설들에도 던질 수 있다. 유폐된 삶을 살아가는 타인을 향해서 자기 삶을 열어젖히는 용기는 조해진의 초기작부터 일관되게 보여 온 특징이다.[4] 그런데 그를 향해서 다가온 이는 구체적 얼굴로 나타나는가 아니면 어떤 위태로운 삶의 형태, 즉 배역이었는가? 예를 들어 그가 장편 『로기완을 만났다』(이하 『로기완』)에서 탈북 난민인 로기완의 일기를 손에 쥐고 만나려 했던 이는 누구인가?

조해진의 장편 『로기완을 만났다』에서 방송 작가인 '나', '김 작가'는 잡지 인터뷰 기사로 접했던 탈북 난민 '이니셜 L'의 이야기를 쫓아서 브뤼셀로 향한다. 한편 그가 만나고자 하는 '이니셜 L', '로기완'은 이미 오래전에 브뤼셀을 떠나 영국에 있었다. 하지만 그는 바로 영국으로 향하지 않는다. "아직, 로기완에 대해 무언가를 쓸 자격이 내게 있는 건지 자신할 수가 없"(『로기완』, 27쪽)었기 때문이다. '나'는 로기완을 도왔던 벨기에 거주 한인인 '박'이 건넨 로기완의 일기를 보며 그가 갔던 곳을 차례로 방문하면서 그의 경험과 감정을 상상한다. '나'가 로기완의 삶을 한 단계씩 뒤쫓아 가는 이유는 "섣불리 연민하지 않기 위하여, 텍스트 외부에서 서성이는 것이 아니라 텍스트 내부로 스며 들어가 스스로에 대한 가혹한 고통과 뒤섞인 진짜 연민이란 감정을 느껴 보기 위해서"(『로기완』, 57쪽)다.

방송 작가인 '나'는 자신이 타인의 고통을 온전하게 전달할 수 있는가에 대해 고민한다. 그가 돕고자 했던 소녀 '윤주'의 병세가 방송 일정을 조정하는 사이에 급속하게 악화되었던 것에 책임이 있다고 느끼기 때문이다. 윤주에 대한 죄책감으로 인해서 자신의 작업이 타인의 고통을 전달하여 그들을 도울 수 있다는 믿음이 흔들렸다. 그는 로기완의 삶과 고통의 경험을 통해서 자신이 타인의 구체적인 삶에 들어갈 수 있음을 확인하려고 한다. 그를 로기완의 삶을 향해서 다가갈 수 있게 하는 징검다리는 그의 일기장이다. 그는 로기완이 일기장에 쓴 감정과 경험을 따라간다. 그가 다녀간 곳에서 그의 감정을 느끼고 그의 마음을 생각하며 누군가를 향해 화를 내고 슬퍼한다. 로기완의 일기장은 "누군가의 참담하고도 구체적인 경험

4 함돈균, 「이니셜의 그들, 불행의 공동체—조해진의 소설들에 부쳐」, «문학동네» 봄호(문학동네, 2014), 137~138쪽.

까지는 끝내 공유하지 못하"(『로기완』, 104쪽)던 그가 타인의 내밀한 고통을 향해 들어갈 경로를 제시한다.

로기완의 일기장은 그가 경험한 적 없었던 고통에 대해 말하는 타인의 증언으로 읽힐 수 있다. 우리가 그 고통을 경험하지 않았기 때문에, 알 수 없고 그러므로 감히 재현할 수 없는 절대적인 증언 말이다. 끝내 아우슈비츠를 재현하기를 거부하고 증언만을 축조했던 「쇼아」의 윤리처럼 로기완의 일기는 재현될 수 없는 타인의 절대적 고통의 기록일 수 있었다. "타인의 고통이란 실체를 모르기에 짐작만 할 수 있는, 늘 겹핍된 대상"이므로 "내가 지금 알 수 있는 것은 없다"(『로기완』, 116쪽)는 사실을 끝내 받아들일 수도 있었다. 그러나 『로기완』의 '나'는 그의 고통을 재현하고 그의 고통을 알아 가고자 한다. 그의 목소리를 지침으로 삼아서 그의 고통을 상상하는, "그의 일기를 읽으면서 그 삶을 배워"(『로기완』, 91쪽) 가는 과정을 감내하는 것이다.

『로기완』에서 일기장은 이중의 가능성을 가진다. 로기완이라는 구체적 얼굴을 한 생애가 있었음을 증명하는 것, 그리고 그가 경험했던 삶의 순간을 상상하고 재현하는 것이다. 로기완을 만나려고 했던 '나'는 그 두 가지 가능성 모두를 마주하려고 한다. 윤주로 인해서 흔들리는 그는 증명하고 싶었다. 자신이 타인의 고통을 재현할 수 있다는 것을. 이를 위해서 로기완의 삶으로 들어간 뒤에야 그를 만나고 싶다고 생각한다. 로기완이라는 타인과 만나는 것은 그의 생애를 받아들이는 데 머물지 않는다. 이는 그의 삶을 재현 가능한 것으로 바꾸는 일이어야 한다. 그러나 타인의 삶을 재현하는 일은 그의 생애를 재현하는 이의 손으로 사로잡는 일이 될 수 있지 않은가? 이러한 우려를 품기에 앞서 조해진이 로기완의 일기를 오직 '김 작가'의 목소리를 통해서만 읽고 있음을 눈여겨보아야 한다.

일기장 속 로기완의 문장은 소설에서 직접 인용되지 않는다. 오직 이 일기장을 읽는 서술자 '나'의 말을 통해 전달될 뿐이다. 소설은 로기완의 삶이 온전히 재현되는 모습을 보여 주지 않는다. 이러한 간접적 재현의 방식을 통해서 소설은 로기완의 삶만큼이나 그에게 더 다가가기 위해서 김 작가가 마음을 단단하게 하는 과정에 밀착한다. 마지막 장면에서 김 작가가 로기완과 만나는 순간에도 로기완의 목소리는 들리지 않는다. 『로기완』은 타인의 고통을 재현하려는 '나'를 재현한다. 로기완의 일기를 보며 그의 고통을 재현하려는 김 작가는 3년이라는 시차를 좁히지 못하고 여러 곳에서 현재와 불일치하는 공허한 목소리를 던지기도 한다. 브뤼셀에서 김 작가가 로기완에게 냉정했던 이들을 향해서 "조금만 친절하게 대해 주지 그랬어요."(『로기완』, 112쪽)라고 외친다 해서 무엇도 달라지지 않는다. 그러나 고통받는 타인을 위해서 그가 낼 수 있게 된 목소리는 로기완이 아닌 다른 이를 위해서도 말해질 수 있다.

> "곧 따라갈 거라고, 그러니 조금만 기다리고 있으라고, 우리는 다시 만나게 될 것이며 그 무엇도 우리를 막지는 못할 것이라고 그들은 이마를 맞댄 채 속삭인다. 아니다. 사실 이 장면은 로의 일기에서는 정황만 묘사되어 있으므로 나는 그들이 헤어지면서 나눈 구체적인 대화는 알지 못한다. 혹시 이런 대화는 내가 재이에게 하고 싶거나 듣고 싶었던 말은 아닐까." (『로기완을 만났다』, 167쪽.)

'나'는 일기를 통해서 로기완과 만날 자격을 갖추려고 한다. 그러기 위해 그가 로기완의 삶을 통해서 배워 간 것은 구체적인 한 사람이 아니라 타인의 삶으로 들어가는 방법이다. "타인과의 만남이 의미가 있으려면 어떤 식으로든 서로의 삶 속으로 개입되는 순간이 있어야"(『로기완』, 172쪽) 하기 때문이다. 그는 로기완이라는 단 한 사람의 얼굴을 정확하게 그리려고 하지 않는다. 그의 삶처럼 낯선 무대 위에서 배역 없이 떠도는 이와 함께할 배역을 가지기 위해서 이방인이 되고 이방인으로서의 만남을 배워 간다. "우리의 삶과 정체성을 증명할 수 있는 단서들이란 어쩌면 생각보다 지나치게 허술하거나 혹은 실재하지 않을지도 모"(『로기완』, 9쪽)르므로, 그렇기에 "우리 모두가 조금씩은 이방인이"[5]기 때문이다.

3 문주, 넘버원 닮은 사람

로기완과의 만남을 흐릿하게 처리했던 『로기완』이 그러했듯 이후 조해진의 소설들은 타인과의 만남이 조금씩 엇갈린다. 「사물과의 작별」에서 알츠하이머를 앓는 고모는 '서군'에 대한 애틋함과 미안함을 담은 쇼핑백을 그가 아닌 낯모를 타인에게 유실물처럼 넘겨 버리고, 「산책자의 행복」에서 라오슈는 위태로운 삶의 끝자락으로 내몰린 시점에도 메이린에게 답장을 보내지 않는다. 「문주」에서 '나나'이자 '문주'인 그는 자신을 구한 기관사를 만날 수도 그에게 대답을 들을 수도 없다. "철로에서 발견된 아이가 문주가 될 수밖에 없었던 계기라든지 나를 문주라고 부르면서 순간적으로 변형되었을 기관사 정의 마음 같은 것"(「문주」, 221쪽)에 대하여. 단편집 『빛의 호위』를 이루는 작품들은 만났거나 만나고자 하는 구체적인 타인들을 상정하고 있다. 그러나 『단순한 진심』을 전후한 작품들에서는 그런 대상의 구체성은 점차 모호해진다. 그저 모호하게 그로 추정되는 이를 만나거나(「환한 나무 꼭대기」) 단 한 번도 만난 적 없는 누군가로부터, 서로 삶의 어딘가로부터 도망쳐 온 경험을 나눈다.(「완벽한 생애」) 그리고 『단순한 진심』의 '문주'이자 '나나' 그리고 누구도 기억하지 못하는 이름

5 조해진, 「모두가 조금씩은 이방인」, 《오늘의 문예비평》 2018년 겨울호, 56쪽.

으로 살았던 그는 찾고자 하던 이들 대신에 자신과 '넘버원 닮은 사람'을 만난다.

『단순한 진심』은 단편 「문주」의 서사를 넓혀 간 이야기다. 해외 입양인인 '나나'가 '문주'라는 이름의 기원을 찾기 위해서 한국으로 돌아와 자신을 구한 기관사 '정'을 찾으려 하고 복희식당의 '복희'와 만나게 되는 서사의 뼈대를 공유한다. 하지만 '복희'가 두 이야기 사이에 깊은 간극을 만든다. 「문주」에서 복희식당의 주인이 문주에게 "내가 넘버원 사랑하고 미안한 사람, 그 사람이랑 닮았"(「문주」, 215쪽)다고 말한다. '복희'라고 불리던 복희식당 주인의 말은 『단순한 진심』에서도 반복된다. 하지만 「문주」에서 '복희'는 "한국에서 자식이 있는 여자를 자식의 이름으로 부르기도 하"므로 "나와 넘버원 닮은 사람이 있다고, 미안하고 고맙다고, 그렇게 말하던 그녀의 목소리가 불길하게 복기"(「문주」, 216~217쪽)하게 하는 이름이다. 어쩌면 그가 알 수 없던 시절의 이름이 복희였을지 모른다는 가능성을 품는다. 그러나 『단순한 진심』의 '문주' 그리고 '나나'는 복희와 만난다. 복희식당의 주인인 '추연희'가 가족을 이루었던 해외 입양인 '백복희'와 말이다.

「문주」에서 복희와 문주는 자기 자신의 다른 이름이라는 구체적 관계로 묶일 가능성을 안고 있었다. 그러나 『단순한 진심』은 복희와 문주 사이의 관계를 유사성으로 겹쳐 놓는다. 복희는 문주와 나나가 될 수 없지만 서로의 삶에서 자기 모습을 바라볼 수 있다. 그들이 가진 경험의 유사성은 해외 입양이라는 방식으로 무대 바깥으로 밀려난 이방인들을 만들어 온 공통의 구조를 가시화한다. 기지촌을 통해서 여성의 성을 착취하고 해외 입양을 통해서 그 여성들이 함께할 가능성조차 찢어버린 '아이들 파는 나라'를 말이다. 백복희는 기지촌의 성매매 여성이었던 '백복자'의 딸이다. 아이를 유산한 직후 이혼을 당하고 간호사로 일하던 추연희는 어린 백복자를 보호하고, 그가 죽은 뒤에도 백복희를 기른다. 하지만 백복희가 겪는 차별 때문에 연희는 피부색이 문제가 되지 않을 나라로 해외 입양을 결정한다. 벨기에로 입양된 백복희에게 추연희는 10년간 편지를 보냈지만 그가 뇌출혈로 쓰러지고 사경을 헤맬 때가 되어서야 처음으로 답장을 받게 된다. 쓰러진 추연희의 병원을 찾고, 백복희가 찾아올 수 있도록 연락을 한 이는 문주다.

문주는 자신을 구조한 기관사를 찾고 그 과정을 다큐멘터리 영화로 촬영하자는 제안을 받고서 한국에 온다. 감독인 서영의 집에서 생활하던 그는 자신에게 살가웠던 복희식당의 주인이 쓰러진 뒤로 병상을 지키면서 '복희'가 누구였는가를 찾으려 했다. 그 과정에서 추연희가 백복자, 백복희와 함께했던 대안 가족과, 그들을 내몰았던 국가라는 공통의 조건이 문주에게 포착된다. 국가는 기지촌에서 여성의 삶을 파괴하면서도 그들과 그들의 아이들을 전통적 가족에 대한 위협으로 보았다. 그리고 해외 입양을 통해서 전통적 가부장 질서의 위협이던 혼혈인들을 축출

한다.[6] 백복희를 무대 밖으로 밀어낸 국가의 구조는 문주를 이국의 나나로 밀어내는 힘이기도 했다. 아이들 파는 나라는 해외 입양인들이 돌아와서 자신을 찾고 가족과 다시 만날 최소한의 장치도 남기지 않고 그 과정의 책임조차 민간에게 떠넘긴다.[7] '나나'는 복희처럼 한국인과 구분되는 피부색의 차이를 가지지 않지만 공통의 구조에 의해 자신의 배역을 가졌던 무대에서 밀려난 것이다. 그렇기에 그들에게 한국이란 "나 같은 이방인은 끼어들지 않아야 비로소 완전해지는 세트장"(『단순한 진심』, 108쪽)처럼 보인다.

백복희와 문주가 서로의 모습을 겹칠 수 있다면 또 다른 삶들 역시 서로를 비추며 만날 수 있다. 문주는 추연희의 모습에서 자신을 보호했던 이들, 양어머니인 리사와 기관사의 어머니인 박수자를 본다. 문주가 타인인 연희를 보살피면서 "앙리와 리사, 그리고 정우식 기관사가 내게 취한 태도이자 행동"(『단순한 진심』, 130쪽)을 생각한다. 그들이 자신을 보호했던 것처럼 문주 역시 연희를 보호하려고 한다. "타인과의 만남이 의미가 있으려면 어떤 식으로든 서로의 삶 속으로 개입되는 순간이 있어야"(『로기완』, 172쪽)하고, 그렇게 "내 삶에 개입한 배우"를 "보호할 의무가 있다는 사실"(『단순한 진심』, 130쪽)을 문주는 자신을 지켜 온 이들로부터 배웠기 때문이다. 서로 다른 얼굴을 한 닮은 배역과 만나면서 원래의 무대에서 밀려난 타인들을 보호할 수 있는 진심을 문주는 품을 수 있다.

조해진이 『단순한 진심』에서 발견한 배역, 유사성이라는 관계의 연결 고리를 연대라 말할 수 있을까? 폭력적 구조와 세계로부터 서로를 보호하려는 행동은 연대로 보일지도 모른다. 그러나 소설이 닿는 것은 맞잡은 두 손이 아니라 아주 단순하지만 단단한 진심이다. 『로기완』이 김 작가의 마음을 향했던 것처럼 『단순한 진심』 역시 한 사람이 마음을 단단하게 품어 가는 과정에 집중한다. 자신의 삶에 들어온 타인을 보호하는 일은 함께하는 행동보다는 서로에게 힘을 전달하는 과정이다.

> 연희가 내게서 백복희를 찾았듯 나 역시 연희에게서 박수자, 그리고 때로는 리사를 떠올렸다는 걸 천천히 상기했다. 내 안의 빛이 연희에게로 옮겨 갔다면, 그건 박수자와 리사의 힘이기도 했다. (『단순한 진심』, 229~230쪽.)

그래서 조해진이 소설을 통해서 보여 준 것은 연대의 행동보다 앞서는, 그 함께함을 가능하게 하는 책임의 발견으로 보인다. 아이리스 M. 영은 거시적 구조 안에서 발생한 폭력은 법적 책임성이란 틀로는 해결할 수 없다고 보았다. 부정의한

6 전홍기혜 외, 앞의 책, 44쪽.

7 한국 정부는 해외 입양을 민간 기관들에 의해서 사유화하였을 뿐 아니라 입양 과정의 기록 역시 민간이 소유·관리했다. 2012년이 되어서야 공공기관인 중앙입양원으로 일부 기록이 이관되었으나 상당수 자료는 민간 기관의 사적 소유물로 남아 있다. 국가는 수십 년간 입양 관리 전체를 방치해 왔다.(전홍기혜 외, 앞의 책, 155~156쪽)

구조는 하나의 주체에 의해서만 만들어지는 것이 아니라 수많은 관계에 의해 재생산되기 때문이다.[8] 이를 극복하는 길은 법적 책임을 묻듯 처벌에서 끝내는 것이 아니라 폭력의 구조를 바꾸기 위해서 함께 행동하는 것이다. 이처럼 폭력의 구조를 넘어서기 위한 집단적 행동의 필요성을 인식하는 것을 그는 정치적 책임성이라 보았다.[9] 함께 행동하는 정치적 책임성은 서로의 삶이 연결되어 있다는 인식이 선행해야 하고, 그렇게 연결된 관계들에 대해서 "보호할 의무가 있다는 사실"을 자각해야 한다. 구체적인 한 사람의 얼굴을 마주하고, 배역을 통해 그와 연결된 구조를 알아 간다. 그런 책임성을 자각한 뒤에 기존의 배역을 수행해 오던 오래된 무대가 아닌 새로운 집을 만들어 서로를 보호한다. '문주'가 임신한 아이의 이름 우주. 집 우(宇), 집 주(宙). 자신의 자리를 가진 적 없는 이들이 서로를 지키고 안전한 관계를 함께 만들어야 한다는 책임을 통해 만드는 새로운 집. 그 집으로 누군가를 지켜야 한다는 마음은 단순하고 단단하다. 연희를 지키던 문주이자 나나는 배 속의 우주에게 말한다.

> 그것만으로도 이곳을 지키게 된 충분한 이유가 되었노라고, 왜냐하면 너를 자라게 했으니까, 그 음식이 너의 피와 뼈를 구성하는 성분이 되었으니까. (『단순한 진심』, 134~135쪽.)

8 아이리스 매리언 영, 허라금·김양희·천수정 옮김, 『정의를 위한 정치적 책임』(이화여자대학교출판문화원, 2018), 182쪽.
9 위의 책, 198~200쪽.

비평 무크지

크릿터 2호: 재현/리얼리즘

발행일 2020년 2월 7일
발행인 박근섭, 박상준
발행처 (주)민음사
사진 김경태, 「Scale Cube」, 2019
디자인 박연미

출판등록 1966. 5. 19. 제16-409호
주소 서울시 강남구 도산대로1길 62(신사동) 강남출판문화센터 5층(06027)
대표전화 515-2000
홈페이지 www.minumsa.com

ISBN 978-89-374-6903-9 04810
978-89-374-6900-8(세트)